미스터리 살인 사건 7+1

미스터리 살인 사건 7+1

지 은 이 | 알렉스 파베시(Alex Pavesi)
옮 긴 이 | 공민희
펴 낸 이 | 박동성

펴낸 곳 | **사일런스북** | 경기도 수원시 장안구 송정로 76번길 36
전 화 | 070-4823-8399 팩 스 | 031-248-8399
홈페이지 | www.silencebook.co.kr

2023년 9월 20일 초판 1쇄 발행
ISBN | 979-11-89437-43-5 (03840)
가 격 | 17,800원

미스터리 살인 사건 7+1

EIGHT DETECTIVES

알렉스 파베시 Alex Pavesi | 공민희 옮김

글루온

목차

1. 1930년 스페인

두 용의자는 소파에 앉아 무슨 일이 생기기만 기다렸다. 허여멀건 거실에는 전혀 어울리지 않는 가구들이 듬성듬성 놓여 있었다. 두 사람 사이의 공간은 좁고 기다란 계단실로 이어지는 창문 하나 없는 아치형 통로로 이어졌다. 나른한 적막이 거실을 가득 메웠다. 계단은 중간쯤 올라가다 방향을 틀어 위층에 가려 보이지 않아 마치 어둠으로 인도하는 길처럼 보였다.

"여긴 지옥이야. 이런 곳에서 가만히 기다리고 있자니…." 아치형 통로 입구 오른쪽에 앉은 메건이 말했다. "대체 시에스타는 몇 시간이나 하는 거야?"

그녀는 창가로 향했다. 창밖 스페인 시골 풍경은 온통 희부연 오렌지 톤이었다. 타오르는 열기로 사람이 도저히 살 수 없는 곳처럼 보였다.

"한두 시간쯤. 하지만 그는 술을 마셨잖아." 헨리는 의자 한 귀퉁이에 앉아 팔걸이에 두 다리를 걸치고 무릎 위에 기타를 올려 두었다. "버니를 잘 알잖아. 아마 저녁 먹을 때까지 계속 잘걸."

메건은 장식장으로 다가가 술병을 쭉 살피다 모든 라벨이 앞으로 오도록 가지런히 정리했다. 헨리는 입에 물고 있던 담배를 빼 오른쪽 눈앞에 들고선 망원경처럼 그 사이로 그녀를 들여다보는 척했다. "또 심통을 부리시려나 보네."

그녀는 오후 내내 이리저리 서성였다. 걸레로 잘 닦은 흰 타일 바닥이 병원 대기실을 연상시켰다. 이런 매끈하고 허연 거실은 울퉁불퉁한 붉은 언덕 꼭대기에 자리 잡은 낯선 스페인 빌라가 아니라 고향에 있는 붉은 벽돌로 된 병원에나 어울릴 법했다. “내가 심통을 부리는 거면 넌 되는대로 마구 지껄이고 있는 거지.” 그녀가 쏘아붙였다.

몇 시간 전, 그들은 버니의 집에서 숲길로 30분 남짓한 근처 마을로 가 작은 선술집에서 점심을 먹었다. 식사를 마치고 버니가 자리에서 일어났을 때 두 사람은 곧바로 그가 만취했다는 사실을 알아차렸다.

“우리끼리 할 이야기가 있어.” 혀가 꼬인 버니가 말했다. “너흴 여기까지 부른 이유가 궁금할 거야. 오래전부터 하고 싶던 이야기가 있거든.” 스페인이 처음이고 아는 이라곤 그밖에 없는 두 손님에게는 불길한 소리였다. “집으로 돌아가서 말할게. 거긴 우리 셋뿐이니까.”

버니의 빌라까지 돌아오는 데 거의 한 시간이 걸렸다. 회색 양복을 입은 집주인은 노쇠한 당나귀처럼 비틀거리며 힘겹게 붉은 흙 언덕을 올랐다. 세 사람이 소싯적 옥스퍼드 동창이라는 걸 떠올리니 터무니없는 거짓말같이 느껴졌다. 버니는 두 사람보다 열 살은 더 나이 들어 보였다.

“난 좀 쉬어야겠어.” 둘을 집 안으로 안내한 뒤 버니가 느릿느릿 말했다. “좀 자고 난 다음에 얘기해.” 그렇게 오후의 열기를 피해 버니가 자러 올라간 사이, 메건과 헨리는 계단실 양쪽 안락의자에 널브러졌다. “잠시 눈만 붙일 거야.”

그게 벌써 세 시간 전이었다.

메건은 창밖을 내다보았다. 헨리는 몸을 앞으로 구부려 자신과 메건 사이에 놓인 흰 타일의 개수를 셌다. 대각선 방향으로 일곱 개까지 세자 그녀의 발이 보였다. “체스를 두는 기분이야.” 헨리가 말했다. “그래서 네가 자꾸 움직이는 거야? 공격할 말들을 정비하느라?”

그 소리에 메건이 그를 돌아보며 눈살을 찌푸렸다. "체스라니 참 식상한 비유네. 남자들은 갈등에 대해 거창하게 말한답시고 늘 그러더라."

둘은 버니가 급하게 점심을 마무리한 뒤로 오후 내내 분위기가 안 좋았다. '스페인사람들의 눈을 피해 우리 셋이서만 할 이야기가 있어.'라더니. 메건은 다시 창밖을 보았고 날씨만큼 둘의 상황도 뻔했다. 맑은 하늘에 먹구름이 꼈고 둘의 논쟁도 사나워지기 직전이었다.

"체스는 규칙과 대칭이 전부지." 그녀가 말을 이었다. "하지만 갈등은 대개 잔인하고 더러운 것이고."

헨리는 화제를 바꾸려고 기타를 스르륵 튕겼다. "기타 조율할 줄 알아?" 의자 뒷벽에 걸려 있던 것을 그가 아까부터 무릎에 내려놓고 있었다. "조율만 되면 내가 칠 수 있는데."

"몰라." 메건이 짤막하게 대답하고 거실을 나섰다.

헨리는 집 안 깊숙이 걸어가는 그녀를 쳐다보았다. 복도를 따라 문으로 향하는 그녀의 형체가 차츰 작아졌다. 그 모습을 지켜본 뒤 담배 한 개비를 새로 꺼내 물고 불을 붙였다.

"버니가 언제 일어날 것 같아? 난 신선한 공기를 좀 마시고 싶은데."

다시 원래 모습으로 커진 메건이 제일 가까운 문 앞으로 돌아와 있었다.

"난들 알겠어?" 헨리가 말했다. "지금 잠은 술잠이 아니라 식곤증일 텐데." 그의 농담에도 메건은 웃지 않았다. "나가고 싶으면 갔다 와. 버니의 할 말이 뭐든 널 기다려 줄 정도는 될 거야."

메건은 홍보 프로필 속 모습처럼 순수하고 속을 알 수 없는 표정으로 잠시 서 있었다. 그녀는 전문 연기자였다. "버니가 무슨 말을 할지 넌 알아?"

헨리가 머뭇거렸다. "그건 아니고."

"알았어. 그럼 난 나갈래."

그는 고개를 끄덕인 뒤 거실을 나서는 그녀를 바라보았다. 복도는 거실에서 그가 마주하는 방향이라 그녀가 복도 끝에 있는 출구를 나서는 게 보였다. 계단은 그의 왼쪽에 있었다. 헨리가 계속 기타를 만지작거리는데 줄 하나가 딱 하고 끊어지면서 튕겨 나간 금속 파편이 그의 손등에 상처를 냈다.

바로 그때 거실이 어두워져 그는 반사적으로 오른편으로 몸을 돌렸다. 메건이 창문 앞에서 집 안을 들여다보는 중이었고, 등지고 선 붉은 언덕 때문에 그녀 주변으로 지옥 불이 일렁이는 것 같았다. 그녀에겐 헨리가 보이지 않는 모양이었다. 어쩌면 밖이 너무 밝아서 그랬을 수도. 동물원 우리 속 구경거리가 된 듯 씁쓸함을 느끼며 그는 손등을 입으로 가져가 살짝 벤 상처를 빨았고 턱 아래로 손가락이 맥없이 달랑거렸다.

메건은 열기를 피해 빌라의 그늘진 쪽으로 걸음을 옮겼다.

야생화 덤불 속에 서서 그녀는 건물 외벽에 등을 기대고 눈을 감았다. 근처 어디선가 부드럽게 두드리는 소리가 났다. 톡, 톡, 톡. 그녀 뒤쪽에서 나는 듯했다. 처음에는 벽을 통해 들려오는 기타 소리라고 생각했지만, 선율은 없었다. 아주 희미해 거의 들리지 않는 것 같지만, 신발 속에 돌멩이가 들어갔을 때처럼 분명한 느낌이 있었다.

톡. 톡. 톡.

메건은 몸을 돌려 위를 올려다보았다. 연철로 된 창살을 통해 파리 한 마리가 버니의 닫힌 침실 창문에 계속 부딪히는 모습이 눈에 들어왔다. 빌라 꼭대기 층 그녀의 옆 방이 버니의 침실이었다. 그냥 작은 파리 한 마리가 나가고 싶어 발버둥을 치는 소리였다. 그러다 그녀는 파리 두 마리를 보았다. 아니, 세 마리다. 지금은 네 마리가 되었다. 한 무리의 파리 떼가 창밖으로 탈출하려고 아우성쳤다. 창문 귀퉁이가 파리로 새카맸다. 죽은 파리들이 창틀에 널브러져 있나 보군. 그녀는 바닥에 놓인 작은 돌멩이를 하나 집어 창문으로 던졌다. 딱 하는 투박한 소리에 검은 파리 떼가 흩어졌지만, 방 안에서는 아무 소리도 들리지 않았다. 다시 돌을 던졌지만 잠든 집주인은 일어날 기미가 없었다.

안달이 난 메건은 돌멩이를 한 움큼 집어 들고 양손이 빌 때까지 하나씩 창문으로 던졌다. 그리고 집 밖을 되돌아 걸어 안으로 들어가 복도를 따라 헨리가 있는 계단실 앞까지 갔다. 갑작스러운 그녀의 등장에 놀라 그는 차가운 흰 타일 바닥으로 그만 기타를 쿵 떨어뜨렸다.

"버니를 깨워야겠어."

헨리는 걱정하는 메건의 표정을 알아차렸다. "뭔가 잘못되었다고 생각하는 거야?"

사실, 그녀는 화가 났다. "우리가 확인해 봐야 할 것 같아."

메건이 계단을 오르기 시작했다. 헨리가 바짝 붙어 뒤따라가는데 그녀가 무언가를 보고 깜짝 놀라 비명을 질렀다. 헨리는 본능적으로 팔로 그녀를 감쌌다. 메건을 진정시키려고 한 행동이었지만 어설퍼서 두 사람 다 움직일 수 없게 뒤엉켜 버렸다.

"나한테서 떨어져." 메건이 팔꿈치로 그를 쳐낸 다음 앞으로 달려갔고, 시야를 가리던 어깨가 사라지자 헨리는 그녀가 무엇을 보았는지 알았다. 버니의 침실 문 아래서 새어 나온 피가 손가락질하듯 계단 꼭대기, 헨리가 서 있는 쪽으로 흘러나와 있었다.

*

그렇게 많은 피를 본 건 두 사람 다 처음이었다. 버니는 침대 시트 위에 엎드린 상태였다. 등에 꽂힌 칼 손잡이가 보였고 구불구불한 붉은 핏자국이 손잡이에서 침대 가장자리 낮은 부분으로 이어졌다. 칼날은 몸 깊숙이 박혀 거의 보이지 않았다. 커튼 틈 사이로 살짝 새어 들어오는 달빛처럼 가는 은빛 선이 시신과 검은 손잡이 사이로 차갑게 번뜩이는 것 같았다. "심장 쪽이야." 메건이 말했다. 칼 손잡이는 마치 해시계인 양 시간의 흐름을 가리키기라도 하는 것처럼 보였다. 물론 시신이 의도한 바는 아닐 터이겠지만.

그녀는 침대로 다가가 바닥의 피 웅덩이 주변을 서성거렸다. 시신에서 30센티미터 정도 떨어진 곳까지 가까이 갔을 때 헨리가 그녀를 막아 세웠다. "꼭 우리가 확인해야 할까?"

"숨이 붙어 있는지는 확인해 봐야지." 부질없지만 그녀는 버니의 목 옆쪽으로 손가락 두 개를 갖다 댔다. 맥박이 없었다. 메건이 고개를 저었다. "이건 꿈일 거야."

헨리는 충격을 받아 매트리스 끄트머리에 털썩 주저앉았다. 체중 때문에 고인 피가 그쪽으로 쏠리자 그는 악몽에서 막 깬 사람처럼 소스라치며 일어났다. 그는 문 쪽을 쳐다본 다음 메건을 향해 돌아섰다. "범인이 아직 여기 있을지 몰라." 그가 나지막이 속삭였다. "내가 다른 방을 살펴보고 올게."

"알았어." 메건도 목소리를 낮춰 대답했다. 본업이 배우여서인지 그녀는 속삭여도 발음이 전혀 뭉개지지 않았다. 하지만 비꼬는 말투로 들렸다. "창문이 다 잠겨 있는지도 확인해."

"넌 여기 있어." 그리고 헨리는 침실을 나섰다.

메건은 심호흡을 하려 했지만, 방 안 공기가 이미 부패했고 파리 몇 마리가 맹렬한 열기의 끝자락에서 여전히 창문을 두드리는 걸 더는 무시할 수 없었다. 파리는 시신에 관심이 없는 것이 분명했다. 그녀는 창가로 가 창문을 살짝 들어 올렸다. 수프에 소금을 뿌려 휘저을 때처럼 파리 떼는 밖으로 나가자마자 곧바로 푸른 하늘로 흩어져 자취를 감추었다. 메건은 충격에 간담이 서늘해진 상태로 창가에 서서 헨리가 옆방을 돌아다니며 옷장을 열고 침대 아래를 살피는 소리를 가만히 듣고 있었다.

헨리는 실망한 기색이 역력한 채 다시 문 앞에 나타났다. "여긴 아무도 없어."

"창문은 다 잠겼고?"

"응, 내가 확인했어."

"그럴 줄 알았어." 메건이 말했다. "점심 먹으러 갈 때 버니는 강박증에 걸린 사람처럼 사방을 꼭꼭 다 잠갔어. 내 눈으로 직접 봤어."

"저 문은, 저것도 잠겼어?" 그가 메건 뒤편 발코니로 향하는 두 개의 문을 가리켰다. 그녀가 다가가 손잡이를 당겨보았다. 양 문은 안에서 잠그는 형태로 위, 중간, 아래쪽이 모두 걸쇠에 걸린 상태였다.

"응." 그녀가 대답했다. 그러고는 피가 번지는 것 따윈 개의치 않는다는 듯 침대 끄트머리에 앉았다. "헨리, 이게 무슨 뜻인지 알아?"

헨리가 인상을 찌푸렸다. "범인이 계단으로 도망쳤다는 뜻이지. 내가 아래층의 모든 문과 창문을 잠글게. 넌 여기 있어, 메건."

"잠깐만." 메건이 입을 열었지만, 그는 벌써 자리를 뜬 뒤였다. 그녀는 피아노 건반처럼 희고 딱딱한 계단에서 헨리의 맨발이 엇박자로 쿵쿵거리는 소리를 들었고, 계단 회전부에 다다랐을 때 잠시 멈춰 서 넘어지지 않으려고 한쪽 손바닥을 벽에 짚는 소리를 들었다. 뒤이어 아래층에서 그가 움직이는 소리가 들려왔다.

메건은 버니의 협탁을 열어 보았다. 속옷과 금으로 된 손목시계 말곤 아무것도 없었다. 다른 서랍에는 수첩과 잠옷이 들어 있었다. 그는 당연히 옷을 입은 채로 잠들었다. 메건은 수첩을 꺼내 재빨리 넘겨 보았다. 거의 1년 전 메모가 마지막이었다. 그녀는 수첩을 제자리에 놓고 손목시계를 들여다보았다.

헨리가 제멋대로 주도권을 쥐고 움직이는 상황에서 얼마나 더 이곳에서 잠자코 있다가 아래층으로 내려가 그와 맞서야 할까?

문을 닫을 때마다 집이 부쩍 더워져 민첩하던 헨리의 움직임이 차츰 굼뜨고 기계적으로 바뀌었다. 그는 거친 숨을 내쉬며 이 방 저 방을 오가며 자신이 놓친 부분이 없는지 거듭 확인했다. 집 안 구조가 복잡해서 그는 버니가 왜 이렇게 큰 집에 혼자 사는지 궁금증이 생겼다. 방은 크기나 형태가 모두 제각각인 데다 대부분 창문이 없었다. '빛보다 차라리 어둠이 더 밝은 법이지.' 쳇, 돈이라도 많을 때나 하는 말이지. 헨리는 생각했다.

거실로 나오니 메건이 그가 앉아 있던 의자에 올라가 그의 담배를 피우고 있었다. 그는 잠시라도 현실을 회피할 요량으로 뭔가 재밌는 말을 해야겠다고 생각했다. "머리가 짧았다면 기타를 들고 있는 모습이 나랑 쌍둥이라고 해도 믿겠어."

그러나 메건은 반응이 없었다.

"범인은 도망치고 없어." 그가 말했다. "물론 여기엔 창문도 문도 아주 많아. 원하면 어디로든 나갈 수 있었겠지."

그녀는 천천히 담배를 재떨이에 비빈 뒤 옆에 놔둔 작은 칼을 집어 들었다. 헨리는 그 칼을 보지도 못했다. 장식이라곤 거의 없는 거실에 놓인 밋밋한 물건 중 하나일 뿐이었다. 메건이 자리에서 일어나 칼날을 내밀었고 칼끝이 그의 가슴을 겨누었다.

"움직이지 마." 그녀가 조용히 말했다. "그 자리에서 꼼짝도 하지 마. 우린 할 이야기가 있잖아."

헨리는 그녀에게서 한 걸음 물러섰다. 무릎 뒤쪽이 그녀의 반대편 의자에 닿자 그는 그 위로 웅크리고 앉았다. 갑작스러운 움직임에 그녀가 화들짝 놀랐고, 헨리는 꼼짝없이 당할 거라는 절망에 빠져 의자 팔걸이를 꽉 붙들었다. 하지만 그녀는 덤비지 않고 자리를 지켰다. "날 죽일 거야, 메건?"

"네가 날 죽이려 한다면."

"난 너한테 아무 짓도 안 해." 그가 한숨을 쉬었다. "담배 좀 건네줄래? 집으려고 손을 내밀었다가는 손가락 한두 개가 날아갈까 봐 무서워서 그래. 그럼 결국 엄지손가락이나 빠는 신세가 되겠지."

메건이 담배 한 개비를 꺼내 그에게 던졌다. 그는 조심스럽게 담배를 집어 들고 불을 붙였다. "있잖아," 그가 입을 열었다. "넌 오후 내내 논쟁거리를 찾았지만, 난 이것보단 더 교양 있는 것을 상상했었어. 이제 어쩔 셈이야?"

적보다 한 수 앞을 내다본 메건이 자신만만하게 대답했다. "헨리, 넌 침착한 척하려고 애쓰지만 손을 덜덜 떨고 있어."

"추워서 그런 거야. 나만 그래? 아니면 올해는 스페인 여름이 좀 서늘한 건가?"

"게다가 땀도 뻘뻘 흘리고 있고."

"어쩌라구? 네가 눈앞에 칼을 들이대고 있잖아."

"이건 조그만 칼이고 넌 덩치 큰 남자야. 그리고 칼은 네 얼굴 근처에도 안 갔어. 네가 불안해 떠는 건 내가 널 어떻게 할까 봐서가 아니라 발각될까 봐 두려워서지."

"무슨 말을 하는 거야?"

"사실은 이런 거야. 위층엔 다섯 개의 방이 있어. 창문엔 전부 빗장이 걸렸고. 만화에서 볼 법한 두껍고 검은 빗장이지. 방 두 개에는 발코니로 나가는 문이 있고 그 문은 모두 잠겼어. 창문도 마찬가지야. 네가 방금 직접 확인했잖아. 꼭대기 층으로 올라가는 계단은 단 하나, 바로 여기뿐이야. 내 말 맞지?"

그가 고개를 끄덕였다.

"그렇다면 버니를 죽인 사람은 분명 계단으로 올라갔을 거야." 그녀가 어두운 계단 모서리를 가리켰고 둘은 깜깜한 그곳을 잠시 응시했다. "그리고 계단으로 내려왔어. 우리가 점심 먹고 돌아온 뒤로 넌 쭉 여기에 앉아 있었지."

그는 이해가 가지 않는다는 듯 어깨를 으쓱이며 대꾸했다. "그래서 뭐? 내가 이 일과 관련 있다고 말하는 거야?"

"바로 그거야. 넌 범인이 계단을 올라가는 걸 봤거나, 네가 직접 계단을 올라가 살인을 저질렀거나 가담했겠지. 네가 범행을 함께 저지를 친구를 사귈 만큼 스페인에 오래 있진 않았다고 난 생각해. 그러니까…."

헨리는 눈을 감고 그녀가 한 말을 곱씹었다. "터무니없는 소리야. 누가 나 몰래 슬쩍 움직였을 수도 있어. 난 무신경하게 쭉 앉아 있었으니까."

"쥐 죽은 듯 조용한 백색 거실에서 누가 몰래 널 지나쳤다고? 어느 쪽이야, 헨리. 생쥐 한 마리가 그랬을까? 아니면 발레리나가 휘리릭 날아갔을까?"

“넌 정말로 내가 죽였다고 생각하는 거야?” 그럴싸한 그녀의 추리에 헨리는 반박하려고 자리에서 일어났다. “하지만 메건, 네가 놓친 부분이 하나 있어. 내가 점심때 이후로 쭉 여기 앉아 더부룩한 속을 꺼트리고 있을 때 너도 나랑 같이 있었잖아.”

그녀는 고개를 갸우뚱했다. “뭐 거의 맞는 말이야. 하지만 난 바깥 공기를 쐬러 최소한 세 번 정도 자리를 비웠어. 날 내보내려고 네가 그렇게 줄담배를 피워 댄 건 아니고? 누군가의 등에 칼을 꽂는 데 시간이 얼마나 걸리는지 모르지만, 꽤 빨리 끝낼 수 있을 거라고 봐. 그보다는 피 묻은 손을 씻는 시간이 더 걸리겠지.”

헨리는 의자에 도로 앉았다. “맙소사,” 그는 진정하려고 애썼다. “지금 진심으로 하는 소리야? 우린 막 친구가 침실에서 죽어 있는 걸 발견했어. 그런데 지금 넌 내가 그랬다고 말하는 거야? 무슨 근거로? 내가 계단 근처에 앉아 있었다는 이유로? 우리가 서로 알고 지낸 지 10년이 다 됐는데도?”

“사람은 변하기 마련이야.”

“그래, 그 말은 맞아. 요즘 난 셰익스피어가 과대평가 된 인물이라고 생각하고 더는 교회에도 나가지 않거든. 하지만 내가 깜박하고 도덕심을 집에 놔두고 나왔다면…, 누군가가 나에게 일깨워 줬더라면 좋았을 걸 그랬네.”

“너무 섭섭하게 생각하지 마. 난 그냥 단서들을 맞춰 보는 거니까. 넌 여기 쭉 있었어, 안 그래?”

“섭섭하게 생각하지 말라고?” 그는 믿을 수 없다는 듯 고개를 저었다. “메건, 넌 추리 소설을 읽어 본 적 없어? 살인을 저지르는 방법은 수없이 많아. 어쩌면 위층으로 통하는 비밀 통로가 있을지도 모르고.”

“이건 소설이 아니야, 헨리. 현실에서는 동기와 기회를 가진 사람이 한 명뿐이라면 보통 그 사람이 범인이지."

"동기라니? 정확히 내 동기가 뭔데?"

"버니가 왜 이리로 우릴 불렀을까?"

"그건 모르지."

"네가 알고 있을 거라고 생각해. 5년간 소식이 끊겼던 그가 갑자기 편지를 보내 우릴 스페인에 있는 자기 집으로 초대했어. 그리고 우리 둘 다 한걸음에 달려왔지. 왜 그랬을까? 그는 우릴 협박할 계획이었던 거야. 넌 분명 알고 있었잖아?"

"우릴 협박한다고? 옥스퍼드에서 있었던 일 때문에?" 헨리는 그 생각을 털어 버리려고 고개를 저었다. "그때 차를 몬 건 버니였어."

"하지만 우리가 완전히 결백한 건 아니잖아?"

"말도 안 돼. 내가 여기 온 건 네가 여기 올 거고, 네가 날 보고 싶어 한다고 버니가 말해서야. 협박 같은 건 없었어."

"그가 보낸 편지 지금 가지고 있어?"

"아니."

"그럼 네 말뿐인 거지?"

헨리는 멍하게 바닥을 바라보았다. "난 아직 널 사랑해, 메건. 그래서 온 거야. 버니는 날 여기로 부르기 위해 무슨 말을 해야 할지 정확히 알고 있었지. 네가 날 이런 일을 저지를 사람으로 생각하다니 믿기지 않아."

그녀는 동요하지 않았다. "나도 너처럼 무사태평한 성격이면 좋겠어, 헨리. 넌 당장이라도 우리가 화해할 거라고 생각하나 봐."

"난 그냥 지금 내 감정을 말하는 것뿐이야."

"말했지만 난 단서들을 맞춰 보는 거야."

"하나가 빠졌어."

"뭔데?" 그녀가 의심 어린 눈초리로 헨리를 쳐다보았다. 칼이 그녀의 손에서 꿈틀거렸다. "뭐가 빠졌는데, 헨리?"

그는 다시 자리에서 일어나 한 손을 이마에 올리고 다른 손으로 흰 벽을 꾹 짚었다. 이내 그는 서성이기 시작했다. "걱정하지 마. 가까이 가진 않을 테니까." 메건은 긴장해 칼끝으로 그의 움직임을 따랐다. "네가 바람 쐬러 밖에 잠시 나갔을 때 나도 자리를 떴다면? 그랬을 수도 있잖아. 내가 그랬다고 해도 넌 눈치 못 챘을 거야. 그때 범인이 들어왔을지도 몰라."

"그래서 자리를 비웠어?"

"응." 그가 다시 의자에 앉으며 대답했다. "내 방에 책을 가지러 갔었어. 그때 살인자가 분명 여길 지나간 거야."

"넌 거짓말을 하고 있어."

"아니야."

"맞아. 그 말이 사실이라면 진작 말했겠지."

"깜박했어. 그뿐이야."

"헨리, 그만해." 그녀가 한걸음 다가갔다. "거짓말 같은 건 듣고 싶지 않아."

그가 손을 펼쳐 보였다. 손은 떨리지 않았다. "자, 봐. 난 사실을 말하고 있다고."

메건이 헨리의 의자 다리를 걷어찼고 그는 몸을 지탱하려고 팔걸이를 꽉 붙들었다. "이 대화는 진작에 끝났어. 난 그저 네 다음 계획이 뭔지 알고 싶어."

"여긴 전화가 없으니 마을로 뛰어 내려가 경찰과 의사를 부르려고 했어.

하지만 네가 나를 범인이라고 말할 생각이라면 그렇게 하긴 어려울 것 같아, 안 그래?"

"경찰 걱정은 나중에 해도 돼. 지금 난 이 칼을 내려놔도 버니 옆에 시신으로 나란히 눕게 되지 않을지 확실히 알고 싶은 것뿐이야. 버니를 죽인 이유가 뭐야?"

"내가 죽인 게 아니야."

"그럼 누가 그랬는데?"

"외부인이 몰래 들어와서 그를 죽였겠지."

"무슨 연유로?"

"그걸 내가 어떻게 알아?"

그녀는 자리에 앉았다. "있잖아, 난 널 돕고 싶어, 헨리. 네가 이런 일을 저지를 타당한 이유가 있다는 것은 내가 상상하지 못 하는 바가 아니야. 버니가 지난 일을 꼬투리 삼아 잔인하게 굴 수 있다는 걸 우리 둘 다 알아. 게다가 그는 성격도 난폭하잖아. 시간이 지나면 네가 한 짓을 난 용서해 줄 수 있을지도 몰라. 하지만 지금 널 위해 거짓말을 해 주길 바란다면 내 인내심을 시험하는 건 그쯤 해 둬야 할 거야. 인제 와서 왜 이래? 게다가 어째서 이런 식으로?"

"메건, 이건 말도 안 돼." 헨리는 눈을 감았다. 모든 방문과 창문이 닫힌 탓에 집 안의 열기를 견디기 힘들었다. 누군가가 연구를 위해 두 사람을 표본으로 쓰려고 기름 속에 담가 둔 게 아닌가 하는 상상을 했다.

"그렇다면 넌 아직도 네 무고함을 주장하는 거야? 맙소사, 여태껏 입 아프게 얘기했잖아, 헨리. 넌 복도에 늘어서 있는 열두 개의 화분 배심원에게 재판을 받았고 유죄 판결을 받았어. 넌 온종일 여기 있었어. 그것 말고 더 무슨 말이 필요해?"

그는 양손으로 머리를 감쌌다. "생각할 시간을 좀 줘." 그녀의 비난에 그는 천천히 입을 열었다. "너 때문에 머리가 깨질 것 같아." 그런데 그는 터무니없게도 몸을 구부려 자기 옆 바닥에 놓인 기타를 집어 들었다. 그리고 남은 다섯 줄을 튕기기 시작했다. "우리가 점심을 먹고 왔을 때 범인이 이미 위층에 숨어 있지 않았을까?" 그의 이마에서 땀이 흘러내렸다. "도망갔을 리가 없어. 우리가 돌아온 바로 그 순간이 아니면. 사실… 사실, 난 알 것 같아."

그가 다시 자리에서 일어났다. "사건의 전말이 뭔지 알 것 같아, 메건."

그녀는 별 관심 없다는 듯 냉소적으로 헨리를 향해 고개를 까닥였다.

"메건, 이 교활한 인간." 그가 말했다. "음침한 능구렁이. 버니를 죽인 건 너야."

메건은 조금도 놀라지 않았다. "터무니없는 소리 하지 마."

"네가 머리를 굴린 게 뻔히 보여. 여기 두 명의 용의자가 있는데 둘 다 동기와 기회도 같이 공유하고 있다고 치자고, 그럼 너는 그저 모든 걸 부인하고 나한테 뒤집어씌우기만 하면 돼. 결국 우리 중 누가 더 나은 배우인지가 관건이고 우리 둘 다 그 답을 알고 있지."

"말했듯이, 헨리, 넌 죄를 감추려고 오후 내내 여길 지키고 있었어. 그런데 내가 어떻게 살인을 저지를 수 있다는 거야?"

"날조된 증거를 가지고 날 옭아매려고 하지 마. 목구멍이 말라비틀어질 때까지 모든 걸 부정하려고 애써도 소용없어. 그게 네 계획이잖아? 경찰이 도착하면 그들은 외국인 두 사람과 시신 한 구를 보게 되겠지. 둘 중 한 사람인 나는 누군가 어디 천장에 숨어 있다 내려와 계단으로 올라갔을 거라고 횡설수설할 테고 너는 아주 침착하게 모든 걸 부정하겠지. 영국 미녀와 야수 같은 남성의 대결이야. 경찰이 누구 말을 믿을지는 우리 둘 다 뻔히 알고 있잖아. 나한테 그들을 설득할 그 무슨 뾰족한 수가 있겠어? 이 빌어먹을 나라에서 커피 한 잔도 내 손으로 시킬 줄 모르는데."

"그게 네 주장이야? 그렇다면 내가 어떻게 너 몰래 여길 지나갈 수 있었겠어, 헨리? 네 말처럼 내가 천장으로 기어갔을까? 아니면 지금 20초 동안 더 근사한 변명이라도 생각해 냈어?"

"그럴 필요까진 없어. 질문이 잘못되었으니까." 그는 일어서서 더는 메건을 두려워하지 않고 창가로 걸어갔다. "이 집 꼭대기 층에 문단속이 잘 되어 있는 건 사실이야. 그리고 계단이 유일한 통로지. 내가 점심 이후로, 버니가 침실로 올라간 뒤로 쭉 여기 앉아 있던 것도 맞아. 화장실도 한 번 안 갔으니까. 하지만 우리가 돌아오자마자 난 땀과 길거리 먼지에 찌든 몸을 씻으러 갔었어. 그동안 넌 거실에 쭉 혼자 있었지. 내가 왔을 때 넌 그 자리에 있었어. 얼굴과 목과 손을 씻는 데 십 분 정도 걸렸어. 너무 짧은 시간이었기에 그만 까먹고 있었어. 근데 말이야, 누군가의 등을 칼로 찌르는 데 시간이 얼마나 걸릴까?"

"그건 몇 시간 전의 일이야."

"세 시간 전 일이지. 그러면 넌 그가 죽은 지 얼마나 됐다고 생각하는 거야? 피가 복도까지 다 번졌잖아."

"우리가 돌아왔을 때 그는 곧장 침실로 올라갔어. 그때쯤이면 잠들지도 않았을 거라고."

"아니, 하지만 그는 술을 많이 마셨으니 그 부분은 문제가 되지 않아. 매트리스에 엎드리는 순간 완전 무방비 상태가 되었을 테니까."

"그래, 그거야? 내가 버니를 죽였다고?"

헨리는 자신의 논리가 자랑스러운 듯 미소를 지었다. "응, 맞아."

"이 구제 불능 멍청이. 버니가 죽었는데 넌 그걸 가지고 장난치고 싶어? 네가 범인이라는 걸 알아. 왜 그랬어?"

"내가 묻고 싶은 말이야."

메건은 잠시 말을 멈추고 곰곰이 생각에 잠겼다. 칼을 든 손에 힘이 풀렸다. 이제 헨리는 먼지 낀 창문 너머 노을 진 붉은 언덕을 바라보았다. 그는 전혀 두려워하지 않는 모습으로 그녀를 조롱했고 이것이 그가 자신의 권위를 주장하는 방법이었다.

"네 속셈이 뭔지 알겠어." 메건이 말했다. "이제 분명히 알았어. 명성의 문제지? 난 배우야. 이런 스캔들에 휘말리면 끝장이라고. 조금이라도 의심의 여지가 있으면 내 커리어가 무너지겠지. 내가 너보다 잃을 게 많으니까 내가 협조할 수밖에 없다고 생각하는 거지?"

헨리는 몸을 돌려 밝은 햇살을 등지고 섰다. "이게 네 직업적 위신에 관한 일이라고 생각하는 거야? 세상 모든 일이 널 중심으로 돌아가는 건 아니야, 메건."

그녀가 아랫입술을 깨물었다. "그래, 네가 인정할 거라고 생각하지 않았어, 맞지? 우선 넌 나한테 네가 얼마나 완고한지 보여 줄 테지. 그런 다음엔? 내가 이길 수 없다는 것을, 그리고 협조하지 않으면 내 경력이 망가질 거라고 확신했을 때 너는 제안을 하겠지. 너는 이러저러한 이야기를 생각해 낼 거고 나에게 그것을 확증해 달라고 요청할 거고. 이게 정말 그런 거라면 그냥 사실대로 나에게 털어놓는 게 좋을 거야."

헨리는 한숨을 쉰 다음 고개를 저었다. "네가 왜 계속 이런 소리를 하는

지 모르겠어. 난 범죄 정황을 설명했어. 아무리 훌륭한 경찰이라고 해도 노골적으로 부인하는 용의자한테 아무것도 할 수 없어. 내 머리카락을 다 뽑아 증명하라면 할 수 있어. 하지만 대머리가 나한테 어울릴 것 같진 않아."

그녀는 헨리를 노려보았다. 두 사람 모두 잠시 말문을 닫았다. 결국 그녀가 칼끝을 거두고 탁자에 내려놓았다.

"알았어." 그녀가 말했다. "하던 대로 기타 줄이나 계속 튕기시든지. 난 널 의심하고 넌 날 의심하는 게 지금 우리가 처한 상황이야. 하지만 남자가 그렇게 말한다고 해서 하늘이 녹색이라고 철석같이 믿는 여자로 생각한다면 넌 날 과소평가한 거야."

"네가 속눈썹을 파닥거리며 완강하게 굴면 내가 좋아할 거라고 생각한다면 너는 너의 힘을 과대평가한 거고."

"어머," 메건이 속눈썹을 파닥였다. "네가 아직 날 사랑하는 줄 알았는데?"

헨리는 그녀 맞은편 의자에 앉았다. "맞아. 그래서 더 미칠 것 같아. 네가 그를 죽였다고 인정한다면 나는 모든 걸 용서해 줄 수 있어."

"그렇다면 우리가 한 번도 한 적이 없는 이야기를 꺼내야겠네." 그녀가 다시 칼을 집어 들었다. 한동안 그의 눈동자에 진심으로 두려움이 깃들었다. "넌 폭력적인 성향이 있어, 헨리. 난 네가 취한 걸 본 적이 있어. 처음 보는 사람들이 날 쳐다보는 게 마음에 안 든다는 이유로 넌 그 사람들과 싸움을 벌였지. 네가 욕하고 고함지르고 유리를 깨부수는 걸 봤어. 그 모든 걸 다 부정할 거야?"

헨리는 바닥을 뚫어지게 쳐다보았다. "아니, 하지만 그건 오래전 일이야."

"그럼 넌 내가 그런 식으로 행동하는 걸 한 번이라도 본 적 있어?"

"아니. 하지만 너도 잔인해질 수 있잖아."

"아무리 모진 말이라고 해도 혀로 사람을 죽일 순 없어."

헨리가 어쩔 수 없다는 듯 어깨를 으쓱였다. "그래, 난 욱하는 성질이 있어. 그래서 내 청혼을 거절한 거야?"

"전적으로 그 이유 때문만은 아니야. 하지만 그 점도 한몫했지."

"그 당시에 난 술을 많이 마셨었지."

"넌 오늘 낮에도 술을 마셨어."

"많이 마시진 않았어. 옛날만큼은 아니라고."

"하지만 충분히 취할 정도였어."

헨리가 한숨을 쉬었다. "내가 버니를 죽이고 싶었다면 이보다 더 나은 방식을 택했을 거야."

"헨리, 난 네가 범인인 걸 알아. 우리 둘 다 그 사실을 알고 있어. 정확히 뭘 나한테 납득시키고 싶은 거야? 날 미치게 만들려고?"

"내 쪽에서도 그렇게 주장할 수 있지 않을까?"

"아니, 넌 그럴 수 없어." 그녀가 칼로 의자 팔걸이를 찔렀다. 칼은 곧바로 팔걸이 천을 뚫고 들어가 나무에 꽂혔다. "버니가 위층에서 수도꼭지처럼 피를 흘리고 있는데 우리는 여기 앉아서 말다툼이나 하고 있다니. 우리가 오후를 어떻게 보냈는지 경찰이 알면 뭐라고 생각할까?"

"이건 악몽과도 같아."

메건이 눈을 굴렸다. "또 저렴한 비유 납셨네."

"우리가 오후를 이렇게 보내야 한다면 난 술이라도 마셔야겠어. 너도 한 잔할래?"

"넌 제정신이 아니야." 그녀가 말했다. 헨리는 잔에 위스키를 따랐다.

*

30분이 지났지만 아무것도 달라지지 않았다. 그들은 몇 번 더 상황에 대해 토론했지만 결론에 도달하지 못했다.

헨리는 술을 다 마셨다. 그는 빈 잔을 눈앞에 들고 손을 옆으로 흔들며 유리잔 너머로 짓눌리고 움푹해진 거실을 들여다보았다. 메건은 그를 바라보며 어쩜 이렇게 쉽게 주의가 흐트러질 수 있는지 궁금했다.

헨리가 그녀를 쳐다보았다. "딱 한 잔만 더 마실 거야. 너도 같이할래?"

방문과 창문이 여전히 닫힌 상태라 거실 공기가 텁텁했다. 두 사람은 마치 자신에게 벌을 주고 있는 것 같았다.

메건이 고개를 끄덕였다. "나도 한잔할게."

헨리가 너털웃음을 지으며 캐비닛 쪽으로 걸어갔다. 그는 위스키가 담긴 커다란 용기에서 큰 유리잔 두 개에 술을 따랐다. 당연히 술은 뜨뜻미지근했다. 그는 한 손에 잔을 들고 리드미컬하게 휙 돌렸고 다른 한 잔을 그녀에게 건넸다. 잔의 삼분의 이 이상이 차 있는 걸 보고 그녀는 눈이 휘둥그레졌다. "마지막 한 잔이야." 그가 말했다.

"우린 어떻게 할지 의논해야 해." 메건이 말했다. "우리 둘 다 자백할 생각이 없으니까. 경찰이 꼭 필요할까? 아무도 우리가 여기 있는 줄 모르잖아. 밤에 우리가 그냥 가 버리면?"

헨리는 잠자코 술을 들이켰다. 그들은 그렇게 몇 분 동안 앉아 있었고 메건은 잔을 꽉 쥐고만 있었다. 결국 입으로 가져갔지만 그녀는 마시기 직전에 멈췄다. "여기 독을 안 탔다고 어떻게 믿어?"

"그럼 잔을 바꾸자." 그가 말했다.

메건이 어깨를 으쓱였다. 말해 봤자 소용없을 것 같았다. 그래서 살짝 한 모금 들이켰다. "맛은 괜찮네." 그녀가 말했다. 헨리가 아무 말 없이 자신을 쳐다봐서 그녀는 불편했다. “의심을 피하는 다른 방법으로….” 그는 한숨을 쉬고 자신의 잔을 건넸다. 그녀가 받은 다음 자기 잔을 헨리에게 주었다.

그는 지친 상태로 의자에 앉아 잔을 들었다. “버니를 위하여.”

“그래, 버니를 위하여.”

위스키는 곧 닥칠 황혼처럼 불꽃을 닮은 주황색이었다. 헨리가 다시 기타를 들고 전과 같은 곡을 서툴게 연주했다. “우린 다시 원점으로 돌아왔어.” 그가 한숨을 쉬었다.

“내가 말했듯이 우린 이제 어떻게 할지 의논해야 해.”

“같이 도망치고 여기 온 적 없는 척하자는 데 동의하길 바라는 거야? 지난번처럼. 처음부터 그게 네 계획이었지, 그렇지?”

“나한테 왜 이러는 건데?” 메건이 잔을 내려놓고 고개를 저었다. “내가 약혼을 깨서 그래? 하지만 그건 아주 오래전 일이잖아.”

대화를 끊고자 할 때에 헨리는 술을 홀짝이곤 했었다. 하지만 이번에는 그러지 않고 뜸을 들인 뒤 담배에 불을 붙였다. “다시 말할게, 메건. 난 아직도 널 사랑해.”

“알려 줘서 고마워.” 그녀는 뭔가를 기대하는 얼굴로 그를 바라보았다. “슬슬 어지럽지 않아, 헨리?”

처음에 그는 무슨 말인지 몰랐지만 이내 자신의 잔을 흘끗 쳐다보았다. 바닥에서 1센티미터가량만 남겨 두고 거의 다 마신 상태였다. 잔을 향해 손을 뻗으려고 했지만 왼팔에 마비가 와서 제대로 움직이지 않았다. 형태도 없이 뭉뚱그려진 손이 잔을 바닥으로 떨어뜨리자 흰 타일 위로 갈색 원을 그리며 파편이 튀었다. 그는 메건을 쳐다보았다. “무슨 짓을 한 거야?”

입에 문 담배가 기타 위로 떨어지면서 기타 줄 틈에서 연기가 피어올랐다. 그녀는 냉랭한 얼굴로 아주 살짝 걱정하는 뉘앙스를 풍겼다.

"메건."

헨리는 몸이 반쯤 굳은 채 의자에서 앞으로 고꾸라졌다. 기타가 한쪽으로 튕겨 나갔다. 그는 흰 타일 바닥에 엎드려 발작하듯 몸을 떨었다. 턱 앞 타일로 침이 흥건하게 고였다.

"거짓말이란 이런 거야, 헨리." 그녀가 일어서서 그를 내려다보았다. "한번 시작하면 멈출 수 없어. 끝이 어디든 가 보는 수밖에."

2. 첫 번째 대화

줄리아 하트는 한 시간가량 큰 소리로 원고를 읽는 통에 목구멍에 돌이 가득 찬 것처럼 따가웠다. "거짓말이란 이런 거야, 헨리." 그녀가 일어서서 그를 내려다보았다. "한번 시작하면 멈출 수 없어. 끝이 어디든 가 보는 수밖에."

그녀 옆에서 그랜트 맥알리스터가 집중하며 듣고 있었다. 그는 줄리아가 방금 읽은 이야기의 저자였다. 25년도 더 된 소설. "음," 이야기가 끝이 나자 그가 입을 열었다. "이 작품 어때요?"

줄리아는 자신이 적어 놓은 메모가 그에게 보이지 않도록 방향을 틀어 원고를 내려놓았다. "마음에 들어요. 마지막 문단이 나오기 전까지 저는 전적으로 메건 편이었어요."

그는 갈라진 그녀의 목소리를 알아차리곤 자리에서 일어났다. "물 한 잔 더 할래요?" 그녀가 고마워하며 고개를 끄덕였다. "미안하군요." 그가 말했다. "이렇게 손님이 찾아오는 일이 꽤 오랜만이라."

그의 오두막은 해변에서 그리 멀지 않은 모래 언덕 위에 자리했다. 줄리아가 큰 소리로 그에게 원고를 읽어 주는 동안, 두 사람은 한 시간 정도 오두막의 넓은 현관 앞 나무 의자에 앉아 있었다. 그는 이제 그녀만 놔두고 집 안으로 사라졌다.

선선한 해풍이 바닷가에서 불어왔지만 뜨거운 햇볕을 날려 버리기엔 역부족이었다. 오늘 아침, 그녀는 호텔을 나와 작렬하는 지중해의 열기를 맞으며 15분을 걸어 그의 오두막에 왔고 그사이 이마에 살짝 화상을 입었다.

“여기 있어요.” 그랜트가 투박한 도기 주전자를 들고 돌아와 두 사람 사이에 놓인 탁자에 내려놓았다. 그녀는 잔에 물을 따라 마셨다.

“고맙습니다. 목이 말랐거든요.”

그가 다시 자리에 앉았다. “내가 듣기엔 당신은 메건이 무죄라고 생각한 것 같은데요?”

“꼭 그런 건 아니에요.” 크게 물 한 모금을 더 들이켠 뒤 그녀가 고개를 저었다. “그냥 메건이 안쓰러워서요. 저도 헨리 같은 남자를 많이 만나 봤어요. 연약하고 자기 연민으로 가득 찬.”

그랜트는 고개를 끄덕인 뒤 자기 의자 팔걸이를 손가락으로 몇 차례 두들겼다. “메건한테도 단점은 있어요. 그렇게 생각하지 않나요?”

“아, 물론 그렇죠.” 줄리아가 미소를 지으며 대답했다. “그녀가 죽인 거죠?”

“나한테 그녀는,” 그가 적절한 단어를 찾으려고 고심했다. “본능적으로 믿음이 가지 않는 인물이었어요. 처음부터 수상쩍었죠.”

줄리아는 모르겠다는 듯 어깨를 으쓱였다. “우리는 옥스퍼드에서 둘한테 무슨 일이 있었는지 모르잖아요.” 그녀가 수첩을 꺼내 무릎에 올려놓고 다른 손에 펜을 쥐고 메모할 준비를 했다. “마지막으로 이 원고를 읽은 게 언제였나요?”

“여기 살기 전이었죠. 아시다시피 전 그 책의 복사본을 갖고 있지 않거든요.” 그랜트가 천천히 고개를 저었다. “아마 20년 전일 테죠. 그렇게 생각하니 내가 엄청 늙은 것 같군요.”

그는 자기 잔에 물을 조금 따랐다. 아침 내내 그는 물 한잔도 마시지 않았다. 두 사람 아래쪽 해변에는 빛바랜 작은 나무 보트가 거꾸로 꽂혀 있었다. 거대한 곤충의 버려진 고치처럼 보였다. 어쩌면 그가 저 안에서 나온 것인지도 모른다고 상상해 보며 줄리아는 속으로 웃었다. 더위에 무덤덤하고 먹고 마시는 욕구에 연연해하지 않는 외계 생명체.

"그래서 어떻게 되는 겁니까?" 그가 물었다. "난 편집을 해 본 경험이 없는데. 한 줄씩 읽으면서 살필까요?"

"그러면 시간이 많이 걸려요." 그녀가 원고 사본을 훌훌 넘기며 말했다. "고쳤으면 하는 부분은 별로 없어요. 늘어지는 구절 한두 군데를 손보는 정도면 될 것 같아요."

"아, 그렇군요." 그가 모자를 뒤로 넘긴 다음 손수건으로 이마를 닦아 냈다.

"빌라 설명에서 일치하지 않는 부분이 좀 있던데 의도적으로 그런 거죠?"

그는 잠시 가만히 있다가 땀을 닦은 손수건을 말리려고 팔걸이에 걸쳤다. "어떤 부분을 말하는 건가요?"

"별건 아니에요." 줄리아가 대답했다. "예를 들면, 집 구조의 경우," 그녀가 그를 쳐다보았다. 그는 계속하라는 의미로 손을 빙빙 돌렸다. "시신이 발견된 침실은 집의 응달진 쪽에 창문이 나 있는 것으로 묘사되어 있는데, 꽂힌 칼이 그림자를 드리우는 것으로 묘사되고 있어요." 그랜트는 고개를 한쪽으로 기울인 채 멍하니 그녀를 쳐다봤다. "그러니까 창으로 빛이 들어오는 게 맞나요, 아니면 그늘진 쪽에 창이 난 건가요?"

그는 말뜻을 이해한 듯 고개를 들더니 숨을 들이마셨다. "참 흥미롭군요. 아마 내가 실수를 했을 겁니다."

"그리고 위층과 아래층 복도가 서로 다른 방향으로 뻗어 있는 것 같아요. 한 부분에선 헨리가 의자에 앉아 있고 그의 왼쪽에 계단실이 있고 복도는 그가 바라보는 쪽을 향해 쭉 이어진다고 적혀 있어요. 그런데 다시금 계단실은 집 왼쪽에 있고 위층 복도가 계단실에서 시작되죠. 그러면 위층이 실제로 아래층 위에 딱 맞게 얹힌 구조인가요?" 그는 머릿속으로 빌라의 모습을 그려 보느라 눈을 양옆으로 굴리며 깜박였다. 줄리아가 말을 이었다. "그리고 해 말인데요. 배경은 해 질 무렵인 것 같은데 이야기는 여름, 정오가 지난 한두 시간 뒤라서요."

그랜트가 가볍게 웃음을 터트렸다. "당신은 정말로 관찰력이 뛰어난 독자군요."

"제가 지독한 완벽주의자라서요."

"하지만 당신은 이런 실수가 의도적이라고 생각한 거죠?"

"그게 아니라면 사과드릴게요." 그녀는 살짝 당황한 듯 의자를 고쳐 앉았다. "그런 세부 사항 중 많은 부분이 이질적인 것처럼 보였어요. 마치 배경 설정에 이러한 불일치를 의도적으로 도입하려는 것 같았거든요."

그는 다시 이마에 맺힌 땀을 닦았다. "정말 감탄했어요, 줄리아." 그가 자신의 손바닥을 줄리아의 손등에 살포시 올려놓았다. "당신 말이 맞아요. 독자들이 알아차리지 못하게 슬쩍 그런 모순점을 이야기에 집어넣었죠. 나만의 게임이에요. 심통 부리는 습관이고요. 그걸 당신이 알아차리다니 정말 놀랐어요."

"감사합니다." 그녀는 살짝 확신이 없는 상태로 대답했다. 그리고 잠시 말없이 자신의 메모를 확인했다. "반복해서 등장하는 열기와 붉은 배경에 어쩌면 이야기가 지옥 속에 사는 헨리를 묘사하는 것인지도 모른다고 생각했어요. 아닌가요?"

"흥미로운 주장이군요." 그랜트는 머뭇거렸다. "어디서 그런 느낌을 받았나요?"

줄리아는 페이지 상단 모퉁이에 적어 놓은 목록을 손가락으로 훑었다. "신비주의자인 스베덴보리는 지옥을 시공간의 일반적인 규칙을 따르지 않는 곳으로 묘사하죠. 그 점이 불가능한 공간과 이상한 시간의 흐름을 설명해 줘요. 메건의 얼굴이 창문에 나타났을 때 '그녀 주변으로 지옥 불이 일렁이는 것 같다'라고 묘사되었어요. 그리고 작품 속에서 그녀가 처음 한 말에 분명히 언급돼요. '여긴 지옥'이라고요. 헨리가 집 안을 살필 때 밀턴의 시 구절도 등장하고요."

그랜트는 항복했다는 듯 양손을 들어 올렸다. "다시 한번 말하지만 정말로 관찰력이 뛰어나군요. 당신 말이 맞아요. 글을 쓸 때 그런 생각이 분명 있었을 거예요. 하지만 오래전 일이라 단정 지을 순 없군요."

"그렇다면," 그녀가 주제를 살짝 바꿨다. "이 모든 모순을 의도적인 것으로 다룬다면 이야기 자체에 제가 손댈 부분은 별로 없어요."

그랜트는 흰 모자를 벗어 손으로 빙글빙글 돌렸다. "그럼 그것이 제 수학적 관심과 어떤 관련이 있는지 설명하겠습니다. 그걸 듣기 위해 당신이 여기 온 거 같은데, 맞죠?"

"그렇게 해 주시면 큰 도움이 될 것 같아요." 줄리아가 대답했다.

그는 의자에 기대 손끝으로 턱을 짚고선 어디서부터 말을 꺼내면 좋을지 고심했다. "그 모든 이야기는," 그가 입을 열었다. "내가 1937년에 미스터리 살인 사건의 수학적 구조를 조사하면서 쓴 연구 논문에서 파생된 것입니다. 난 그걸 '추리 소설의 치환'이라고 불렀어요. 《메스메티컬 레크리에이션스》라는 저널에 게재되었고요. 정말 별거 아닌 글이었는데 반응이 좋았어요. 당시에는 추리 소설이 대단히 인기가 있었기 때문인 것 같습니다."

“맞아요.” 줄리아가 말했다. “그때가 추리 소설의 황금기였죠. 당시 에든버러 대학교에서 수학 교수로 재직 중이셨죠?”

“맞습니다.” 그가 줄리아를 향해 미소 지었다. “미스터리 살인 사건을 수학적으로 정의 내리려는 목적으로 그 논문을 썼어요. 포괄적으로 보자면 성공적이었다고 생각해요.”

“그런데 어떻게 그럴 수 있나요?” 그녀가 물었다. “문학적 개념을 정의하는 데 어떤 식으로 수학을 활용했는지 궁금해요.”

“그렇게 묻는 게 당연해요. 살짝 다르게 설명해 볼게요. 그 논문에서 난 ‘미스터리 살인 사건’이라는 수학적 대상을 정의하려고 했고 구조적 특성을 추리 소설 이야기 체계에 정확하게 반영하고자 했어요. 수학적으로 미스터리 살인 사건의 한계를 정의하고 나면 그 결과를 다시 문학에 적용하는 것이 가능하죠. 그러니까 예를 들면, 하나의 미스터리 살인 사건이 되려면 정의에 따라 합당한 몇 가지 요건을 충족해야 해요. 그런 다음 우리가 같은 결론을 실제 사건에 적용할 수 있어요. 조금 이해가 가나요?”

“네. 어느 정도는요.” 그녀가 대답했다. “추리 소설을 쓸 때 지켜야 할 일종의 규칙 목록 같은 게 아닐까요?”

“맞아요, 겹치는 부분이 있어요. 하지만 우리의 정의에 따르면 모든 개별 구조를 미스터리 살인 사건을 이루는 합당한 구성 요건으로 볼 수 있어요. 그래서 일련의 규칙이나 계명만으로는 설명할 수 없는 변형된 구조들이 나올 수 있는 거죠.”

“그래서 그걸 ‘추리 소설의 치환’이라고 부르신 거군요?”

“맞아요, 그게 논문의 제목이 되었어요.”

〈추리 소설의 치환〉은 연구 논문으로 출간되었을 뿐만 아니라 일곱 개의 미스터리 살인 사건으로 구성된 그랜트의 소설 부록에도 등장했다. 그는 1940년대 초 그 소설을 《백색 살인》이란 제목으로 100부도 채 되지 않게 자비 출간을 했다.

줄리아는 블러드 타입 북스라는 작은 출판사를 대표해 그와 계약을 진행했다. 그녀가 편지로 자신이 블러드 타입 북스의 편집자고 사장인 빅터 레오니다스가 최근 중고 책을 담아 둔 상자에서 《백색 살인》을 발견해 폭넓은 독자를 대상으로 재출간할 결정을 내렸다고 알렸다. 우편을 통해 편지가 오고 간 뒤 줄리아는 현재 사십 대 중반으로 지중해 작은 섬에서 고독을 즐기며 사는, 찾기 힘든 저자를 어렵사리 만나 미진한 부분을 바로잡고 출간할 준비를 하기로 했다. 줄리아와 그랜트가 합의를 본 한 가지는 논문을 부록으로 넣지 않는 대신 줄리아가 같은 목적으로 같은 생각이 담긴, 하지만 한층 편안한 형식으로 일곱 가지 이야기에 대한 소개를 쓰는 거였다.

"하지만 그 치환이란 건 끔찍이도 많겠죠?"

"엄밀히 말해서 셀 수 없을 정도지만 몇 가지 원형으로 분류할 수 있어요. 실제로 주요 변형 구조는 두 손으로 셀 수 있을 정도예요. 이야기는 이런 주요 변형을 알려 주기 위해 쓴 거고 우리가 막 읽은 것도 그중 하나예요."

"어떤 식인지 설명해 주시겠어요?"

"좋아요." 그랜트가 말했다. "설명할 수 있을 것 같군요. 수학적 정의는 간단해요. 아주 간단하죠. 미스터리 살인 사건을 구성하는 네 가지 요소를 언급하고 각각에 몇 가지 조건을 적용하는 게 다랍니다."

"네 가지 요소라." 줄리아가 받아적었다.

"필요와 충분조건이라 그걸 가져야 미스터리 살인 사건이 성립하고 모든 미스터리 살인에는 그 요소들이 들어 있어야 해요. 번갈아 가며 하나씩 살펴보죠."

"그러는 게 좋겠어요."

"음." 그랜트가 그녀를 향해 몸을 숙이며 입을 열었다. "첫 번째 요소는 용의자 집단이에요. 그 인물들에게는 살인에 책임이 있기도 하고 없기도 해요. 미스터리 살인 사건의 용의자는 스무 명 이상인 법이 거의 없지만 최대 인원에 제한을 둔 적은 없어요. 오백 명이 넘는 용의자가 있는 미스터리 살인 사건이 있다면 오백 한 명이 등장하는 작품도 있겠죠. 하지만 최저 인원 제한에는 같은 방식이 적용되지 않아요. 최소한 음수는 불가능하니까요. 하나만 물어볼게요. 미스터리 살인을 기본 구조로 분류하는 일을 맡았다면 모든 게 제대로 되기 위해 필요한 최소한의 용의자는 몇 명일까요?"

줄리아는 질문에 대해 생각했다. "너댓 명이라고 말하고 싶은 마음이 굴뚝같아요. 그보다 적은 수가 등장하는 추리 소설을 떠올리긴 힘들어서요. 하지만 정답은 두 명일 거라 예상해요."

"맞아요. 용의자가 두 명이고 독자가 어느 쪽이 살인자일지 모르는 경우 미스터리 살인이 성립하죠. 두 용의자는 다른 수의 용의자와 마찬가지로 꼭 필요한 체계를 제공하니까요."

"인물 특성과 설정에 있어서 조금 제약이 있겠죠?"

"하지만 방금 우리가 살펴본 것처럼 불가능하진 않아요. 그러니 첫 번째 요소는 최소 두 명 이상의 용의자 집단이 되는 거예요. 그리고 일반적으로 세 명 이상이 있지만 딱 두 명인 미스터리 살인에는 특별한 뭔가가 있어요."

줄리아가 메모했다. 그랜트는 그녀를 기다려 주었다. 그녀의 손바닥에 난 땀이 원고에 묻고 그 위로 붉은 잉크가 번졌다. "계속하세요." 그녀가 말했다.

"단순한 논리의 문제예요. 용의자가 두 명이면 두 사람 다 누가 범인인지 알아요. 세 명 이상이면 이 같은 전제가 성립하지 않아요. 범인만이 확실히 알 수 있으니까요. 하지만 용의자가 두 명인 경우, 무고한 쪽이 자신을 제외하는 단순한 과정을 통해 범인을 찾을 수 있어요. 내가 죄를 저지른 게 아닌 걸 아니까 분명 반대쪽이 범인인 거죠. 그리고 진실을 모르는 쪽은 독자밖에 없어요. 그래서 난 용의자가 두 명인 미스터리 살인 사건이 특별한 의미가 있다고 생각해요."

"그래서 이 이야기를 쓰셨나요?"

"헨리와 메건은 누가 범인인지 둘 다 알고 있어요. 그리고 우리는 그 둘이 알고 있다는 사실을 알죠. 하지만 둘은 여전히 부정하고 있어요. 그 점이 난 재미있어요."

줄리아가 고개를 끄덕이며 받아 적었다. 확실히 정리가 된 듯했다.

"상당한 도움이 됐어요. 감사합니다." 그녀는 잠시 멈추고 물을 마신 다음 수첩을 넘겼다. "도입부에 작가 소개를 조금 넣고 싶은데요. 개인적인 부분에 대해 몇 줄 정도만요. 출생지가 어디인지 뭐 그런 정보 말이에요. 괜찮겠죠?"

그랜트는 불편한 기색을 내비쳤다. "작가 마음대로 너무 오버하는 것 같지 않을까요?"

"전혀요. 저희 출판사 소속 작가들 모두 그렇게 하고 있어요. 흥미로운 부분 한두 가지만요. 독자들은 당신이 어떤 사람인지 알고 싶어 할 거예요."

"알겠습니다." 그랜트가 대답했다. 그는 의자에 몸을 기대고 모자로 얼굴에 부채질했다. 그는 손 위에 보이지 않는 무언가가 있는 듯 내려다보더니 움직임을 멈췄다. "알려 줄 만한 흥미로운 부분이 있는지 모르겠네요. 난 아주 단순한 삶을 살았어요."

줄리아는 헛기침한 다음 수첩과 펜을 내려놓았다. "그랜트, 당신은 수학 교수였어요. 갑자기 추리 소설 한 권을 내고 이후론 전혀 작품 활동을 하지 않았어요. 지금은 고향에서 수천 킬로미터 떨어진 섬에서 완전 은둔자로 살아가고 있죠. 보통 사람에겐 엄청 흥미롭게 들려요. 분명 사연이 있을 거잖아요?"

그는 대답하기 전에 잠시 침묵했다. "큰 사연은 없어요. 그저 전쟁 때문이지요. 난 북아프리카에서 복무했어요. 전쟁이 끝난 뒤 평범한 삶으로 되돌아가기 힘들다는 걸 알게 되었어요. 하지만 그건 내 나이 또래 남성에게 드문 일이 아니었어요. 난 가족이 없어서 여기서 살게 됐어요."

줄리아는 이 부분을 받아 적었다. "사적인 질문을 해서 죄송하지만, 저희 사장님이 제게 당신을 찾아보라고 했을 때 전 에든버러 대학교의 수학과로 편지를 보냈어요. 그곳에서 대니얼스 교수라는 당신 동료 한 분과 이야기를 나눴어요. 그분이 당신을 기억하더군요. 그분은 제게 당신이 결혼했었다고 알려 줬어요."

그랜트는 움찔했다. "네, 맞아요. 오래전 일이죠."

"그리고 당신은 서둘러 이 섬으로 왔어요. 여길 선택한 이유가 있을 텐데요. 이곳은 아름답지만 정착해서 살긴 좀 특이한 곳이잖아요."

그는 줄리아에게서 고개를 돌려 바다를 응시했다. "난 예전의 삶에서 아주 멀리 벗어나고 싶었어요. 그게 다예요."

"하지만 왜요? 무슨 일이 있었나요?"

"그 이유는 설명하지 않겠어요. 책에 싣는 것도 안 됩니다."

"너무 사적인 부분이라면 도입부에 넣지 않을게요. 하지만 진실을 말해 주기 전엔 제가 도와드릴 방법이 없지 않겠어요?"

그랜트의 표정이 굳어졌다. "난 당신한테 도와달라고 한 적이 없어요."

"알겠습니다." 줄리아는 잠시 시간이 흐르길 기다렸다. "어쩌면 제가 당신을 세상과 담을 쌓고 사는, 제대로 인정받지 못한 비운의 작가로 묘사할 수 있을 것 같아요. 그런 표현은 늘 낭만적으로 들리죠."

그랜트는 자신이 무례하게 군 게 좀 부끄러운 듯 고개를 끄덕였다. "내 취미가 수학과 낚시라 난 섬에 혼자 사는 거랍니다."

"감사합니다. 아주 유용한 정보네요." 줄리아가 수첩을 덮었다. "부인께 연락을 시도했지만 찾을 수 없었어요. 물론 문제가 되진 않았죠. 교수님이 이 섬에 사는 당신 주소를 알려 줬으니까요. 20년이 지났지만 제 편지가 당신에게 전해졌어요. 다른 가족은 없나요?"

그는 다시 모자로 부채질을 했다. "미안하지만 몹시 피곤하군요. 예상한 것보다 더 심도 있는 대화였어요. 부탁인데 좀 쉬어도 될까요?"

줄리아는 미소를 지었다. 그들에겐 시간이 아주 많았다. "물론이죠." 그녀가 대답했다.

그러자 그는 다시 모자를 썼다.

3. 절벽 살인 사건

낡은 회색 양복 차림의 윈스턴 브라운이 녹색 벤치에 앉아 멍하니 바다를 응시했다. 그는 초승달 모양으로 가늘게 구부러진 머리카락 위로 낡은 검정 중절모를 쓰고, 턱밑까지 올라오는 나무 지팡이 손잡이에 장갑을 낀 손을 가지런히 올려 두었다. 어린아이가 그린 그림처럼 얼굴은 완전 둥글고 뽀얬지만, 그와 대조적으로 다부진 역삼각형 체구가 두드러졌다.

바닥에 무거운 장바구니를 내려놓은 한 부인이 그의 옆 벤치에 자리했다. 끈질긴 갈매기 한 마리가 먹이를 찾아 두 사람 쪽으로 뒤뚱거리며 다가왔다가 브라운의 날카로운 지팡이 소리에 다른 방향으로 후드득 날아갔다.

그가 부인을 향해 몸을 돌렸다. "전 늘 갈매기와 다람쥐가 동물계의 노상강도라고 말하곤 합니다. 놈들 특유의 음흉한 눈빛 때문이지요."

그와 대화를 나누고 싶어 그 자리에 앉은 게 아니기에 부인은 살짝 경계하며 고개만 까닥였다.

"저기," 브라운이 어린아이처럼 천진하게 웃으며 말을 이었다. "이 근사한 동네에 사시나요?"

이곳은 남부 해안 이브스컴의 그림 같은 마을로 작은 항구와 둥근 만 주변으로 집들이 드문드문 화환처럼 자리 잡은 아름다운 곳이다. 이른 아침이라 아직 해가 수평선에 걸려 있었다.

"네." 그녀가 짤막하게 답했다. "평생 이곳에서 살았어요."

그가 모자를 벗어 무릎 위에 올려놓았다. "그러면 여기서 일어난 살인 사건에 대해 아시겠군요. 한 일주일 전쯤이었던가요?"

그녀가 몸을 앞으로 구부리며 자연스럽게 입을 벌리는 걸 보고 브라운은 부인이 수다를 즐기는 사람이라는 걸 눈치챘다.

"나흘 전이었어요." 그녀가 속삭이는 척 과장된 목소리로 말하는 통에 전혀 작게 들리지 않았다. "신문에 도배가 되었죠. 한 청년이 절벽에서 어떤 여자를 밀었어요. 그는 당연히 사고였다고 주장했죠. 하지만 그건 거짓말이에요. 고든 포일이라는 청년인데 저기 왼쪽 맨 뒤 흰색 저택에 살아요."

부인은 건물이 거의 보이지 않는 동네 먼 끝쪽을 가리켰다. 좁은 해변과 가파른 절벽, 그 위로 이어진 언덕 꼭대기 근처에 마지막으로 보이는 둥글납작한 가옥을 가리키는 듯했다.

브라운이 한 손으로 지팡이를 들어 그쪽을 가리켰다. 불길한 지팡이가 피뢰침이 되어 이곳으로 폭풍을 불러오려는 것 같았다. "저기 있는 집 말인가요? 살인자가 살 집처럼 보이지 않는데요."

"저 집은 하얀 벽돌집이라고 부르는데 그가 평생을 산 곳이에요. 이 동네 사람 중 그 청년을 잘 아는 이는 아무도 없어요. 거의 혼자 틀어박혀 지내거든요."

"참 특이하군요." 브라운이 콧잔등에 걸친 둥근 안경테를 두드렸다. "그 청년이 죽였다고 생각하는 이유가 뭔가요?"

부인은 주변에 듣는 귀가 없는지 살폈다. "다들 그렇게 생각해요. 피해자는 이 마을을 잘 아는 버네사 앨런 부인이에요. 그녀는 절벽을 손바닥처럼 훤히 꿰뚫고 있어요. 누가 밀지 않는 이상 그녀가 발이 미끄러졌다는 건 상상이 안 가요."

"그럼 두 사람은 아는 사이였나요? 피해자와 용의자 말이에요."

"굳이 말하자면 두 사람은 이웃 간이죠. 여기서 보이지는 않는데 부인의 집은 청년의 집 근처에 있어요. 하얀 벽돌집을 지나면 절벽 꼭대기로 이어지는 오솔길이 나오는데 그 길을 5분 정도 걸으면 밝은 노란색 작은 집이 나와요. 부인은 거기서 딸 제니퍼와 함께 산답니다."

"그럼 청년의 동기는 뭔가요?"

"그건 간단해요." 초반의 과묵했던 모습은 사라지고 지금 부인은 편하게 말을 쏟아 냈다. "그는 제니퍼와 결혼하고 싶어 했어요. 하지만 앨런 부인은 그를 탐탁지 않게 생각했고 결혼을 반대했죠. 그래서 부인을 없애 버린 거예요. 나흘 전 두 사람이 같은 시간에 그 길을 걸었대요. 앨런 부인은 시내로 가는 길이었고 그는 반대쪽으로 향하고 있었어요. 두 사람이 마주쳤을 때 그가 기회를 포착하고 그녀를 죽음으로 몰아넣고는 그녀가 미끄러진 거라고 주장하는 거예요. 자기가 생각하기엔 완전 범죄일 테죠. 바다 말고는 목격자가 없었으니까."

부인이 자신에 차 설명하는 말을 들으며 브라운은 미소를 지은 뒤 이야기 속 추악한 본질에 만족한 듯 벤치에 기대 지팡이로 마침표를 찍듯 바닥을 두 번 두드렸다. "제아무리 순수해 보이는 그림일지라도 모퉁이에서 어둠을 찾을 수 있는 법이죠." 그가 말했다. "빛은 액자 중심부를 비추니까요."

부인이 고개를 끄덕였다. "게다가 그의 집이 바로 저기죠. 동네 한 귀퉁이."

"그가 거미처럼 진을 치고 기다린 곳이군요. 하지만 거미는 겉으론 해롭게 보이지만 해충이 아닌 종이 훨씬 많아요. 어쩌면 청년이 그저 오해를 받고 있는 게 아닐까요?"

"말도 안 돼요." 부인이 갑자기 발끈하며 투덜댔다.

"그렇다면 당신은 그 일이 사고가 아니라고 확신하는군요."

부인이 어깨를 으쓱였다. "이 동네에선 사고가 거의 일어나지 않아요."

브라운은 자리에서 일어나 모자를 들어 인사를 건넨 뒤 다시 머리에 썼다. 부인이 화들짝 놀라며 숨을 내뱉었다. 앉아 있을 때는 별로 커 보이지 않았는데 일어서니 180센티미터가 족히 넘어 보였기 때문이다.

"부인, 정말 흥미로운 대화였어요. 사건이 곧 해결되길 바라봅시다. 좋은 하루 보내세요."

그 말과 함께 그는 언덕에 자리한 하얀 벽돌집으로 걸음을 옮겼다.

사실 브라운은 전날 밤 이곳 경찰서 독방에서 작은 탁자를 사이에 두고 고든 포일과 마주했을 때 그가 꽤 예의 바른 청년이라는 걸 알게 되어 동정심이 생겼다.

청년의 푸른 눈동자가 간청하듯 그를 쳐다보았다. "저들이 절 교수형에 처할 거예요."

두 사람 사이에는 종이 한 장과 연필이 놓였다. 고든 포일의 움직임은 느리고 둔했는데 성격상 그런 것도 있고 손이 탁자에 수갑으로 결박되어 있어서 그렇기도 했다. 그는 종이를 똑바로 놓고 무언가를 그리기 시작했다. "전 겁이 났어요."

"경찰이 왜 당신에게 교수형을 내릴 거라 생각하는 겁니까?"

고든은 말을 하면서 스케치를 계속했다. "아, 전 혼자서만 지내니까요. 그게 이기적인 행동처럼 보이겠죠. 하지만 평생 친구 사귀는 일에 서툴렀어요."

"그래도 당신을 처벌하려면 증거가 필요할 겁니다."

"그럴까요?"

불편한 침묵이 공기를 채웠다. 브라운은 한 마디 한 마디에 신중을 기했다. "당신이 죄가 없다면 희망을 가질 이유가 있겠군요."

고든은 절망적이라는 듯 오른손을 흔들었다. 탁자 아래로 긴 쇠사슬이 흔들렸다. "목격자가 있긴 해요." 청년은 이제 브라운을 똑바로 쳐다보았다. 그는 종이를 돌려 보여 주었다. 수평선 위에 떠 있는 요트 그림이었다. "만에서 200여 미터 정도 떨어진 곳에 있던 배예요. 붉은 페인트를 칠했어요. 보기엔 그랬어요. 너무 멀어서 배의 이름을 보지 못했지만, 그 배에 있던 사람을 찾기만 한다면 증거를 얻을 수 있어요. 전부 다 볼 수 있는 자리였으니까요."

브라운은 나쁜 소식을 들은 듯 눈을 감았다. "그건 그 사람들이 보고 있었을 경우에만 가능하겠죠."

"부탁이에요, 브라운 씨. 찾아봐 주세요."

"이 사건의 특이한 점은 단 하나고 그 속에는 엄청난 무자비함이 들어있지. 내성적인 청년이 자신이 사랑하는 여자의 어머니를 죽였는데 그 방식이란 게 그저 살짝 밀기만 하면 됐으니까."

경찰서에 다녀온 뒤 브라운은 오랜 친구인 와일드 경위를 만났다. 두 사람은 브라운이 머무는 호텔 바에서 셰리주를 마시며 사건 이야기를 나누었다.

"실질적인 증거가 전혀 없어." 경위가 말했다. "하지만 우리가 어떻게 증거를 얻을 수 있을까? 그런 면에서는 완전 범죄잖아. 새들 말고 목격자가 없으니 말이야."

"그런 이유로 그가 유일한 용의자라면 난 부당하다고 봐. 안 그래? 가엾은 청년이 어떻게 무죄를 입증하겠어? 이보다 증거가 적어도 교수형을 당하는 판국이고 여긴 그럴 가능성이 없다고 자네가 장담할 수도 없잖아."

와일드 경위는 손가락과 엄지를 한데 모아 턱수염을 뾰족하게 쓰다듬은 뒤 고개를 까닥였다. 그가 길게 한숨을 쉬었다. "난 정말 그러길 바라. 그는 분명 유죄야."

브라운이 잔을 들어 올렸다. "자네 생각이 그렇다면야. 자, 여기 캐내길 좋아하는 형사를 위해 건배하자고."

와일드 경위가 연녹색 눈동자를 찌푸렸다. "내 생각이 틀렸다는 걸 입증하면 나로서도 기쁠 거야." 그리고 그는 술잔을 깨끗이 비웠다.

그들은 식사를 주문했고 종업원이 가져온 샌드위치는 와일드 경위 머리 뒤쪽에 달린 붉은 조명 때문에 분홍색을 띠어 맛이 없어 보였다.

"그는 혼자 산다지?" 브라운이 물었다. "우리의 용의자 고든 포일 말이야."

"꽤 비극적인 경우야, 정말로. 어쩌다 그런 성격으로 자랐는지 이해가 가. 7년 전, 그가 열여덟 살 되던 해에 부모님 모두 자동차 사고로 돌아가셨어. 하지만 자택과 그럭저럭 살아갈 돈을 남겨 그는 빈궁에서 벗어날 수 있었지. 그는 평생 일 한 번 해 본 적이 없을 거야."

"하지만 분명 도와주는 사람이 있었을 거 아냐?"

"맞아, 시내에서 날마다 한 부인이 찾아갔어. 그는 도우미가 상주하는 것보다 출근하는 방식이 편하다고 말했어. 하지만 사건은 그녀가 출근하기 전에 벌어졌고 그래서 우리는 그의 행적에 대해 엡스타인이라는 동네 부인에게서 전해 들었지."

"그렇군." 브라운이 말했다. "그녀는 어딜 가면 만날 수 있나?"

*

고든의 하얀 벽돌집은 둥지에 품은 알처럼 주변 환경에 포근히 안겨 있었다. 가지런한 푸른 잔디 너머로 갈색 헤더와 가시금작화 덤불이 넓게 자리했다. 지금은 누구도 살지 않는 것 같았고 뿌연 창문마다 보이는 거라곤 창틀 옆으로 유혹하듯 매달린 먼지 낀 흰 커튼뿐이었다. 실내의 모든 방은 어두웠다.

브라운은 지팡이 손잡이로 모자 챙을 뒤로 넘긴 다음 슬쩍 경관을 살폈다. "아무것도 없군." 그가 혼잣말로 중얼거렸다.

그는 계속 걸음을 옮기다 집 바로 뒤쪽 오솔길이 시작되는 지점에 놓인 나무 벤치로 향했다. 바다와 시내가 한눈에 보이는 전망이 일품이었다. 어떤 여자가 그를 등지고 벤치에 앉아 있었다. 등을 감싼 진한 붉은색 숄과 길게 쓸어내린 백발만 보였다. 멍 자국 같은 무늬 두 개가 있는 주황색 나비가 그녀 어깨 주변으로 나풀거렸다.

브라운은 그녀에게 다가가 모자를 벗었다. "경관이 참 근사하네요."

콧노래를 흥얼거리던 여성이 그를 향해 고개를 돌렸다. "경찰 관계자죠? 난 늘 그런 걸 잘 맞춘답니다."

"사실, 그렇지 않답니다."

그녀가 고개를 끄덕였다. "그럼 기자신가요?"

"제 개인적인 호기심에서요."

그녀의 발 주위로 작은 강아지가 풍성한 갈색 털을 휘날리며 뛰어다녔다.

"경찰은 전부 그가 유죄라고 생각해요. 신문에서도 그렇게 말했어요. 하지만 난 항상 그 청년을 좋아했어요. 이 동네 사람들은 외지인에 대해 상당히 부정적이에요. 당신은 어느 쪽인가요?"

"당신이 보시기 나름이겠죠, 엡스타인 부인."

그녀가 눈을 깜박였고 얼굴에 드리운 미소가 사라졌다. "내 이름을 어떻게 알았죠?"

"가방 밖으로 삐져나온 수첩에 적혀 있군요."

"관찰력이 참 뛰어난 양반이셔."

"저도 그랬으면 좋겠습니다." 그가 대답했다. "그래서 이곳에 온 겁니다. 앨런 부인이 죽던 날 그 자리에 계셨다고 들었습니다만?"

"난 매일 9시부터 9시 30분까지 여기 와 있어요. 교회 시계 종이 한 번 울리고 다시 울릴 때까지 앉아 있죠. 정해진 시간에 맞춰 생활하지 않으면 제이콥이 속상해해요." 부인이 손을 아래로 내려 라디에이터가 따뜻해졌는지 살필 때처럼 조심스럽게 강아지의 등을 쓰다듬었다.

"그날 일에 대해 저한테 알려 주실 수 있나요?"

"경찰한테 했던 말을 그대로 해 줄게요. 그날 아침에는 바람이 거세게 불었어요. 9시 10분쯤에 고든이 집을 나와서 오솔길을 따라 걸었어요. 그는 삼사 분 뒤에 이쪽으로 다시 뛰어와서 사고가 났다며 뭐라고 소리쳤어요. 정확히 뭐라고 했는지 기억나지 않지만, 그는 엄청 속상한 얼굴이었어요. 난 그를 따라 안으로 들어갔고 우리가 경찰과 의사를 불렀어요."

"그가 가고 몇 분 동안 아무 소리도 듣지 못했나요?"

"전혀요. 가여운 청년이 끔찍한 상황에 놓였죠."

"말씀 감사합니다." 브라운이 대답했다. 그는 더 궁금한 것이 없었다. 그가 시간을 확인했다. 9시 5분이었다. "좋은 하루 보내시길."

그녀가 걸어가는 브라운을 쳐다보았다. "발 조심하세요." 그녀가 바닥을 가리키며 소리쳤다.

그는 이미 알아차렸다. 잔디 위에 개똥 세 개가 보란 듯이 놓였다. 마치 무덤에서 나온 시신의 부패한 손가락처럼.

"그럴게요." 그는 이렇게 대답하고 개똥을 피해 걸음을 옮겼다.

오솔길로 들어가려면 작은 나무문을 통과해야 했는데 문에는 자물쇠가 걸려 있었다. 그 한가운데 달린 낡은 간판에 글귀가 적혔다. '이 길은 공공 안전상의 이유로 폐쇄합니다.'

"뭐," 그가 혼잣말했다. "경찰은 날 예외라고 생각할지도 모르니까." 그리고 그는 어렵지 않게 나무문을 넘어갔다.

오솔길은 통행을 가로막는 두 가지 자연 지형 사이에 난 좁은 길이었다. 왼쪽으론 날카로운 가시금작화 덤불과 활짝 핀 노랑과 보라색 꽃들이 인형극 속 선악을 연기하듯 산들바람에 고개를 까닥이는 부드러운 헤더가 두꺼운 경계를 이루며 절벽으로 이어졌고 그 너머로 반짝이는 바다가 햇살 속에서 윙크를 건넸다. 오른쪽으로는 가파른 오르막길이 5미터쯤 이어지다 식물과 나무로 빼곡하게 뒤덮인 언덕과 만났다.

브라운은 왼쪽 절벽을 살필 수 없었지만 100미터쯤 앞, 길이 바다로 향하는 부분에서 똑같은 절벽을 볼 수 있었다. 넓게 펼쳐진 흰 암석 바탕 위에 회색 얼룩 같은 무늬가 듬성듬성 생겼고 곳곳이 붉게 변했다. 그 아래로 무시무시한 검은 바윗덩어리가 자라고 있었다. 절대 발을 내디디고 싶지 않은 곳이라고 그는 생각했다.

브라운은 와일드 경위에게 앨런 부인의 시신 상태에 관해 물었었다. 그녀는 목이 부러지고 눈은 부어올라 검게 변했다. 오른쪽 팔의 살점이 뜯겨 나갔고 오른쪽 갈비뼈 네 개가 부러졌는데 어디서도 핏자국을 찾지 못해

표면 아래 암반에 부딪히면서 그렇게 된 것으로 추정했다.

경찰은 작은 나무 보트를 타고 절벽을 따라 노를 저어 노와 그물을 이용해 시신을 수습했다. "포일을 옹호하자면," 와일드 경위가 말했다. "그가 신속하게 알리지 않았다면 우리는 결코 그녀의 시신을 찾을 수 없었을 거야. 하지만 그가 신고하지 않았더라면 그의 혐의는 확고해졌겠지, 그렇지 않나?"

브라운은 길을 따라 매우 신중하게 걸음을 내디뎠다. 덤불로 덮인 가장자리와 그늘진 언덕에는 전단지, 담배꽁초, 여러 종류의 음식 포장지 등 쓰레기가 버려져 있었고 판독하기 어려운 쓰레기 덩어리 사이에서 범죄의 증거는 전혀 찾을 수 없었다. 게다가 땅은 발자국이 남을 정도로 축축하지 않았다.

이런 악조건 속에서도 그는 몇 미터마다 멈춰 지팡이 머리로 모자를 들어 가며 언덕의 조용한 그늘과 갑자기 나타나는 시끄러운 푸른 바다 양쪽을 샅샅이 살폈다.

몇 분 뒤 그는 오솔길 한가운데 놓인 특이한 형태의 작고 검은 돌을 발견했다. 그 돌을 보려고 몸을 구부렸으나 이내 고개를 저었다. 그저 바싹 마른 개의 배설물일 뿐이었다. 그는 지팡이 끄트머리로 개똥을 먼바다로 날려 산산이 조각나는 것을 지켜본 다음, 사건이 난 시간에 이 오솔길에 그녀의 개가 있었는지 궁금해져 엡스타인 부인을 보려고 몸을 돌렸다.

바로 그때 그는 문을 통과한 뒤로 오솔길이 얼마나 심하게 이리저리 구부러졌는지 비로소 깨달았다. 하얀 벽돌집은 전망에서 완전히 사라졌고 엡스타인 부인도 마찬가지였다. 그의 앞뒤로 흥미로운 어떤 것도 보이지 않았다. 완전히 고립된 길이었다.

누군가를 죽이기에 완벽한 장소.

그렇지만 목격자가 있었다고 고든 포일이 말했다. 그날 만에 나와 있던 요트 말이다.

"찾을 수 있을까." 브라운은 눈을 가늘게 뜨고 바다를 쳐다보았다.

100미터쯤 더 갔을 때 진한 녹색 헤더 덤불 안에서 두드러지게 반짝이며 빙글거리는 흰 형체를 발견했다. 누구도 보지 못했을 거라고 확신할 만큼 깊이 숨어 있었지만, 브라운의 관찰력은 초자연적으로 뛰어났고 그는 그 방면으로 정평이 났다. 그는 지팡이를 덤불 안으로 집어넣은 뒤 인내심을 가지고 능숙하게 지팡이를 움직여 결국 흰 물체를 지팡이 끝에 거는 데 성공했다. 그런 다음 지팡이를 잡아당겼다.

촌충처럼 덤불에 돌돌 말려 있던 물체는 흰 스카프였다. 그는 장갑 낀 손으로 옅은 천 부분을 잡아당겼다. 분명 여성용이고 최근에 사용한 것처럼 보였다. 피가 묻어 있지 않았지만, 한쪽 끝에 호리호리한 굽 모양의 신발 자국이 찍혔다.

이건 명백해, 브라운이 생각했다.

버네사 앨런은 당시 스카프를 매고 있었다고 딸이 증언했다. 하지만 스카프는 시신에서 발견되지 않았다. 경찰은 바다로 휩쓸려갔을 거라고 추정했다.

그는 스카프를 작은 직사각형으로 접은 다음 주머니에 넣고 풀잎에 지팡이를 닦았다.

이 사건을 그에게 의뢰한 사람은 제니퍼 앨런 양이었다. 그녀는 어머니가 죽은 지 이틀 뒤 런던에 있는 그의 자택으로 찾아왔다. "경찰이 풀지 못한 사건을 해결하기로 정평이 나 있다고 들었습니다만?"

그녀는 여전히 울어서 벌게진 눈을 하고 있었지만 아주 침착하고 분별 있는 아가씨처럼 보였다. 브라운은 그녀를 응접실로 안내했다. "아, 한두 번 그런 적이 있지요. 제가 어떻게 도와드릴까요?"

그녀는 자신의 입장에서 정리한 사건 내용을 그에게 알려 주었다. 그녀는 그날 아침, 정원을 내다보며 실내에서 아침 식사를 했다. 그곳에서 오솔길이 보였고 어머니가 거센 바람을 맞으며 길을 나서는 것을 목격했다. "제가 본 건 그게 다예요. 그리고 의사 선생님이 오셨죠. 한 30분 뒤에요. 제게 소식을 전해 주셨어요."

"유감입니다." 브라운이 말했다. "이런 이야기를 하기 아주 괴로우시겠군요."

그녀는 물끄러미 신발을 내다보았다. "가여운 고든, 경찰은 그를 교수형에 처할 거예요."

브라운이 고개를 끄덕였다. "그리고 당신은 제가 그의 무죄를 입증해 주길 바라는 거죠?"

그녀가 목에 걸고 있던 은 로켓 펜던트를 손으로 꽉 잡았다. "고든이 교수형을 받으면 전 어떻게 해야 할지 모르겠어요."

몇 걸음 더 가다 브라운이 다시 멈췄다. 오솔길 왼쪽에 난 헤더가 눈에 띄게 훼손되어 있었기 때문이었다. 질긴 가지가 짓밟히고 옆으로 뜯겼다.

"우리는 분투한 흔적을 발견했어." 와일드 경위가 말했었다. "고든은 부인이 자기 앞에서 걸어가고 있었다고 주장했어. 부인이 미끄러지는 것을 보고 헤더를 비집고 절벽으로 가서 혹시 부인이 매달려 있는지 보려고 했대. 하지만 그사이 그녀는 이미 바위 위로 떨어졌고 옷에는 피가 번졌어."

브라운은 지팡이로 부러진 가지 하나를 주워들었다. "절박함을 알려 주는 녹색 화신이군."

그로부터 30미터쯤 더 가서 그는 고든 포일이 사건이 발생했다고 주장하는 장소에 도착했다. 절벽 끝이 곧바로 길과 만나는 곳인데 수십 년 침식의 결과로 비스킷을 베어 문 것처럼 뾰족한 초승달 형태로 깎여 나갔다. 여전히 90센티미터 폭은 되었지만 주의하지 않으면 충분히 떨어질 수 있었다.

"어쩌면 그랬을지도 모르지." 브라운이 휘파람을 불었다. "부주의로 인한 사망."

그는 엄청나게 조심하며 틈 옆으로 가서 아래를 내려다보았다. 곧장 떨어질 것만 같아 중심을 잡으려고 지팡이를 꽉 붙잡았다. 절벽 아래로 버팀대 역할을 하는 바위가 바다 쪽으로 살짝 튀어나와 있고 주변으로 파도가 흰 치아를 드러내며 몰아쳤다. 순수한 공포의 광경이었다.

그는 몸을 돌려 계속 갔다.

나머지 길은 별다른 특징이 없었다. 오솔길은 이내 변덕스러운 해안선에서 벗어나 곧바로 육지를 가로질렀다. 이제 길 양쪽은 나무와 다양한 덤불들이 차지하고 있어 조용하고 한적했다. 청명한 한낮에도 녹색 빛이 지배했다. 그다음 이어지는 길은 육지로 더 들어가 초창기 해안 경비대를 위해 지은 작은 파스텔 색조 시골집이 일렬로 들어선 방향으로 틀어졌다.

그중 첫 집은 산뜻한 노란색으로 앨런 부인과 딸이 사는 곳이었다. 오솔길 안쪽으로 자리 잡은 주택은 꽃들이 만개한 정원에 둘러싸였다. 흰 벽과

특색 없는 잔디가 난 고든 포일의 집과 두드러진 대조를 이루었다. 정문은 짙고 어두운 붉은 색이었다.

브라운이 문을 두 번 노크했다.

젊은 여성이 문 앞에 나타났다. 체구가 작고 머리를 뒤로 곱게 땋았다. 그녀는 누가 현관에 서 있는 걸 보고 놀란 듯했다. "어떻게 도와드릴까요?"

분명 하녀일 테지, 브라운은 생각했다. "난 정말로 도움이 필요해요. 제니퍼 앨런 양과 얘기 좀 할 수 있을까요?"

그녀는 인상을 찌푸리고 망설이며 뒤를 살폈다. "죄송하지만 지금 안 계십니다."

"참 안타깝군요. 돌아올 때까지 기다려도 되겠습니까?"

"죄송합니다만 제니퍼 양은 한동안 집에 오지 않을 겁니다."

"그렇군요." 브라운은 수줍음이 많은 젊은 여성을 향해 미소를 지었다. 그는 장갑을 벗고 안쪽 주머니에서 접힌 지도를 꺼내 펼쳤다. 그의 거친 손아귀에서 얇은 종이가 펄럭였다. "바람을 피해 집 안으로 들어가 복도에서 지도를 좀 살피게 해 달라고 부탁한다면 엄청난 실례일까요? 전 방향 감각이 엉망이라 방위를 좀 확인했으면 합니다."

그녀는 그의 뻔뻔함에 날카롭게 숨을 들이마셨지만, 한쪽으로 비켜선 다음 수줍게 고개를 끄덕였다. "들어오세요."

그는 미소를 지으며 문안으로 들어섰다.

신발에 살짝 진흙이 묻어 브라운은 도어매트에서 복도 귀퉁이에 놓인 접힌 신문지 위로 조심스럽게 발을 디뎠다. 그 옆으로 얼룩진 웰링턴 부츠한 켤레가 보였다. 그는 잠시 그 자세로 대기했고 거칠고 뭉툭한 엄지손가락으로 방향을 살피는 척 지도 위 오래된 해안선을 훑었다.

"아, 알겠어." 그가 말했다. "지금 내가 어디 있는지 알았어요. 고맙습니다. 이제 제 길을 갈게요."

복도에서 이어지는 닫힌 문 중 한 군데서 인기척이 있었다. 하녀는 부끄러워 얼굴이 빨개졌다. 문이 열리더니 제니퍼 앨런 양이 나타났다.

"브라운 씨." 그녀가 하녀를 흘끗 쳐다보았다. "죄송해요. 제가 방해받지 않게 해 달라고 부탁했어요. 하지만 당신이 오실 줄 몰랐어요."

"전혀 개의치 마세요. 저는 단지 조사를 하러 온 겁니다."

그녀가 한걸음 가까이 다가와 속삭였다. "어떻게 진행되고 있나요?"

"생각할 게 많네요." 그는 그녀가 목에 걸고 있던 펜던트가 사라진 걸 눈치챘다. "의심이 들기 시작했나요?"

"아뇨." 그녀가 한 손을 이마에 올렸다. "모르겠어요. 사람들이 제게 이런저런 이야기를 하더군요. 뭐 찾은 거라도 있나요? 그의 결백을 증명할 단서는요?"

브라운은 안도가 되는 말을 건넬 필요를 느꼈다. "아직 말하긴 너무 이릅니다."

그리고 그는 집을 나와 다시 오솔길로 들어섰다.

브라운은 이브스컴으로 걸음을 재촉했다. 결과적으로 아주 단순한 사건이고 거의 다 해결했다고 생각해서였다. 재빨리 걷는 와중에 파이프에 불을 붙이려고 한 손을 높이 들어 올려 담배 연기가 나무를 따라 뒤로 퍼졌고, 타들어 가는 불빛이 그가 덤불을 지나가고 있다고 모두에게 알려 주는 것 같았다.

그가 하얀 벽돌집 옆 나무 벤치에 도착하자 때마침 교회 종이 울려 9시 30분을 알렸다. 그는 자리에 앉아 주위를 살폈다. 하늘은 이제 흐렸고 사방이 신기하리만치 고요했다. 그는 어두운 바다를 내려다보며 희게 반사되는 빛을 통해 앨런 부인이 발을 헛디뎠을 때 느꼈을 공포를 떠올렸다.

"불쾌한 방식의 죽음이야."

그는 혼자 가만히 앉아 담배를 태우며 파도를 쳐다보다가 포일이 말한 배가 정말로 존재했을지 생각해 보았다. 그리고 담뱃재를 벼랑으로 털어낸 뒤 기차역을 향해 다시 걸음을 옮겼다.

다음 날 저녁 브라운과 와일드 경위가 팰리스 호텔 레스토랑에서 다시 만났다. 둘 다 담배를 피웠는데 브라운은 뒤틀린 통나무 파이프를 맹수의 발톱처럼 꽉 쥐었고 와일드 경위는 가는 담배를 태웠다. 그들이 앉은 모퉁이는 담배 연기로 뿌옇게 변했다. 두 무시무시한 인물이 이 자욱한 연기 속에서 육류와 채소로 거하게 식사를 한 뒤 브랜디를 마시며 포일 사건에 관해 이야기를 나누었다.

"내 생각엔," 와일드 경위가 먼저 운을 뗐다. "우리가 자네 시간을 빼앗은 것 같아. 물론 우리 잘못은 아니지만. 지금 우린 이브스컴의 벼랑에서 무슨 일이 있었는지 제대로 알고 있어. 믿어져? 그가 봤다는 배가 실제로 존재한다는 게? '은퇴한 탐험가'라고 적힌 보트였어. 어제 사우샘프턴에 도착했지."

"더 이상한 것도 난 믿는 쪽이라고 해 둘게."

"장담하건대 이번 사건처럼 특이한 경우는 그렇지 않을 거야. 배의 소유주와 그의 아내는 지난주에 해협을 건넜어. 그들이 건지에 도착해 한 영국 신문을 훑어보기 전까지 이 사건에 대해 전혀 알지 못했지. 선주는 시몬스라는 점잖은 사람이었어. 그의 아내가 상황을 전부 목격했고 남편에게 말했지만, 아내가 술에 취해 있었기에 남편은 그 말을 믿지 않았어. 그러다 신문을 보고 그는 이것저것 상황을 종합해 본 거야. 그리고 엄청난 죄책감을 느끼며 곧바로 돌아왔어. 아내는 여전히 건지에 머물고 있고 남편에게 모든 걸 빠짐없이 말했어."

"그냥 평범한 이야기처럼 들리는데 뭘. 그래도 동정심 많은 목격자인 셈이네." 두 사람은 웃으며 담배 연기를 내뿜었다.

"아무튼," 와일드 경위가 말했다. "내가 놀랄 만한 사실을 알려 줄게."

그가 성냥을 그어 다시 담배에 불을 붙이려는데 브라운이 몸을 구부려 불을 껐다. "잠깐만 기다려." 브라운이 말했다. "난 자네가 만족하게 놔둘 수 없어. 무슨 일이 벌어졌는지 이미 알고 있거든."

"하지만 자네가 알 수 없는 일이야. 아무 증거가 없는 걸로 우린 결론을 내렸는걸."

"그게 말이야, 내가 증거를 좀 찾았어. 적어도 좋은 추리를 해낼 수 있을 만큼은."

와일드 경위는 의구심 어린 눈초리로 친구를 쳐다보았다. "알았어. 그럼 자네가 말해 봐."

덩치가 크고 혈색이 나쁜 남성이 그제야 의자에 기댔다. "이 사건의 경우 두 가지 선택밖에 없어. 사고가 났거나 포일이 죽였거나. 두 가능성 중 어느 쪽인지 결정하는 건 하나의 제대로 된 증거지."

"맞아. 그건 알겠어. 그래서 자네가 그런 증거를 찾았나?"

"찾았지." 브라운은 재킷 주머니에서 사각형으로 접어 둔 얼룩진 허연 천을 꺼내 경위에게 건넸고 그가 탁자 위에 쭉 펴 보았다. "이건 피해자의 스카프야."

"이걸 어디서 찾았지?"

"헤더 덤불에 걸려 있었어. 자네 동료들이 못 보고 지나친 거야."

"그래서 이게 정확히 무엇을 의미하는데?"

"자, 봐. 여기에 웰링턴 부츠 자국이 나 있어. 호리호리한 게 여자 사이즈야. 피해자의 집에 깔아 둔 반쪽짜리 신문지 위에 난 자국과 똑같아. 자넨 나한테 분명 그녀가 웰링턴 부츠 한 쌍을 신은 채 죽었다고 말하겠지?"

와일드 경위가 고개를 끄덕였다. "그래, 맞아."

"좋았어. 그렇다면 내 질문에 대답해 줘. 갑자기 죽음을 맞이한 여자가 어떻게 자기 스카프에 신발 자국을 남길 수 있을까? 바람이 많이 부는 날이라 스카프의 끝자락이 뒤로 날렸을 거야. 그 위에 흔적이 남으려면, 게다가 발자국이 찍히려면 뒷걸음질을 쳤을 수밖에 없어. 아니면 누군가에게 질질 끌려갔거나."

와일드 경위가 머뭇거렸다. "계속해."

"내가 생각한 그 날의 사건은 이래. 고든 포일과 앨런 부인은 지나가다 서로 마주쳤어. 무례한 말이 오갔겠지. 분명 청년은 이 모든 상황을 끝내야겠다는 결심이 선 거야. 그래서 몸을 돌려 뒤에서 부인에게 접근해 그녀의 목을 잡았지. 물론 그녀는 저항했어. 하지만 그는 부인을 뒤로 끌어당겼어. 그때 부인이 자기 스카프 자락을 밟았고 스카프가 풀려 날아가 헤더 덤불에 걸린 거야. 그는 덤불에서 부인과 실랑이를 벌인 뒤 벼랑 끝으로 그녀를 밀쳤어. 오솔길에 난 갈라진 틈은 아주 편리한 도구였지. 살인은 헤더가 잘린 곳에서 벌어졌어." 그는 술을 들이켰다. "자, 와일드, 이제 자네가 말해 봐."

와일드 경위는 살짝 멍해 보였다. 그는 친구에게 옅은 미소를 지었다. "내가 무슨 할 말이 있겠어? 자네는 많은 부분을 추리했고 정확히 들어맞는걸. 보트 주인의 아내는 자네가 방금 말한 걸 고스란히 목격했어. 고든 포일은 백 퍼센트 유죄야. 다만 내가 이해가 안 가는 게 하나 있는데, 애초에 왜 배 이야기를 꺼냈냐는 거야. 자신이 범인이면서 말이지."

브라운은 손끝을 한데 모았다. "그가 만에 떠 있는 배를 보고 잔꾀를 부린 거지. 자신의 이야기에 덧붙이면 이론적으로 신빙성을 얻을 수 있을 거라고 여긴 거야. 아마 실제로 그들이 뭘 봤을 거라고는 전혀 생각하지 않았겠지. 하지만 상황은 정반대였어, 안 그래?"

"그렇지."

"그들이 목격한 게 그에게는 불운이야." 그는 청년의 간청하던 푸른 눈동자를 떠올렸다. "그렇다면 그는 교수형에 처해질까?"

경위가 고개를 끄덕였다. "그럴 가능성이 크지, 목이 부러져 죽겠지."

브라운은 안타까운 듯 고개를 저었고 그의 지치고 동요하는 얼굴은 흡사 두개골에 줄이 달린 마리오네트 같았다. "안타까워, 그를 좋아했는데 말이야. 제니퍼 앨런 양을 살인자와 결혼하지 못하게 구한 게 유일한 위안이 되네."

그는 그녀가 했던 말을 떠올렸다. '고든이 교수형을 받으면 전 어떻게 해야 할지 모르겠어요.' 그는 젊은 아가씨의 사랑에 대한 철딱서니 없는 맹신에 씁쓸한 미소를 지어 보였다.

"죽음은 항상 지저분해." 와일드 경위가 말했다. "하지만 대가를 치르는 건 우리가 아닌 범인의 몫이야."

그리고 두 사람은 각자의 잔을 들어 냉담하게 건배를 한 다음 빨간 안락 의자에 등을 기댔다.

그날 밤, 이브스컴의 스테이션 로드에 사는 데이지 랭커스터 부인은 잠에서 깨 창가로 갔다. 눈 앞에 펼쳐진 바다는 협탁 위에 놓인 물잔처럼 고요하고 잔잔했다. 그녀는 며칠 전에 바닷가에서 만난 남자의 얼굴이 나오는 꿈을 꾸었다. 그 사람은 신문에 '경찰을 돕는' 윈스턴 브라운 씨라고 소개됐다. 그 남자의 얼굴이 흐린 달처럼 바다 위로 솟아올라 진실을 캐려는 듯 그녀의 창문을 응시했고 불가사의할 정도로 긴 지팡이가 만을 가로질러 혹독하고 매서운 파도처럼 그녀의 현관을 두드리는 꿈이었다.

그 생각에 그녀는 몸서리를 치고선 창문을 닫았다.

4. 두 번째 대화

줄리아 하트는 마지막 장에 도달할 때까지 속도를 늦출 수 없었다. "혹독하고 매서운 파도처럼…," 그녀가 마지막 문장을 읽었다. "그 생각에 그녀는 몸서리를 치고선 창문을 닫았다."

줄리아는 원고를 자신의 옆 바닥에 내려놓은 다음 물을 한잔 따라 마셨다. 그녀가 자란 웨일스 해안을 생각나게 하는 이야기였다. 그랜트는 깊은 생각에 잠긴 듯 발로 가볍게 박자를 맞추며 앉아 있었다.

"무슨 문제라도 있나요?" 그녀가 물었다.

그 질문에 놀란 사람처럼 그가 고개를 홱 치켜들었다. "미안해요." 그가 대답했다. "잠시 정신을 놓고 있었어요. 그 이야기를 들으니 정말로 옛날 생각이 나서."

"그렇다면 이건 실화를 바탕으로 쓴 건가요?"

그가 고개를 저었다. "나한테 있었던 일이 생각났을 뿐이에요. 그래서 기억에 잠겼던 것이고요."

"전 이 이야기를 읽으니 웨일스가 떠올랐어요." 줄리아가 말했다. "저희 가족은 제가 아주 어릴 때 그곳으로 이사를 갔죠."

그랜트는 흥미를 보이려고 애쓰며 그녀에게 미소를 지었다. "그럼 태어난 곳은 어디예요?"

"사실 스코틀랜드예요. 하지만 그 이후로 가 본 적이 없어요."

"난 한 번도 웨일스에 가 보지 못했어요." 그가 아쉬워하며 한숨을 쉬었다. "그곳이 그립나요?"

"가끔은요. 스코틀랜드가 그리우세요?"

그랜트는 어깨를 으쓱였다. "지금은 전혀 그런 생각이 안 들어요."

줄리아는 주제를 바꿔야겠다고 느꼈다. "그러니까 고든 포일은 처음부터 유죄였던 거죠? 전 다른 식의 결말은 없다고 생각했어요. 실족사라는 것이 밝혀진다면 결말이 파급력을 잃어버리니까요. 그렇게 생각하지 않으세요?"

그랜트는 두 주먹으로 몸을 일으켜 세우고는 해를 등지고 앉았다. "난 추리 소설에서 해피 엔딩을 용납할 수 없어요." 이제 그의 머리는 실루엣으로만 보였다. "죽음은 다른 어떤 것도 아닌 비극으로 비쳐야 하니까요." 그는 바닥에서 레몬을 집어 들어 손가락 사이에서 굴리기 시작했다. 안달난 행동이 앞서 딴생각을 하던 것에 대한 일종의 사과처럼 보였다.

줄리아는 펜으로 원고를 두드렸다. "당신은 영웅 같은 탐정을 묘사하는 걸 싫어하는 듯 보여요. 브라운은 사악한 인물이에요. 즉흥적인 사람처럼 보이죠. 그의 기이한 행동에선 그럴듯한 이유를 발견하지 못하겠어요. 그의 친구도 그 점을 알고 있죠."

"맞아요." 그랜트가 어깨를 으쓱였다. "난 추리 소설이 논리적인 추론에 관한 이야기여야 한다는 생각을 없애려고 했어요. 수학자로서 단언컨대 그런 건 전혀 없어요. 영감에 따른 추측이 대다수의 소설 속 탐정들이 일하는 방식이죠. 그런 점에서 탐정이라는 캐릭터는 기본적으로 정직하지 못한 부분이 있어요. 안 그런가요?"

두 사람은 그의 집에서 조금 떨어진 언덕에 자리한 레몬 나무숲에 있었다. 그랜트는 둘이 같이 점심을 먹은 뒤 그녀를 홀로 거기 내버려 두었다. "난 좀 걷고 싶은데, 같이 갈래요?" 그랜트가 제안했다.

하지만 줄리아는 이곳의 뜨거운 햇살에 아직 익숙하지 않았고 강한 아침 햇살에 얼굴이 땅기는 느낌이 들어 그늘이 많고 선선한 바람이 부는 나무 밑에 그냥 있기로 했다. 그녀는 봉긋한 땅 위에 앉아서 둘이 방금 읽은 이야기에 몇 가지 해석을 달았다.

30분 뒤 그랜트가 돌아왔다. 그녀는 집 쪽에서 올라오는 그를 보았다. 처음에는 나뭇잎만 한 크기였다가 레몬만 해졌고 마침내 작은 나무 크기로 커졌다. 그는 어디든 가지고 다니는 것 같은 물병을 들었고 그걸 그녀 발아래에 놓았다. 줄리아는 물을 한잔 따른 다음 글을 읽어 내려갔다.

"소설 속 탐정들은 기본적으로 정직하지 못할까요?" 그녀가 반문했다. "그렇다면 박사 논문의 표제 감인데요." 그는 줄리아가 대답할 시간을 주었고 침묵 속에서 새소리만 들렸다. "전 아니라고 생각해요. 소설 그 자체가 허구니까요. 소설 속 인물이 소설보다 더 허구적일 순 없겠죠."

그랜트가 눈을 감았다. "현답이군요."

줄리아는 물을 한잔 더 마셨다. 이렇게 더운 날 다시 큰 소리로 원고를 읽는 게 전혀 즐겁지 않았다. 고작 한 페이지를 읽었을 뿐인데 목구멍이 바짝바짝 타들어 갔다. 하지만 그랜트는 그날 아침 최근 몇 년 사이에 시력이 매우 나빠졌다고 털어놓았다. 이 섬에는 안경점이 없고 그는 얼마 전에 안경알을 깨트려 먹었댔다.

"덕분에 나는 책을 읽기가 어려워요, 읽는 속도도 더디고…. 그런 독서는 고역이죠."

"그럼 글은 전혀 안 쓰시는 건가요?"

그가 고개를 저었다. "쓰지도, 읽지도 않아요. 꼭 그래야 하지 않는 이상은."

그래서 줄리아는 다른 방도가 없다고 여겼다. 그녀는 그를 위해서 처음 두 이야기를 큰 소리로 읽었다. 그래서 지금 완전히 지친 상태였다.

산들바람에 바다의 짠내가 살짝 풍겼다. 줄리아는 덕분에 기운이 났지만 아주 약간 매스꺼웠다. 새로 태어나는 생명의 냄새였다. 레몬이 풍기는 달콤한 향기와 비교하면 안개 속에서 반짝이는 램프처럼 정신이 확 들게 해 주는.

"여기 너무 오래 앉아 있으면 난 잠이 들고 말 겁니다." 그랜트가 자리에서 일어나 발을 바꿔가며 서성였다. 흰 셔츠에 재킷을 걸친 그는 열기에 전혀 괴로워하지 않는 모습이었다. "그럼 시작해 볼까요? 이 이야기에서 수정하고 싶은 부분이 있나요?"

줄리아가 그를 올려다보았다. "대체적으로는 없어요. 그냥 몇 문장 정도예요, 하지만 마찬가지로 모순되는 부분을 찾아냈어요. 다시금 그건 의도적인 거겠죠."

그는 살짝 미소를 머금은 표정으로 그녀를 향해 몸을 돌렸다. "이 이야기에 등장하는 마을이 지옥의 또 다른 묘사라고 말하는 건가요? 지옥살이는 마치 놀이동산처럼 이 사건에서 꽤 호소력 있게 들릴 수 있어요."

"아니요." 그녀가 웃었다. "거의 끝부분에요. 브라운이 절벽 오솔길을 다 걷고 하얀 벽돌집 옆 벤치로 돌아왔을 때 교회 종소리가 9시 30분을 알렸지만, 그는 벤치가 비어 있는 것을 보았어요. 하지만 엡스타인 부인은 몇 장 앞에서 자신은 늘 그 시간까지 거기 앉아 있는다고 말했었죠. 무슨 뜻인지 이해가 가나요? 불일치를 강조하는 것이 아니라면 그녀는 일과를 왜 말했을까요?"

그랜트는 여전히 실루엣만 보이는 상태로 서성였다. "그렇다면 그 부분은 그녀가 납치당했다거나 뭐 그런 의미라는 건가요?"

"아니요." 줄리아가 대답했다. "전 그 부분이 사실은 그가 오솔길에서 돌아온 건 아침이 아니라 저녁 9시 30분이라고 알려 준다고 생각해요. 주변 문장을 아주 자세히 살피면 어두운 바다를 비추는 달빛을 묘사한 것이 분명해요. 그리고 마을 이름에도 단서가 있고요."

"이브스컴이요?"

"저녁이 온다는 의미죠."

"아," 그가 손뼉을 쳤다. "내가 젊을 때 좋아하던 농담이에요."

"그렇다면 그 하루 동안 브라운은 뭘 했을까요?"

"그게 미스터리인 거죠." 그랜트는 헐렁한 옷자락이 바람에 흔들리는 상태로 서 있었는데, 그의 눈은 흥분으로 한층 커졌다. "하지만 당신 말이 맞아요. 분명 내가 의도적으로 집어넣은 부분이에요. 독자들이 눈치채는지 보려고. 기억은 나지 않지만 난 뭐 그 이야기들 대부분을 기억하지 못하니까 상관없어요." 그는 다시 자리에 앉았다. "내가 아니라 당신이 내게 그 부분을 설명해 줘야 해요."

그녀가 눈썹을 들어 올렸다. "여기 당신이 설명해 줘야 하는 부분이 있어요." 그랜트는 모자를 벗고 그녀 쪽으로 몸을 숙였다. "미스터리 살인 사건의 첫 번째 요건이 용의자 집단이며 적어도 두 사람은 되어야 한다고 오늘 아침에 말했죠. 하지만 이 이야기에선 한 사람밖에 없어요."

그는 고개를 뒤로 젖히고 하늘을 보며 씩 미소 지었다. "그래요, 그렇게 보이려고 만들었어요. 하지만 그건 교묘한 속임수에 불과해요. 난 항상 한 명의 용의자가 있는 미스터리 살인을 좋아했어요. 이 장르에 일종의 역설을 더하는 것 같으니까요. 하지만 이야기가 정의를 충족시키는지 설명하려면 우선 두 번째 요소에 대해 밝혀야겠군요."

줄리아는 한 손에 펜을 들고 수첩을 펼쳐서 무릎 위에 올려놓았다. "전 준비됐어요." 그녀가 말했다.

"미스터리 살인의 두 번째 요소는 한 사람 혹은 여러 명의 피해자예요. 이 인물들이 알지 못하는 상황에서 죽게 되는 거죠."

줄리아가 받아 적었다. "첫 번째 요소는 용의자 집단, 두 번째는 피해자 집단. 다른 건 뭔지 맞춰 볼 수 있을 것 같아요."

그가 고개를 끄덕였다. "아주 간단한 원리라고 했잖아요. 피해자 집단을 구성하는 유일한 요건은 최소한 한 명은 있어야 한다는 거예요. 피해자가 없으면 살인자도 없으니까."

"적어도 성공적인 살인이라 말할 순 없겠네요."

"따라서 이 이야기는 앨런 부인이라는 피해자 한 명이 있고 고든 포일이라는 용의자도 한 명 있어요. 결과적으로 그가 부인을 죽였지만 다른 대안도 있어요. 단순 사고로 보이게 할 수도 있었죠. 피해자가 발이 미끄러져 떨어진 걸로요."

줄리아가 받아적었다. "사고로 인한 죽음이군요. 전 항상 그 부분이 마음에 들어요. 모험이 잘될 수도 혹은 잘못될 수도 있다는 부분이 근사해요."

그랜트가 웃었다. "맞아요. 내가 이 섬에 오래 체류하는 걸 예로 들 수 있어요. 한때는 모험이었어요. 하지만 나이가 들면서 난 어쩌면 모험이 잘못된 방향으로 끝난 것인지도 모른다는 생각이 들었죠."

이 섬에서 보내는 제 시간도 그래요, 줄리아는 이렇게 생각했다. 그녀는 지쳤고 아직 목이 따끔거렸다. 그녀는 그랜트에게 미소를 지었다. "그럴 가능성은 언급되지 않았지만, 자살일 수도 있잖아요."

"맞는 말이에요." 그랜트가 대답했다. "사고와 자살의 경우 우리는 죽음에 대한 책임이 누구에게 있다고 생각할까요?"

"글쎄요. 아마도 피해자?"

"맞아요. 앨런 부인에게 있죠. 그 말은 포일이나 혹은 그녀 스스로가 죽음에 책임이 있다는 뜻이에요."

"그렇다면 그녀가 두 번째 용의자인가요?"

"그래요. 우리의 정의에 따르면 두 명 이상의 용의자와 한 명 이상의 피해자가 있어야 하지만 그들이 겹쳐서는 안 된다는 말은 없어요. 그러니 그녀가 비록 피해자일지라도 두 번째 용의자가 될 수 있는 겁니다."

"부인이 발이 미끄러져 벼랑 아래로 떨어진 거라면 그녀를 살인자라고 부르기엔 좀 이상하지 않을까요?"

"그 용어 자체는 물론 부적절하죠. 그러나 모든 등장인물을 통틀어 그녀가 자신의 죽음에 가장 큰 원인이라는 건 전혀 불합리하지 않아요. 그녀는 처음부터 그 길을 따라 걸었어요. 그리고 그 이유로 그녀를 용의자로 보는 건 전혀 비이성적이지 않아요. 단순하게 보면요."

"그렇군요." 줄리아가 받아적었다. "그렇다면 이 이야기는 용의자가 둘인 또 다른 미스터리 살인 사건의 예시인 셈인가요?"

"맞아요, 둘 중 한 사람이 피해자라는 자격을 충족하니까요. 따라서 피해자인 그녀를 제외한 용의자가 한 명인 살인 사건 이야기가 성립되죠."

"그러면 말이 되네요." 줄리아는 바닥에 떨어진 레몬 하나를 집어 들어 달콤한 냄새를 들이켰다. "묻고 싶은 게 한 가지 더 있어요."

그랜트가 고개를 끄덕였다. "그게 뭔가요?"

"당신은 이 단편 모음집에 《백색 살인》이라는 제목을 붙였어요. 저는 지난 몇 주 동안 그 이유가 무언지 알아보려고 애썼죠."

그랜트가 미소를 지었다. "그래서 어떤 결론을 내렸나요?"

"우선 이 이야기에 하얀 벽돌집이 나와요."

"그리고 이전 이야기는 스페인의 백색 도료를 칠한 빌라가 배경이고요."

"그렇게 테마가 이야기 전반에 이어지는 거죠. 하지만 전 그 이상의 무언가가 있지 않을까 하는 궁금증이 들어요."

"무슨 뜻이죠?"

"이상하게 이름이 낯익어요. 그러다 이유를 알게 됐어요." 그녀가 잠시 말을 멈췄다. "예전에 진짜 살인 사건이 있었고 그 사건을 이 책의 이름과 똑같이 '백색 살인'이라고 부른다는 걸 아시나요?"

"몰랐어요. 참 흥미로운 우연이네요."

"그렇다면 한 번도 들어본 적이 없다는 뜻인가요?"

그 부분에서 그랜트의 미소가 사라졌다. "지금 당신이 말하니 얼핏 들어본 것 같기도 하네요."

"저희 블러드 타입 북스에서는 미제 살인 사건에 관한 책을 여러 권 펴냈고 전 이전에 그 책들을 읽어 봤어요. 그래서 그 명칭을 아는 거죠. 1940년 노스 런던에서 벌어진 일인데 언론이 주목하던 사건 중 하나였어요. 엘리자베스 화이트라는 젊은 여성이 피해자였죠. 그녀는 배우이자 극작가로 엄청난 미인이었어요. 어느 늦은 저녁, 그녀는 햄스테드 히스에서 목이 졸려 살해당했어요. 제가 태어나기 전 일이지만 그 사건이 당시에 엄청 파장이 컸다는 걸 알아요. 경찰은 끝내 범인을 찾지 못했어요."

"그런 딱한 일이."

"네, 참 안타깝죠. 그런데 이게 정말로 우연인가요?"

그랜트는 손으로 턱을 짚었다. "우연이 아니면요? 내가 그 범죄를 보고 책 이름을 지었다고 생각해요?"

줄리아가 고개를 한쪽으로 갸우뚱했다. "당신이 글을 쓸 때 신문에서 엄청나게 떠들어댔을 텐데요."

"런던의 신문이겠죠." 그랜트가 말했다. "하지만 난 에든버러에 있었고, 책 이름을 짓기 위해 런던까지 가서 그 신문을 찾아봤다는 뜻일까요? 어딘가에서 '백색 살인'이란 표현이 적힌 걸 봤다면 무의식적으로 영향을 받았을지도 모르겠군요. 그게 아니면 그냥 우연의 일치일 뿐이죠." 그가 모르겠다는 듯 어깨를 들썩였다. "사실 내가 '백색 살인'이라는 단어를 선택한 건 그 말에 담긴 암시성과 시적인 느낌 때문이에요." 그는 없는 강세를 더하며 외국어로 인용구를 읊는 사람처럼 어색하게 말했다. "'백색 살인'. 하지만 그냥 '적색 살인' 혹은 '청색 살인'이 될 수도 있었겠죠."

줄리아는 그가 자신에게 진실을 말하고 있는 건지 의심이 갔다. "시기를 생각한다면 정말로 큰 우연이네요."

그랜트는 다시금 미소를 지었다. "당신이 무엇과 비교하느냐에 따라 다르겠죠."

"네, 맞아요." 그녀는 메모하느라 팔이 아팠다. "잠시 쉴까요?"

5. 수사관이 내민 증거

남색 양복을 입은 진중해 보이는 신사가 센트럴 런던의 작은 광장을 이루는 세거리 중 한 곳을 지나던 중 그만 물웅덩이에 발을 헛디디고 말았다. 정오 5분 전 일이었다. 정신이 딴 데 팔린 채 불안해하던 그는 이 부적절한 상황에서 걸음을 멈출 수밖에 없었다. 그는 스스로 안쓰럽다고 생각하며 믿기지 않는 얼굴을 하고 구두를 내려다보았다. 화창한 늦여름이라 삼 주째 비가 내리지 않았건만.

그는 진흙이 가라앉으며 반사된 물웅덩이 위로 비치는 자기 모습을 바라보았다. 그의 어깨 위에 둥근 얼굴이 떠 있었다. 검은 머리와 정성스럽게 다듬은 검은 콧수염은 그가 입은 양복과 푸른 하늘 사이에서 구겨졌다. 마치 목이 없는 사람 같았다. 그는 물웅덩이의 진원지를 찾아 젖은 길로 시선을 옮겼다. 꽃집 앞에 놓인 화분에는 알록달록한 꽃들이 그를 동정하듯 고개를 까닥였다. 신사는 나지막이 욕설을 내뱉은 뒤 이 거리에 복수할 방법을 찾듯 기분 나쁜 표정으로 근처 건물을 훑었다.

그리고 그게 모든 것의 시작이었다.

광장은 콜체스터 가든이라고 불렸다. 그 명칭은 또한 두 도로의 교차 지점이자 더 좁고 구불구불한 또 다른 도로의 시작점에 자리한 직사각형같이 생긴 사유지 공원의 이름이기도 했다. 이 세 번째 도로는 두 도로와 이어져 있고 모퉁이를 돌면 막다른 골목이 나왔다. 콜체스터 테라스로 알려진 이 길은 정원에 가려진 터라 다른 두 도로보다 오가는 행인이 적었는데,

남색 양복 신사가 지금 그 길의 중간쯤에 서 있었다.

콜체스터 테라스에 사는 사람만이 유일하게 사유지 공원의 출입 열쇠를 가지고 있었다. 신사는 다른 사람들처럼 검은 금속 울타리가 쳐진 공원 안을 그저 들여다볼 수밖에 없었다. 그는 왼쪽, 그다음에는 오른쪽을 살폈다. 거리는 황량했고 꽃집은 아무런 공지도 없이 문이 닫혀 있었다. 모퉁이에 자리한 식료품점은 열린 것 같았지만 들어가거나 나오는 사람이 아무도 없었다.

난간 반대편에 소녀 두 명이 보였다. 둘은 날지 못하는 종이비행기 하나를 두고 옥신각신했다. 근사한 보라색 종이를 접어 만든 비행기는 작은 강아지만 했다. 두 소녀가 번갈아 가며 비행기를 날리면서 웃는 소리가 신사의 귀에 들렸다. 매번 소녀들이 애써 보았지만 종이비행기는 이삼 미터 정도 공중에 떠 있다가 엄청난 저항력을 받아 빙글빙글 돌거나 곧바로 바닥으로 추락했고 그 순간 둘은 분노와 절망과 웃음이 뒤섞인 비명을 질렀다.

남색 양복 차림의 신사는 일 분가량 소녀들을 바라본 뒤 금속 울타리로 한 걸음 다가섰다. 그는 손으로 철제 울타리를 잡고 위로 뾰족하게 솟아 있는 장식 사이로 머리를 들이밀었다.

"얘들아." 신사가 소녀들을 불렀다. 두 소녀가 웃음을 멈추고 그를 쳐다보았다. 둘은 동갑으로 보였고 비슷한 청색 원피스를 입었다. "얘들아, 너희 이름이 뭐니?"

살짝 붉은 기가 도는 머리칼의 소녀가 둘 중 낯가림이 덜했다. 그 애가 앞으로 한 걸음 다가왔고 다른 소녀는 잔디 위에 앉았다. "전 로즈예요." 소녀가 말했다. "그리고 저쪽은 제 친구 매기구요."

매기는 자기 이름이 나오자 고개를 숙였다.

“그렇구나, 얘들아. 아저씬 크리스토퍼라고 해. 이제 서로 이름도 알았으니 아저씨가 비행기를 날릴 수 있도록 도와줄게.” 신사가 종이비행기를 가리켰다. 로즈는 깜빡 잊고 있던 비행기를 쳐다보았다. 비행기는 로즈와 매기 사이 잔디 위로 아무렇게나 내팽개쳐진 상태였다. “앞쪽에 조금 무게를 실어 주면 잘 날 거란다.”

로즈는 종이비행기를 확신 없는 눈빛으로 쳐다본 다음 마지 못해 집어 들었다. 근엄한 얼굴의 신사가 똑같은 어른을 대하듯 인사를 건네고는 말을 트자마자 곧장 어린아이 취급하며 장난감을 달라고 요구한 게 모욕적으로 느껴졌기 때문이었다.

“여기,” 신사가 말했다. “이걸 받으렴.” 그는 양복 안쪽 가슴 주머니에서 작은 카드를 꺼내 반으로 찢었다. 그는 반쪽을 주머니에 도로 집어넣고 나머지 절반을 세 번 접어 작고 단단한 직사각형으로 만든 다음 철제 울타리 사이로 건넸다. 로즈가 실망스러운 선물을 곧바로 내려다보았다. “이걸 비행기 앞쪽 뾰족한 부분에 집어넣으렴. 그리고 다시 날려 봐.”

소녀는 그냥 시간을 보내려는 것일 뿐 비행기를 날리는 건 중요하지 않으며 다시 날리기엔 날이 너무 춥다고 발끈할 생각이었다. 하지만 신사의 목소리에 따스함이 깃들어 있고 동조하는 듯한 분위기에 마음이 편안해졌다. 소녀는 시키는 대로 카드를 종이비행기에 집어넣었다. 그리고 비행기를 들고 달렸다. 신사는 소녀가 힘껏 비행기를 앞으로 날리는 모습을 지켜보았다. 이번에는 이십여 미터 정도 날았고 그런 다음 커다란 칼이 하늘을 가르듯 근사하게 활강했다. 신사는 미소를 지은 다음 앉아 있는 다른 소녀가 호응하길 바라며 그 애를 쳐다보았다.

하지만 매기는 지루한 듯 잔디만 뜯을 뿐이었다. 저 애는 어딘가 문제가 있어, 신사가 생각했다. 매기가 슬쩍 그를 쳐다보았고 그제야 신사는 소녀가 삐친 것도, 지루한 것도 아니고 자신을 무서워하고 있다는 걸 깨달았다. 그는 회의감에 휩싸여 뒷걸음질 쳤다. 그는 소녀를 잠시 더 지켜보다가, 결정을 내렸다.

"애들아, 이제 재미있게 놀아 보렴."

신사는 로즈에게 까딱 목인사를 건넸다. 로즈는 열심히 손을 흔들어 배웅했다.

그렇게 신사는 자리를 떴다.

12시 20분, 앨리스 캐번디시는 콜체스터 가든 공원을 산책하고 있었다. 그녀는 거리로 이어지는 철제 입구로 향하는 길에 여동생과 어린 클레먼츠 양이 인형 놀이하는 모습을 보았다.

앨리스는 기분이 좋아서 가던 방향을 틀어서 둘에게 다가갔다. 얇은 여름 재킷 안주머니에는 리처드에게서 온 편지가 들어 있는데 그녀가 정말 듣고 싶었던 말인, 지난주 그녀를 만나서 너무 기뻤다는 내용이 적혀 있었기에 그녀는 조만간 둘이서 산책을 하지 않을까 하고 기대했다. 그녀는 굵직한 플라타너스 세 그루가 몇 미터 간격으로 서서 깊게 그늘을 드리우고 있는, 공원의 가장 어두운 곳으로 가서 홀로 몰래 편지를 읽었다. 햇빛이 거의 들어오지 않아 잔디가 살짝 축축했지만, 편지 속 리처드의 달콤한 말에 그녀는 축축함마저도 기쁘게 받아들일 수 있었다.

"좋은 아침이야, 매기." 그녀가 동생에게 말했다. "둘이서 뭐 하고 있어?"

로즈가 자리에서 일어났다. "지금은 오후거든, 멍청이."

"안녕, 로즈."

"로즈가 아니라 클레먼츠 부인이라고 불러야 해." 매기가 말했다. "우리는 지금 남편을 잃은 부인이고 이쪽은 우리가 키우는 고아들이야." 매기가 두 인형을 가리켰다. 앨리스는 동생이 단어를 잘못 사용하고 있다는 걸 지적해야 할지 아니면 둘이서 하는 놀이가 뭔지 더 물어봐야 할지 확신하지 못한 채 웃었다. 결국 어느 쪽도 하지 않기로 마음먹었다.

"내가 어제 만들어 준 종이비행기는 어디 있어? 오늘 날씨가 좋으면 날리겠다고 하지 않았니?"

항상 먼저 나서는 로즈 클레먼츠가 엄청 흥분한 모습으로 근처 나무를 가리키고 그쪽으로 몇 걸음 옮기며 말했다. "저기 있어!"

높은 가지 꼭대기에 잎사귀들과 뒤엉켜 있는 보라색 비행기는 멀리서 보니 꼭 조각난 스테인드글라스 같았다.

"어머 어쩌나." 앨리스가 말했다. "참 안됐구나."

"이건 다 그 아저씨 때문이야." 매기가 투덜댔다. "아저씨가 비행기를 고치기 전까지 다 괜찮았다고."

그 아리송한 말을 앨리스는 제대로 이해할 수 없었고 자신이 제대로 들은 건지도 확신이 안 섰다. 그런데 로즈가 앞서 한 말이 갑자기 기억나 그녀는 다른 생각을 떨쳐 버렸다. "좀 전에 지금이 오후라고 말했니?"

로즈가 고개를 끄덕였다. "교회 종이 울린 지 한참 지났어."

앨리스는 몽상에 잠겨 있느라 몰랐다. "어머니에게 차를 내드려야 해."

그리고 다른 모든 일은 곧바로 잊혔다.

그녀는 서둘러 공원 입구로 향한 뒤 콜체스터 테라스를 나와 몇 건물 건너 자신의 집으로 갔다. 현관 손잡이를 잡으려는 찰나, 그녀는 자신의 손이 얼마나 더러운지 깨달았다. "맙소사." 그녀가 혼잣말하며 손을 자세히 살폈다. 그릇 가장자리에 눌어붙은 소스처럼 엄지손톱 아래에 두껍게 흙 때가 끼었다.

그녀는 커다란 붉은 현관문을 연 다음 복도로 들어갔다. 복도 먼 끝에서 하녀인 엘리즈가 나타났다. 앨리스는 재킷을 벗어 하녀에게 건네며 리처드에게 받은 편지를 슬쩍 꺼냈다. "엘리즈, 어머니가 드실 차를 준비해 주겠어? 어머니가 일어나셨는지 보고 올게." 하녀가 고개를 끄덕이곤 집 안 먼 쪽 어두운 곳으로 사라졌다.

앨리스는 현관에서 곧바로 이어지는 아버지의 서재로 몰래 들어가 아무것도 건드리지 않게 조심하면서 아버지의 책상에 앉아 편지를 다시 읽었다.

몇 분 뒤, 하녀는 1층 층계참에서 앨리스를 기다렸다. 그녀는 구릿빛 뜨거운 차가 담긴 잔과 화사한 레몬 조각이 놓인 쟁반을 들었다. 앨리스는 하녀에게서 쟁반을 받아 꼭대기 층으로 올라갔다. 그녀는 살짝 노크하며 등장을 알린 뒤 제일 큰 침실로 들어갔다.

"안녕, 앨리스." 안색이 창백한 어머니가 진홍색 잠옷 차림으로 침대에서 곧장 몸을 일으켜 매끈한 흰 시트 사이에 책갈피처럼 앉았다. 앨리스는 쟁반을 내려놓고 창가로 가 커튼을 열었다. 어머니는 햇살이 자신을 더 춥게 만드는 것처럼 살짝 움찔하면서 이불을 목까지 끌어당겼다. 창문 너머로 광장이 내려다보였고 밉살스러운 로즈 클레먼츠가 국화를 단검처럼 쥐고 나무 사이로 매기를 쫓아가고 있는 모습이 눈에 들어왔다. 또 이 정도 높이에서는 자신의 은신처인 나무 그늘도 얼추 볼 수 있었다.

"오늘은 기분이 어떠세요, 어머니?" 그녀는 침대로 가서 어머니의 손을 잡으며 물었다.

"언제나 그렇듯 네 덕분에 한결 좋아졌단다, 우리 딸. 그렇지만 잠을 별로 못 잤고 흉통이 있는 것 같구나." 딸은 측은한 미소를 지었다. "세상에, 앨리스, 꼴이 왜 이러니?" 어머니의 눈이 휘둥그레졌다. 앨리스는 촛불에 덴 사람처럼 얼른 손을 뺀 다음 손끝으로 엄지를 문질렀다.

"저도 알아요, 어머니. 꽃을 따느라 손이 더러워졌어요."

"그 더러운 게 네 얼굴에도 잔뜩 묻었구나."

"맙소사." 앨리스는 어머니의 화장대로 가서 거울을 보고 그 말이 사실임을 알았다. 리처드에게서 온 편지를 읽으며 무신경하게 머리카락을 만지고 충동적으로 잔디를 뜯고 불안한 듯 나무 잎사귀를 조각조각 찢었다. 눈썹과 턱에 진흙 얼룩이 덕지덕지 묻어 있었다. "세상에, 어머니. 전 가서 목욕해야겠어요. 그 후에 제 머리 좀 빗겨 주실래요?"

"물론이지, 그렇게 하렴."

그래서 그녀는 서둘러 계단을 내려갔고 1층에서 하녀가 아이들의 낡은 놀이방 먼지를 털고 있는 걸 보았다. "내 목욕물을 받아 줄래, 엘리즈?"

오후 12시 53분, 앨리스 캐번디시가 콜체스터 테라스의 자기 집 욕실로 들어가 커튼을 쳤다. 창 바로 맞은편에 건물이 없으니 그럴 필요가 없었고 욕실도 어두워졌지만, 그녀에겐 사생활 보호가 중요했다. 앨리스는 리처드가 보낸 편지를 다시 읽고 싶었다. 편지는 그녀의 치마 허리띠 안에 들어 있었다.

그녀는 옷을 벗어 문 옆 의자 위에 올리고 맨 위에 편지를 놓고선 의자를 욕조 옆으로 옮겼다. 그리고 잠깐 숨을 참으며 잘 데워진 따뜻한 물속으로 몸을 담갔다.

"욕조에서 머리는 어떻게 감으려고?"

누구에게도 간섭을 받지 않는 이 순간 퍼뜩 그런 생각이 들었다. 화창한 어느 가을, 친구 레슬리 클레먼츠와 공원에 있을 때 그녀가 긴 빨간 머리에 묻은 낙엽 한 뭉치를 털어내면서 했던 질문이었다.

"내 말은 실제 기술 말이야. 난 나만의 방법이 있는데 넌 어떻게 하는지 궁금해서."

"네가 먼저 말해 봐." 앨리스는 놀림을 당할까 두려워서 말했다.

"그건 안 되지." 레슬리가 말했다. "내가 물어봤으니 네가 먼저 대답해야 해. 쑥스러워하지 말고. 그냥 궁금해서 물어보는 거야. 넌 항상 정갈하게 머리를 관리하잖아."

앨리스는 시무룩해졌다. "옛날엔 어머니가 욕조 옆에서 대야를 들고 서 계시다 내 머리에 물을 부어 주셨어. 하지만 몸이 안 좋아지면서 더는 그렇게 하실 수 없었지. 물론 하실 수 있다고 해도 그러기엔 난 이미 나이를 많이 먹었으니까. 엘리즈가 한동안 도와줬는데 어머니가 해 주실 때처럼 제대로는 아니었어. 그래서 보통은 내가 대야를 놓고 앉아 몸을 앞으로 숙여서 직접 머리를 물에 담가."

"힘들 것 같네." 자연스럽게 느껴지는지 그 동작을 흉내 내 보던 레슬리가 말했다. "난 그럴 수 없을 것 같아. 숨을 가득 들이마신 다음 머리 꼭대기까지 잠깐 욕조 안에 푹 담그는 것 말고 머리를 감는 다른 방법이 전혀 떠오르지 않거든. 숙녀다운 방식은 아니지만 그게 가장 재미있어."

"나도 그렇게 했었어." 앨리스가 웃었다. "항상 어머니한테 혼났지. 단 몇 초라고 할지라도 숨을 참는 건 위험한 일이라고 하셨어."

레슬리 클레먼츠가 어이없다는 듯 눈을 굴렸다. "이제 그렇게 해도 너희 어머닌 모르실 거잖아, 안 그래?”

그 말이 맞았다. 그날 이후로 앨리스는 만사가 귀찮을 때면 친구가 말한 방식대로 머리를 감으며 마음껏 즐겼다. 오늘도 예외는 아니었다. 그녀는 오른손으로 코를 막은 다음 머리를 전부 물속에 집어넣고 머리카락이 잘 풀려 부드러워질 때까지 왼손으로 쓸어내렸다. 숨이 차는 느낌이 들 때까지 20초 정도 버틸 수 있었다. 그 직후 물 위로 올라오는 순간은 레슬리가 넌지시 알려 준 것처럼 아주 황홀했다. 그녀는 몇 차례 길게 숨을 들이쉰 다음 다시 머리를 담그고 눈을 감고 리처드를 생각했고, 그러는 동안 그녀의 어깨가 천천히 욕조 아래로 밀려 내려갔다.

세 번째로 잠수했을 때 누군가 급히 욕조 옆으로 다가와 그녀의 머리 위로 두 손을 올렸다. 그게 다였다. 손으로 머리를 누르지는 않았다. 욕조에서 살짝 뒤쪽에 있는 문 앞에서 쭉 지켜보다가 그녀가 숨이 찰 때까지 잠수하는 걸 알아차린 것이다. 그 전에 일을 벌이는 건 아무 소용이 없다는 것도.

앨리스가 눈을 감은 채 긴 머리를 왼쪽 어깨로 넘겨 가슴으로 쓸어내리며 15초 동안 그러고 있다 살짝 고개를 들어 올렸는데 무언가 피부에 닿는 느낌이 났다. 거의 지각할 수 없을 정도였다. 처음에는 그저 이마가 수면에 닿아서 그런 거라고 생각해 덜컥 겁이 나진 않았다. 하지만 고개를 좀 더 들자 수면 때문이 아니라는 것을 알았고, 따뜻한 젖은 가죽 같은 감촉이 느껴져 눈을 떴지만, 장갑을 낀 손이 덮고 있는 어둠만이 느껴질 뿐이었다. 그녀는 똑바로 앉으려고 애썼다. 그러자 손이 그녀의 얼굴을 덮은 다음 다시 물속으로 밀어 넣었다. 앨리스는 두 팔로 저항하려고 했지만, 오른팔이 이미 붙들려 욕조 끄트머리에서 옴짝달싹할 수 없었고 왼손을 힘없이 바둥거리며 머리를 잡은 팔을 떼어 내려고 애썼다. 얼굴이 있을 거라고 짐작

되는 곳으로 손을 뻗었는데 어깨만 닿을 뿐이었다. 강철 같은 팔은 그녀가 손톱으로 할퀴어도 꿈쩍도 하지 않았다. 욕조 반대편 쪽에서 두 다리를 첨벙거려 보아도 아무 소용이 없었다. 무언가가 그녀를 뭉개 버리는 것 같았다. 이제 그녀가 물속에 있은 지 40초 정도 흘렀을까. 그쯤 되니 의식이 흐려지면서 몸에 힘이 빠졌다. 그 짧은 순간이 임박한 죽음에 대한 유일한 경고였다. 누가 그녀를 무슨 이유로 죽이려고 하는지 궁금해할 겨를도 없이 그녀는 그 시간 내내 비명을 지르려고 안간힘을 썼다.

같은 날 오후 3시 직후, 로리 경위와 벌머 경사가 콜체스터 가든의 검은 철제 울타리로 다가왔다. 정황을 확인하기 위해 두 사람은 서로 공원 반대쪽으로 걸어 집 앞에서 몇 분 간격으로 만나는 걸로 의견을 모았다. 벌머는 손을 비롯해 덩치가 커서 양복이 작아 보였고 로리는 호리호리한 체격에 작고 동그란 안경을 쓰고 머리에 잔뜩 기름을 칠했다. 한쪽이 다른 쪽에게 시간이나 길을 물어보는 것처럼 보였고, 서로 알고 있는 사이로는 보이지 않았다.

벌머는 집 밖 담장에 기대 3층짜리 크림색 건물을 올려다보았다. "상황이 얼마나 나쁠 것 같아?"

로리는 현관에서 화단을 쳐다보는 중이었다. 흙 위로 타원형의 움푹 팬 자국이 있었다. "아주 안 좋겠지. 제일 아끼는 딸이었으니." 그가 꽃들로부터 정보를 전해 들은 것처럼 꽃을 쓰다듬으며 말했다.

벌머가 다가와 내려다보았다. 그는 로리에게 장난기 어린 의심의 눈길을 보내며 늘 그래 왔듯 이 말로 대화를 시작했다. "이해를 못 하겠는데."

"내가 지나올 때 소녀 두 명이 공원에서 놀고 있었어. 한 명은 머리에 보라색 꽃을 꽂았지. 그 꽃은 여기서 딴 거야.” 그는 집게손가락을 구부려 동그라미를 만든 뒤 늘어진 녹색 줄기 위로 꽃 모양을 완성했다. “그렇다면 그 소녀는 이 집에서 나왔을 가능성이 커. 흙바닥에 난 아이의 발자국을 봐. 지금 살인 사건이 벌어졌는데 소녀가 방치되어 밖에서 놀고 있다니. 부모가 자기들 슬픔에 사로잡혀 소녀는 안중에도 없는 듯해.”

벌머는 두 소녀를 쳐다본 다음 동료의 멋진 추리에 동의한다는 뜻으로 고개를 끄덕였다. “그래도 소녀는 안전할 테지.” 그가 덧붙였다. “공원 모퉁이마다 경찰관이 배치돼 있으니까.”

“그렇지만 보통 이럴 때는 부모가 아이를 옆에 두고 싶어 하잖아. 아무튼 저기 창문이 난 방은 아버지의 서재로 보이는데,” 그가 현관 옆 유리창을 가리켰다. “책상 위에 있는 게 대부분 큰딸의 사진인 걸로 봐선 같은 결론을 내릴 수 있겠지.”

벌머는 창가로 다가가 로리가 입버릇처럼 해 왔던 말을 인용했다. “추리는 추리일 뿐 사실이 아니다. 전부 여러 증거를 통해 입증되어야 한다.” 그는 사진을 직접 확인한 뒤 동료를 바라보며 고개를 끄덕였다.

로리가 현관문을 두드렸다.

잠시 뒤 정복을 입은 경찰관이 창백한 얼굴로 문을 열었다. 그는 입에 꽁지 담배를 물고 있었는데, 피부와 같은 색이지만 좀 더 선명한 색의 담배는 벽에 달린 전등 스위치처럼 입 밖으로 삐쭉 나와 그가 뻐끔거릴 때마다 흔들거렸다.

“드디어 오셨군요.” 경찰관이 말했다. “전 이 집이 싫고 이 집 사람들도 절 싫어해요.”

*

데이비스 순경은 지난 두 시간 동안 혼자서 흩어진 세간살이를 정리했다. 이제야 그는 자리에 앉아 주머니에서 휴대용 술병을 꺼냈다. 그는 뚜껑을 열고 귀한 동전을 다루듯 조심스럽게 쥔 다음 천천히 들이켰다. "이런 적은 처음이에요."

로리는 걱정하지 말라는 듯 손을 흔들었다. 세 사람은 캐번디시 씨의 서재에 모여 가구에 몸을 기댔다. 데이비스가 말을 이었다. "위층은 끔찍해요. 익사하면서 그녀는 모든 걸 놓아 버렸죠. 피와 체액이 전부 욕조에 흘러나왔어요. 저런 금발 머리 시체는 다시 보지 못할 거라 확신합니다."

시신은 오후 1시 30분쯤 발견됐다. 하녀 엘리즈가 욕실 문을 노크했지만 대답을 듣지 못했다. 그래서 머뭇거리며 문을 열었고 욕조 옆에 깔린 작은 에메랄드빛 러그 위에 올라선 다음 욕조를 내려다보고 비명을 질렀다. 때마침 저택에 도착한 요리사가 재빨리 계단을 올라와 욕실 맞은편에 서서 핏기 하나 없는 앨리스의 얼굴이 물 위에 떠 있는 것을 보았고, 몇 골목 떨어진 곳에 사는 가족의 친구인 모티머 박사에게로 달려갔다. 모티머 박사가 데이비스 순경을 불렀다. 데이비스 순경은 런던 경찰국으로 전화를 걸었다.

약 15분 뒤 캐번디시 씨가 연락을 받고 직장에서 황급히 돌아왔다. 꽤 차분하던 분위기는 캐번디시 부인이 계단을 기어 내려와 울부짖으며 딸을 보겠다고 난리를 치면서 어수선해졌다. 데이비스 순경은 부인 때문에 현장이 훼손될까 걱정되어 들어가지 못하게 했다. 부인은 그를 향해 욕을 하고 소리를 질렀다. 첫 살인 사건이라 주눅이 든 데다 공포에 사로잡힌 상태여서 그는 부인을 억지로 잡고 계단을 올라 침대에 눕혔고 그 광경을 보던 캐번디시 씨는 그에게 '과잉 행동'이라며 소리를 질러 댔다. 그런 다음 충격을 받은 부모는 항의하는 뜻으로 각자의 방에 틀어박혔고 하녀는 아래층으로 가 버렸다. 데이비스 순경만 홀로 남아 어떡할지 모르는 상태로 통로와 복도를 서성였다. 그는 욕실을 지나갈 때마다 시신을 점검했다. 처음에는 의사가 시체를 살피고, 창가에 서서 담배를 피우다가 마침내 떠났는데, 데이비스는 그 후로도 몇 분마다 시체로 되돌아오는 자신을 발견했다. 이러다 강박증이라도 걸리는 건 아닐까 자문해 보았다.

로리가 그에게 담배 한 개비를 건넸다. "이제 우리 관할입니다. 당신이 알아낸 걸 전부 말해 주면 더는 이곳에 있을 필요가 없어요."

"별로 알아낼 것이 없었어요." 데이비스 순경이 술을 한 모금 더 마시며 말했다. "당시 집에는 세 명이 있었습니다. 요리사는 사건이 발생했을 때 외출 중이었어요. 그녀는 시장에 갔고 그건 우리 쪽에서 확인했습니다. 캐번디시 씨는 집과 가까운 사무실에서 일하던 중이었고 동료들이 증언해 주었어요. 피해자의 여동생은 내내 밖에서 놀고 있었고요. 캐번디시 부인은 위층 침대에 누워 있었어요. 그녀는 몸이 좋지 않습니다. 그리고 하녀인 엘리즈는 아래층에서 청소를 하고 있었어요. 욕실과 몇 칸 떨어진 방에서 말입니다."

"하녀는 아무 소리도 못 들었나요?"

"못 들었다고 했어요."

"얼마나 가까이 있었나요? 피해자가 절규하거나 비명을 질렀다면 들을 수 있는 거린가요?"

데이비스 순경은 모르겠다는 듯 어깨를 움츠렸다. "아무것도 못 듣고 못 봤다고 말하더군요."

로리가 인상을 썼다. "그렇다면 우리가 그 하녀와 이야기를 해 봐야 할 것 같군요."

"제가 하녀에게 의사 선생님을 다시 데려오라고 시켰어요. 두 분이 오시면 탐문할 게 있을까 싶어서요. 하녀는 곧 돌아올 겁니다."

"잘하셨군요." 로리가 말했다. "그럼 올라가서 시신을 봅시다."

세 사람은 욕실로 들어갔다. 이제 김이 다 빠졌고 수증기도 말랐다. 욕조 속 물은 고요했고 앨리스의 머리는 완전히 물속에 잠겼다. 존엄성을 지켜주려고 시신에 수건을 둘러놓았는데 수건이 물을 흡수해 비대칭으로 가라앉았다. 아주 차갑고 참혹한 죽음의 현장이라 그녀가 오늘 살아 있었던 사람이 맞는지 의심스러울 정도였다.

벌머가 휘파람을 불었다. "이런, 짐승이나 악마의 소행인가?"

로리가 욕조로 다가가 무릎을 꿇었다. 한쪽에 놓인 의자 위로 가지런한 옷가지가 보였다. 그는 책을 술술 넘겨보듯 옷을 살폈지만 흥미로운 건 없었다. 그래서 욕조 끄트머리를 살피며 안경을 고쳐 쓰고 다른 손으로 물 위에 솟아 있는 손가락 끝을 만졌다. 돌처럼 차가웠다. "아름다운 아가씨군." 그가 말했다. "범행 동기는 이성과 관련 있을 가능성이 커."

그러자 데이비스 순경이 입을 열었다. "저도 그렇게 생각합니다만 이해가 잘 되지 않네요. 살해 전이나 후에 누가 피해자를 건드린 흔적이 없어요. 욕망으로 정신이 나간 살인자가 이곳에 왔다면 그냥 죽이고 곧바로 돌아갔을까요?"

로리는 몸을 돌려 경찰을 빤히 쳐다보며 잘난 체하는 미소로 넌지시 말을 던졌다. "이상한 부분에 끌리는 남자도 있답니다. 어쩌면 그저 아름다운 무언가를 죽이고 싶었는지도 모르죠."

범죄 현장 조사를 전혀 좋아하지 않는 벌머는 욕실 뒤쪽에서 조용히 기다리다 한걸음 다가왔다. "이게 살인 사건이라고 확신하는 거야?"

로리가 차갑고 더러운 물속으로 팔을 집어넣어 시신의 손목을 잡아 들어 올렸다. "왼손은 피투성이야. 이건 조용한 죽음이 아니었지. 어떤 발작일 수도 있었겠지만, 오른손에는 네 손가락 자국으로 멍이 났고. 마치 누군가의 손에 꽉 붙들려 있었던 것처럼 말이지."

벌머가 서 있는 뒤쪽에서 욕조 아래로 작은 틈이 보였다. "로리, 자네 왼발 쪽에 뭐가 있어."

"우리도 아까 봤었는데," 데이비스가 말했다. "손대고 싶진 않아서요."

로리가 나무 바닥에 머리를 대고, 욕조 아래 작은 틈을 발로 차니 젖은 검은 장갑이 있었다. 그가 집어서 꺼내 들었다. 장갑은 그의 두 손가락 사이에서 작은 짐승의 사체처럼 보였다. 데이비스 순경과 벌머 경사는 자세히 보려고 가까이 다가갔다.

"이게 범행 도구군." 벌머가 말했다.

로리가 장갑을 높이 들어 냄새를 맡았다. 여전히 물이 뚝뚝 떨어지고 있었고 아무 냄새도 나지 않았다. 로리가 장갑을 껴 보았다. 그리 크지도 작지도 않았다. "보통 체격의 남자야. 그리 틀린 추론은 아닌 것 같아." 그가 장갑을 벌머에게 주었다. "자, 자네가 껴 봐."

벌머가 손가락을 집어넣었지만, 엄지손가락 관절에 걸렸다.

"음," 로리가 말했다. "자넨 용의선상에서 제외야."

데이비스는 이것이 농담인지 확신할 수 없어서 그 순간이 지나갈 동안 가만히 있었다. 벌머는 아무런 반응도 보이지 않았다.

뒤에서 노크 소리가 났다. 로리가 문을 여니 자갈처럼 매끄러운 머리를 한 노인이 서 있었다. "전 모티머 박사입니다." 그가 악수를 청하며 말했다. "형사님이 제게 물을 것이 있을지도 모른다고 돌아와 달라는 말을 들었어요." 그의 뒤로 하녀가 어둠 속에서 서성댔다.

"전 로리 경위고 이쪽은 벌머 경사입니다." 세 사람은 악수를 나누었다. "지금 바로 묻고 싶은 게 한 가지 있습니다. 얼마나 걸렸을까요? 이 정도 체구의 사람인 경우에는요?"

의사는 그의 말에 움찔했다. "아주 불쾌한 생각이군요. 아이 때부터 봐 온 아가씨라서." 의사가 자기 손을 내려다보았다. "움직이지 못한 상태로 대략 2분 정도로 봅니다. 5분이면 사망이 확실하고요."

"알려 주셔서 감사합니다. 우리가 할 질문이 더 많을 것 같습니다. 데이비스 순경, 모티머 박사님을 캐번디시 씨의 서재로 안내해 주세요. 우리가 곧 내려가겠습니다. 우선 하녀와 이야기를 해야겠으니 그녀 먼저 들여보내요."

의사는 제복을 입은 경찰과 함께 나갔고 엘리즈가 머뭇거리며 어두운 욕실 안으로 들어왔다. 창문에는 여전히 커튼이 쳐진 상태였다. 그녀는 욕조 속 시신을 보지 않으려고 했지만 구겨진 미색 수건에 자꾸 눈길이 갔다.

"불안해할 것 없어요." 그가 문을 닫으며 말했다. "그냥 절차상 몇 가지 물어보려고 해요. 난 로리 경위랍니다."

젊은 여성의 시신이 담긴 욕조 옆에 양복 차림으로 서 있는 두 남성의 모습이 어딘가 위협적으로 보여 엘리즈는 꿀꺽 침을 삼켰다. 벌머가 벽 쪽으로 한 걸음 물러났다. 로리가 계속 말했다. "당신이 캐번디시 양을 위해 물을 받았죠?"

엘리즈는 경찰이 이 비극을 자신의 탓으로 돌릴까 봐 두려움으로 가득 찼는지 비정상적으로 고개를 기울인 채 끄덕였다.

"그럼 캐번디시 양이 욕실에 있는 동안 당신은 어디 있었나요?"

"전 아이들의 놀이방을 청소하고 있었어요."

"그 방은 어디 있죠?"

"여기서 복도를 따라가면 나와요." 머릿속으로 상황을 그려 보며 하녀는 움찔했다. "세 방 건너에요." 그녀가 힘없이 덧붙였다.

"그런데 아무 소리도 못 들었어요? 비명이나 힘들어하는 뭐 그런 소리라도?"

그녀는 말없이 고개를 저었다. 그리고 불필요한 말을 덧붙였다. "다른 경찰한테 다 말했어요."

"그 사람은 당신 말을 믿을지도 모르죠. 안타깝지만 내 생각은 달라요."

그녀가 다시 질문을 받은 사람처럼 고개를 저었다. 그는 말을 이었다. "문제는, 아, 이름이 엘리즈 맞죠?" 그녀가 고개를 끄덕였다. "문제는 말이죠, 엘리즈. 살인이란 조용하게 벌어지는 일이 아니라는 겁니다. 게다가 재빨리 끝나지도 않아요. 일이 벌어지는 2분 동안 당신이 그렇게 가까이 있었는데 아무 소리도 듣지 못했다는 게 참으로 이상하군요." 이번에는 하녀가 강한 부정을 담아 고개를 저었다. 로리가 냉정한 눈길과 살짝 미소 띤 얼굴로 말했다. "당신은 어리고 미혼이죠, 엘리즈?"

그녀는 화제가 바뀐 것에 기뻐하며 곧장 대답했다. "맞아요, 전 열여덟이에요."

"당신은 매력적인 아가씨군요. 분명 남자가 있겠죠."

그녀가 다시 고개를 떨구었다. "무슨 말씀이신지 모르겠어요."

"새것이고 선물 받은 것처럼 보이는 팔찌를 끼고 있군요. 입을 다물어

주는 대가로 그 사람이 사 준 건가요?"

그녀가 자기 손목을 쳐다보았다. "도대체 어떻게…."

"당신 벌이로는 살 수 없는 값비싼 물건처럼 보이는군요. 그렇게 예쁘고 귀한 걸 청소할 때 낄 이유가 없죠. 망가질지도 모르니까. 당신은 그걸 한두 시간 전에 받은 게 분명합니다. 그 말은 곧 새것이고 아직 새 물건의 티가 벗겨지지 않았다는 뜻이죠." 그가 분명하다는 듯 어깨를 으쓱였다.

하녀는 다시 고개를 저었지만, 이번에는 완강하지 않았다. "새것이 맞지만 제가 직접 돈을 모아서 샀어요."

"내 동료인 벌머 경사를 소개하죠." 로리가 창문 반대편 벽 거울 쪽으로 손짓하자 엘리즈가 몸을 돌려 쳐다보았다. "벌머는 나와는 아주 다른 자신만의 방식이 있어요." 그녀는 벌머 경사가 기댔던 벽에서 떨어져 두 사람을 향해 다가오는 걸 거울을 통해 보았다. 그의 얼굴은 핼러윈 가면처럼 커다랬다. 그녀는 범죄를 저지른 현장을 누군가에게 완전히 들킨 사람처럼 그 자리에 굳었다. 벌머의 오른손이 천천히 그녀의 머리 뒤쪽으로 올라와 욕조 끄트머리로 안내했다. 그가 발을 걸어 그녀는 중심을 잃고 그의 육중한 왼팔을 향해 넘어졌고 얼굴 앞으로 차갑고 죽음으로 가득 찬 물이 바짝 다가왔다. 그녀는 부르르 떨며 손으로 욕조를 긁으며 몸을 일으키려고 저항했지만 아무 소용이 없었다.

"1분." 그가 말했다. "그 정도면 충분하겠군. 그 정도로 죽지는 않아요."

이 같은 위협에 직면한 상태로 그녀는 공포에 질려 고개를 치켜들고 입을 열기 시작했다. "전 집을 비웠어요." 그녀가 비명을 지르는 것처럼 재빨리 말했다. "전 결혼을 약속한 사람이 있고 그가 이 근처에 살아요. 전 요리사가 외출했을 때 한 시간 동안 집을 비웠어요. 날마다 그랬고 그건 알아보시면 될 거예요. 부탁이니 가족들에게 말하지 말아 주세요. 그러면 전 일자리를 잃을지 몰라요. 이건 제 잘못이 아니에요. 이런 일이 벌어질 줄 몰랐어요."

벌머가 놔주자 하녀는 러그 위로 몸을 웅크렸다. 그는 파트너를 쳐다보았다. 로리는 살짝 신이 난 듯했다.

"이런 짓을 한 남자는 다시 범행을 저지를 겁니다." 로리가 말했다. "제 경험에 비춰 본다면 말이죠. 우리의 수사를 더 방해했다가는 당신도 저렇게 될지 몰라요." 그가 문을 열었다. "당신 약혼자의 이름을 데이비스 순경에게 알려 주면 우리가 찾아가서 당신의 알리바이를 확인하도록 하죠."

벌머는 비틀거리며 욕실을 나서는 하녀를 말없이 바라보았다.

"그러면 목격자가 없어."

"유력한 용의자도 없지."

두 사람은 서둘러 위층으로 올라가서 캐번디시 부인의 침실 문을 두드렸다.

두 사람이 들어설 때 부인은 침대에 앉아 있었다. "맙소사, 당신들은 누구죠?"

의사가 부인에게 진정제를 투여해 두었다. 흰 시트 위로 부인의 머리만 케이크 장식처럼 봉긋하게 솟았다. 남편은 문을 등지고 침대 끄트머리에 앉아 몸을 앞으로 구부린 채 슬퍼하던 중이었다. 경찰이 온 걸 알고 그는 자리에서 일어나 몸을 돌렸다. 로리가 그의 어깨를 두드리며 따뜻한 위로를 전했다.

"캐번디시 씨와 부인, 전 로리 경위고 이쪽은 제 동료 벌머 경사입니다."

벌머가 인사했다. 캐번디시 부인은 침대에 앉아 냉담하게 손을 휘휘 내저었다.

“두 분과 개별적으로 이야기를 나눠야 하는 점 이해 바랍니다. 캐번디시 씨, 잠시 자리를 피해 서재에서 기다려 주시겠어요? 친구분인 모티머 박사가 그곳에 있으니 외롭진 않을 겁니다.”

“그렇게 하지요.” 캐번디시가 웅얼거리듯 조용히 말했다. 그는 양손으로 난간을 꽉 잡고 발을 옆으로 질질 끌며 힘겹게 계단을 내려갔다.

로리는 문을 닫고 침대로 다가갔다. 벌머는 창가로 가서 밖 거리를 주시했다.

“캐번디시 부인.” 로리가 입을 열었다. “죄송하지만 몇 가지 무례한 질문을 좀 하겠습니다.”

“예의라는 건 이 세상에 더는 존재하지 않죠, 로리 경위님. 지금 내 딸이 죽고 없으니까요.”

“애도를 표합니다.”

캐번디시 부인이 팔을 뻗어 마치 고양이가 쥐를 잡듯 로리의 손을 꽉 붙들었다. “그놈을 죽여 주세요. 당신이 직접 해 주거나 아니면 교수형에 처해 주세요. 아래층에 있는 당신 동료는 당신이 온다는 소리를 듣고 놀라더군요. 그 사람이 당신의 명성에 대해 말해 줬어요. 다들 당신 방식을 혐오하는 척하더군요. 대체로 남자들이란 잔인함과 직면했을 때 갑자기 양심이 자라는 법이죠. 하지만 전 당신의 방식이 좋아요. 그놈이 자백할 때까지 고문한 다음 죽여 주세요.”

“캐번디시 부인, 누가 이런 짓을 저질렀는지 의심 가는 사람이 있나요?”

“남자가 한 짓이라는 것만 알아요. 이건 무조건 남자가 저지른 범죄예요.”

“하지만 개인적으로 짐작 가는 인물은 없는 거죠?”

그녀가 절망에 빠져 인상을 썼다. “내가 아는 누군가가 이 일과 관련이 있다고 생각했다면 인정사정 볼 것 없이 교수형에 처해 버리라고 하고 싶어요. 하지만 딱히 생각나는 얼굴이 없네요.”

“사건이 벌어지던 시간에 어디 계셨나요?”

“로리 경위님, 어제까지 전 약 3년간 이 침대를 떠난 적이 없는 사람이에요.” 그리고 그녀가 이불을 들어 앙상한 체구를 드러냈다.

“주무시고 계셨나요?”

“쉬고 싶을 땐 눈을 감아요. 거의 잠을 못 이루죠. 하지만 아무 소리도 못 들었어요.”

“아, 그걸로 충분합니다. 두 번째 무례한 질문을 하겠습니다. 따님이 사귀는 사람, 그러니까 애인이 있나요?”

캐번디시 부인은 한동안 생각에 잠겼다. “그런 것 같진 않아요. 칠팔 년 전에 앤드루 설리번이라는 청년과 가까이 지냈어요. 둘은 어린 시절 친구예요. 오랫동안 부모들끼리 아는 사이고요. 하지만 그 애는 앨리스에게 한참 모자라요.”

“두 사람이 여전히 지인 사이인가요?”

“맞아요. 하지만 우린 설리번 가족을 못 본 지 한두 해 정도 되었어요. 별로 도움이 되지 않는 답이겠죠?”

“알아볼 만한 가치는 있는 정보입니다.”

“만일 그 애가 범인이라면 거세시켜 주세요.”

“음, 우선은 그 청년의 주소를 알 수 있을까요?”

*

두 사람은 캐번디시가 홀로 1층 서재에서 기다리는 걸 보았다. 벌머는 근육질의 그림자처럼 로리를 따라 방으로 들어갔다. 문을 열자 그는 자리에서 일어났다가 두 사람이 들어왔을 때 이 자리가 무슨 의미인지 깨닫고는 다시 앉았다. "친구분이신 의사는 어디 있나요?"

캐번디시가 헛기침을 했다. "우리 하녀, 엘리즈가 그를 찾아왔어요. 하녀가 좀 놀란 것 같아서 그가 진정시키려고 밖으로 데려갔습니다."

서재 한쪽 모퉁이에 자리한 술 장식장 꼭대기에 체스판이 놓여 있었다. 로리는 한가롭게 체스 말을 만지작거렸다. "좀 강하게 하녀와 이야기를 하긴 했습니다만, 그건 우리에게 거짓말을 해서였어요. 캐번디시 씨, 우리 방식이 마음에 들지 않으십니까?"

조용한 신사는 별로 신경 쓰지 않는 것 같았다. "아, 좀 그런 것 같아요." 그가 어깨를 으쓱이며 대답했다. "철학적으로, 내 생각에는, 내가 그렇다고 말해야 할 것 같습니다."

"하지만 따님의 살인자를 찾길 바라시죠?"

그의 눈가에 눈물이 고였다. "당연하죠. 이런 일은 그 누구에게도 다시 일어나선 안 됩니다."

"그렇다면 제 설명을 좀 들어주세요. 추리 소설을 많이 읽으시나 보군요." 로리가 싸구려 문고판이 잔뜩 꽂힌 선반을 손으로 훑었다.

캐번디시는 책상 밑의 어둠 속을 들여다보았다. "전부 아내 것입니다. 제가 읽어 주는 걸 좋아해요. 저도 좋아하는 것 같고요." 이제 더는 그렇게 할 수 없게 된 상황에 그는 충격을 받았다. 그는 의자에서 미끄러져 두 손으로 얼굴을 감싸고 바닥에 주저앉았다.

"저도 추리 소설을 좋아합니다." 로리가 말을 이었다. "하지만 사람들이 범인이 밝혀지는 대단원에 너무 집중해서 그다음에 벌어질 일, 일반적으로 범죄자의 고백이나 반복적으로 등장하는 범죄 수법 같은 건 살피지 않는 게 좀 안타깝습니다. 작가가 그 부분을 넣어 둔 건 알지만 증거가 절대 충분하지 않기 때문이겠죠. 그런데 한 걸음 물러서면 우린 무엇을 얻을 수 있을까요? 잉크 자국, 담배꽁초, 벽난로에 타고 남은 편지 조각. 그런 걸로는 누군가를 교수형에 처할 수 없어요. 그러니 범죄를 자백하는 정교한 장면을 만들어 그 틈을 메우는 거죠. 무슨 말인지 아시겠나요?"

그가 충혈된 눈이 깜박이며 천천히 고개를 끄덕였다.

"좋습니다. 문제는 실제론 그런 일이 벌어지지 않는다는 부분인데요. 아무도 자신의 죄를 자백하지 않으니 정교한 장치 같은 건 소용이 없지요. 그러니 한 방향을 가리키는 충분한 증거가 있다면 그것을 입증해 줄 자백이 필요한데 지금 우리의 유일한 의지처는 폭력뿐이죠. 아시겠나요?"

"전 그저 제 딸이 다시 살아나길 바랍니다, 로리 씨. 누구든 마음대로 고문하세요. 그냥 제 딸만 다시 살려 주세요."

벌머는 이 순간까지 기다렸다가 문을 닫았다. 문이 큰 소리를 내며 닫혔다.

"당신의 딸에게 이런 짓을 했을지도 모르는 사람을 알고 있나요?"

캐번디시가 극도로 흥분해 고개를 저었다. "당연히 아니죠. 저는 그런 짐승 같은 것들과 어울리지 않았을 겁니다."

"당신 사무실이 자택에서 도보로 가까운 거리라고 들었는데, 맞나요? 사람들이 계속 들락거리니 누가 드나드는지 파악하기 어렵겠군요."

캐번디시는 퉁퉁 부은 진홍색 눈꺼풀을 치켜들며 로리를 쳐다보았다. "당신이 무슨 말을 하려는지 알았어요. 그런 말을 하는 의도가 뭡니까? 난

종일 책상에 붙어 있었어요."

"그렇다면 당신의 조언을 듣고 싶군요. 우리가 범인이 꼈던 왼손 장갑을 찾았고 뒤집어 보니 약지를 따라 삼분의 일 정도 천이 긁혀 있던데 이제 어떡하면 좋을까요? 제 추리로는 범인이 알이 밖으로 튀어나온 결혼반지를 끼고 있었던 걸로 보입니다. 당신이 끼고 있던 것 같은 그런 단순한 디자인이죠. 용의자 중 한 사람을 기혼자라고 가정해 봅시다. 그렇다면 우리가 어떻게 해야 할까요?"

캐번디시는 침을 삼키고 고개를 저었다. "분명히 말하지만 난 모르는 일입니다."

"걱정하지 마세요. 이건 아무 증거도 되지 못하니까요." 로리가 몸을 구부려 캐번디시의 손을 잡았다. 별다른 저항이 없자 그는 캐번디시의 재킷 소매를 팔목까지 걷어 올린 다음 커프스단추를 풀었다. 그리고 셔츠를 말아 올리고 손과 손목을 살핀 다음 다른 쪽 팔도 그렇게 했다. 하지만 아무 수확이 없자 로리는 필요 없는 신문지를 내팽개치듯 캐번디시의 팔을 무심하게 툭 놓았다. 양팔이 같은 소리를 내면서 바닥으로 떨어졌다.

로리가 자리에서 일어나 걸어가며 벌머에게 따라오라고 눈치를 주었다.

"범인이 아니야?" 둘이 밖으로 나가 문을 닫자 벌머가 물었다.

"절대 아니야. 난 그냥 철저히 조사하는 거야. 하지만 그의 팔에는 아무런 상처나 다툼의 흔적이 없어. 그가 딸을 죽일 가능성을 전혀 찾지 못했어. 솔직히 그렇게 고운 손은 처음 봐."

벌머가 고개를 끄덕였다. "결혼반지와 장갑에 난 긁힌 자국은?"

로리가 고개를 저었다. "장갑에는 아무 자국도 없었어. 그냥 그를 겁주려고 한 말이야."

"그럴 줄 알았어."

사건 현장이 잡동사니로 가득 찬 낡고 지루한 찬장 속처럼 갑갑하게 느껴지기 시작했다. 기분 전환차 두 형사는 온화한 오후의 거리로 나섰다. 그들은 골목을 탐문 수사하던 쿠퍼라는 경찰에게 다가갔다. "뭐라도 찾았습니까?"

쿠퍼가 고개를 저었다. "오늘 밖에 나온 사람이 거의 없어요. 이 동네 사람들은 해를 싫어하나 봅니다. 꽃집은 아침부터 닫혀 있었어요. 식료품 가게 주인은 점심시간쯤에 긴 검은 코트를 입은 남자가 돌아다니는 걸 봤다는데 인상착의를 기억하지 못하고요."

"전혀?"

"뒷모습만 봤다는군요. 모자를 쓰고 보통 키였다고 해요."

로리는 두 소녀가 여전히 놀고 있는 공원을 쳐다보았다. "여동생은요? 누가 그 애와 이야기를 해 봤나요?"

"아니요. 물론 저희가 계속 지켜보고 있었습니다. 하지만 그 애한테 말을 걸 위치는 아니라고 생각했습니다."

"그 아이는 분명 언제 점심을 먹는지 궁금해하겠군요."

"제가 사과 하나를 줬지요. 식사가 늦어지는 데 익숙한 걸 보고 좀 놀랐습니다."

로리가 인상을 썼다. "나와는 나이 차이가 나지만 가서 이야기를 해 봐야겠군요. 둘이서 종일 이곳에서 놀았다면 분명 뭔가를 목격했을 겁니다."

로리는 소녀들을 향해 걷기 시작했다.

*

매기와 로즈는 여전히 정원에는 놀고 있었다. 부모님이 보고 있지 않아 더 신났고 둘은 꽃을 꺾어 입맛대로 배치하면서 놀았다. 로즈는 로리와 벌머가 자신들에게로 걸어오는 걸 알아차리고 친구를 쿡쿡 찔렀다. 두 소녀는 가지고 놀던 꽃을 내려놓고 아무것도 모르는 척했다.

"애들아," 로리가 가까이 다가오면서 말했다. "뭐 하면서 놀고 있니?"

"전 플로리스트예요." 로즈가 아직 문을 열지 않은 꽃집을 가리키며 말했다.

"전 손님이구요." 매기가 대답했다.

두 아이 다 너무 지쳐 살짝 졸린 상태라 사방이 다 흐릿하게 보였다.

"그래, 애들아, 아저씬 로리 경위라고 해."

"난 벌머 경사야."

"우리 잠시 경찰 놀이를 해 볼까? 빨간 대문이 있는 저 집 보이지? 너희 둘 중 한 명이 저기 살 것 같은데?"

"이 애가요." 로즈가 말했고 매기는 심장이 두근거려서 잔디 위에 앉았다.

"무슨 일이에요?" 소녀가 물었다.

"아무 일도 아니야. 그냥 몇 가지 물어볼 게 있어. 오늘 저 집으로 너희가 모르는 사람이 들어가는 걸 봤니? 너희가 여기서 노는 동안에?"

매기가 고개를 저었다. "오늘은 없어요. 왜 물어보는 거예요?"

로즈가 뒷짐을 지고 섰다. "아뇨, 못 봤어요. 동네가 조용했어요."

"그러면 광장에 돌아다니는 사람을 본 적은 없니? 수상한 사람은?"

로즈가 입술에 손을 올리고 생각에 잠겼다. "있어요." 그 애가 마침내 대답했다. 매기는 잠자코 앉아서 애꿎은 잔디만 뜯었다.

"남자니? 어떤 사람이었는지 아저씨한테 설명해 줄래?"

로즈가 그 질문에 대해 생각했다. "평범한 얼굴이었는데 콧수염을 커다랗게 길렀어요. 남색 양복을 입었고요."

"하지만 그 사람이 저 빨간 대문으로 들어가지 않았니?"

"아니요. 그냥 길을 따라 걷고 우리한테 손을 흔들었어요."

매기가 무언가 보탤 말이 있는 듯 고개를 들었지만 로즈가 가로막았다. "그게 다예요. 그리고 가 버렸어요."

"알겠구나. 그래, 도와줘서 고맙다."

로리는 벌머를 쳐다보며 고개를 저었고 둘은 정원을 나섰다. 입구를 벗어나자마자 벌머가 말했다. "남색 양복을 입은 남자와 검은 양복을 입은 남자라."

"그리고 자넨 회색 양복을, 난 갈색을 입었지. 이 사건에 등장하는 남자들의 패션 한번 요란하네."

"로리, 농담도 참. 하지만 이건 심각한 문제야. 안 그래? 우리는 제대로 용의자를 추리지 못했고 속절없이 시간만 흐르고 있다고. 이제 어떻게 할까?"

"한 번에 하나씩 해 나가는 거야. 지금 우리가 할 일은 가 보는 거고." 그는 주머니에서 앞서 적어 둔 메모지를 꺼냈다. "햄스테드에 사는 앤드루 설리번을 만나러."

벌머가 툴툴거렸다. "어린 시절 남자친구라."

두 사람은 택시를 타고 노스 런던의 주소지로 향했다. 앤드루 설리번은 언덕 꼭대기에 자리한 저택에서 홀어머니와 살고 있었다. 그들은 택시 기사에게 기다려 달라고 부탁했다.

교회 맞은편 현대식 저택으로 흰 벽과 커다란 창문, 납작한 지붕이 인상적이었다. 현관 정원에는 잡초가 덥수룩하게 자라 각양각색의 회색 그림자를 만들어 울퉁불퉁한 여러 석조 조각상을 가렸다. 늦은 오후라 해가 지기 시작했다.

로리가 문을 두드렸다. 30초쯤 지나서 키가 큰 독일 하녀가 문을 열었고, 두 사람은 설리번 씨를 만나고 싶다고 말했다. "죄송합니다." 하녀가 신경질적인 억양으로 대답했다. "설리번 부인과 설리번 씨는 지금 영국에 안 계십니다."

두 사람은 하녀로부터 이야기를 전해 들었다. 청년 설리번은 한두 달 전부터 우울해했고 그의 어머니가 고민이 뭐든 간에 유럽으로 가서 기분 전환을 하고 오자고 제안했다. 그는 어쩔 수 없이 동의했고 열흘 전에 모자가 길을 나섰다.

두 사람은 이웃을 통해 이 사실을 확인했다. 일주일이 넘게 설리번 가족을 본 사람이 없었다. 둘은 실망한 채로 택시로 돌아왔다. "그렇다면 이제 어디로 가야 할까?"

로리가 한숨을 쉬었다. "런던 경찰국으로 가야겠지. 우리가 적은 메모를 살피고 빠진 게 없는지 확인해 봐야겠어."

"승산이 없어 보이는데."

로리가 그를 째려보았다. "하느님이 정의를 원하신다는 것만 명심해."

다음 날 아침, 콜체스터 테라스의 모든 집을 탐문한 다음 그들은 범죄 현장에서 다시 만났다. 캐번디시의 집은 조용하고 은밀한 수사본부가 되었다. 전날 저녁 늦게 검시관이 시신을 수습해 갔다.

벌머는 욕실 창밖을 내다보았다. "식료품점 주인은 검은 코트를 입은 남자에 대해 별말 하지 않았어. 그 남자가 검은 모자와 검은 장갑을 꼈다는 것 말고는 더 아는 게 없었지."

로리는 벽에 기대고 앉아 눈을 감았다. "그가 거짓말을 하는 걸까?"

"그럴 이유가 없잖아. 그냥 너무 많은 사람을 봐서 그런 걸 거야. 이 남자를 기억하는 건 거주민들만 출입하는 정원에 들어온 이방인이어서일 테지."

"그렇군. 검은 장갑은 흔하지. 식료품점 주인은 알리바이가 있을까?"

"손님만 증명할 수 있겠지. 하지만 그걸로 충분할 것 같아." 벌머는 아래 거리를 내려다보았다. "외부인이 저지른 범죄일까? 목욕을 준비하면서 여기 서 있었다면 누군가 밖에서 그녀를 볼 수도 있잖아."

"자네 말은 우발적으로 그랬다는 거야? 갑자기 팍 돌아서? 그럴 수도 있지만 그런 일은 잘 일어나지 않아. 죽이고 싶은 욕망이 생기려면 일반적으로 그보다는 시간이 더 걸려."

"하지만 누군가 이 집을 지켜보다가 하녀가 외출하는 걸 봤다면 일을 저질러도 안전하다고 생각했을 거야."

로리가 어깨를 으쓱였다. 벌머는 그를 쳐다보지 않았다. 여전히 창밖을 내다보았고 지금 그의 눈길은 이 모든 사건의 중심이 정원에 있는 것처럼 이곳저곳을 살폈다. 로리는 자리에서 일어나 동료에게 다가갔다. 그 결과로 갈색 양복과 회색 양복 덩어리가 빛을 가려 그들 뒤의 방이 어둠에 잠겼고, 마치 창문에 덧문을 내린 것 같은 효과를 냈다. 로리가 말했다. "우리가 대답을 듣지 못한 질문 한 가지는 왜 그녀가 애초에 목욕을 했냐는 거야."

"딸이 꽃을 꺾어서 손이 더러워졌다고 부인이 말했잖아."

"하지만 피해자는 꽃을 가지고 집에 들어오지 않았어. 사방에 빈 꽃병만 놓여 있잖아."

벌머는 동료를 쳐다보면서 그 부분에 대해 생각했고 동료가 옳다는 결론을 내렸다. 그래서 자신에게 실망하며 고개를 끄덕였다. 수사관의 예술 양식이라고 할 수 있는 추리력은 매번 목격할 때마다 아주 간단해 보였지만 그가 결코 얻을 수 없는 능력이었다. 그저 상황을 분명하게 정리하는 적합한 판단 같은 것일 뿐인데 말이다. 벌머는 우락부락한 자신의 주먹을 부끄러운 듯 내려다보았다. "피해자의 손을 더럽히게 만든 다른 일이 있을까?"

"바로 그거야. 우리는 그녀의 더러워진 손을 밝혀야 하지만 그녀가 어머니에게 거짓말을 한 이유도 찾아내야 해. 어쩌면 피해자가 정원에 무언가를 숨겼는지도 몰라."

덩치 큰 사내가 고개를 끄덕였다. "그럼, 가서 살펴보자."

그들은 다음 한 시간 동안 정원을 뒤지며 장갑 낀 손으로 조심스레 꽃과 덤불을 헤집고, 정돈되지 않은 풀밭을 발로 뒤적이고, 나무 밑동을 조사했다. 그들이 작업할 동안 아무도 출입하지 못하게 막았지만, 호기심 많은 아이들이 콜체스터 테라스에서 가장 먼 울타리 끝을 따라 쭉 늘어서서 구경했다. 이 동네에 살지만 누구도 정원에 들어가지 못하게 했기에 그들만이 누리던 불공평한 특권이 조금은 사라진 듯했다. 아이들은 진귀한 구슬이라도 찾듯 아리따운 소녀의 죽음에 대한 소문을 캐냈다.

벌머는 아이들이 눈에 들어오지 않았다. 그는 머리 위 가지에 걸린 화려한 종이비행기를 의구심 어린 눈초리로 쳐다보았고 이게 무엇이고 여기서 어떤 추론이 가능할지 궁금해 커다란 주먹으로 나무를 치고 싶다는 충동을 억누르고 있었다. 그때 로리가 그의 이름을 불렀다.

"벌머, 이리 와 봐. 내가 뭘 찾았어." 로리는 플라타너스가 빽빽하게 모여 있는 곳에 웅크리고 있었는데, 그중 세 그루는 일종의 자연 텐트를 형성하고 있었다. 그늘 안은 어두웠다. 벌머가 다가가 보니 로리가 손톱으로 땅을 파고 있었다. "잔디가 납작해, 누군가 여기 앉았다는 거지. 이 뜯긴 잔디와 벗겨진 나무뿌리 껍질이 보이지? 이것 때문에 피해자의 손이 더러워졌을 거야." 그는 둥글게 흙을 파헤쳤다. "그런데 피해자는 여기서 뭘 했을까? 그녀를 불안하게 하는 뭔가가 있었던 것이 분명해."

하지만 벌머는 직감에 이끌려 나무 위를 쳐다보았다. 그리고 키 작은 동료가 놓친 걸 찾았다. 로리의 오른쪽, 그의 머리 바로 위 나뭇가지 두 개 사이에 최대한 안쪽으로 밀어 넣어 둔 것으로 보이는, 습기를 먹은 낡은 봉투가 끼어 있었다. 그는 몸을 구부려 봉투를 꺼냈다. 로리가 땅을 파다 말고 자리에서 일어났다. 벌머가 봉투를 열어 종이 한 장을 꺼내 읽었다. 그의 눈동자가 비밀스러운 자신감에 차 빛났다. "이건 연애편지야. 리처드 파커가 앨리스 캐번디시에게 보냈어. 날짜는 쓰여 있지 않아."

"주소가 있어?"

"그래."

"그렇다면 이걸 단서로 볼 수 있겠어."

리처드 파커는 가족들과 함께 런던 외곽 서리 힐스 초입에 있는 저택에 살았다. 두 형사는 거기까지 함께 갔다. 차가 유리창을 타고 흘러내리는 물방울처럼 라벤더밭을 천천히 기어가자 저택이 시야에 들어왔다. 우아한

왕궁이라고 불러도 손색없을 대저택 뒤로 마치 왕관처럼 언덕이 자리했다. 이른 아침이라 두 사람의 입에서 나오는 김이 고스란히 보였다.

운전은 벌머가 했다. 그는 엄청난 열의를 가지고 하루를 시작했지만 지금은 이 방문의 결과에 대해 의구심이 생겼다. 로리가 옳았다. 편지는 단서다. 아주 분명한 단서라서 주의를 딴 데로 돌리려는 수작 같았다. 게다가 그는 다각도에서 편지를 살폈지만 어떤 것도 추리해 내지 못했다. 피해자와 사랑에 빠진 청년, 그게 다였다. 그것 말고 다른 어떤 것도, 심지어 동기조차도 찾을 수 없었다.

두 사람은 대지 끄트머리에 주차하고 걸어 들어가기로 했다. 자동차 창을 통해서는 아무것도 살필 수 없다고 로리가 말했기 때문이었다. 자갈이 깔린 진입로를 따라 빼곡히 서 있는 주목나무는 전혀 도움이 되지 않았다. 찾아오는 방문객에게 기쁨을 주기 위한 용도겠지만 효과는 정반대였다. 탈선한 열차의 객차가 막고 서 있는 것처럼 보였다.

"이걸 보니 떠오르는 것이 있는데," 로리가 말했다. 하지만 벌머는 대답하지 않았다. 그는 벌써 뾰로통해져서는 이게 다 시간 낭비라고 느끼고 있었다. 런던에서 아주 멀리까지 나왔지만 뭘 할 수 있는 상황이 아니었다. 둘은 여기서 건질 게 없다. 아니면 적어도 그럴 위험을 감수하지 않는 편이 낫거나. "아무리 생각해도 그게 뭔지 모르겠네." 로리가 말을 이었다.

편지를 찾아 여기 오기까지 모든 여정이 연출된 것 같았고 그들이 처음 마주한 인물을 보니 의구심이 한층 커졌다. 기름때가 묻은 작업복을 입은 남자가 자갈 위에 수건을 깔고 치과의사의 작업 도구처럼 공구를 쭉 놓아두고선 오토바이를 고치고 있었는데 그가 바로 그들이 찾던 인물이었다.

"리처드 파커 씨. 안녕하세요?" 벌머는 청년이 믿기 어려울 정도로 잘생겼다는 점을 알아차렸다.

그는 왼손에 가죽 장갑을 끼고 있었다. 엔진 오일로 더러워진 오른손을 보여 주며 그가 제대로 인사를 하지 못하는 이유를 설명했다. "죄송합니다. 이 꼴이 아니라면 악수를 청했을 텐데요."

"당신이 리처드 파커 씬가요?" 로리가 물었다.

"네, 제가 맞습니다. 무슨 일이시죠?"

"우리가 생각한 인물이 아니군요."

청년이 미소를 지었다. "취미로 타는 오토바이입니다. 불편하시면 대화하기에 앞서 제가 옷을 갈아입고 오겠습니다."

"그럴 필요까진 없습니다."

"그렇다면 무슨 용건이신가요?"

"앨리스 캐번디시 양에 관해 이야기를 하고 싶습니다."

리처드가 고개를 끄덕였다. "어떤 이야기인가요?"

"캐번디시 양이 사망했습니다." 로리가 말했다.

리처드 파커는 털썩 주저앉았다. "말도 안 돼. 사실이 아닐 거야."

이건 연기일까? "어제 오후에 캐번디시 양이 살해당했습니다."

청년은 비명을 지르고 주저앉아 양손에 얼굴을 묻었다. 벌머와 로리는 처음엔 이해할 수 없던 뭔가를 눈치챘다. 왼손에 낀 장갑이 그의 두개골을 뚫고 들어가듯 머리 위로 구겨졌다. 로리는 곧바로 진실을 파악했다. 그래서 조심스럽게 남자의 팔을 잡아 장갑을 벗겼다. 그는 손가락 세 개와 엄지가 없었다. "손은 어쩌다 이런 건가요?"

느닷없는 질문에 충격을 받아 리처드는 정신이 돌아왔다. "당연히, 전쟁에서 입은 부상이죠." 그는 손등으로 눈물을 훔쳤다.

로리와 벌머는 서로를 쳐다봤다. 둘 다 범인이 앨리스 캐번디시를 제압할 때 그녀의 팔에 생긴 난해한 멍 자국을 떠올렸다. 이 남자는 무고했다.

두 사람은 40분간 그의 질문에 답해 주고 그와 앨리스에 관한 부분적인 정보를 얻었다. 그런 다음 길을 나섰는데 때마침 비가 부슬부슬 내리기 시작했다.

차 앞에까지 갔을 때 두 사람 다 비에 젖었다. 벌머가 주머니를 뒤적거리며 열쇠를 찾았고 두 사람은 차에 올라탔다. 로리는 모자를 벗어 차 바닥으로 물기를 털었다. "청년과 이야기를 나누다가 우리가 제대로 살피지 않은 앨리스의 가족이 한 명 있다는 걸 깨달았어. 여동생 말이야."

"어린아이 말이야?" 벌머가 그를 쳐다보았다. "하지만 이미 대화를 나눴잖아."

"그러려고 했지." 로리가 말했다. "하지만 말을 한 쪽은 친구였어. 난 그 애가 어딘가 비밀을 숨기고 있는 것 같아. 우리가 동생만 불러서 이야기해 보면 어떨까?"

"어린아이한테 내 주먹을 쓰라고 말하지 마."

로리가 고개를 저었다. "그런 생각은 꿈도 안 꿨어."

두 사람은 말없이 런던으로 차를 몰았다.

오후 2시, 두 사람은 다시 콜체스터 테라스로 돌아왔고 크림색 저택이 오랜 친구처럼 그들을 맞았다. 매기는 아픈 어머니와 함께 침대에 누워 곤히 잠들어 있었다.

벌머가 아이를 깨워 조심스럽게 다른 방으로 데려갔다. 부인의 옆 방으로 사용하지 않는 침실인데 그곳에서 두 사람은 소녀를 한 모퉁이에 앉히고 이야기를 나눌 수 있었다.

로리는 소녀와 눈높이를 맞췄다. "매기, 우리를 돕는 일이 아주 중요하다는 걸 알아주렴. 우리는 네 언니를 아프게 한 사람을 찾고 있어. 그러려면 어제 광장에서 본 남자에 대해서 네가 좀 더 알려 줘야 해. 그 사람이 긴 검은 코트를 입고 있었니?"

소녀는 벌써 눈물 바람이 되었다. 반은 슬퍼서, 반은 자신이 뭔가 잘못했다고 느껴 무서워서 우는 거였다. 매기가 고개를 저었다. "아뇨, 그 사람은 남색 옷을 입었어요."

"남색이라고? 확실하니?"

"네. 그리고 갈색 구두를 신었어요. 그리고 왼발이 웅덩이를 디뎌 젖었어요."

로리는 슬쩍 발머를 돌아보았다. "꽤 자세히 봤구나?"

매기는 비행기에 떨어지는 물방울처럼 들릴락 말락 하는 목소리로 대답했다. "나쁜 사람이에요. 그 사람이 우리를 쳐다보고 끔찍한 질문을 했어요. 그리고 로즈의 종이비행기를 고쳐 줬고요."

"종이비행기라고?" 로리가 물었고 소녀는 고개를 끄덕였다.

"저 종이비행기 말이니?" 벌머가 부드럽게 물었다. 그는 창 너머 여전히 나무에 걸려 있는 뾰족한 보라색 종이비행기를 쳐다보았다.

매기가 창가로 다가왔다. "네, 저거예요. 그 사람이 저 안에 뭔가를 집어넣었어요."

로리는 소녀를 자기 쪽으로 돌린 다음 종이와 연필을 꺼냈다. "그 사람에 대해 아는 걸 전부 다 말해 주렴."

*

20분 뒤 보라색 종이비행기가 소박하게 바닥으로 떨어졌다. 벌머는 나무를 통째로 흔들려 했지만 결국 엄청 진지하게 생긴 모습과는 다르게 로리가 날렵함을 뽐내며 가지를 타고 올라가 해결을 봤다.

두 사람 다 별다른 기대 없이 정교한 종이비행기를 펼쳤고 코딱지만 한 보답을 받았다. 작은 직사각형으로 접힌 찢어진 명함쪼가리였다. 로리는 용의자의 배짱에 웃음을 터트렸다.

흰 마분지에 검은색 잉크로 인쇄된 명함에는 '마이클 P. Ch'라는 이름 이니셜과 성의 두 글자가, 그 아래로는 한 단어 '극장'만 남아 있었다. 로리가 종잇조각을 불에 비춰 보았다. "음," 그가 말했다. "조사할 거리가 생겼는걸."

남색 양복을 입고 망가진 갈색 구두를 신은 부주의한 남자를 찾는 데 반나절이 걸렸다. 남자의 이름은 마이클 퍼시 크리스토퍼로 공연 대행사에서 일했다. 두 사람은 런던 웨스트엔드의 뉴시티 극장에서 그를 찾았다.

이후 로리와 벌머는 콜체스터 테라스로 돌아오지 않았다. 사건의 남은 부분은 런던 경찰국의 눅눅한 감방에서 진행되었다. 남자의 화려한 푸른 양복은 차가운 회색 벽돌에 부딪혀 더러워졌고 근사한 금발머리는 땀과 피로 얼룩졌다. 이곳으로 데려오기 전 두 사람은 그의 직장에서 그를 궁지에 몰아넣었다. 상점 뒤 어두운 복도에 자리한 작은 사무실이었는데, 옆 사무실의 웃음소리로 시끄러웠고 바닥은 쏟아진 술로 젖어 있었다. 남자는 범행 당일 정원 근처에는 얼씬도 하지 않았다고 부인했다가, 그가 무심코 남겨 두고 온 명함을 보고 난 뒤에는 진술을 거부했다. 그의 고집스러운 태도는 체포를 정당화하기에 충분했고, 두 사람은 그를 어두운 감방에 다섯 시간 동안 내버려 두고 그사이 남자에 대해 알아보았다.

남자는 이전에도 경찰 신세를 진 적이 있었는데, 그가 여성과 어린아이에게 접근한다는 신고가 여러 번 있었다. 입증된 건 아무것도 없었지만, 의심을 사기에는 충분한 전력이었고 그를 아는 모든 사람, 그리고 그를 파악할 정도로 충분히 대화를 나눈 모두가 이런 소문에 대해 알고 있었다.

두 사람이 감방으로 돌아왔을 때 용의자는 축축하고 딱딱한 바닥에서 작은 이끼를 베개 삼아 누워 있었다.

"크리스토퍼, 인제 그만 털어놓지 그래?" 그는 살인이 벌어진 시간에 어디에 있었는지 구체적인 알리바이가 없었다. 그저 런던 주변 산책을 좋아해서 만나는 사람마다 모자를 들어 인사를 건넸다고 말했다. 벌머는 그의 네모난 얼굴에 제 얼굴을 바짝 들이대고 웃었다.

두 사람은 피해자의 여동생을 데려와 확인해 볼까 생각했지만 그럴 필요가 없다고 판단했다. 그가 범죄 현장에 있었다는 점은 반박할 수 없는 증거였다. 그들에게 필요한 건 실제 살인과 그를 관련지을 수 있는 또 다른 증거뿐이었다. 그들은 검은 장갑을 감방으로 가져와 억지로 끼웠다. 우선 벌머가 그가 다시 주먹을 쥐지 못하도록 손가락을 전부 다 펼쳤고, 장갑은 잘 맞았다. "난 누명을 쓰는 거예요." 그가 절규했다. 두 수사관은 나머지 장갑 한 짝을 찾으려고 그의 집을 수색했지만 이미 버렸을 것이라고 결론지었다. 그의 팔에는 긁힌 자국과 멍이 많았다.

로리는 만족하지 못했다. "증거는 충분해. 하지만 난 자백을 받고 싶어."

벌머도 동의했다. "우리는 아직 그의 범행 동기나 수법에 대해 모르고 있어. 우리가 아는 건 죄질이 나쁜 인간이 말도 안 되는 소리를 지껄이고 있다는 것뿐이지."

"때가 된 것 같아, 벌머."

"추리는 결코 사실이 될 수 없으니까."

두 수사관은 악수했다. 로리가 땀으로 끈적해진 열쇠로 감옥 문을 열었다. 그는 마치 사자를 우리 밖으로 내보내는 사람처럼 걱정이 가득한 한숨을 쉬었다. 벌머는 한 쌍의 갈색 가죽 장갑을 끼고 감방으로 들어갔다.

로리는 창살 너머로 지켜보았다. 벌머가 살인자로 지목된 이를 들어 벽으로 밀친 다음 주먹으로 옴짝달싹 못 하게 만들었다. 벽돌 사이 갈라진 틈으로 핏방울이 꽃처럼 튀었다. 10분 뒤 벌머가 잠시 쉬러 밖으로 나오면서 용의자에게 주장을 번복할 시간을 주었다.

"저놈은 지금까지 잘 버텼어." 벌머가 로리에게 말했다.

"10분밖에 지나지 않았는걸."

"그 정도로 충분한 적이 많았지. 더 강한 방법을 써 봐야겠어."

"필요하다면 그래야지. 내가 뒤를 봐줄게. 이건 단순 강도가 아니라 살인사건이니 말이야."

벌머는 담배를 한 대 피운 다음 다시 안으로 들어갔다. 이번에는 면도날을 가져갔다.

이후 30분 동안 마이클 크리스토퍼는 꾸준히, 또 돌이킬 수 없는 정도로 온갖 신체 기능을 상실하게 되었다. 입안의 미각, 앞니 두 개와 어금니 한 개, 오른쪽 눈의 시각, 머리카락 덩어리, 눈썹과 평범하게 가꾼 콧수염 일부분, 손톱 한 개, 아랫입술 2센티미터가량, 그리고 왼손 손가락 3개로 무엇이든 들어 올릴 수 있는 능력 등등. 로리는 이 광경을 검은 창살 그림자 사이로 지켜보면서도 어떤 동정 어린 표정도 짓지 않고 시간만 체크했다. 30분간 비명을 지른 다음 피의자가 자백할 준비가 되었다. 그는 바닥에 몸을 웅크렸다.

"제가 그녀를 죽인 게 맞습니다."

"어떻게 죽인 거지?"

"욕조에 익사시켰습니다."

"넌 창문을 통해 피해자를 보았어."

"전 창문을 통해 그녀를 봤습니다. 전 약한 남잡니다." 그가 핏덩어리를 뱉었다. "하녀가 몰래 빠져나오는 걸 보고 집이 비었다는 걸 알았어요. 그래서 몰래 계단으로 들어가 그녀를 죽였습니다."

벌머가 만족스러워하면서 남자를 내려다보았다. 그가 감옥에서 나올 때 로리가 동료의 등을 따뜻하게 두드렸다. "벌머 경사, 우리는 오늘 여러 목숨을 구했어. 자네와 난 술을 마실 자격이 있다고 봐."

그날 저녁, 마이클 퍼시 크리스토퍼는 더럽혀진 푸른 양복 재킷의 소매 한쪽을 자신의 기다란 목에 감고 다른 쪽은 감옥의 창살을 지탱하는 벽 버팀대 사이 공간으로 집어넣었다. 그는 무릎을 구부리고 발가락이 바닥에 닿은 채 목을 맸다. 전혀 피곤하지 않지만 억지로 잠을 자려고 할 때처럼 끊임없는 의지가 필요한 행위였고 20분간의 사투 끝에야 성취할 수 있었다.

정복을 입은 경찰이 건물에 나타나 로리의 사무실 문을 두드려 소식을 전했다. 거의 자정 무렵이었다. 로리 경위는 고개를 끄덕이며 십자가를 그은 다음 소식을 알려 준 경찰에게 고마움을 전했다.

벌머는 지쳐서 이미 집으로 돌아간 뒤였다. 아침이 되면 그가 소식을 들을 거고 아마 기뻐할 것이다. 모든 걸 고려해 봤을 때 최고의 결과였다. 지루한 재판을 할 필요 없이 사건을 해결했다고 보기 충분한 증거가 모였고, 일주일도 채 걸리지 않았다. 올바른 사람의 손에서 빠르게 심판이 이루어졌다. 그는 자축하려고 시가에 불을 붙이고 위스키를 들이켰다.

로리는 홀로 사무실을 둘러보았다. 그처럼 소박하고 비밀스러운 곳이었다. 맞은편 벽 선반에는 그가 모은 추리 소설과 이야기 모음집 등, 총 열다섯 권의 낡은 책들이 꽂혀 있었다. 맨 오른쪽에는 사건을 기념하려고 캐번디시의 서재에서 몰래 슬쩍해 온 책이 있었다. 전등을 향해 잔을 들어 올리니 위스키가 느글느글한 주황색으로 빛났다.

"정의를 위하여." 그가 건배했다. "완벽한 용의자를 찾은 것을 기념하며."

크리스토퍼가 제때 등장해 참 다행이었지, 그가 생각했다. 얼간이. 비난을 모두 짊어지고 유죄가 될 수 있는 멍청이. 솔직히 당해도 싼 인간이었다. 범인으로 몰기 안성맞춤인 인물. 추리 소설에서 가끔은 탐정을 의심하기도 한다는 걸 로리는 안다. 그는 그런 일이 절대 일어나길 바라지 않았다. 특히나 이렇게 많이 공을 들인 경우는 더욱 아니었다. 자신의 족적을 매우 잘 감췄을 때 말이다. 그는 아주 신중하게 그 광장을 골랐다. 매시간 여러 명이 지나다니지만, 누구도 실제로 오래 머물지 않는 곳. 긴 검은색 코트가 누군가에게 포착된다고 해도 그저 검은 옷을 입은 사람으로만 기억될 테지. 그는 모자와 갈색 스카프로 얼굴을 가렸다. 누구도 그 스카프를 기억하지 못했다. 그리고 대상인 앨리스 캐번디시 역시 매우 공들여 골랐다. 날마다 정원에 나가는 엄청난 미인. 그리고 비밀리에 세 나무 사이 그늘에 숨어 있던. 그곳에서 그는 그녀가 비명을 지르기도 전에 재빨리 움직일 수도 있었다. 하지만 그녀의 여동생과 다른 소녀가 그 자리에 있었기에 그는 기회를 잃었다고 생각했다. 그런데 욕실 커튼을 닫는 그녀를 창문을 통해 보았고 때마침 하녀가 집을 나서 일을 벌일 수 있었다. 욕조에 있는 그녀의 나체를 재빨리 훑어본 다음 수장시켰다. 장갑을 남긴 건 거장다운 솜씨였다. 그 불길한 용도가 곧바로 드러날 테니. 세상엔 어쩌다 반복적으로 일어나는 무의미한 범죄가 있다. 끔찍한 공포를 불러일으키는 대상 중 하나다. 그런 것을 그가 수사한다. 그는 이쪽으로 특별히 명성이 자자했다. 그래서 일을 벌였다. 편지도 마찬가지다. 그는 편지를 숨기는 편이 연인을 탓하기 쉬울 거라고 판단했다. 하지만 그쪽으로는 일이 잘 풀리지 않았다. 그때 크리스토퍼가 나타났다. 자신에게 불리한 증거를 잔뜩 가지고. 덕분에 이제 그녀는 로리의 것이 되었다. 아래층의 차가운 시신 안치실 판 위에 누워서. 그가 언제고 자유롭게 방문할 수 있는 곳에서.

6. 세 번째 대화

줄리아 하트는 와인 잔을 들어 마시고 이야기를 마무리 지었다. "덕분에 이제 그녀는 로리의 것이 되었다. 아래층의 차가운 시신 안치실 판 위에 누워서. 그가 언제고 자유롭게 방문할 수 있는 곳에서."

마침내 해가 졌고 저녁 하늘은 거의 검게 물들었다. 그들의 탁자에 생략부호처럼 나란히 놓인 흰 접시 세 개 위로 일찍 나온 밝은 달이 비추었다. 고통스러운 표정으로 그랜트가 입안에서 올리브 씨를 뱉어 내 접시 가장자리에 놓았다. "기분 나쁜 이야기군요." 그가 말했다. "전 이 이야기가 싫어요."

두 사람은 홍합 요리를 먹었고 가운데 접시에는 신화 속에 등장하는 생물의 길고 검은 손톱 같은 껍질이 벌어진 채 놓였다. 그랜트는 여러 차례 불순물을 뱉고 엉키게 놔둔 뒤에 음식의 절반을 먹지 못한 채로 남겨 두었고, 줄리아도 예의상 그와 맞추기 위해 조금 음식을 남겼다. 두 사람 사이에 놓인 세 개의 접시가 작가와 편집자라는 서먹한 관계의 거리를 여실히 보여 주었다.

줄리아는 무릎에 놔둔 냅킨을 집어 올려 입을 닦았다. "살인을 묘사하는 부분이 좀 읽기 거북한 건 사실이에요. 그리고 마지막에 고문하는 장면도 잔인하고요."

그랜트는 냉소적으로 코웃음을 쳤다. "전 다 마음에 안 들어요. 폭력적인 부분에만 국한하지 않고요. 호감 가는 등장인물이 없고 설정도 저속해요. 하고 많은 곳 중에 런던이라니."

줄리아가 미소를 지었다. "아주 속상한 듯 말하지만, 이 글을 쓴 사람은 당신이잖아요."

"그건 사실이지만 그때 난 어렸고 어리석었어요." 그는 웃음을 터트리고는 자신의 요점을 강조하듯 이쑤시개로 허공을 쿡쿡 찔렀다. "일부 단편은 지금 내가 보기엔 하찮고 시시해요. 방금 그 이야기가 꽤 추잡하다고 생각하지 않아요?"

"별로 그렇진 않아요. 오락으로 죽음을 다룰 때 살짝 거북하고 불편해도 그건 어쩔 수가 없어요. 그렇게 느끼게 하는 게 포인트라고 봐요."

"아주 후한 해석이군요." 그랜트가 말했다. "내가 그저 병적인 청년이었을 가능성이 더 크지 않겠어요?"

"저보다 더 잘 아시겠죠. 하지만 이 이야기를 읽고 전 왜 이 책을 자비 출판했는지 이해할 수 있을 것 같아요."

"주류 문학계에 내놓기에는 너무 노골적이고 또 한편으론 너무 학구적이죠."

"보기 드문 조합이에요." 줄리아가 와인을 한 모금 들이켰다. "그 이후로는 전혀 작품을 쓰지 않았죠?"

"누구도 내 소설을 출간하려고 하지 않는데 글은 써서 뭐 하겠어요?"

"적어도 시대가 바뀌었잖아요."

"글쎄요." 그가 어깨를 으쓱이며 말을 이었다. "당신 말을 새겨들어 보죠."

줄리아는 잔을 들어 건배를 제안했다. "알찬 첫날을 위해서."

그는 와인 잔을 들어 그녀의 잔에 부딪혔다. "내일도 그러길 바라며."

그날 오후 일찍, 두 번째 이야기에 대한 작업을 마무리 지은 후 그랜트는 날이 제일 뜨거울 때 한두 시간 정도 늘 낮잠을 잔다고 말했다. 그는 그녀도 낮잠을 자겠다면 빈방을 내주겠다고 제안했다. 하지만 그녀는 업무의 중압감에 낮잠 대신 해변을 따라 걷다가 햇살을 피해 작은 절벽 그늘에서 쉬었다. 그곳에서 그녀는 작가가 일어날 때까지 한두 시간 남짓 다음 이야기 몇 개를 더 살폈다. 그러고 나니 늦은 오후가 되어 두 사람 모두 허기가 졌다. 줄리아는 그에게 저녁을 사 주겠다고 말했다. "다음 이야기는 식사하면서 살펴보기로 해요."

그래서 두 사람은 도보로 15분 거리에 있는 근처 레스토랑으로 갔다. 줄리아의 호텔과도 그리 멀지 않은 곳이었다. 둘은 바다가 잘 보이는 테라스에 앉았다. 몇 테이블 떨어진 곳에 다른 손님 두 명이 있어서 줄리아는 거의 속삭이는 목소리로 이야기를 읽었다.

"전 폭력에 둔감해진 듯해요." 그녀가 잔을 비우며 말했다. "지난 몇 년 사이 추리 소설을 대략 300권 정도 읽은 것 같아요."

그랜트의 눈이 휘둥그레졌다. "추리 소설을 300권이나?" 그는 수치에 기가 죽은 듯 불안하게 와인 잔을 빙빙 돌렸다. "엄청나군요."

"별로 많은 건 아니지 않나요? 이게 제 일이라는 거 아시잖아요."

"그렇죠." 그가 대답했다. "내가 추리 소설을 아주 잘 알고 있다고는 장담 못하겠군요. 당신이 나보다 더 할 말이 많을 테니까."

낮 동안의 불편한 열기가 내내 그녀를 나른하게 했다. 지금 그녀는 그 부분에 살짝 죄책감이 들어 최대한 열정적으로 보이기 위해 노력했다. "당신의 설명이 아주 큰 도움이 되고 있답니다."

그는 다시 술을 마셨다. "그렇게 말해 주니 고맙군요."

그녀가 수첩을 집어 들었다. "이제 계속해서 절 도와주세요. 우선 이 이야기의 구조적 특징에 관해 설명해 주시면 좋겠어요. 저는 로리 경위가 수사관이자 용의자라는 부분이 핵심이라고 생각해요."

"맞아요. 그는 사악한 사내죠. 앞서 우리가 읽은 이야기에서 피해자는 또한 용의자였어요. 이 이야기의 경우 수사관이 용의자이기도 한 거예요. 그래서 우리는 세 번째 요소에 대해 알게 되죠."

줄리아가 고개를 끄덕였다. "수사관이요?"

"맞아요, 혹은 한 무리의 수사관들. 이 인물들은 사건을 해결하려고 노력해요. 난 이 요소가 선택 사항이라고 여기는데 수사관 집단에 아무도 포함되지 않을 수 있으니까요. 그래서 저는 '탐정 소설'보다 '미스터리 살인 사건'을 더 많이 이야기하는 거예요. 가끔 수사관이 등장하지 않는 이야기도 있어요. 그래서 우리는 이 집단의 크기에 제약을 두지 않아요. 0명이 될 수도 있으니까요. 그리고 방금 읽은 이야기처럼 이 집단이 용의자 집단과 겹치게 할 수도 있어요. 제대로 엮기 힘들지만, 피해자 집단과 겹치는 경우도 가능해요."

줄리아는 이 모든 설명을 받아 적었다. 술을 마셨지만 손이 떨릴 정도는 아니었다. "용의자, 피해자, 수사관. 미스터리 살인 사건의 첫 세 가지 요소군요."

"맞아요." 그가 헛기침했다. 와인을 마셔서인지 그는 대담해졌다. "자, 이제 당신 차례예요."

그녀는 수첩에서 눈을 뗐다. "무슨 말이죠?"

"나한테 설명해 봐요. 우린 그런 식으로 하고 있잖아요? 내가 이론을 설명하면 당신이 내가 잊어버린 사소한 부분에 대해 짚고 넘어갔었죠." 그녀는 다시 고개를 숙이고 받아 적었다. "어서요, 줄리아. 당신은 이 이야기에서도 모순된 부분을 발견했죠?"

그녀는 고개를 들지 않았지만, 재미있다는 듯 입꼬리를 올렸다. "절 시험하는 것 같군요. 제가 걸려들길 바라는 함정을 이 이야기에 심어 둔 거죠?"

"전혀 그렇지 않아요." 그가 씩 웃었다. "장난삼아 넣어 둔 거지 다른 의도는 없었을 거예요."

"그것들이 제 관찰력을 한계치까지 끌어올리게 하고 있다는 걸 솔직히 밝힐 수밖에 없네요. 제가 뭐든 기록해 두는 버릇이 있어서 다행이에요."

"그래서 이번에는 뭘 찾아냈나요?"

줄리아는 메모를 멈추고 그를 쳐다보았다. "음, 당신이 언급했으니 하는 말인데, 이 이야기에서 제가 발견한 게 있긴 해요. 모순점, 그렇게 부르면 어떨까요?"

그는 입에서 이쑤시개를 꺼냈다. "그럼 그렇게 부릅시다."

줄리아가 탁자를 두드리며 말을 시작했다. "초반에 남색 양복을 입은 남성의 묘사가 후반부에 등장하는 남색 양복을 입은 남자와 모든 점에서 모순돼요."

"아," 그랜트가 말했다. "흥미로운데요?"

"다시 잘 살펴보시면 알 거예요. 둥근 얼굴에 검은 머리, 공들인 콧수염, 짧은 목을 가진 남자에서 금발에 네모난 얼굴과 긴 목, 평범한 콧수염으로 바뀌어요. 이 부분에 대한 설명은 본문에 없고요."

"네, 그렇군요." 그랜트가 바다를 쳐다보았다. "그건 실수처럼 보이기 쉬워요. 하지만 당신 말이 맞아요. 실수가 아닐 겁니다."

줄리아는 수첩에 뭐라고 갈겨썼다. "수정하지 않고 놔두는 게 전 살짝 마음에 걸려요. 하지만 다른 이야기에 등장하는 모순점과 함께 살피면 일종의 패턴이 있어요."

"맞아요. 나도 그렇게 생각해요. 당시 난 얼마나 얄궂은 유머 감각을 지녔던 건지 원."

줄리아가 갑자기 지쳐서 한숨을 쉬었다. "오늘은 여기까지만 할까요? 괜찮으시다면 그만 펜을 내려놓고 와인이나 한 잔 마셨으면 하는데."

"그래요." 그랜트가 말했다. "마저 마셔요."

줄리아는 아직 해야 할 일을 생각하며 카라페 와인 잔을 비웠다. 그런 다음 그녀는 의자에 기대 별을 올려다보았다. "이 섬이 어디가 그렇게 특별한가요, 그랜트 씨?"

그는 질문을 받고 놀란 듯했다. "무슨 말이죠? 이 섬은 아름답잖아요."

"네, 하지만 너무 적막하고 외로워요. 떠나고 싶다고 생각해 본 적이 없나요?"

"한 번도 없어요. 내 모든 기억이 이곳에 있는데."

그녀는 다시 와인을 한 모금 마셨다. "당신은 정말 베일에 싸인 인물이에요."

"칭찬으로 들을게요."

"전 당신이 스파이라고 생각해요. 비밀 프로젝트를 수행 중이고요. 아니면 법망을 피해 도망치는 중이거나." 그녀는 거의 일 초간 머뭇거리며 마지막 단어를 불분명하게 발음하여 내뱉었다. "술을 마셨으니 이제 이야기할 의향이 있나요?"

"뭘 말인가요?"

"'백색 살인'에 대해서요. 1940년 8월, 햄스테드 히스에 있는 술집 스패니어드 인 근처에서 엘리자베스 화이트가 교살당한 사건 말이에요. 그리고 왜 당신이 그 사건을 따 책 제목을 썼는지."

그랜트는 지친 눈썹을 들어 올렸다. "그 부분에 대해서는 아까 다 말했잖아요. 그냥 우연이라고."

"그렇다면 술이 기억을 다 소환해 주지 않았나요?"

"난 그게 술의 부작용 중 하나인 줄 몰랐군요."

줄리아가 어깨를 으쓱였다. "술은 사람의 마음을 자극하니까요."

"상상력을 자극하는 건 분명하군요."

"제가 좀 취한 건 사실이에요." 그녀가 잔을 들며 인정했다. "하지만 치환을 눈치채지 못할 정도는 아니에요. 오늘 아침 전 당신에게 왜 이 섬으로 왔는지 물었어요. 당신은 대답해 주지 않았죠. 그리고 오후에 당신 책과 미제 살인 사건의 연관성에 대해 지적했어요. 그러니 이 모든 것들이 다 관련 있는 거죠? 그래서 당신이 여기 있는 거죠?"

그는 웃음을 터트리기 직전이었다. "내가 그 사건의 범인이라고 생각하는 겁니까?"

"제가 무슨 생각에서 이런 말을 하는지 전 몰라요. 그냥 떠오르는 질문을 하는 것뿐이죠."

"그런 거라면 다시 추리해 보세요. 내가 누군가를 죽이고, 그런 다음 살인 사건에 붙은 이름을 가지고 책을 썼다. 그리고 몇 년 뒤에 도망쳤다?"

"알리바이가 있나요?"

그랜트가 미소 지었다. "당장 떠오르는 건 없군요."

"그렇다면 저한테 이 섬으로 온 진짜 이유를 알려 줘서 무죄를 입증해 보세요. 아내와 직장을 두고 이곳에 와서 은둔자처럼 사는 이유가 뭐죠?"

그의 표정이 굳었다. "사생활에 관한 부분으로 금세 훅 들어오는군요."

줄리아는 와인 잔을 꽉 쥔 그의 손이 살짝 떨리는 것을 보았다. "맞아요." 그녀가 대답했다. "하지만 전 그저 재미 삼아 물어보는 게 아니에요. 이 책을 출간하는 동업자의 입장이죠. 당신을 믿어야 하니까요."

그랜트가 고개를 저었다. "20년도 더 지난 이야기를 꺼내고 싶지 않아요." 그는 와인 잔을 쥔 채 두 손을 방어적으로 들어 보였다. "다른 건 다 물어봐도 좋아요."

그는 탁자 위로 잔을 내려놓았지만 움직임이 서툴러 그만 단단한 탁자 표면에 닿은 유리잔이 깨졌다. 깨진 조각은 흰 테이블 보 위에서 투명한 선을 그리며 빙글빙글 돌다가 줄리아 앞에 멈췄다.

"당신은 20년 동안 재혼하지 않았어요. 그 부분에 관해 물어봐도 될까요?"

그랜트는 부서진 잔을 내려놓고 손톱으로 남은 홍합을 벌리기 시작했다. 쓸모없는 강박 행동이었다. "아니, 안 돼요."

"왜 글을 더 쓰지 않는 거죠?"

"시간이 늦었군요. 그런 질문이 날 더 피곤하게 해요." 마지막 홍합이 입을 벌리지 않았고 그렇게 대화도 마무리되었다. 그랜트는 탁자에 놓인 가운데 접시를 자기 쪽으로 가져간 다음 난간 너머로 비웠다. 홍합이 빙글빙글 돌며 바다로 향했고 이내 바위 위로 홍합 껍데기가 부서지는 소리가 났다. 그가 접시를 탁자 위로 거칠게 내려놓는 소리가 이어졌다.

줄리아는 수첩을 덮었다.

7. 지옥의 연극

처음엔 불씨가 3층 창문에서 피어오르는 한 줄기 연기에 불과해 지나가던 행인 몇몇이 쳐다보고 수군대는 정도였다. 그저 누군가 그곳에서 연을 날리는 정도의 관심을 끌었을 뿐이었다. 그러다 샴푸 광고에서 볼 법한 굵은 컬의 완벽한 불길로 커졌다. 불길은 이내 창문을 넘었고 건물 위쪽 절반이 연기로 자욱이 휩싸였다. 그리고 재빨리 번졌다. 검은 연기 가지들이 빼곡히 타올라 숨 막히는 열기가 활짝 피었다. 런던에서 가장 크고 웅장한 백화점 중 하나였던 그 건물에는 수천 명의 사람과 옷과 가구 등 재물이 가득 차 있었다. 커다란 악마의 손길에 으스러지기 직전, 가느다란 손가락들이 하늘을 마구 긁으며 절규했다.

헬렌 개릭은 2인용 테이블에 홀로 앉아 지난 30분간 이 광경을 지켜보았다. 맞은편 건물도 아니고 200여 미터나 떨어져 있었지만 살짝 구부러진 도로라 그녀가 앉아 있는 창가 자리에서도 훤히 보였다.

처음에는 혼자 식사하고 있다는 사실을 잊게 해 주는 일종의 오락거리였지만 1차 대피 이후 건물에서 짐 운반인 유니폼을 입은 노인이 대피 중에 다른 사람에게 밟혀 압사당해 첫 시신으로 나왔을 때, 그녀는 엄청나게 죄책감이 들었고 부끄러워 메인요리에 손을 댈 수가 없었다. 메인요리라고 해 봐야 고작 파스타일 뿐이지만. 화재 현장의 모습이 괴기스러울 뿐만 아니라 건물 꼭대기 두 줄로 늘어선 창문마다 탈출하려고 아우성치는 사람들의 모습에 드리운 공포 또한 엄청났다. 그들은 비명을 지르며 창문을 부수고 계속해서 아래를 내려다보며 기회를 찾았지만 대피할 만한 곳이 없었다. 처음에 헬렌은 창가에 한 줄기 가느다란 연기가 피어오르는 걸 보고 시답지 않은 화재가 발생했다고 판단했지만 단 하나뿐인 계단이 연기로 가득 찬 순간, 건물 안에 사람들이 갇혀 있을 수밖에 없다는 걸 깨달았다. 그 순간 흥분했던 마음이 죄책감으로 바뀌어 그녀는 눈물이 그렁그렁 맺힌 채로 남은 식사를 겨우 마쳤다.

식당 안에서 들려오는 대화 소리는 시끄러운 목소리와 낮게 깔리는 혼돈의 웅성거림이 뒤섞여 바깥의 화재와 어울리는 배경음악이 되어 주었고, 와인 잔에 부딪히는 반복적인 숟가락 소리가 화재경보를 실감 나게 재현했다.

마침내 소음이 잦아들었다. 레스토랑 매니저가 모두의 시선을 끌 만한 공간에 홀로 서 있었고 모두가 그를 커다란 유리 달걀을 삼키는 서커스 단원처럼 쳐다보았다.

"내빈 여러분," 그가 숟가락으로 와인 잔을 마구 두드렸다. "혹시 의사 선생님 계신가요?" 꼬챙이처럼 마르고 수염이 텁수룩한 매니저의 센 억양이 울려 퍼졌다. 아무도 반응하지 않았다. "근무가 끝난 경찰관 계신가요?" 웅얼거리는 소리가 났다. "군인은요?" 살짝 웅성거리는 말소리가 났지만 나서는 사람은 없었다. "공직에 종사하시는 분은요?" 여전히 아무도 반응이 없었다. "잘 알겠습니다. 상황이 바뀌면 담당 웨이터에게 말씀해 주세요."

그는 가볍게 고개를 까닥하고 자리를 떠났다.

"대피를 도울 사람이 필요한 거야." 헬렌 옆 테이블에 있던 남자가 의자에 기대며 말했다. "불길이 이쪽으로 번질지도 모르니까."

그럴 리는 없지, 헬렌은 생각했다. 불길은 여전히 200미터쯤 떨어져 있다. 이곳 사람들이 대피해야 한다면 웨스트 런던 인구 전체가 다 떠나야 할걸?

웨이터가 탁자 옆을 지나갈 때 헬렌이 손을 들어 불렀다. 웨이터가 다가와 몸을 구부렸다. “필요한 게 있으신가요?”

그녀는 레스토랑 매니저에게 엄청난 동정심을 느꼈다. 자원할 사람을 구하는데 아무도 나서지 않을 때의 기분이 어떤지 그녀는 잘 안다. 겨우 바위를 언덕 꼭대기까지 밀어 올렸는데 반대편 아래로 다시 굴러떨어지는 걸 보며 막막해 눈물이 날 것 같은 느낌이랄까. 그 감정의 이면에는 남은 하루 동안 화풀이할 대상을 골라야겠다는 생각도 깔려 있을 법했다. 그녀는 동정심에 나선 것일까, 아니면 지난 20분간 삼키고 있던 죄책감 때문일까? 그도 아니라면 남들이 자신에게 전혀 기대하지도 않은 일을 해 평소의 자신을 뛰어넘어 보려는 객기일까? 어쩌면 이 세 가지 이유가 다 섞인 것인지도 모르겠다.

헬렌이 조심스럽게 입을 열었다. “혹시 도움이 된다면 제가 길퍼드 여학교 교사라고 동료분에게 알려 주세요. 물론 남성분의 도움이 필요하겠지만요.”

그녀는 마치 희생 제물이 된 것처럼 혹은 교장실로 불려가는 열세 살 문제아가 된 것처럼 레스토랑 매니저인 라우 씨에게로 갔다. 교사 일을 시작한 지 얼마 되지 않은지라 자신의 학창 시절을 떠올려 보며 처신하는 경우가 많았다. 하긴 학창 시절이라고 해 봤자 오래전도 아니었다. 여전히 엄한 수녀님들이 이따금 악몽의 가장자리를 따라다니고 있었고 지금 이 순간에도 그녀는 분명히 그때와 똑같은 불안감을 느꼈다. 마음 한구석에 항상 똬리를 틀고 있는 자책감이랄까. 어딜 가든 항상 괜히 걸맞지 않은 옷을 입고 왔다는 막연한 느낌과 함께 밀려오는 창피함 같은.

매니저는 레스토랑의 후미진 귀퉁이에서 그녀를 기다리고 있었는데 혓바닥을 연상시키는 진한 붉은 카펫이 위층에서 그곳까지 쭉 깔려 있었다.

"라우 씬가요?"

그가 서 있는 계단 뒤편은 어둠에 잠겨 보이지 않았다. 그는 조금 더 호젓하게 이야기를 나눌 수 있게 그녀와 함께 몇 계단을 올라가더니 그녀보다 두세 칸 위에 섰고 호리호리한 그의 형체가 붉은 배경 위로 둥둥 떠 있는 것처럼 보였다. 그래서 무슨 설교가나 판사를 연상케 했다.

"부인." 그가 계단을 가득 채우는 요란한 몸짓으로 인사를 건넸다.

"헬렌, 헬렌 개릭이에요." 그녀가 손을 내밀자 매니저가 그 위에 입을 맞췄다.

"번잡한 레스토랑에서 영예로운 인물이 적어도 한 명은 나올 거라 바라셨겠지만 안타깝게도 그런 분이 없었습니다."

"별말씀을요." 헬렌은 그가 자신을 존중하는 태도로 대하는 것을 알아차리고 훈계를 당할 거라고 상상한 건 잊어버리고 안심했다. "제가 어떻게 도와드리면 될까요?"

"꽤 까다로운 일을 해 주셨으면 합니다." 그가 머뭇거렸다. "이번 일을 도와주시면 두고두고 감사드리겠습니다."

"이 도로에서 발생한 화재와 관련된 일인가요?"

"화재요? 아니, 아닙니다. 화재는 주의를 딴 데로 돌리려는 연막전술일 뿐이죠."

"아." 헬렌은 살짝 실망했다.

그는 걱정스러운 표정으로 카펫을 내려다보며 손끝으로 수염을 비비 꼬았다. "곤란한 일이 있습니다. 유감스럽게도 이 건물에서 누가 목숨을 잃었습니다."

헬렌은 화들짝 놀랐다. "어머, 맙소사."

"저희는 위층에 별실을 몇 개 두고 있습니다. 그중 한 곳이 오늘 사용 중이었는데 제가 듣기론 생일파티라고 했습니다. 행복한 일이죠. 그런데 생일파티의 주인공이 죽었습니다. 정확히 말하자면 살해당했어요."

단어에 강세를 두지 않은 그의 점잖은 억양에 '살해'라는 말이 근사하게 들렸다.

"살해당했다고요?" 헬렌의 눈이 휘둥그레졌다. 그는 대체 뭘 도와달라는 걸까? "그렇다면 경찰을 부르셔야죠."

"물론 신고는 했습니다. 제가 막 경찰과 통화를 했어요." 그가 긴장한 목소리로 말했다. "상황이 조금 어려워졌습니다. 물론 경찰 측에서 누군가를 보낼 겁니다. 하지만 이 지역의 모든 경찰이 지금 화재 때문에 정신이 없습니다. 도로를 폐쇄하고 건물에서 사람들을 대피시키느라 그렇겠죠. 긴급 상황이니까요."

그녀가 고개를 끄덕였다. "물론이죠."

"상황이 진정되기 전까지 경찰이 저희 현장으로 누군가를 파견하는 일은 불가능해 보입니다. 그래서 저더러 직접 정리를 맡아 달라는 요구를 받았습니다."

"어머." 그녀는 무슨 말이 나올지 알아차렸다.

"경찰 측에서는 엄밀히 말해 이곳 상황이 급한 건 아니라고 했습니다. 지금 당장 누군가가 위험에 처한 것은 아니니까요."

"뭐, 좋은 쪽으로 보자면 그렇죠."

"전 투입할 인원이 없습니다." 그가 말을 이었다. "지금쯤 도착했어야 할 몇 사람이 화재 때문에 늦어지고 있습니다. 그 점을 경찰에게 설명했지요. 그러자 자신들이 도착하기 전까지 이곳 상황을 감시해 줄 의사나 교사가 있으면 좋을 것 같다고 말했습니다."

그녀는 경찰이 '교사'라고 말하지 않았을 거라 확신했지만 그의 말에 토를 달지 않았다. "네, 잘 알겠습니다." 이 일로 기차를 놓치게 될지라도 지금 와서 거절할 순 없었다. "그래서 제가 할 일이 정확히 뭐죠?"

"그냥 감시해 주시면 됩니다. 범죄 현장이 훼손되지 않도록 하고 손님 누구도 현장에 손을 대거나 그 자리를 뜨지 못하게 해 주세요. 그리 오랜 시간이 걸리지는 않을 겁니다."

"손님들은 아직도 별실에 있나요?" 헬렌은 실망을 감추려고 애썼다. 일몰을 바라보며 시신 옆에서 홀로 와인을 마시는 자신을 상상하면서.

"다섯 분이 계십니다. 뒤늦게 도착한 다른 분들은 돌려보낼 예정이고요. 물론 경찰이 와서 사건을 전부 기록하기 전까지 누구도 떠나지 못하게 해 달라는 부탁을 받았습니다."

"그중 한 사람이 범인인가요?"

라우는 생각이 담긴 긴 한숨을 쉬었다. "그럴 수도 있습니다. 하지만 위험한 일이라고 생각했다면 당신께 부탁하지 않았을 겁니다. 그냥 그 사람들과 함께 계세요. 여러 명이 같이 있으면 안전할 겁니다."

"알겠습니다." 헬렌은 갑자기 불안해졌다. 돕겠다고 나선 자신을 속으로 원망했다. 간단히 끝낼 수 있는 도움일 거라고 생각한 게 경솔했다.

라우가 그녀의 손을 잡았다. "부인, 당연히 부인이 편하신 날을 택해 다시 한번 저희 쪽으로 저녁 초대를 하겠습니다. 저와 개인적으로 식사를 하시죠. 당연히 저희가 식대를 부담하고 그건 오늘분도 마찬가집니다."

"감사합니다." 그녀가 마음이 약해져 대답했다.

"전 여기 있을 테니 필요하면 말씀하세요. 그저 큰 소리로 부르시면 달려가겠습니다."

그 말과 함께 그는 헬렌을 핏빛의 계단으로 데려가 꼭대기 층에 있는 문을 열었다. 두 사람이 나란히 문을 들어서는 순간 둘의 형상은 어딘가로 빨려들어 응축하는 듯했다. 마치 주먹을 쥘 때의 손처럼, 혹은 무언가를 삼키는 목구멍처럼.

이번에는 희생하러 간다는 표현이 더 적합할 듯싶었다. 손님 다섯이 별실 안에 반원 형태로 서서 인간 스카이라인을 만들었고 그들은 의구심 어린 눈길로 헬렌을 쳐다보며 그녀가 누구고 무엇을 하려고 왔는지 궁금해했다. 그들 사이에 몇 차례 눈길이 오갔고 그런 다음 일종의 각성이 왔는지 경직된 분위기가 흐트러졌다.

라우가 앞으로 나서며 말했다. "경찰과 통화를 마쳤습니다." 다섯 명이 제각각 다른 표정으로 흥미를 보였다. "곧 도착할 겁니다." 그는 무대 위의 배우처럼 천천히 말했다. "경찰이 올 때까지 여러분 모두 이 자리에 남아야 한다는 요청이 있었습니다. 다만 화재 때문에 일이 지연되고 있습니다. 그래서 개릭 양이 대신 오셨습니다."

그가 손짓했다. 열 개의 눈이 그녀를 쳐다보았다.

"경찰이 도착하기 전까지 개릭 양이 이곳을 맡아 아무것도 건드리거나 옮기지 못하게 감시할 겁니다. 그리고 누구도 자리를 뜨지 못합니다."

그녀가 매니저의 날렵한 몸 뒤에 완전히 가려 있던 터라 자연스럽게 권력이 이양되는 순간의 위엄이 그리 강렬하지 못했다. 그녀는 실패한 마술쇼의 출연자가 된 기분이 들었다. 그래서 얼른 옆으로 살짝 걸음을 옮겼다.

연인처럼 보이는 아주 근사한 남자와 여자가 문에서 가장 가까운 곳에 서 있고 다른 남자와 여자는 각기 가장 먼 쪽 구석에 머물렀으며 세 번째 여자는 벽에 기대 서 있었다.

근사한 여자가 헬렌을 무시하고 라우에게 말했다. "아직 날이 밝은데 나가서 바람 좀 쐬고 경찰이 올 때 다시 들어오면 안 될까요?"

라우는 인내심 어린 미소를 지었다. 그는 한 걸음 뒤로 물러났다. "죄송하지만 그럴 순 없습니다. 전 여러분이 이 건물에서 나가지 못하게 하라는 지시를 받았습니다."

"터무니없는 소리군요." 그녀는 관능적인 목소리로 불만을 터트렸다. "말도 안 돼요. 시체와 10미터도 채 떨어지지 않은 곳에 갇혀 있어야 한다니."

허약한 얼굴에 커다란 푸른 눈동자, 남색 드레스를 입은 여자가 모퉁이에 서 있다가 그 말에 비명을 지르며 옆에 있는 남자에게 몸을 기댔다. 그녀는 팔로 남자의 어깨를 감고 자신의 팔에 머리를 기댔다. 두 사람이 연인이 아닌 것이 분명했다. 남자는 갈색 양복 차림으로 풍성한 검은 눈썹에 백발 직모를 하고 있지만 마흔이 채 되어 보이지 않았다.

학교 현장학습 같군, 헬렌은 생각했다.

여름 초에 세인트올번스로 현장학습을 갔었다. 그녀는 스물다섯 남짓한 소녀 무리를 통솔해야 했는데, 기차역부터 로마 유적지까지 조숙한 헤어스타일의 대향연이 펼쳐졌다. 그날 헬렌은 현장학습에 고질적으로 등장하는 사고뭉치들의 유형을 몸소 경험하고 학을 뗐다. 지금 이곳에 있는 사람들도 다를 것이 없었다. 입을 연 여성은 침착하고 사리 분별이 있는 듯 보이지만 본능적으로 지시 받는 것을 꺼리고 계속 질문을 던지며 방해했다. 이런 유형과는 논쟁이 성립될 수 없다. 그냥 파도에 대고 말하는 것과 같을 뿐.

"저도 동의해요." 헬렌이 말했다. "저도 이곳이 있고 싶지 않아요. 하지만 그렇게 하라는 지시를 받았으니 어쩔 수 없어요."

남색 드레스의 여자가 눈물이 그렁그렁한 얼굴로 입을 열었다. "당신이 그렇게 말하는 건 시신을 못 봐서 하는 소리예요. 그가 무슨 짓을 당했는지 보지 못했잖아요."

관능적인 목소리를 지닌 여자가 미소를 지으며 헬렌을 쳐다보았다. "당신 정체가 뭐죠? 경찰이 아니죠?"

"전 그냥 감시하러 올라온 사람이에요." 헬렌은 웃으며 농담을 던졌다. "제가 여러분들보다 더 냉철한 상태니까요."

아무도 농담에 반응하지 않았다.

그녀 뒤로 살짝 끽 하는 소리가 났다. 돌아보니 라우가 상황에 만족한 듯 자리를 뜨고 있었다. 그는 거의 티가 나지 않을 정도로 아주 살짝 헬렌에게 고갯짓한 다음 문 뒤로 사라졌다.

헬렌은 다시 별실 쪽으로 몸을 돌렸다. 다섯 개의 얼굴이 여전히 그녀를 보고 있었다.

근사한 여자의 파트너로 몸매가 좋고 풍성한 금발 머리의 매력적인 청년이 다가와 상냥한 미소와 함께 손을 뻗었다. "제가 예의 없이 굴었군요.

전 그리프, 그리프 뱅크스입니다."

두 사람은 훈훈하게 악수를 나눴다. "별말씀을요, 전 헬렌이에요." 그녀는 다른 이들에게 몸을 돌렸다. 이런 상황쯤은 익숙했다. "여러분 모두 제게 성함을 알려 주세요."

그리프가 한걸음 물러나 뒤에서 고개를 돌리고 있던 여자에게 팔을 둘렀다. "이쪽은 스칼릿입니다."

헬렌은 상대적으로 초라해 보이는 다른 커플을 쳐다보았다. 갈색 양복 차림의 남자는 화재를 살피는 듯 창밖으로 시선을 고정했는데, 햇살이 그의 가는 머리카락 위를 비추었다. 그는 아주 중요한 권투 경기 장면을 보다가 억지로 돌아보는 사람처럼 천천히 헬렌 쪽으로 고개를 돌리고 몇 초 동안 가만히 있었다. "아. 제 이름은 앤드루 카터입니다. 만나서 반갑습니다." 그는 엉망인 치열이 드러나게 미소를 지은 뒤 옆에 서서 울고 있는 여인의 어깨를 마치 너무 익어 물렁물렁해진 과일의 즙을 짜듯 끌어안았다. 그녀의 파란 드레스가 구겨지면서 모든 슬픔이 그녀에게서 쏟아져 내릴 것만 같았다. "이쪽은 제 여동생 버네사예요. 유감스럽게도 동생이 아주 심한 충격을 받았어요."

"아, 사과하지 않으셔도 괜찮아요." 헬렌이 말했다. 사실 그녀는 왜 다른 이들이 이 여자처럼 흐트러진 모습을 보이지 않는지 궁금했다. 너무 놀라서 그럴 거라고 그녀는 짐작했다. 버네사가 울음을 그치고 약간 절뚝거리며 다가와 헬렌과 악수했다.

"처음 뵙겠습니다."

헬렌은 녹색 드레스 차림으로 불안하게 서 있는 다른 여자를 향해 몸을 돌렸다. 무리에 끼지 못한 채 어둠 속에서 차가운 검은 와인을 홀짝거리는 여성이라. 그녀는 별실 사방에 놓인 작은 탁자 중 하나에 잔을 내려놓고 목을 가다듬었다. "안녕하세요. 전 웬디 코플랜드예요." 그리고 어떻게 해야 할지 몰라서 그녀는 본능적으로 다른 손님들에게 손짓했다. "안녕하세요, 여러분."

"소개 감사합니다." 헬렌이 말했다. "누가 제게 시신이 어디 있는지 알려 주시겠어요? 안타깝게도 전 들은 정보가 별로 없어요."

그리프가 손을 들었다. "그는 화장실에 있어요."

"제게 보여 주시겠어요? 괜찮으시다면요."

그러자 그가 인상을 썼다. "괜찮겠어요? 보기 힘들 텐데."

헬렌은 거의 병적인 호기심에 이끌렸다. 타인의 반대에 부딪힌다고 해도 범죄 현장을 감시하기 위해선 장면을 봐야 한다고 주장할 수 있기에 평소와 다르게 고집을 피웠다. "아니, 괜찮습니다. 보여 주세요."

그리프가 그녀를 아래위로 훑어보았다. "그럼 알겠습니다." 그는 헬렌 왼쪽 벽을 향해 몸을 돌려 그곳에 있는 작은 문을 열었다. 헬렌이 다가갔다. 스칼릿은 홀로 창가에 서서 두 사람을 의구심 어린 눈초리로 감시했다.

헬렌이 생각한 것보다 화장실이 커서 문 맞은편에 세면대와 거울이 있고 변기는 오른쪽 벽에 붙어 있었다. 그사이에 깨진 작은 창문이 나 있었다. 변기 오른쪽에는 핸드 타월이 선반에 차곡차곡 쌓여 있고 휴지통은 문 옆에 놓였다. 이 모든 것들 아래로 시신이 보였다. 바닥에 대각선으로 누워 머리가 그들 쪽을 향했다.

반듯하게 놓인 시신의 얼굴에 검은 양복 재킷이 덮여 있었는데, 피해자가 입었던 것을 벗겨서 덮어 둔 거였다. 피해자의 턱이 있는 쪽으로 마치 그가 조금 전 소화할 수 없는 음식을 먹고 사방에 구토해 댄 것처럼 핏덩어리가 어지러이 흩어져 있었다.

“이분은 누구죠?” 헬렌이 물었다.

“파티를 주최한 해리 트레이너예요. 극작가죠. 오늘이 그의 생일입니다.”

그녀가 무릎을 꿇고 재킷을 들어 올리자 30대 후반의 창백하고 상처 없는 얼굴에 턱수염과 구레나룻을 가지런하게 다듬은 피해자의 얼굴이 드러났다. 그는 고개를 완전히 왼쪽으로 돌리고 시선도 왼쪽을 향하고 있었다. 뒤통수는 가격을 당해 움푹 꺼져 비스듬하게 바닥에 놓였다. 머리 주변으로 탁한 피 웅덩이가 진하고 씁쓸한 후광을 만들었다. 헬렌이 엄지와 검지로 남자의 이마 양쪽을 잡고 좌우로 움직여 보니 타일 위에서 매끄럽지 못하게 굴렀다.

시신 주변으로 핏자국이 널리 퍼졌다.

“이 상태로 발견하신 건가요?”

“그가 엎드려 있는 걸 우리가 찾았어요. 뒤통수에 난 상처를 차마 보기 힘들어서 그의 재킷을 벗겨 얼굴을 덮고 똑바로 눕혔어요. 그런 다음 맥을 짚어 봤어요. 하지만 다른 건 아무것도 손댄 것이 없어요.”

시신의 옷매무새는 단정했다. “그는 화장실을 쓰려던 사람처럼 보이지 않네요.”

“그렇죠. 살인자가 분명 그럴 틈을 주지 않았을 겁니다.”

“아니면 막 볼일을 마쳤거나요.” 그녀가 자리에서 일어났다. “가여운 해리.”

“이게 다예요.” 그리프가 이렇게 말하며 문 쪽으로 갔다.

헬렌은 시신을 그 자리에 두고 나올 것인지 아니면 그리프에게 더 많은 질문을 할지 갈등했다. 빨리 현장을 벗어나려는 그리프의 뜻대로 해 주고 싶지만 지금 최대한 많은 정보를 얻어야 나중에 목격자들의 기억이 흐릿해졌을 때 도움이 될 거라는 걸 알았다. "그러니까 오늘 그의 생일파티를 하러 모인 건가요?"

그리프가 한숨을 쉬었다. "조촐하게 뭉친 자리였어요. 해리는 쉽게 친해지기 어려운 사람이지만 우리처럼 몇몇은 그를 좋아했어요."

"당신들 중에서 누가 시신을 발견했는지 물어도 될까요?"

"다같이인 것 같아요. 해리가 자리를 비웠어요. 그리고 좀 있다가 우리 모두 그가 화장실에 간 지 꽤 오래되었다는 걸 깨달았어요. 그래서 노크를 했고 대답이 없어서 제가 문을 부숴 열었습니다."

그녀는 몸을 돌리고 자물쇠를 확인했다. 단순한 고리 형태로, 문짝에 못으로 고정한 금속 브래킷이 3센티미터 정도 벌어져 있고, 지금은 끄트머리를 고정시킨 못 두 개에 아무렇게나 대롱대롱 매달려 있었다.

"그러니까 시신이 발견되었을 때 다섯 분 모두 이곳에 있었단 거죠?"

"맞아요." 그가 별생각 없이 어깨를 움츠렸다. "그랬던 것 같네요."

"그런데 레스토랑 직원은 아무도 없었나요?"

"없었어요. 우리가 막 도착했었거든요. 음식 중 일부는 나중에 나와야 하고 사람들이 들락거릴 동안 와인만 넉넉히 준비해 두고 우리끼리 놔둔 것 같아요."

헬렌은 창가로 갔다. 처음에는 거리 뒤쪽에 숨은 마당이 내려다보이는 것 같았지만 사실 창문은 건물 옆으로 나 있어서 옆 상점의 평평한 옥상으로 이어졌다.

"만약 문이 안에서 잠겨 있었다면 살인자는 분명 이 창문을 통해 나갔을 거예요."

"맞아요. 그리고 그리로 들어왔겠죠."

헬렌은 맞은편 건물이 훤히 들여다보이는 옥상에서 기다리다 안에서 소리가 들릴 때 화장실을 몰래 훔쳐보는 범인의 모습을 떠올려 보았다.

그리프가 말을 이었다. "좀 전에도 말했지만 해리는 평판이 그리 좋지 않아요. 이 모임에 그가 또 누굴 초대했는지 모르지만 많은 사람이 그의 생일인 것을 알고 있을 겁니다. 그중 누군가가 저 지붕을 타고 올라가 그가 올 때까지 충분히 기다리고도 남죠. 언젠가는 화장실을 쓸 테니까요."

그녀는 그런 상상이 조금 터무니없다고 느꼈다. "하지만 당신은 아무도 못 봤죠?"

"안타깝게도요."

헬렌이 꼼꼼하게 창문을 살폈다. 유리가 거의 떨어져 나갔고 날카로운 파편이 창틀과 밑바닥에 흩어졌다. 밖에서 깨트린 것이다. 그녀는 손수건으로 여전히 창틀에 박혀 있는 삼각형 모양의 유리 조각을 집어 들었다. 끄트머리에 피가 묻어 있었다. "누군가 베였군요."

"조심하세요." 그가 말했다.

그녀는 고개를 낮추고 밖을 살폈다. 지붕 반대쪽에 녹슨 망치가 보였지만 밖으로 나가 그걸 가지고 오는 건 자신의 소관 밖이라고 느꼈다. 털에 재가 묻어 거무튀튀해진 검은 고양이가 그 옆에 앉아 발을 핥고 있었다. 날이 더웠고 지붕 위 하늘에는 먹구름 몇 덩어리가 떠 있었다.

"그가 고통스럽게 갔는지 궁금하군요."

그리프는 흥분했다. "대화가 점점 섬뜩해지네요. 해리는 자신의 생일을 축하해 달라고 우리를 불렀지 자기 죽음을 봐 달라고 부른 게 아닐 겁니다."

"죄송해요." 헬렌이 사과했다. 그녀는 일상생활에서 남자들과의 교류가 거의 없었고, 자신이 무신경하게 말을 했다고 생각하면서도 그들의 기분이 이렇게 바뀌면 불안해했다. 그녀는 마지막으로 화장실을 살피며 모든 세부 사항을 기억해 두려고 했다. 비좁은 공간에서 연기 냄새가 나기 시작했다. "저 창문을 막아야 할까요? 얼마 못 가서 이곳이 재로 뒤덮일 텐데요."

"딱 맞는 게 있어요." 그리프가 말했다. 그는 자리를 떴다가 커다란 직사각형 와인 리스트 두 개를 들고 들어왔다. 그 메뉴판이 창문에 딱 들어맞았고 유리 파편이 떨어지지 않도록 잡아 주었다.

그녀는 점잖게 미소 지었다. "도와주셔서 고맙습니다, 그리프 씨, 맞죠?"

"뭘요. 해리는 내 친구였어요. 할 수 있는 일이 있다면 도와야죠…." 두 사람은 다시 악수했다. 손을 놓기 전 그는 그녀의 손을 힘주어 잡았다. "이제 제가 아는 모든 정보를 넘겨 드렸으니 드디어 한잔 걸칠 수 있게 되었네요."

헬렌이 그리프와 함께 화장실에서 나오니 갈색 양복을 입은 앤드루 카터가 그녀를 기다리고 있었다. "내 여동생이 기절할 것 같아요. 좀 도와줄 수 있겠습니까?"

"물론이죠." 그녀가 대답했다. 학교에서는 흔히 있는 일이다. 그는 버네사 카터가 앉아 있는 곳으로 헬렌을 안내했다. 그녀는 버네사의 몸을 앞으로 숙인 다음 물 한 잔을 마시게 했다.

앤드루는 가만히 지켜보았다. "동생은 보통 땐 이렇지 않답니다."

헬렌은 사람들이 자기에게 와서 해명하는 데 익숙지 않았다. 괜히 부끄러웠다. "괜찮습니다. 정말로요. 이건 아주 자연스러운 반응이에요."

"이미 알겠지만 이건 평범한 살인이 아니에요."

헬렌은 그가 뭔가를 말하고 싶어 한다는 걸 눈치챘다. "무슨 뜻인가요?"

"범죄 현장이 이상하다고 느끼지 않았나요?"

그녀는 고심하는 것처럼 보이려고 애썼다. "범인이 창문을 통해 들어온 것 같아요. 하지만 그 방법으로는 기습적으로 해리를 공격하긴 어려웠을 것 같네요."

"다시 말해서," 앤드루는 체념한 것처럼 보이려고 애쓰며 고개를 끄덕였다. "범죄는 불가능해요."

"아니면 창문을 통해 무언가로 그를 가격했을지도 몰라요."

앤드루는 탁자를 붙잡고 자신이 흥분했다는 사실을 극대화했다. "우린 당신에게 꼭 전할 말이 있지만, 당신이 사람 소행으로 볼 수 없는 살인 사건이라고 인식하기 전까진 알려 줄 수가 없군요."

헬렌은 그 말에 어떻게 반응할지 몰랐다. 그녀는 불안하게 웃으며 말했다. "노력해 보겠어요."

"그리프가 당신한테 하지 않은 말이 있는데," 앤드루의 얼굴로 살짝 경멸하는 표정이 스쳐 지나갔다. "일이 벌어지기 직전 짐승의 끔찍한 울음소리를 들었어요. 크지 않았지만 1분 정도 지속되었죠. 자이언트 하운드의 울음소리와 똑같았어요."

헬렌은 호기심을 감추려고 애썼다. "그게 정확히 언제였나요? 일이 벌어지기 직전이라고 하셨잖아요. 그 일이란 게 뭔가요?"

"우리 모두가 해리가 없다는 걸 알아차리기 3분 전쯤이었죠. 버네사와 나만 그 소리를 들었어요."

버네사가 자기 무릎에 기대고 있다가 고개를 들었다. 얼굴에 혈색이 돌아왔다. "내가 봤어요." 그녀가 말했다. "화재 현장에서 난 소리예요. 창가에 앉아 처음 불꽃이 일어난 걸 보고 있는데 갑자기 그게 튀어나왔어요. 연기로 만든 것처럼 흐릿하고 빛이 나는 커다란 검은 개의 형상이요." 그녀의 푸른 눈동자가 커졌다. 버네사는 진심이었다. "오늘 이곳에서 사악한 일이 벌어졌어요."

헬렌이 아주 냉정한 목소리로 물었다. "당신은 해리가 사악한 악마에게 목숨을 잃었다고 생각하나요?"

학교에서 유령이나 귀신 이야기는 여자아이들이 서로의 호감을 사는 화폐와 같았다. 사방에 그런 소문이 파다했다. 하지만 헬렌은 한 번도 목격한 적이 없었고 간간이 어둠 속에서 형체를 본 적은 있지만 그건 어두운 복도를 배회하는 수녀님들이었을 뿐. 그리고 최대한 믿어 준다고 해도 유령이 직접적으로 그들이 말하는 그런 일을 저질렀다는 소리는 들어본 적이 없었다. 망치로 사람이 죽을 때까지 때리는 일 말이다.

"아뇨." 버네사가 말했다. "그는 인간의 손에 죽었지만 어떤 악령으로부터 지시와 조종을 받는 인물이겠죠. 아마 악마 그 자체일 수도 있어요."

"해리는 사려 깊은 사람이었어요. 난 극장에 있었던 장본인이에요. 우리는 한 번에 몇 시간 동안 공예품에 관해 대화를 나눴어요. 난 그를 친구라고 생각했죠. 하지만 그의 삶에는 내가 견딜 수 없는 부도덕한 부분이 있었어요. 바로 음주와 여자관계였죠. 심지어 내 여동생조차도 안전하지 못했으니까요." 앤드루가 말했다.

버네사는 부끄러운 듯 바닥을 내려다보았다. "처음 만났을 때 그는 아주 매력적이었어요. 전 어렸고 그는 근사했어요."

"우리는 사건에 대해 이렇게 생각해요." 앤드루가 말을 이었다. "이 도롯가에서 난 화재가 지옥으로 가는 문을 열었고 악마가 자기편인 사람을 이참에 데려간 거라고요."

헬렌은 건성으로 고개를 끄덕였다. 그러고는 조금 기다렸다가 질문을 던졌다. "여자 얘기를 하셨는데요. 최근에 그와 사귄 사람이 있나요?"

앤드루가 고개를 저었다. 그는 버네사를 쳐다보았다. 그녀는 어깨를 으쓱였다. "우리가 아는 바로는 없어요."

"저분은요? 여기 혼자 왔잖아요." 헬렌은 조심스럽게 자신이 아직 이야기를 나누지 못한 다른 손님을 가리켰다. 녹색 드레스를 입은 소심한 여자가 여전히 벽에 기대 서 있었다.

"우린 저 사람이 누군지 몰라요." 앤드루가 말했다.

"당신이 시신을 보았을 때 저분도 여기 있었나요?"

"네, 그랬어요." 그가 대답했다. "적어도, 제 생각에는 그렇습니다."

헬렌은 화장실 문 앞으로 탁자를 옮기고 의자를 가져다 놓았다. 그리고 자신이 마실 와인을 한 잔 따른 다음 의자에 앉아 눈을 감았다. 나중에 라우 씨가 물어 올 것을 대비해 이론적으로 범죄가 저질러졌을 다른 방식에 대해 생각해 보았다. 소곤거리는 말소리가 그녀에게 자장가처럼 다가왔다.

그녀는 눈을 떴다.

녹색 드레스를 입은 수줍은 많은 여자 웬디가 여전히 별실 맞은편에서 서성였다. 헬렌은 그녀의 주의를 끈 뒤 이쪽으로 오라고 손짓했다.

웬디는 고마워하는 미소를 지으며 탁자로 왔다. "아무도 모르는 파티에 와 있으니 힘들군요."

헬렌도 웃어 보였다. "이런 일이 벌어졌는데 이 자리가 아직도 파티일까요?"

웬디는 대답하지 않았다. "글쎄요, 당신 같은 책임을 맡고 있다면 더 힘들겠죠. 밖으로 모든 것이 혼란스러운 상황에서 안은 질서를 유지해야 하니까요."

"전 헬렌이에요." 그녀가 손을 내밀었다.

"웬디예요. 반갑습니다. 지난 20분 동안 당신에게 말을 걸어야 할지 고민하던 참이었어요."

"그래 주셔서 감사해요. 이 사람들과 어떻게 아는 사이세요?"

"아, 전 배우예요." 그녀가 쑥스러운 표정으로 말했다. "뭐 취미로 하는 정도지만. 여기 모인 모두가 배우인 것 같아요. 사실 전 이쪽 일에 대해 잘 몰라요. 그냥 해리와 아는 사이일 뿐이죠."

헬렌은 자신이 여기서 홀로 동떨어진 사람이 아니라는 데 흥미를 느껴 의자에서 몸을 세웠다. 상황이 빠르게 돌아가는 통에 이 소그룹이 파티에 참석한 첫 번째 무리라는 걸 그녀는 알아차리지 못했다. 시간을 잘 지키는 바람에 한 무리가 되었지만 전부 아는 사이가 아닐 수도 있다는 걸. "이쪽으로 앉으세요."

웬디가 의자를 끌어당겼고 헬렌과 와인을 함께 마셨다. "보통은 형사 역할을 맡지 않죠?"

두 사람 다 이곳에 와 본 적이 있고 무리에서 겉돌고 있는 것도 마찬가지라 동질감이 생겼다. 편안하고 친숙한 기분을 느끼며 헬렌이 웃었다.

"그럼요. 전 교사예요."

"어머, 근사하네요."

그녀는 그렇지 않다고, 교사 일은 지독하게 기분 나쁘고 날마다 몇몇 되바라진 여학생들이 눈앞에 앉아 어른인 척하는 꼴을 지겹도록 살펴야 해서 철창 속에서 일하는 느낌이라고 말할까 생각했다. 그러나 구차한 설명을 늘어놓는 것 같아서 그냥 직업에 만족한다고 대답했다.

"맞아요." 그녀가 말했다. "아주 보람찬 일이랍니다."

"저기요, 아직 아무한테도 하지 못한 말이 있어요." 웬디는 그녀의 손을 잡고 강하게 속삭였다. "해리와 전 약혼했어요."

그녀는 헐렁한 반지를 낀 손을 들어 보였다. 얇은 은반지가 땀과 습기에 절어 있었다. "너무 크죠. 그의 어머니가 끼던 반지예요. 저보다 덩치가 크세요. 하지만 남자들은 그런 건 잘 모르잖아요?" 그녀는 자신이 말하면서도 믿기지 않는다는 듯이 반쯤 미소를 지으며 말했다. "당신한테 처음 털어놓는 거예요."

헬렌은 온갖 질문과 뻔한 말들이 입안에 가득 차오르는 걸 느끼며 예의를 갖추고 웬디를 쳐다보았다. "약혼자 일로 상심이 크시겠어요."

"아 그게," 웬디가 인상을 찌푸렸다. "굳이 말하자면 좀 복잡한 사연이 있어요."

헬렌은 아무 말도 하지 않았다.

"아시겠지만 전 런던 출신이 아니에요. 두 달 반쯤 전, 해리가 맨체스터에 연극 일로 왔을 때 알게 되었죠. 순식간에 타오른 연애였어요. 2주 만에요. 그리고 우린 약혼을 했어요. 이 자리는 우리 사이를 모두에게 알릴 영광스러운 행사였어요. 적어도 그의 친구들한테는요. 그런데 이젠 물거품이 되었네요."

"네, 그런 것 같아요. 애도를 표합니다."

"고맙습니다." 웬디는 자신의 반응에 확신하지 못하고 망설이며 말했다. "정말 끔찍한 일이라 전 충격으로 엉망진창이 되어야 마땅해요. 하지만 너무 빨리 일이 진행되다 보니 약혼을 한 두 달 동안 계속 딴생각을 하고 있었어요. 사랑한 기간보다 의심한 기간이 네 배나 더 길어요, 무슨 말인지 알겠어요? 그리고 사람들에게 약혼에 대해 말할 때면 늘 누군가는 해리 트레이너에 대해 끔찍한 소리를 해요. 전 줄곧 너무 불안했고 그래서 미칠 것 같았어요. 전 탈출구를 찾고 있었죠. 그래서 시신이 발견됐을 때 조금 기쁜 마음도 없진 않았어요. 전 정말 끔찍한 인간이죠?"

헬렌은 그녀에게 안심하라는 표정을 지었지만 그렇다고 동의하지도 안 하지도 않았다. "제가 판단할 문제가 아닌걸요."

"전 여기 모인 사람들에게 제가 북쪽 지방에서 온 그의 친구라고 소개했어요. 약혼에 대해서는 아무 말도 하지 않았어요."

"그렇군요. 저한테 알려 줘서 고마워요. 기분은 어떤가요?"

웬디의 작고 불안한 입술이 집중하느라 일그러졌다. "저들이 시신을 찾았을 때 힘들었어요. 하지만 안도감도 들었어요. 그 감정을 무시할 수가 없어요. 이곳엔 제가 제일 늦게 도착했어요. 해리가 화장실로 사라진 뒤, 시신이 발견되기 전에 도착했어요. 그러니까 오늘은 그를 보지도 못했어요. 솔직히 전 그가 어떻게 생겼는지조차 거의 잊어버렸어요."

"그럼 아직 시신을 못 본 건가요?"

"맙소사. 안 봤어요. 전 감당할 수 없어요."

"시신이 발견되기 전 무슨 소리를 못 들었는지 물어도 될까요?"

"물론이죠." 웬디가 말했다. "유리가 깨지는 소리를 들었어요. 와장창 깨지는 소리였어요. 다만 누구도 반응하지 않아서 그 소리를 저만 들었다고 생각했죠. 다른 사람들은 모두 창가에 서 있었으니 아마도 밖에서 난 소리라고 생각했을지도 몰라요."

"모두가 창가에 서 있었다고요?"

"맞아요. 처음엔 방을 잘못 찾아온 줄 알았어요. 해리가 보이지 않았거든요. 전 문 앞에 서 있었고 저 사람들은 창밖으로 무언가를 보고 있었어요. 아마도 화재 현장이겠죠. 그래서 누구도 절 보지 못했어요. 전 노크를 해야 할지 그냥 돌아갈지 망설였어요. 그때 유리 깨지는 소리가 났어요. 제가 서 있는 곳에서 전 화장실에서 난 소리라는 걸 알 수 있었어요. 어쨌든 저 그리프라는 남자가 뭔가를 감지했는지 돌아봤어요. 전 그에게 해리를 찾아왔다고 말했고 그 사람이 저더러 들어오라고 하더군요. 그러자 그들이 해리가 간 지 얼마나 되었고 그가 어디 갔는지 이야기하기 시작했어요. 그리고 잠시 뒤에 그들이 화장실 문을 부쉈어요."

"그럼 모두가 창가에 있었어요? 네 사람 다?"

웬디가 주변을 살피며 말했다. "네. 그런 것 같아요."

다시 15분이 흘렀지만 경찰은 여전히 도착하지 않았다. 처음 헬렌이 웬디에게 느꼈던 친숙함은 차츰 사라졌고 지난 몇 분간 어색한 열기가 두 사람 사이에 흘렀다. 대화를 나누는 두 내성적인 사람이 피할 수 없는 죽음 같은 열기 말이다.

웬디는 문뜩 생각이 떠올랐다. 그녀는 자리에서 일어나 다정하고 위엄 있는 목소리로 말했다. "전 화장실에 가야겠어요. 그래도 될까요?"

헬렌은 그 말에 깜짝 놀랐다. 자신과 비슷한 연배의 사람이 그녀를 선생님처럼 대하고 있었다. "무, 물론이죠." 헬렌이 말을 더듬었다. "편하게 다

녀오세요."

웬디가 무표정한 채 살짝 입꼬리만 올리며 말했다. "아래층에 있는 화장실을 쓸까요, 아니면 남자 화장실로 갈까요?"

헬렌은 몸을 돌려 그 뒤에 시체가 놓여 있는 미스터리한 문을 바라보았다. 'M'이라고 적힌 글자가 중간에 꽂혀 있었다. "여자 화장실은 어디죠?"

"저게 여자 화장실이에요." 웬디가 말했다. "남자 화장실은 복도에 있고요."

헬렌은 다시 고개를 돌려 문을 바라보았다. 'M'자가 약간 비스듬히 달려 있는 게 눈에 들어왔다. 글자 중앙에 대충 못을 박아 둬서, 그녀가 손을 대니 쉽게 돌아갔고 글자는 완벽한 'W'로 변했다. 나무의 닳은 쪽을 보니 이 방향이 올바른 쪽이 분명했다.

해리 트레이너는 여자 화장실에서 살해당했다.

웬디는 여전히 그 자리에 서 있었다. "남자 화장실을 써 주세요." 헬렌이 말했다. 웬디는 고마워하며 자리를 떴다.

여자 화장실이라, 헬렌의 마음속에서 여러 생각이 요동쳤다.

해리가 결국에 화장실을 사용할 것이므로 누군가 옆 건물의 옥상으로 올라가 몇 시간을 숨어서 기회를 노렸을 거라는 그리프의 주장이 아까까지만 해도 살짝 터무니없게 들렸을 정도였다. 그러나 만일 그가 여자 화장실에서 살해당했다면 그의 주장은 더더욱 신빙성이 떨어진다. 해리가 왜 여자 화장실을 사용해야 했을까? 그러면 두 가지 가능성만 남는다. 누군가 일부러 화장실 표시를 바꿨거나 아니면 억지로 그에게 여자 화장실을 쓰도록 만들었거나. 양쪽 모두 이 방에 있는 누군가가 관여해야 가능했다.

*

시간이 더 흘렀고 헬렌은 가능성을 살펴보려고 애썼다. 자신이 모든 가설과 결론을 기억할 수 있을지 궁금했다. 그녀는 눈을 감고 손바닥 위에 턱을 괬다.

"같이 한잔해요." 그리프가 그녀 맞은 편에 앉았다. 탁자 위에는 헬렌의 빈 와인 잔만이 덩그러니 놓여 있었다. 마치 패색이 짙은 체스 게임 속 외로운 말 같았다. "우린 파티에서 홀로 쓸쓸해 보이는 사람을 보는 걸 싫어해요. 오늘은 행복한 행사여야 하니까요. 해리는 우리가 그래 주길 바랄 겁니다."

스칼릿이 그의 뒤쪽에 서 있었다. 그녀는 이 친절에 동의한다는 듯 고개를 끄덕이고 탁자 앞에 앉았다. 빛나는 선남선녀의 모습에 헬렌은 감탄했다.

"고맙습니다." 그녀가 대답했다. "아주 친절하시군요."

스칼릿이 세 사람의 잔을 채웠다. "우리가 얼마나 더 여기 있어야 하는지 새롭게 들은 정보가 있나요? 바깥세상은 사실상 종말을 고하고 있는데요."

"아뇨." 헬렌은 그 질문에 당황하며 대답했다. "저 역시 이 방을 나간 적이 없는걸요."

스칼릿은 이 현실을 대수롭지 않게 여기는 것 같았다.

"이 도시에 사는 분이 아니시죠?" 그리프가 물었다.

"네, 길퍼드에서 왔어요. 어떻게 알았어요?"

"난 항상 잘 알아요." 그가 씩 웃으며 대답했다. "여긴 무슨 일로 왔나요?"

"쇼핑하러요." 그녀가 대답했다. "사실 불이 나기 전에 저 건물에 있었어요."

그가 놀라 휘파람을 불었다. "그렇다면 정말 운이 좋았군요."

"맞아요." 헬렌은 어둡고 사람들로 북적이는 불타는 건물 깊은 곳에 연기에 휘감긴 채 서 있고 그녀 주변으로 아이들이 헐떡이며 사방으로 도망치는 모습을 머릿속으로 그려 보았다. "아주 운이 좋았죠."

스칼릿이 탁자 위에 팔꿈치를 올렸다. "길퍼드에서는 무슨 일을 하나요?"

"전 교사예요."

"아," 스칼릿이 곰곰이 생각했다. "그렇다면 탐정 역할을 하기엔 조금 자격이 부족하군요?"

헬렌은 술을 마셨다. 취기가 올라왔다. 그녀는 술기운에 조금씩 대담해지고 있었다. "사실," 그녀가 입을 열었다. "전 추리를 했어요. 들어보면 솔깃할걸요."

그리프가 웃음을 터트리며 의자에 기댔다. 그는 탁자를 찰싹 때렸다. "그렇다면 어디 들어봅시다."

"음," 헬렌이 입을 열었다. "앞서 당신은 범인이 화장실 창문 밖 옥상에서 해리를 기다렸을 거라고 말했죠. 당시 불분명했던 것은 이곳이 여자 화장실이라는 점이었어요." 그녀는 그들 머리 위로 우뚝 서 있는, 그들의 작은 탁자에 동석한 네 번째 손님인 것 같은 문을 가리켰다. "해리는 남자 화장실 대신 이곳을 사용할 수밖에 없는 계략에 빠졌어요. 그러기 위해선 이 방에 있던 누군가의 개입이 필수적이죠."

"그럴지도요." 그리프가 말했다.

"하지만 전 생각했어요." 헬렌이 말을 이었다. "이 방에 있는 누군가가 개입했다면 아마 더 깔끔한 방법을 고려했을 거예요. 범인이 화장실 안 문 뒤에 있었다면요? 해리가 들어갔을 때 기습적으로 그냥 한 대 갈기면 끝나죠. 그런 다음 창문을 깨트리고 밖에서 깨진 것처럼 조각을 옮긴 거예요. 그리고 여러분이 들어오기 전까지 다시 문 뒤에 숨어 있다가 아무 말 없이 무리에 낀 거죠. 그랬더라면 누가 알아차릴 수 있었을까요?"

"네." 그리프가 말했다. "내가 알아차렸을 것 같아요. 내가 문을 열 때 말이에요."

헬렌은 무시하듯 와인을 한 모금 마셨다. "당연히 그렇겠죠. 당신이 범인과 한패였다면." 그녀는 잔을 내려놓고 씩 웃었다. 그리프가 웃음을 터트렸다.

스칼릿은 씩씩댔다. "이 여자가 지금 우리를 의심하는 거야, 아니면 그냥 이상한 농담을 던지는 거야?"

그리프가 그녀에게로 몸을 돌렸다. "아니, 당신한테 그러는 건 아니야, 자기. 그녀는 당신이 절대 이런 일로 손을 더럽히지 않을 걸 알아."

"정말 유치하군요." 스칼릿이 자리에서 일어나 창가로 돌아갔다.

"미안해요, 그녀는 좀 예민하거든요." 그리프가 말했다. 그는 가볍게 웃으며 몸을 흔들었다.

그는 자리를 뜨면서도 여전히 웃고 있었다.

헬렌의 머릿속은 복잡했고 밤은 점차 길어졌다. 그녀는 거의 벽 전체에 걸쳐 있는 창문을 바라보았다. 스칼릿과 그리프가 한쪽 끝에, 앤드루와 버네사가 반대편에 서 있었다. 헬렌은 일어나서 비틀거리며 가운데로 갔다. 밖은 혼돈의 도가니였다. 불길은 무자비했고 노란 화염에 갇힌 건물 안에서 사람의 움직임이라곤 보이지 않았다. 거리는 매캐한 연기로 뒤덮였다. 도로는 교통이 통제되고 있었고 경찰 혹은 소방대원이 아닌 사람은 거의 보이지 않았다.

우리는 잊힌 걸까? 헬렌은 갑자기 두려움에 휩싸였다. 우리는 이 레스토랑 꼭대기 층에 갇힌 걸까? 그녀의 오른쪽에서 심한 기침 소리가 났다. 버네사가 허리를 구부리고 손으로 창틀을 잡았다. "제 동생은 연기에 아주 민감해요." 앤드루 카터가 인상을 쓰며 말했다. 어쩌면 그녀는 창가에 서 있으면 안 될지 몰라, 헬렌은 생각했지만 아무 말도 하지 않았다. "우리를 이곳에 이렇게 오래 잡아 두는 건 야만적인 행위예요."

헬렌은 그들 앞으로 다가갔다. "불길 안에서 다른 무언가를 봤나요? 다른 형상은요?" 그건 비아냥일까 아니면 취기에 던진 말일까?

"못 봤어요." 버네사가 기침 사이사이 흐느꼈다. "하지만 이게 악마의 짓이 아니라는 의심이 든다면…." 그녀가 맞은편 도로 위에 일렬로 놓인 시신들을 가리켰다. "누군가는 추락했고 누군가는 불에 탔어요. 이보다 더 분명한 메시지는 없을 것 같은데요."

헬렌은 그 말에 동의하지 않았다. 그녀는 실눈을 뜨고 불길을 살피며 어떤 형상을 찾으려고 애썼다. 뭐라도 좋았다. 하지만 그저 눈만 시려 올 뿐 아무것도 보이지 않았다.

더 질문하려는데 아래에서 크게 끼익하는 소리가 났다. 버네사는 방 안으로 새라도 날아든 것처럼 놀라 뒤로 물러났다. 헬렌은 어디서 나는 소리인지 파악하려고 연기 틈을 살폈다. 도로 맞은편에 하인으로 보이는 두 사람이 이국적인 새들로 가득 찬 새장을 양손에 들고 침착하게 걷는 광경이 눈에 들어왔다. 앵무새와 코카투, 살아 있는 메추라기가 든 상자도 보였다. 그들 뒤로 세 번째 하인이 목줄을 찬 표범을 데리고 걷고 있었다. 특이한 남성이 키우는 야생 동물을 근처 저택에서 피신시키고 있는 모양이었다.

화재로 인한 혼란의 깔끔한 축소판이었다.

헬렌은 행렬을 지켜보면서 그들이 어디로 갈지 궁금했다. "세상이 진짜 끝나 가는 것 같네요." 그녀는 혼잣말처럼 중얼거렸다. 바로 그때, 반사된 창문 너머로 뒤에서 누군가 움직이는 걸 알아차렸다.

튀는 녹색 드레스를 입은 웬디가 서 있던 자리에서 조심스럽게 몸을 돌리고 재빨리 문으로 향했다. 이내 문이 열리고 드레스가 사라졌다.

헬렌은 그 대담함에 어안이 벙벙해졌다가 이내 정신을 차리고 서둘러 그녀를 쫓았다.

헬렌은 복도에서 웬디를 찾았다. 그녀는 두 계단 정도 내려간 상태였다.

"웬디, 어딜 가는 거예요?"

길을 나선 여성이 몸을 돌리고는 어깨를 으쓱였다. "아, 헬렌, 당신한테 말하려고 했어요. 기차 시간이 다 되었어요. 전 여기서 할 만큼 다 했다고 생각하고요."

"하지만 우린 자리를 떠선 안 돼요."

웬디는 초조하게 움직이며, 애원하는 듯한 어조로 말했다. "전 저 사람들을 전혀 몰라요. 해리와도 안면만 튼 사이구요. 그리고 누구에게 들어도 그는 제가 오기 전에 살해당한 게 맞아요."

"하지만 당신은 그와 약혼했고 핵심 증인이에요."

"무례하게 굴고 싶지 않지만, 헬렌, 당신은 그저 교사일 뿐이잖아요. 당신의 탐정 놀이에 날 끼워 넣지 말아요."

헬렌은 이전까지 예의 바르게 굴던 숙녀에게서 그런 소리를 듣자 얼굴이 달아올랐다. "레스토랑 매니저가 호락호락하게 보내 주지 않을 거예요."

"그렇겠죠. 하지만 그가 눈치채지 않길 바라요."

"제가 알릴 거예요."

웬디가 지친 한숨을 쉬었다. "그래요, 당신이 그럴 줄 알았어요." 그녀는 헬렌에게 다가가 패배했다는 듯 약혼반지를 뺐다. 반지는 녹은 눈사람에게 둘러놓은 스카프처럼 스르르 빠졌다. "내가 이 자리에 있어야 한다면 당신한테 사실을 털어놓아야겠군요." 웬디가 반지를 살펴보라고 헬렌에게 주었다. "이건 친구한테서 빌린 거예요. 그래서 나한테 이렇게 큰 거구요."

헬렌은 심플한 은반지를 내려다보았다. 여러 군데 흠집이 났다. "당신이 진짜 약혼한 게 아니에요?"

"난 진짜 배우예요. 맨체스터에서 왔고요. 그것도 사실이에요. 해리가 연극 때문에 맨체스터에 왔을 때 정말로 그를 만났어요. 하지만 우리 사이에 로맨스는 없었어요. 그저 업무적인 관계였죠. 전 오늘 이곳에 와서 그의 약혼녀 행세를 해 달라는 부탁을 받았어요."

"누구한테서요?"

"당연히 해리죠. 그가 제게 편지를 보냈어요. 누군가 그를 성가시게 한다고요. 다른 여자였죠. 너무 저돌적이어서 그도 약간 겁을 먹었다고 해요. 제가 이 파티에 와서 우리가 결혼할 사이라고 한다면 그녀에게 확실한 메시지를 전달할 수 있을 거라고 해리는 생각했어요. 그런 다음 그녀가 다른 사람과 교제를 시작하면 조용히 약혼을 취소하는 걸로요. 엄청 마음에 드는 계획이 아니라는 거 나도 알아요. 하지만 솔직히 일자리가 필요했어요."

헬렌에겐 너무 흥미진진한 사연이었다. "하지만 그 의문의 여성이 누군지 당신은 모르는 거죠?"

웬디가 고개를 저었다. "해리가 말해 주지 않았어요."

"그렇지만 이해가 안 가네요. 당신은 내게 거짓말을 했어요. 왜죠? 그가 살해당한 마당에 왜 계속 연기를 한 건가요?"

"당신이 어떤 반응을 보일지 알고 싶었어요. 저기요, 당신만 여기서 형사놀이를 하는 건 아니에요. 당신이 별실에 들어오자마자 난 당신이 아닐까 의심했어요. 그에게 집착하는 여자 말이에요."

"제가요?" 헬렌은 얼토당토않은 그녀의 생각에 웃음을 터트렸다. "그렇지만 전 한 번도 해리를 만난 적이 없는걸요."

"당신은 갑자기 나타났고 불안하게 굴었어요. 내가 잘못 짚었다는 걸 이제 알아요." 그녀가 헬렌에게 다가와 손을 잡고 작당 모의하듯 말했다. "저 사람 중 누구도 내 본명을 알지 못해요. 경찰이 오기 전에 날 그냥 빠져나가게 해 줄 수 없나요? 그러면 우리 둘 다 큰 골칫거리에서 벗어날 수 있어요."

"자리를 비우고 싶어 하는 마음은 충분히 이해할 수 있어요. 하지만 우리는 시키는 대로 따라야 해요."

두 여자는 별실로 돌아왔다. 방 안에 있던 사람들이 잠시 그들을 쳐다보더니 매우 어색하게 각자의 대화로 돌아갔다. 헬렌은 화장실 옆 자기 테이블에 앉았고 웬디는 민망해서인지 다른 테이블에 홀로 자리 잡았다. 이제 방 안은 거의 침묵에 잠겼고, 모두가 무슨 일이 벌어지기만을 기다렸다.

그리고 드디어 일이 생겼다. 문이 열리고 시끄러운 목소리가 밖에서 들렸다. "이 파티장에 오는 게 버킹엄 궁전에 들어가는 것보다 더 힘든걸."

세련되고 활기 넘치는 20대 후반으로 보이는 훤칠한 청년이 복도에서 등장했다. 그는 놀란 침묵의 환영을 받았다. 그가 목에 두른 스카프를 풀어 문 뒤에 놓인 옷걸이에 모자와 함께 걸어 두는 모습을 모두가 잠자코 지켜보았다. "밖에 있는 우리 숙모처럼 여기도 엄청 피워 댔나 봐. 삼촌의 낡은 방독면이라도 가져오는 건데. 그런데 아래층에 있는 사람들은 이 파티가 취소됐는지 어떤지 모르는 듯해서 난 그들이 말해 주지 않은 뭔가가 있다고 판단했어. 그래서 각자 바쁘게 수프 그릇을 나를 때까지 기다렸다가 몰래 올라왔지."

그가 모자를 걸며 찰랑거리는 검은 머리를 드러낸 다음 모인 사람들에게 얼굴을 보였다. "그런데 생일을 맞은 친구는 어디 갔어?"

그리프가 앞으로 다가갔다. "제임스, 지금은 때가 안 좋아. 아래층 사람들의 말을 듣지 그랬어."

"뭔 소리야." 제임스는 자신이 마실 와인을 잔에 따랐다. 그는 와인 병을 헬렌의 테이블 위에 내려놓았다. "어떤 사교 행사도 놓칠 순 없지. 그렇지 않다면 내가 이렇게 말을 많이 할 일도 없을 거야."

헬렌은 앤드루가 어처구니없다는 듯 눈을 굴리고는 창가로 몸을 돌리는 모습을 지켜보았다.

"제임스, 자네한테 할 말이 있어." 그리프가 다시 말했다. "개인적으로."

두 사람은 방 한구석으로 갔다. 하지만 화재 연기가 방 안을 감싸는 것처럼 모두가 제임스가 하는 말을 분명하게 들을 수 있었다. "해리가 죽었다고? 맙소사!" 그는 사람들 쪽으로 몸을 돌리고 잔을 들어 올렸다. "그렇다면 자리를 떠난 친구를 위해서, 건배." 사람들의 반응은 심드렁했다. 제임스는 잔을 내려놓았다. "어쩌다 그런 거야?"

그리프가 속삭였다. "그는 살해당했어."

"살해당했다고? 설마 론다가 그런 건 아니겠지?"

"론다? 론다가 누군데?"

"해리가 최근에 꽂힌 여자 말이야. 열아홉 살 정도 되는 꽤 어린 앤데, 내가 이해하기론 좀 소유욕도 강하고," 그가 자기 이마를 톡톡 두드렸다. "머릿속에 결혼 생각밖에 없는."

앤드루 카터가 여동생을 노려보았다. "하지만 론다는 버네사가 무대에서 쓰는 이름인데…."

헬렌은 바닥으로 레드 와인 병을 넘어뜨리면서 말을 끊었다. 병이 와장창 깨지며 화장실의 바닥과 유리 파편에 묻은 옅은 피 같은 얼룩을 남겼다. 사람들이 몸을 돌려 그녀를 쳐다보았다. 제임스는 놀라 움찔하면서 입을 다물었다. 의도적으로 병을 깼다고 생각할지도 몰라 헬렌은 손끝으로 와인 잔 끄트머리를 살짝 건드려 의구심을 상쇄해 버렸다. 이제 그녀는 깨진 유리로 된 섬에 앉아 있다.

"처음 뵙는 것 같습니다만." 제임스가 다가와 손을 내밀었다. "전 제임스예요."

헬렌이 그를 쳐다보았다. "전 당신을 본 적이 있어요, 제임스."

그는 살짝 놀랐다. "아마 극장에서겠죠?"

"그렇게 말해도 좋아요." 그녀는 다른 사람들을 향해 몸을 돌렸다. "전 여러분 모두를 본 적이 있어요. 전 알아봤어요, 여러분 모두를. 이 모든 상황도 알아차렸고요. 이 방에서 가장 조용히 있는 사람이 나머지 사람에게 희생당한 거죠." 그녀는 제임스를 향해 몸을 돌렸다. "자신의 본모습을 관객에게 들키지 말라는 소리 못 들었나요? 배우들이 극장 밖에서 담배를 피우고 말다툼을 벌이고 소도구를 걷어차는 걸 보면 환상이 깨지니까요."

헬렌은 술에 취했다. 제임스는 어떻게 반응할지 몰라서 다른 손님들을 슬쩍 살폈다.

"죄송하지만 무슨 말인지 모르겠군요."

"다른 사람보다 늦게 이곳에 도착했다면 적어도 옷걸이가 어디 있는지는 몰라야 정상이죠. 꽤 찾기 힘들게 문 뒤에 놓여 있는데 말이에요."

그는 모욕당한 표정을 지었지만 제대로 반박할 핑계가 있기에 안심했다. "그게, 전 이 레스토랑에 와 본 적이 있어요."

그가 제일 먼저 떠오른 생각을 말한 거겠지, 헬렌은 생각했다. 모두가 거짓말을 할 때 어린 시절로 되돌아간다. 다섯 살 소녀가 열린 창문을 통해 새가 방으로 들어와 밀수품을 떨어뜨리고 갔다고 말하는 것과 다를 바 없다.

"그건 사실이에요." 헬렌이 말했다. "방금 우리 모두가 목격한 입구로 당신이 되돌아왔으니까요. 당신은 앞서 여기 있었어요."

이 주장에 제임스는 어색하게 서성였고 그사이 다른 사람들이 헬렌의 테이블 주위로 모였다. 깨진 유리 때문에 그들은 조금 거리를 두고 멈춰 섰다. 그들이 대략 반원 형태로 섰을 때, 심지어 웬디까지 호기심에 이끌려 다가왔을 때 헬렌은 차례대로 사람들을 쳐다보았다. 그리프가 말했다. "지금 무슨 말을 하려는 겁니까?"

"이제 난 당신들이 누군지 알아요." 헬렌은 벽에 머리를 기대고 술 때문에 말을 제대로 하지 못할까 봐 이성을 찾으려고 애썼다. "난 외향적인 여섯 명을 보았어요. 심지어 부끄럼을 타는 사람까지 포함해 여러분 모두를." 그녀는 웬디를 쳐다보았다. "외향적인 여섯 명은 자신보다 내성적인 사람을 좀 더 강압적인 말을 통해 조종할 수 있다고 생각하죠."

"저 여잔 취했네." 버네사가 말했다.

"조금 취했지만 판단에 영향을 미칠 정도는 아니에요. 내가 이 장면을 얼마나 잘 알고 있는지 과소평가하지 않는 게 현명할 겁니다. 영업사원들에게서 꽤 자주 보이는 모습이에요. 그들은 조용하고 사려 깊은 사람과 이야기하고 있다는 것을 깨닫고 눈을 빛내죠. 그들은 당신을 대신해 결정을 내릴 수 있다고 생각해요. 마치 의견을 표명하지 않는 것이 의견이 없는 것과 마찬가지인 것처럼 생각하는 거죠." 헬렌은 잠시 자신에게 의구심이 들었다. 왜 이 이야기를 경찰이 있을 때 차를 마시며 편하게 하도록 아껴 두지 않았을까? "그래서 전 저녁 내내 인내심을 가지고 여러분이 하는 거짓말을 들었어요. 학교에서 보내는 오후 같았죠. 하지만 여러분의 계획은 타당성이 떨어지고 한 부분에서는 완전히 엉성해요. 내가 이리 와서 당신들을 감시하기 전에 아래층에서 한 시간가량 앉아 있었다는 걸 아는 사람이 있나요? 입구가 좌석과 꽤 가까이 있는 이 레스토랑에서 말이에요."

해가 지고 창문은 연기로 거의 검게 그을린 채 방 안이 어두워지고 있었다. 그녀는 실루엣만 보이는 청중 앞에서 말했다.

"살인이 벌어지고 있는 동안 난 분명 아래층에 앉아 수프를 먹고 있었겠죠. 그리고 여러분 모두가 도착하는 동안 내가 거기 앉아 있었을 거라고 생각합니다. 물론 그렇게 관심을 기울이진 않았어요. 하지만 난 잘 차려입은 성인 남성이 다른 사람을 데리고 북적대는 레스토랑으로 들어오는 장면을 놓치진 않았어요."

별실 안으로 탄식이 흘렀다. 원 뒤쪽 누군가가 잔을 떨어뜨렸다.

그녀는 제임스를 향해 말했다. "지금처럼 당신이 그렇게 극적으로 등장하지 않았다면 그 기억은 절대 되돌아오지 않았겠지만, 다행히 돌아왔네요. 덕분에 난 실타래를 하나로 엮을 수 있었어요. 오늘 저녁 일찍 내가 본 건 당신이 해리를 부축해서 건물 안으로 들어오는 광경이었어요. 가여운 남자는 술에 엉망으로 취해 발을 가누지 못할 정도였죠. 난 그의 뒤통수밖에 못 봤어요. 물론 상처 입지 않은 제대로 된 뒤통수를요. 하지만 난 그라고 확신했어요. 체구, 턱수염, 구레나룻, 그의 상징인 검정 양복을 보고요. 반면에 의심할 여지 없이 당신만큼은 똑바로 기억합니다."

"그건 사실이에요." 버네사가 말했다. "우리가 여기 왔을 때 해리는 과하게 취해 있었어요. 종일 술을 마셨을 거라고 우린 생각했어요."

그녀의 오빠가 고개를 끄덕였다. "맞아요. 그는 엄청 마셨어요."

그리프가 유리잔을 밟으며 앞으로 다가왔다. "해리를 아는 사람이라면 그가 자기 생일날 저녁 여섯 시도 되기 전에 진탕 취했을 거라고 예상하죠. 그렇다고 바뀌는 건 없을 텐데요."

"당신들은 모두 나에게 거짓말을 했어요." 헬렌이 지적했다. "난 오늘 악마의 개부터 집착하는 여성에 이르기까지 여러 가지 이야기를 들었어요. 하지만 누구도 해리가 이곳에 제대로 설 수도 없을 만큼 취해서 왔다는 부분을 언급하지 않았어요. 난 무슨 일이 벌어졌는지 알겠어요. 오늘 저녁 이 방에 처음 들어왔을 때 당신들 모두 놀랐어요. 경찰이 올 줄 알았지만 내가 온 거죠. 그래서 당신들 중 한 사람이 기회를 포착했어요. 각자 내게 다른 이야기를 하면 이야기가 전부 일치하지 않기에 내가 경찰과 대화를 할 무렵에는 모든 게 흐릿해질 거라고 여겼죠. 난 당신들이 한 거짓말을 경찰에게 고스란히 반복해서 모든 걸 엉망으로 만들 테니까요. 당신들은 날 그저 범죄 현장에 혼란을 가중시키는 한 장치로 여겼어요. 그런데 왜죠? 내가 자기주장이 강하지 않은 사람이라서?"

방 안은 물로 가득 찬 듯 불편한 침묵이 흘렀다. "이런 말을 했었죠." 헬렌이 말을 이었다. "적어도 오늘 밤에 한 번 이상 해리에게 적이 많다는 이야기를 들었어요. 친구들이 그런 이야기를 하는 게 이상하죠. 그의 친구라면 말이에요. 당신들이 그의 적이죠." 손님들 사이에 죄책감이 담긴 표정이 오갔다. 그리고 여섯 명이 모두 각자 신발만 빤히 쳐다보았다. "그가 당신들 개개인에게 무슨 짓을 했는지 난 몰라요. 그에 대한 당신들의 묘사를 통해 약혼과 배신이 일부 작용했을 거라고 생각해요. 하지만 여러분 모두가 해리에 대해 어떤 적의를 가지고 있다고 생각해요. 그래서 한데 모여 각자의 원망을 공유하고 그를 죽이면 더 나은 세상이 될 거라 판단한 거죠. 그래서 해리의 생일에 이 파티를 열고 여러분 모두 그의 친구 역할을 하러 온 거예요. 아마도 그에게는 이 계획을 반대하거나 다른 계획을 세울 만한 진짜 친구가 없었겠죠."

아무도 입을 열지 않았다. 헬렌이 자리에서 일어났다.

"범행은 이런 식으로 진행됐나요? 여기 있는 제임스가 점심시간 때쯤 해리와 우연히 마주쳐 한잔하자고 제안해 이 모든 걸 우연처럼 보이게 만들었어요. 그는 모두가 좋아하는 유형의 사람이라 해리도 함께한 거예요." 제임스의 얼굴이 붉어졌다. "당신은 해리를 취하게 만들어 이곳으로 데리고 왔어요. 그는 거절할 상태가 아니었죠. 그리고 나머지 당신들도 도착했어요. 그렇게 꽤 다루기 힘든 범죄 현장이 준비되었어요. 당신들 중 한 사람이 화장실 안에서 문을 잠그고 있다가 다른 사람이 부수고 들어오게 하는 거고, 여기 모퉁이에 있는 해리는 그 자리에 쭉 있었어요. 아마도 취해 자고 있었겠죠. 그리고 당신들 중 누군가가 창문을 깨고 유리 조각을 바닥과 창틀에 흩뿌려 밖에서 깨진 것처럼 연출했어요. 마지막 사람까지 다 도착한 다음 일이 진행되었어요. 해리는 변기에 몸을 웅크리고 앉아 이마를 무릎에 대고 있었겠죠. 여러분 중 한 명이 망치를 가져왔어요. 남성의 양복 주머니 안에 숨겨 오기 어렵지 않죠. 피에 젖어 지붕 밖에 놓여 있는 저것처럼 평범한 망치예요. 여러분 여섯이서 이 무기를 돌려 가며 차례대로 술에 취한 그의 뒤통수를 가격했어요. 대담한 스트라이크를 여섯 번 날렸어요. 가여운 남자는 두개골이 거의 남아나지 않았죠. 다른 게 또 뭐가 있죠? 창틀의 유리 파편에 숨길 수 없는 핏방울. 그건 범인이 그 방향으로 나간 것처럼 보이게 만들려는 속임수죠. 여러분 누구도 눈에 띄는 상처가 생기지 않았지만, 버네사 당신은 좀 절고 있네요. 신발을 벗었다가 작은 유리 조각에 찔린 거죠? 그리고 제임스, 당신이 나머지 증거를 챙겨 몰래 레스토랑을 빠져나갔어요. 그게 뭐죠? 피 묻은 천 조각인가요?"

제임스는 절망했다. "토사물이 묻은 테이블보였어요." 그는 길게 한숨을 쉬었다. "난 불타는 건물로 뛰어들어가 불길에 그걸 던진 다음 영웅처럼 밖으로 나왔죠. 그리고 옷을 갈아입으러 집에 갔어요."

여섯 명이 말없이 서 있었다. 헬렌은 한 명씩 차례대로 살폈다. "그리고 여러분 모두 남은 저녁 동안 내게 이야기를 들려주었지만, 누구도 일말의 진실을 알리지 않았어요."

그때 큰 노크 소리가 났고 찍 하는 소리와 함께 문이 열렸다. 레스토랑 매니저의 머리가 문 주변으로 나타났다. 헬렌은 그가 최종 결정을 위해 돌아왔다고 느꼈다. 그의 얼굴에 얄궂은 미소가 드리웠다. "말씀 중에 죄송하지만 지금 바로 전부 대피하라는 연락이 왔습니다."

매니저는 그 말을 남기고 사라졌다. 헬렌은 피의자들을 돌아보았다. 그들은 그녀를 노려보았다. 제임스가 웃음을 터트리며 침묵을 깼다. "우리 모두 저 사람이 하는 말을 들었잖아. 이제 가면 되는 거야."

별실에 긴장감이 사라졌다. 앤드루는 재킷을 집어 들었고 제임스는 그의 모자를, 버네사는 어떻게 하면 구두를 더 편하게 신을지 궁금한 듯 검은 구두를 쳐다보았다. 그다음 모두가 문을 향해 걸었다.

"알게 될 거예요." 스칼릿이 지나가며 말했다. "당신의 이야기는 우리가 모두 이곳을 나선 다음에는 설득력이 떨어질 거라는 걸요." 그리고 나머지 사람들이 일렬로 그녀 곁을 지나쳤다.

"너무 걱정하지 말아요." 그리프가 말했다. "해리는 정말로 끔찍한 인간이었으니까. 우리는 세상에 득이 되는 행동을 했어요."

그가 자리를 나섰고 헬렌 홀로 남았다.

앤드루가 작은 방해 행위로 창문을 열었고 연기가 안으로 쏟아져 들어왔다. 적절한 비유네, 헬렌은 생각했다. 그녀는 몸을 일으켜 코트를 걸치고 별실을 나왔다. 그녀가 계단을 내려와 문을 나설 때 레스토랑은 을씨년스럽게 비어 있었다.

그녀는 거리를 걸으며 불타는 건물을 쳐다보았다. 정말 끔찍했다. 이 엄청난 일이 그렇게 가까이에서 일어났는데 근처 화장실에 있는 단순한 시체를 누가 신경 쓸까? 그 모든 다양한 종류의 혼돈에도 불구하고 이렇게 정리할 수 있지 않을까. 화재는 본질적으로 신의 행위지만, 살인은 냉혹하게 계획되고 실행되었다. 이 두 사건은 마치 이 단순한 웨스트 런던 거리가 주일학교에 전시된 축소모형인 양 악행의 모든 유형을 제시해 주는 것처럼 보였다. 헬렌은 불길을 쳐다보았고 열기가 그녀를 깨끗이 정화해 주는 걸 느꼈다.

8. 네 번째 대화

“이 두 사건은 마치 이 단순한 웨스트 런던 거리가 주일학교에 전시된 축소모형인 양 악행의 모든 유형을 제시해 주는 것처럼 보였다. 헬렌은 불길을 쳐다보았고 열기가 그녀를 깨끗이 정화해 주는 걸 느꼈다.” 줄리아 하트는 읽기를 마치고 두 잔째 커피를 마셨다.

그랜트가 탁자를 두 번 두드렸다. “음,” 그가 졸리는 목소리로 말했다. “이 이야기는 어떤가요?”

“모두가 범인이군요.” 그녀는 오른손에 커피잔을 든 채로 왼손으로 페이지를 훌훌 넘겼다. “종말론적인 이야기에 종말론적인 배경이군요. 전 마음에 들어요.”

“모든 용의자가 범인이라는 것이 드러난 경우죠.”

줄리아가 고개를 끄덕였다. “이런 방식은 전에도 있었어요.”

“유명하죠.” 그랜트가 하품했다. “추리 소설의 치환에서 정의될 수 있는 하나의 경우로 볼 수 있죠. 결코 무시할 수는 없는 방식입니다.”

“솔직히 전 이런 결말을 예상하지 않았어요.”

“마음에 들어요.” 그가 충혈된 눈으로 줄리아를 쳐다보았다. “거짓말이란 추리 소설에서 과용되는 경우가 많아요. 하지만 모든 용의자에게 죄가 있는 경우 그들은 전부 꾸며 낼 수 있어요, 처벌을 받지 않고서.”

“처음 읽었을 땐 헬렌이 범인이라고 생각했어요. 그녀는 좀,” 줄리아가 적당한 말을 찾느라 고심했다. “불안해 보였어요.”

“다시금 수사관이 범인인 경우 말인가요?” 그랜트가 고개를 저었다. “같은 결말을 두 번 쓰는 건 저급한 수법이에요."

"하지만 규칙에 위배되는 건 아니죠." 줄리아가 미소를 지으며 말했다.

두 사람은 거친 나무 탁자를 사이에 두고 마주 보았다. 탁자 위에 있는 커다란 물병 속에서 반으로 자른 레몬 두 개가 수면 위로 까닥거렸다. 그 옆으로는 진한 아메리카노가 든 유리 용기가 놓였다. 탁자 맨 끝에는 창문이 있고 빗방울이 그 위로 무늬를 만들었다.

줄리아가 섬에서 보내는 두 번째 날이었다. 그녀는 그날 아침, 빗소리에 잠에서 깼다. 살짝 숙취를 느끼며 그녀는 반은 걷고 반은 달려서 그랜트의 집으로 급히 왔다. 그랜트는 그녀가 도착했을 때 집 앞에 서서 배를 먹으며 뚱한 표정으로 비가 내리는 바다를 바라보고 있었다. "당신이 올 거라고 생각하지 못했어요." 흰 셔츠가 비에 젖은 채 그가 말했다.

"우린 할 일이 있잖아요." 줄리아가 그에게 다가갔다. "몸은 좀 어때요?"

그는 힘없이 웃어 보인 뒤 배의 심지 부분을 해변 자갈 위로 던졌다. "잠을 좀 설쳤어요."

줄리아도 거의 자지 못했지만 아무 말도 하지 않았다. 그와 함께할 때는 인내심을 보여야 한다고 판단했기 때문이다. "어제 일로 많이 피곤한 건 아니죠?"

그는 대답 없이 그녀를 집 안으로 안내했고 두 사람은 주방으로 들어갔다. "커피를 좀 타야겠어요."

줄리아는 그를 도와야 할지 망설이며 지켜보았다. 난로 위에 주전자를 올린 다음 그랜트가 물을 채울 때 줄리아가 말했다. "어젯밤에 제가 거슬리게 굴었다면 사과할게요. 술이 들어가서 머리가 어떻게 됐었나 봐요."

그랜트는 물에 띄울 레몬을 잘랐다. "괜찮아요." 그가 말했다. 그는 창밖을 내다보았다. 줄리아는 유리를 통해 슬쩍 그의 얼굴을 살폈다. 전혀 괜찮은 얼굴이 아니었다.

“용서하세요, 제가 무례했어요. 더는 개인적인 질문을 하지 않을게요.”

그랜트가 너무 세게 칼질을 해 풍성한 레몬 과육이 칼날 아래로 뭉개졌다. 레몬즙이 줄리아의 손목에 튀었다. 그녀는 화제를 돌리기로 했다. “커피를 준비할 동안 제가 다음 이야기를 읽을까요?”

그랜트가 몸을 돌려 그녀를 향해 고개를 끄덕였다.

그녀가 원고를 다 읽은 뒤에도 비는 그치지 않았지만, 빗줄기가 많이 가늘어졌다.

“전 이런 날씨가 더 익숙해요.” 그녀가 말했다. “어제는 뒤통수에 구멍이 날 정도로 햇살이 따갑게 저를 따라다닌다고 생각했어요. 당신이 날마다 어떻게 버티는지 궁금하네요.”

“시간이 흐르면 뒤통수에 구멍이 난 것보다는 덜하게 느껴진답니다. 작은 종기 정도라고 해 두죠.” 그랜트가 말하며 혼자 조용히 웃었다. “당신도 결국 익숙해질 거예요. 경고하는데 태양이 오늘 오후에도 당신 뒤통수를 노릴 겁니다.”

“그렇다면 지금 이 날씨를 즐겨야겠군요.” 줄리아는 수건으로 둘둘 말아 둔 가방에서 수첩을 꺼냈다. 다행히 비에 젖지 않았다. “어제,” 그녀가 다시 상기시켰다. “미스터리 살인 사건이 성립하는 첫 세 가지 요인에 대해 알려 주셨죠.”

“맞아요. 두 명 이상의 용의자와 한 명 이상의 희생자, 그리고 상황에 따라 형사나 수사관들이 있을 수도 있고요.”

“그렇다면 네 번째 요인은 분명 살인자인가요?”

그랜트가 첫 번째 커피잔을 비우는 동안 그의 기분이 눈에 띄게 좋아졌다. 이제 그는 다시 미소를 지었다. "맞아요. 이 이야기가 그 부분을 잘 보여 주죠. 살인자 혹은 살인자 집단. 피해자의 죽음에 책임이 있는 사람들이죠. 그들이 없으면 미스터리 범죄 소설이라고 할 수 없어요."

"빼어난 작품이 될 수 없죠. 그건 확실해요." 그녀가 수첩에 기록했다. "적어도 한 명의 살인자가 있어야 하겠죠?"

"맞아요. 최소 한 명. 우발적인 죽음이거나 자살이라면 우리는 피해자에게 책임이 있고 그가 살인자라고 생각해요. 그런 이유에서 전 '범인'이라는 말보다 '살인자'라는 용어를 써요. 그 단어가 더 많은 사례를 포괄하는 것 같으니까요."

"의도적인 말장난이군요." 줄리아가 커피를 한 모금 마셨다. "하지만 이야기가 이런 식으로 진행된다면 살인자의 숫자에 제한은 없겠죠?"

"꼭 그렇지는 않아요. 살인자 혹은 살인자들은 반드시 용의자 집단에서 나와야 하는 것이 전제랍니다. 수학적으로 그걸 '부분집합'이라고 부르고 살인자들은 반드시 용의자들의 부분집합이어야 하는데, 그 이야기는 나중에 다시 하기로 해요. 그 말은 곧 살인자 중 한 사람으로 드러난 인물이라면 이전에 반드시 용의자 무리에 있었던 인물이어야 한다는 겁니다."

"그렇다면 독자가 스스로 해결책을 추측할 수 있게 해 주는 것이 이 장르의 특징인 것 같은데요?"

그랜트가 고개를 끄덕였다. "하지만 그걸 배제하고도 우리는 살인자 혹은 살인자 집단에 다른 제약을 두지 않아요. 그리고 피해자 심지어 경찰까지도 살인자 집단과 겹친다는 것을 이미 봤어요. 또한 용의자 중 단 한 명이 살인자인 것도 보았고, 두 명이 살인자인 경우도 당연히 상상할 수 있겠죠. 이 이야기는 모든 용의자가 살인자인 보기 드문 사례를 보여 주고 있어요."

줄리아가 펜을 입에 물었다. "그렇지만 한 가지가…," 그녀는 고심하며 말했다. "살인자 혹은 살인자들이 처음부터 용의자였다는 부분에 대해서는 동의하지만, 독자들이 누가 용의자인지 알지 못하는 상태에서는 상관없지 않나요? 예를 들어, 이야기의 서술자가 살인자로 판명될 수도 있고요. 하지만 그가 용의자라고 생각하기란 결코 쉽지 않잖아요."

"좋은 질문입니다." 그가 말했다. "하지만 수학적으로는 벗어나요. 내가 줄 수 있는 유일한 대답은 작가가 의도적으로 빼놓지 않는 한 모든 등장인물을 용의자로 여겨야 한다는 겁니다. 100년 전 사건을 수사하는 현대 경찰이 용의자가 되어서는 곤란하니까요."

줄리아가 받아 적었다. "독자가 살인자로 받아들일 만한 사람은 누구라도 용의자로 간주해야 하나요?"

"맞습니다." 그랜트가 창밖을 내다보았다. "비가 멈춘 것 같군요."

탁한 유리 너머로 바다와 언덕이 보였다. 그 사이로 수평선이 태양과 달을 저글링 하듯 손바닥을 위로 향한 채 기대에 차서 공을 기다리고 있는 것 같았다. 그 위로 펼쳐진 하늘은 흐렸다.

"잠시만 기다려요." 그랜트가 말했다. "커피 찌꺼기를 좀 비워야겠어요." 그는 탁자 위에 놓인 커피 비커를 집어 들고 밖으로 나가 가루를 잡초 위로 부었다.

줄리아는 주변을 살폈다.

조촐한 방에 어울리지 않게 창틀 위에 은으로 된 담배 케이스가 놓여 있었다. 줄리아는 그걸 집어 들어 안을 살폈다. 속은 비었고 뚜껑 아래에 새

긴 각인이 보였다. '프랜시스 가드너의 졸업을 축하하며.' 줄리아는 인상을 찌푸린 다음 도로 자리에 내려놓았다.

그랜트가 돌아와 탁자 맞은편에 앉았다. "자, 어디까지 했죠?"

그녀는 프랜시스 가드너가 누구인지 묻고 싶었지만, 어젯밤 일 이후로 그의 반응이 두려웠다. "담배를 피우는 줄 몰랐어요." 그녀가 말했다.

그랜트는 웃으면서 그녀가 창을 통해 무엇을 보았길래 그런 엉뚱한 생각을 해냈는지 궁금증이 생겼다. "난 안 피워요."

"하지만 저건 담배 케이스가 아닌가요?"

그는 몸을 돌려 납작한 은색 용기를 보았고 그곳에 두었다는 사실을 퍼뜩 깨달았다. 줄리아는 그의 얼굴로 재빨리 스치는 당혹감을 눈치챘다. "물론 전에는 피웠어요. 젊었을 때요. 하지만 저 통은 빈 채로 있은 지 오래랍니다."

그녀는 고개를 끄덕이고 펜을 집어 들었다. "그럼 미스터리 살인 사건의 정의는 이걸로 끝인가요?"

"네." 그랜트가 미소를 지으며 침착하게 말했다. "이것이 네 가지 요소죠. 우리가 좀 더 정신이 맑아지면 세부 사항을 살피기로 해요."

"그러면 '추리 소설의 치환'은 네 가지 요소들이 겹치는 다양한 경우를 다루는 건가요? 그래서 형사가 살인범인 경우도 있고, 등등요?"

"맞습니다. 정의는 아주 간단명료하고 구조적 변이의 수도 상대적으로 적어요. 요소들이 겹치는 부분도 있고 집단의 크기가 다른 것도 한 부분이에요. 그리고 이번 사건의 경우 집단의 살인자들이 모두 용의자들과 일치합니다."

그녀는 벤치 옆에 내려놓은 원고를 다시 집어 들어 페이지를 훌훌 넘기기 시작했다. “책에 ‘검정’ 이 쓰인 부분이 여러 곳인데 원래 ‘흰색’이라는 단어가 들어가야 하는 부분을 의도적으로 고친 거죠?”

그가 눈썹을 들어 올렸다. “아뇨. 의도적으로 그런 건 아니에요.”

“예를 들어보면 어느 부분에서는 ‘검은 와인’이라는 말이 나와요.” 그녀가 몇몇 단어에 밑줄을 그어 둔 곳을 찾았다. “음, ‘먹구름 몇 덩어리가 떠 있’는 화창한 날에 대한 설명도 있고요.”

“그렇다면 이것도 의도적인 모순이라고 생각하는 건가요?”

그녀는 계속 페이지를 살폈다. “또 ‘빛이 나는 검은 개’도 있어요. ‘특징적 상징인 검은 양복’도 나오고요. 그리고 ‘털에 재가 묻어 거무튀튀해진 검은 고양이’도 있어요. 부적절한 묘사처럼 보이지만, ‘검정’을 ‘흰색’으로 교체한다면 모두 완벽하게 들어맞아요. 이 부분을 설명해 주시겠어요?”

“당신이 말한 게 다예요.”

줄리아는 수심에 잠겼다. “이게 네 번째예요. 이 시점에서 우리는 일반적인 규칙에 대해 언급해야 할 것 같아요. 작품마다 전혀 앞뒤가 맞지 않는 부분을 집어넣었죠. 세부적인 사항이 일치하지 않도록요. 이것들이 전부 들어맞아 일곱 이야기 전체에서 하나의 퍼즐을 구성하는 것 같아요. 그런 일이 가능하다고 생각하나요?”

그랜트가 인상을 썼다. “이 이야기를 쓴 지 25년이 훌쩍 지났어요. 난 그 시절의 삶을 거의 다 잊어버렸어요. 하지만 장담하건대 그냥 장난일 뿐이에요. 풀어야 할 퍼즐 같은 건 없어요. 그런 게 있다면 내가 기억을 하겠죠.”

“네, 알겠습니다.” 줄리아가 수첩에 X 표시를 했다.

그랜트는 눈을 비볐다. “어젯밤에 악몽을 꿨어요. 우리가 이 책을 출간했고 섬으로 기자들이 잔뜩 찾아오는 꿈이었어요. 난 그 이후로 잠을 못 잤어요."

"유감입니다." 줄리아가 말했다. "제가 당신의 일상을 방해했군요. 이곳에 찾아오는 손님이 많나요?"

"사실 전혀 그렇지 않아요. 하지만 난 그편이 좋아요."

"그렇다면 누군가와 영어로 대화하는 건 좋은 기분 전환이 되겠네요."

"이곳에 사는 사람 중 일부는 영어를 유창하게 한답니다."

"그들 모두 영국사람이 아닐 텐데요?"

"당신 말이 맞아요." 그랜트가 고개를 끄덕였다. "그런 부분에서 당신이 참 새롭게 느껴져요. 그리고 나와 비슷한 억양이 듣기 좋고요. 말해 봐요." 그가 탁자 너머로 팔을 뻗어 그녀의 손을 잡았다. "《백색 살인》이 잘 팔릴까요?"

줄리아는 길고 깊은 한숨을 쉬었다. 알 수 없는 표정으로 그녀가 입을 열었다. "뭐라고 말씀드리기 어렵군요. 저희 쪽에서 출간하는 책과 비교했을 때 꽤 달라서요."

"당신 상사는 무슨 생각을 하는 겁니까? 분명 이 책에서 가능성을 보았으니 당신을 이리로 보낸 걸 텐데요."

"빅터 사장님은 부자예요. 그리고 추리 소설을 좋아하고요. 애정이 있어서 블러드 타입 북스를 세운 거지 돈을 벌려고 만든 회사가 아니에요. 하지만 우리는 이 책에 열광하는 독자가 있을 거라고 생각해요. 독특한 건 분명하니까요."

"그랬으면 좋겠군요." 그랜트가 말했다. "이런 말을 하기가 정말 힘들지만 난 파산 직전이에요." 그가 커피잔을 들었다. "일 때문에 해외 출장을 자주 가나요?"

"전혀요." 줄리아가 말했다. "하지만 특별히 당신을 만나고 싶었어요." 그녀는 더 할 말이 있는 것처럼 보였지만 그랜트는 자리에서 일어나 자기 컵을 들고 개수대로 갔다.

"영광이군요." 그가 대답했다.

줄리아는 어두운 주방을 살폈다. 관리가 전혀 되지 않아 모퉁이마다 때가 껴 있었다. "이런 질문이 좀 그렇긴 하지만 어떻게 생계를 유지하세요? 따로 일을 하나요?"

그랜트가 한숨을 쉬고 고개를 저었다. "가족의 돈으로 생활하고 있어요. 할아버지가 세운 공장이 있어요. 사업이 예전 같지 않지만, 삼촌이 아직도 매달 제게 용돈을 보내 준답니다."

줄리아는 원고를 내려놓고 필기하던 손을 주물렀다. "그렇군요." 그녀는 다시 창밖을 내다보았다. "비가 그쳤는데, 기회가 있을 때 상쾌한 바깥 공기를 좀 쐴까요?"

9. 푸른 진주 섬의 비극

세라의 아버지는 위층 방에서 죽어 가고 있다. 그녀는 문지방에서 아버지를 지켜보았다. 침대 시트 위로 까닥거리는 고개는 겁에 질린 것 같다가 고통스러운 것 같다가 또 당혹해하는 표정을 번갈아 보였다. 물속에서 알지 못하는 두려운 것에 공격당하면서 수면 위로는 살려고 버둥거리는 사람을 보는 것 같았다.

"세라," 그녀가 수프 그릇을 들고 들어오자 아버지가 목이 멘 소리로 말했다. "우리 똑똑한 꼬맹이."

그녀는 모든 게 끝나길 기다리며 온종일 정원에서 시간을 보냈다. 해가 지고 난 뒤 아래층의 방들을 오가며 아버지에 대해 잊어버리려고 애썼다. 그녀는 남자 행세를 하며 세 번의 체스 게임을 우편으로 나누어 해 왔다. 세 번째 승리를 거둔 다음 날 아침, 위층으로 올라가 보니 아버지가 죽어 있었다.

한 달 뒤 그녀는 아버지가 진 빚의 규모를 알게 되었고 이내 모든 것이 사라졌다. 집, 가구, 사업 전부. 그렇게 스물다섯에 빈털터리로 전락했다.

그녀는 검은 옷을 입은 유령처럼 상복을 입은 채로 오후 내내 차가운 식당 모퉁이에 웅크리고 앉아 가정교사 직에 지원하는 이력서를 썼다. 아버지의 일을 돕는 것 말고는 한 번도 일해 본 적이 없었다. "제인 에어처럼 일어서는 거야." 그녀는 자신을 다독였다.

그녀의 이력서는 흠잡을 데 없었다. 4개 국어를 구사하며 피아노도 치고 수학, 역사, 영어 문법도 가르칠 수 있었다. 그럼에도 이력서를 우체통에 집어넣을 때 그녀는 잔뜩 긴장했다.

2주 뒤, 다이아몬드 무늬 벽지가 인상적인 공간에서 세라는 예비 고용주와 만났다. 그쪽에서 직접 시내로 나왔다. "이건 면접이 아니에요." 남성이 종이와 연필을 들고 자리에 앉으며 말했다. "그냥 가볍게 대화나 하려고 합니다."

그녀는 좋은 인상을 심어 주길 바라며 인사했다.

"난 군대에 있었어요." 늙은 대령이 말을 꺼냈다. "지금은 퇴역했지요. 유일하게 딸이 하나 있어요. 아내는 이제 우리와 같이 살지 않아요." 그는 말하면서 동시에 딴짓을 해야 편하게 입을 열 수 있는 부류의 사람이었다. 그가 안경을 벗은 다음 소매로 알을 닦았다. "난 찰스라고 해요."

"전 세라예요." 그녀가 고개를 숙이며 대답했다.

그는 점심 식사 후에 시내에 도착했고 두 사람이 만나는 내내 콧수염에 가려 보이지 않는다고 생각하는 듯 꼼꼼하고 신중하게 치아 사이에 낀 음식물을 빼냈다. "우리와 같이 살게 되면 당신을 가족의 일원으로 여길 겁니다. 내 딸인 헨리에타는," 그는 단어를 고심했다. "함께 지낼 사람을 원하고 있어요."

그녀는 다시 고개를 끄덕였다.

두 사람이 대화를 마친 뒤 대령이 겁에 질린 표정으로 그녀를 쳐다보았다. "안경을 잃어버린 것 같아요." 세라는 탁자에서 그가 놔둔 안경을 집어 들어 건넸다.

그는 인적이 드문 넓은 해안가의 엄청 작은 마을에 살았다. 그녀는 도시를 벗어난 적이 한 번도 없었지만, 이 직업을 얻지 않으면 굶어 죽을 수밖에 없었다.

여행 가방 한 개도 다 채우지 못할 만큼 짐이 조촐했다.

세라는 가로수 길을 따라 이어진 마지막 집으로 차를 몰았다. 찰스가 짐을 안으로 옮기는 것을 도와준 다음 집 안을 구경시켜 주었다. 실내는 좁고 어두웠다. 나무들이 빛을 거의 다 가렸다. 대령이 어린 시절부터 살던 집이어서 그는 방들을 돌아다니며 이것저것 설명하느라 열을 올렸다. 세라가 자신보다 키가 커 구부정하게 서 있어야 하고 걸을 때마다 천장에 꿀밤을 맞을 것 같아 조심해야 한다는 건 알아차리지 못했다.

그녀는 갈색 카펫에 책상과 싱글 침대가 놓인 초라한 방에 머물게 되었다. 창문 옆에 서니 한기가 고스란히 들어왔지만, 창 너머 경관은 근사했다. 작은 정원 맞은편으로 절벽이 병풍처럼 펼쳐져 있고 그 너머로 갑자기 등장하는 바다는 대리석처럼 치명적으로 반짝였다.

대령의 딸 헨리에타는 처음 몇 주 동안은 세라에게 낯을 가렸다. 하지만 절대로 수업에 빠지는 일이 없었다. 둘은 아침에 세 시간, 오후에 두 시간 동안 공부했다. “이 근처에는 학교가 없어요.” 찰스가 말했던 대로였다. 그들은 흔들 목마 문양의 벽지로 도배된 방에서 공부했다. 헨리에타는 열세 살이었지만 학력은 또래보다 높았고 드물게 똑똑한 아이였다. 소녀는 녹색 눈동자에 구릿빛 피부로 전혀 아버지를 닮지 않아 세라는 친부가 맞는지 의구심이 생겼다. 어머니는 소녀가 아주 어릴 때 말라리아로 사망했다.

세라는 아이들을 다루는 데 익숙하지 않아서 어른을 대하듯 대화했다.

헨리에타는 잘 자랐고 둘은 친한 친구가 되었다.

찰스는 인도에서 보냈던 날들에 대한 회고록을 쓰면서 거의 하루를 보냈다. 힘든 작업이었고 겨울이 찾아오면 그는 알 수 없는 질환을 앓았다. 세라는 아버지를 보살폈듯 그를 간호했고 집 꼭대기 층에 있는 그의 차가운 침실로 수프를 가져다주었다.

그는 고열에 시달렸다. 겨우 말 한마디 정도만 할 수 있을 정도로 심해졌을 때 물을 들고 올라온 세라에게 대령이 손을 잡고 말했다. "내가 죽으면 헨리에타를 부탁해요." 그녀는 의식이 사라져가는 와중에도 자식 걱정을 하는 모습에 놀랐다. 부녀가 한 방에 있는 광경을 거의 보지 못했고 아버지와 딸이 서로에게 너무 무심하다고 느꼈었기 때문이다. 세라는 헨리에타의 반응을 보며 마찬가지로 놀랐다. 저녁 식사 자리에서 소녀는 조용히 세라와 마주 앉아 흐느끼기만 했다.

크리스마스를 며칠 앞두고 찰스의 운명이 바뀌었다. 그는 수프 한 그릇을 뚝딱 해치운 다음 자리에 앉아 다시 건강해졌다고 말했다. 세라가 그 옆에 있었다. 대령은 아플 때 옆에서 친절하게 간호해 준 그녀에게 감사한 뒤 면도도 하지 않고 잠옷 차림인 채로 그녀에게 선물을 주듯 청혼했다.

"죄송해요." 그녀가 더듬거리며 대답했다. "그럴 수는 없을 것 같아요."

찰스는 잠시 충격을 받은 표정을 지었지만 이내 천천히 고개를 숙였다. "이해합니다."

두 번째 청혼은 몇 주 뒤 대령이 옷을 잘 차려입고 차분한 상태에서 훨씬 간접적으로 이루어졌다. 겸손한 행동 속에 숨은 청혼이었다. "세라, 몇 주 전의 무례를 용서해 주세요. 난 열병을 앓았어요. 그래서 제정신이 아니었죠. 그런 상태에서 당신에게 부담을 준 건 적절하지 못한 행동이었어요."

그 소리에 세라는 안도감을 느꼈다.

"그렇지만," 그가 말을 이었다. "감정 자체는 섬망이 아니라 진심에서 우러나온 솔직한 표현이라는 걸 꼭 알리고 싶군요." 안도감은 팽팽하게 조여오는 긴장으로 변했다. "당신에 대한 특별한 애정이 있다는 걸 부정할 수 없어요. 당신은 정말로 근사한 여성이에요."

그가 회중시계를 꺼낸 다음 무심하게 만지작거렸다.

"고심할 시간을 줄게요." 그는 손끝에 침을 묻힌 다음 때가 묻은 시계 유리판을 문질렀다. "충분히 시간을 가져요. 내 유일한 걱정은 언젠가 당신이 이곳에 머무는 것 자체가 나에게는 지키지 못한 약속처럼 고통스러울 것이란 점이죠. 그런 상황이 오면 우리가 대안을 모색하는 게 서로에게 좋을 것 같아요. 당신은 다른 곳에서 일자리를 찾아야 할 겁니다."

세라는 그 말을 은근한 위협으로 받아들였고 자신에게 선택의 여지가 없다는 걸 알았다. 평판이 나쁘면 향후 다른 곳에서 취직하기 어려울 것이기 때문이었다. 두 사람은 봄에 결혼식을 올렸다. 대령은 백발 머리를 가지런히 빗었고 그녀는 리본으로 머리를 한데 묶었다. 그는 정리가 제대로 안 된 성혼 선언을 했다. 세라는 회색빛이 도는 푸른 드레스를 입고 칙칙한 앵무새처럼 그 말을 고스란히 따라 했다. 결혼하지 않으면 굶어 죽을 수밖에 없으니, 그녀는 생각했다.

여름이 찾아왔고 세라와 헨리에타는 정원 제일 높은 지대에 나무와 유리로 조그맣게 지은 피서용 별채에서 공부했다. 그곳에선 바다가 훤히 보였다. 별채 한쪽 모퉁이에 헨리에타가 생일선물로 받은 망원경을 세워 두었다.

6월의 어느 고요한 아침, 세라가 별채로 들어가 보니 헨리에타가 망원경 앞에 몸을 웅크리고 해안선을 살피고 있었다. 소녀는 문이 열리는 소리를 듣고 돌아보았다. "세라, 이리 와서 보세요. 푸른 진주 섬에 무슨 일이 생겼어요."

세라가 소녀의 곁으로 갔다. "뭐가 보이는데?"

"현관문이 열려 있어요. 바람에 세차게 흔들려요. 창문이 깨져 있고 옷가지가 잔디 위에 나뒹굴고 있어요."

푸른 진주 섬은 300여 미터 정도 떨어진 바다 위에 우뚝 서 있는 돌섬으로 수면 바로 아래에 있는 날카로운 검은 바위들 한가운데 있어 보통 배로는 접근하기가 거의 불가능했다. 하루에 두 번 물이 충분히 들어왔을 때만 갈 수 있는 데다 암초를 피하는 경로를 알아야 가능했다. 썰물 때는 이빨처럼 생긴 암벽 사이로 드나드는 바닷물이 부글부글 끓고 있는 듯 보여 사람들은 이곳을 지옥의 섬이라고도 불렀다. 그러나 대령은 그 명칭을 싫어했고 항상 어린 시절에 불렀던 그대로 푸른 진주 섬이라고 불렀다.

20년 전 한 미국 백만장자가 그 섬에 머물며 섬 꼭대기에 집을 지었다. 그러나 돌이 너무 단단해서 회반죽을 바른 집은 녹은 얼음처럼 수평이 살짝 기울었다. 값비싼 장식용 건물이라 실용성이 떨어져 이후 버려졌고 수년 동안 비어 있었다. 그런데도 간간이 누군가 그곳을 찾아오는 걸 보면 어딘가에서 무슨 광고를 한 게 분명했다. 한 예술가가 여름 한 철 내내 머물며 바다에 관한 연작을 냈다. 어떤 검소한 가족이 1년을 살고 떠났다. 또 한때 해군이 그곳을 훈련기지로 활용했다. 그러나 평소에는 창문에 불이 켜지는 경우가 거의 없었다.

"배가 보이니?"

헨리에타가 배가 묶여 있을 작은 부두를 살폈다. "반쯤 잘린 밧줄은 보이는데 배는 없어요."

"밧줄이 잘린 건 어떻게 알고?"

"기둥에 매여 있지만 물가에 닿을 만큼 길지 않아요. 잘린 게 아니라면 그럴 리가 없어요."

세라는 소녀의 머리를 쓰다듬었다. "네 말이 맞아. 이건 분명 심각한 일이야. 나머지는 모두 방탕한 삶의 결과이겠거니 생각해도 되겠지만, 만약 하나뿐인 배가 잘려나간 거라면 뭔가 일이 벌어졌다는 신호겠지. 내가 좀 봐도 되겠니?"

며칠 전 방문객이 도착하는 걸 보면서 그녀는 섬에서 수상한 일이 벌어진다고 확신했다. 보통 그 집은 고독을 즐기거나 자연주의 공동체 등 소그룹의 사람들이 서로 정담 어린 대화를 나누기 위해 찾았다. 하지만 이번 방문객들은 확실히 두 쪽 다 아닌 것처럼 보였다. 비밀 사회단체나 정당 소속인지 알 수는 없었지만, 어쨌든 일종의 사교 모임 같은 분위기를 풍겼다.

수상한 일은 수요일 저녁, 스터브스 부부가 그날 저녁 물때에 맞춰 도착했을 때 시작되었다. 동네 어부가 그들에게 길을 알려 주려고 동행했고 털이 노란 강아지가 그의 뒤를 따랐다. 세라는 언덕 아래로 이어지는 가로수길의 경계가 되는 정원에서 노을을 벗 삼아 의자에 앉아 책을 읽고 있었다. 가로수길 기슭에는 많은 사람이 배를 정박해 두는 작은 백사장이 있었다. 이렇게 늦은 시간에 지나가는 사람을 보는 것은 드문 일이었는데, 그녀는 그들에게 인사를 건넸고 그들 역시 발길을 멈추고 잘 가꾼 그녀의 집을 칭찬했다.

"정말 근사하네요." 스터브스가 말했다.

"은은한 아름다움이 있어요." 스터브스 부인도 거들었다.

"섬에 가시나요?" 세라가 물었다.

뒤에서 어부가 참지 못하고 고개를 끄덕였다. 스터브스가 섬에 가는 이유를 설명할 동안, 개는 주인의 다리 주위를 뱅뱅 돌았다. 부부는 고용된 사람이었다. 일찍 섬에 도착해 금요일에 오는 단체 손님을 맞이할 준비를 해야 했다. 그들은 누가 오고 자신들을 고용한 인물이 누구인지 말하지 않았다. 하지만 아주 중요한 행사인 것은 틀림없었다. "돌아가는 길에 다시 뵙길 바라요." 이 말을 남기고 그들은 자리를 떴다.

이틀 뒤 손님들이 여러 시간대에 걸쳐 도착했다. 둘씩 짝을 지어 온 데다 노란색 종이를 옆구리에 끼고 있는 걸 보고 세라는 지침이 적힌 문서라고 짐작했다. 그녀는 정원을 가꾸며 하루 대부분을 밖에서 보냈다. 그녀가 세어 보니 모두 여덟 명이었다. 남자, 여자, 장년, 청년 할 것 없이 모두 부유해 보였다. 스터브스 부부까지 치면 총 열 명이었고, 그런 작은 섬에 모이기에 상당히 많은 숫자였다.

세라에게 그들이 누군지 알 수 있는 유일한 단서는 이름 하나뿐이었다.

"언윈을 어떻게 알게 되신 건가요?"

지나가면서 그들 중 한 명이 다른 사람에게 이렇게 물었다.

"사실 잘 몰라요." 다른 이가 대답했다.

그때 이후로 세라는 그 일행에 대해서 아무것도 듣지 못했다. 지난 이틀간 비가 내렸고 세라, 찰스, 헨리에타는 아무도 정원에 나가지 않았고 집 안에서는 진달래 덤불에 가려 섬이 보이지 않았다. 그런데 지금 망원경을 통해 살피니 끔찍한 파도가 그곳 손님들을 휩쓸어 간 것만 같았다.

*

세라는 서재에서 신문을 읽으며 커피를 마시는 남편에게로 갔다. 절반 정도 끝낸 자서전이 책상 한 귀퉁이에 놓여 그 아래 바닥으로 긴 그림자를 드리웠다.

"푸른 진주 섬에 가 봐야겠어요." 그녀가 말했다. "거기 있는 사람들에게 큰 사달이 났어요."

그는 시계를 쳐다본 다음 벽에 걸린 도표로 눈길을 돌렸다. "썰물 때까지 고작 두 시간 남았어. 무슨 큰일이 벌어졌다는 거지?"

"말로 설명할 수 없어요. 하지만 현관문이 열려 있고 집이 텅 빈 것 같아요. 최소한 창문 하나는 깨졌고요."

"어쩌면 거기 있던 사람들이 떠난 게 아닐까?"

"그들의 보트 줄이 끊어져 있어요."

찰스는 아내가 순진무구한 어린이인 양 쳐다보았다. "세라, 여보, 당신은 늘 사람들의 좋은 점만 생각하지. 그들은 아마 파티를 벌이고 아수라장을 만든 다음 책임을 피하려고 도망쳤을지도 몰라."

세라는 남편의 말을 무시하며 길게 숨을 내쉬었다. "찰스, 창문을 깼다고 도망치는 사람은 없어요."

"그럼 당신 생각은 뭔데?"

"그들이 목숨을 잃었을 거예요. 화재가 났을 수도 있고요. 말로 하긴 힘드네요. 잔디 위에 옷이 널브러져 있었어요."

헨리에타가 문 앞에 나타났다. "누군가 아파서 다른 이에게 병을 옮겼을 수도 있잖아요."

찰스는 자리에서 일어나 평소와 달리 거칠게 신문을 내려놓았다. "너까지 그러는 거야, 헨리에타? 난 아무 조치도 하지 않을 거야." 그가 고개를 숙였다. 찰스는 재혼을 체스판에서 추가로 말을 획득하는 정도로만 생각했는데 사실 그의 새 아내는 언쟁을 벌일 때 그를 압도할 뿐 아니라 딸에게도 똑같이 하도록 만들었다. "잔디 위에 옷가지가 흩어져 있는 건 난잡함을 의미하겠지." 대령의 생각이 안 좋은 쪽으로 기울었고 그는 옷깃을 헐겁게 풀었다. "뭔가 남사스러운 일이 벌어졌다면 마을 사람을 보내 알아보도록 해야 해. 여자가 나설 일이 아니야."

"그럴 시간이 없어요." 세라가 말했다. "마을로 간다면 물때를 놓칠 거예요. 찰스, 당신이 나와 같이 가 주면 좋겠지만 안 그래도 난 지금 섬으로 가겠어요. 헨리에타는 혼자 잘 있을 거예요."

그는 다시금 자신의 인생이 여성에게 패했다는 걸 알고 한숨을 쉬었다. "그렇다면 같이 가야겠군. 서두릅시다."

"고마워요."

날이 화창하고 바다가 잔잔했지만, 그는 권총과 비옷을 챙겼다. 두 사람은 헨리에타의 점심 샌드위치와 읽을 책 한 권을 챙겨 주고 서둘러 길 끝자락에 있는 모래가 깔린 작은 만으로 향했다. 그곳에 작은 보트와 노 두 개를 보관했다. 찰스가 보트를 바다로 민 다음 두 사람이 올라탔다.

이곳에서 자랐고 어릴 때 탐험을 좋아했던 그는 암초를 피하는 길을 훤히 꿰뚫고 있었다. 그곳에 집이 지어지기 훨씬 전, 섬은 아이들의 놀이 장소로 딱이었다. "우리가 거기서 뭘 보게 될 거라고 생각해?" 노를 저으며 그가 물었다.

"아수라장이요." 보트 선미에 앉은 세라가 말했다. "근데, 부탁인데요, 내가 집중해서 길을 기억할 수 있게 해 주세요." 찰스는 지식을 습득하기 위해 끊임없이 노력하는 그녀에게 늘 그랬듯이 부드럽게 웃었다. "내가 혼자 돌아와야 할 때를 대비해서 말이죠."

현재 거리에서 조류 아래 숨은 검은 암초들은 바닷물을 부서트려 희고 가느다란 물거품을 퍼트리는 장애물 정도로 보일 뿐 그 위험성이 크게 와닿지 않았다. 그들의 단출한 나무 보트는 웨딩 케이크를 자르는 칼처럼 날렵하게 암초를 통과했다. 대령은 고개를 돌리지도 않고 십 대 소년의 위험천만한 용맹스러움을 발휘하며 본능적으로 배를 몰았다.

때때로 그에게 감탄할 만한 점도 있구나, 세라는 생각했다.

경로를 따라가다 보니 해안에서 봤을 때 섬의 오른쪽이 나왔고, 그들은 그 뒤로 돌아가 왼쪽으로 섬에 상륙했다. 해안에서는 보이지 않는 이곳에는 먼 바다를 향해 돌출한 바위 여러 개가 우뚝우뚝 솟아 있었다. 그중 하나는 한 부분이 날카롭게 잘려나가 절벽을 형성했는데, 마치 파도에 맞서 바다를 감시하는 돌벽 같아 보였다. 이 절벽 아래쪽에 몇 미터 너비의 모래언덕이 물가로 이어져 있지만, 해변이라 부르기에는 경사가 너무 심했다.

앞쪽을 보고 앉아 있던 세라가 제일 먼저 발견했다. 짧은 회색 모래밭에는 거친 풀과 해조류가 널렸고 그 위로 비스듬히 드러누운 두 구의 시신이 보였다. 찰스가 어깨너머로 슬쩍 살피고는 눈썹에 맺힌 땀을 닦았다. 그는 의구심이 가득한 표정으로 세라를 쳐다보았다. "저 사람들은 죽었어요, 찰스. 서둘러야 해요." 그는 다시 노를 잡았다. 해변에 근접하니 시신은 남성과 여성 한 명으로 마치 바다 괴물이 그들을 집어다가 젖은 수영복처럼 쥐어짠 다음 모래 위에 말리려고 놔둔 것처럼 인간의 몸이 만들어 냈다고 보기 어려운 해괴한 각도로 마구 뒤틀려 있었다.

세라가 몸을 앞으로 구부렸고 그들이 누군지 알아보았다. "맙소사, 스터브스 부부예요. 남편은 진짜 친절했고 아내는 정말 다정했는데." 그녀가 성호를 그었다.

대령은 이제 작은 배 중앙에 서서 평소처럼 담대해 보이려는, 그러나 어색한 자세로 하늘을 향해 권총을 치켜들고 말했다. "무슨 일이야? 그들이 살해당한 거야?"

"그들은 추락했어요." 그녀가 말했다. "자살일 수도 있어요. 아니면 사고거나. 살해당했을지도 모르고요."

"두 사람 다?" 그는 이해가 가지 않는다는 듯 물었다.

"그래 보여요." 그녀는 자기 머릿속에 떠오르는 이미지를 남편에게 말하지 않았다. 술에 취한 여덟 손님이 하인들을 절벽에서 밀치는.

"그렇다면 계속 진행하는 건 미친 짓일 거야. 살인범이 여전히 섬에 있을지 몰라."

"집은 버려진 것처럼 보였어요."

"오늘 아침에? 하지만 범인이 잠들었을 수도 있잖아."

세라는 그럴 가능성이 있다는 걸 알았지만 그럴수록 세라는 마음이 끌렸다. "증거는 다른 방향을 가리켜요."

그때 뭔가가 심하게 긁히는 소리가 났다. 대령이 다시 자리에 앉아 노를 자기 턱까지 추켜올렸다. 보트가 흔들렸다. "암초야! 여기 더 머무는 건 위험해. 계속 가 볼까, 아니면 돌아갈까?"

그들은 몇 분 뒤 섬의 유일한 선착장에 도착했다. 어떤 생명의 징조도 보이지 않았다. 지친 손을 찰흙처럼 주무르며 대령은 풀 덮인 언덕 꼭대기에 있는 저택을 올려다보았다.

"지옥의 섬." 그 말이 마치 대령이 욕설을 내뱉은 것처럼 아내에게는 충격적으로 들렸다.

그는 총을 앞으로 내민 채 배에서 내리면서 아내에게 기다리라고 신호했다. 그런 다음 보트를 묶고 시선은 집 쪽으로 향한 채 세라에게 팔을 내밀었다. 세라는 그를 기쁘게 해 주려고 손을 잡았지만, 그녀가 둔덕 위로 올라서자 결국엔 마치 키 큰 부모가 어린아이 손을 잡고 있는 모습이 되어버렸고 이내 둘은 잡은 손을 놓았다. 대령은 인상을 찌푸리고 안경을 고쳐썼다.

"여기서 기다려, 여보."

그는 한 번에 한 걸음씩 조심스럽게 발을 내디뎠다. 근처 풀숲에서 메케한 배설물 냄새가 풍기자 그녀는 남편이 서둘러 주길 바랐다.

언덕 꼭대기에서 그가 비명을 질렀다. 두려움이나 고통이라기보다는 혐오에 가까운, 억제하는 가운데 튀어나온 비명이었다. 세라가 얼른 달려갔다. 그는 아내에게 물러서라고 손짓했고 계속 그 동작을 반복하다가 아내가 옆으로 오자 주머니에서 손수건을 꺼내 입을 막았다. 그는 또 다른 시신을 내려다보는 중이었다. 바닥에 엎드려 있는 남자의 시체.

세라는 문뜩 생각이 났다. "풀밭에 널려 있는 옷더미."

남편이 고개를 들어 그들의 여름 별장에서 이곳이 보인다는 사실을 확인해 주었다. 망원경으로 제대로 방향을 잡으면 이 자리가 곧바로 보일 터였다.

"헨리에타." 세라는 소녀가 지금 망원경으로 그들을 보고 있을지 궁금했다.

대령이 시신 앞으로 다가갔다. "아이가 이 광경을 보지 않았으면 해. 당신도 감당할 수 있을지 모르겠고. 보트에서 기다리는 편이 좋지 않을까, 아무래도 그러는 게 더 안전하겠어."

세라는 장난스럽게 그를 쳐다보았다. "찰스, 당신이 저택에서 길을 잃을지도 모르잖아요. 게다가 보트가 안전하다고 생각할 이유가 전혀 없어요."

그가 인상을 썼다. "이 사람의 목에 철삿줄이 감겨 있어. 어쩌면 그래서 죽은 걸까?"

"체중을 이용하는 교살용 흉기네요. 무게가 더해지면 더 졸리는 구조인데 절대 헐거워질 수 없는 게 함정이에요. 고통스러운 죽음이죠." 그녀가 몸서리를 쳤다. "게다가 이건 특별히 더 잔혹한 장치예요. 토끼를 잡을 때 쓰는 덫처럼 말이에요."

대령은 시신의 목 뒤쪽에 있는 작은 금속 걸쇠를 살폈고 아내가 어떻게 이 모든 구조를 꿰뚫고 있는지 궁금했다. "물러나 있어." 그가 말했다. "이건 끔찍한 광경이야."

그녀는 남편의 말을 무시했다. "지금까지 세 구의 시신을 봤어요."

"같은 사람에게 살해당했을까?"

"아마도요. 물론 수법은 아주 다르지만요."

그녀는 손님 중 한 명이 미쳐서 다른 이들을 죽이고 나머지 사람들은 도망쳤을 가능성에 대해 생각해 보았다. 아니면 모두가 서로 물어뜯고 싸운 것인지.

"범인이 한 명 이상이라고? 참 위험한 주장인데."

"그럴 가능성이 있어요." 세라가 몸을 웅크리고 앉아서 시신을 자세히 살폈다. 그녀는 장미 덤불에서 죽은 꽃을 솎아 내던 금요일, 길을 지나치던 얼굴들을 떠올려 보았다. 신나서 웃고 있는 얼굴들. 이 사람도 그들 중 한 명이었을까? 그녀는 그럴 거라 믿었다. 갈색 양복 차림으로 청년과 함께 걸었고 노란색 서류를 맨 위 주머니에 접어 넣은 걸 본 것 같았다. 그는 그 때 안경을 쓰고 있었다. 언원에 대해 언급한 건 청년이었고 이 사람은 그를 모른다고 대답했었다. 그녀가 자리에서 일어났다.

“지난 이틀간 비가 퍼부었는데 이 사람의 옷은 젖어 있지 않아요. 최근에 죽은 거예요.”

찰스가 인상을 찌푸렸다. “오늘 아침에 그랬다는 거야?”

“아마도요.”

그들 뒤에서 저택의 문이 쾅 하고 닫혔다. 이제 바람이 섬 전역으로 작은 물고기 같은 빗방울을 마구 흩뿌렸다. 찰스는 고요한 흰 저택을 향해 총을 겨누고 다가갔다. 그의 연한 회색 실루엣이 진한 검은 문 앞에 잠시 서 있더니 바람에 문이 다시 열리자 안으로 들어갔다.

“실례합니다! 누구 안에 있어요? 난 총을 가졌어요. 그 점 명심하길 바라요.”

차갑게 식은 수프 그릇처럼 기분 나쁜 침묵만 돌아왔다.

세라는 남편을 따라 현관 안으로 들어섰다. 천장까지 뻥 뚫려 있는 이상한 형태의 로비에는 흰색과 검은색 타일이 깔려 있었다. 신발을 갈아신을 때 앉는 낮은 벤치가 문 오른쪽에 놓여 있지만 그것 말고 다른 가구는 없었다. 맞은편에 위층으로 올라가는 나무 계단이 있었다. 따지 않은 콩 통조림이 계단 맨 아래에서 뒹굴었다.

바닥 사방에 진흙이 묻은 발자국이 찍혔는데, 무언가가 열린 문으로 들어와 타일 바닥 위를 이리저리 돌아다닌 흔적이 분명하게 남아 있었다.

찰스와 세라가 방을 찾으려고 움직이자 그들의 발소리가 울렸다. 이상한 형태를 한 작은 문을 제외하고 모든 문이 닫혀 있었다. 계단 아래에 있는 그 문은 위쪽이 살짝 기울어졌고 자물쇠 대신 간단한 자석 빗장이 걸려 있는 형태였다. 자석은 바람에 아주 약하다는 걸 입증하듯 지금 앞뒤로 덜렁거리며 마치 집이 숨 쉬는 것 같은 모습을 연출했다. 그 너머로 쥐 떼가 종종거리며 걷는 소리가 났다.

찰스가 문 앞으로 가서 권총 몸통을 빈 틈새로 밀어 넣은 뒤 왼발로 문을 열었다. 어둡고 창문이 없는 방 안에는 진열대가 일렬로 놓여 있었다. 박물관의 축소판 같았다. 진열대 안에는 시계가 잔뜩 들었다. 각기 다른 색상, 다른 시대의 시계가 일부는 단순함을, 일부는 정교함을 뽐냈다. 그 중 많은 것들이 여전히 똑딱거리고 있었다. 그리고 진열대 아래 바닥엔 머리에 천을 덮어 둔, 다소곳이 드러누워 있는 사람이 보였다. 옷으로 봐선 여자였다.

세라가 무릎을 구부리고 천을 들어 올렸다. 젊어 보이는 중년 부인으로 얼굴은 이미 잿빛으로 변했지만, 머리카락은 여전히 화려했다. 그녀는 흰 셔츠 위로 붉은 카디건을 걸쳤고 셔츠 앞쪽에 핏방울이 튀어 있었다. 슬픈 얼굴엔 여전히 찡그린 표정이 남아 있었고 눈에는 두려움이 역력했다. 비싼 녹색 귀걸이 두 개가 뺨 위에 놓여 있었다. 세라는 이틀 전 정원 앞을 지나가던 그녀를 기억했고 특히 그 붉은 카디건이 인상에 남았다. 그녀는 노인과 함께 걸어가고 있었고 두 사람은 무언가 의견 일치를 보지 못한 듯 열정적으로 논쟁을 벌이고 있었다.

여성의 시신은 방 크기에 비해 좀 길어 머리가 한 귀퉁이로 향하도록 대각선으로 놓였다. 세라는 목 주위를 만져 보고 입가에 묻은 마른 핏자국을 살핀 다음 여성의 입을 억지로 열었다.

찰스는 뒤편 복도에서 망을 보다가 간간이 몸을 돌려 안을 살폈다. "이 시계들은 전부 다른 시간대를 보여 주고 있어, 세라. 이게 일종의 암호일까?"

"제 생각에 시계는 그냥 장식 같아요."

그는 자기 의견이 무시당하자 툴툴거렸다. "그래, 그렇다고 쳐. 그럼 이 여자가 죽은 이유는 뭐지?"

"단정 지어 말하지 못하겠어요. 무언가 몸 안에 문제가 생긴 모양이에요. 뭔가를 삼킨 것 같아요."

그는 토한 흔적을 살피며 손등으로 입술을 가렸는데, 손가락이 바다 촉수동물처럼 입 앞에서 꾸물거렸다. "이리 오세요." 세라가 남편 곁을 지나치며 말했다.

"열 구의 시신을 우리가 전부 다 찾아야 해?"

"아마도요," 그녀가 말했다. "아홉일 가능성이 크지만."

겁에 질려 숨을 들이마시는 소리가 났다. "그럼 열 번째는?"

"아마도 도망갔겠죠. 아니면 숨었거나."

입구 홀에서 이어지는 두 개의 큰 문은 천장이 높고 모서리에 거미줄이 처진 웅장한 식당으로 열렸다. 한쪽 벽에 난 창문들은 벽의 약 사분의 삼을 차지할 정도로 커서 집어삼킬 듯 거품을 뿜어대는 무시무시한 바다의 장대한 전망을 고스란히 보여 주고 있었다. 안으로 들어간 두 사람은 문을 닫았고 찰스는 서빙용 테이블과 의자로 대충 바리케이드를 쳤다.

방안은 엉망이었다. 탁자 위의 근사한 음식은 손댄 흔적이 있지만 다 먹지 못하고 남은 채였다. 식사하던 사람들은 디저트를 먹을 기회가 없었는지 메인요리 접시가 탁자에 듬성듬성 놓여 있었고 그 주변에는 먼지 묻은 자투리 소스가 갈라진 초승달 모양으로 말라붙어 불쾌한 질병이 낸 생채기처럼 보였다. 찰리가 세어 보니 여덟 접시였다. 하인 두 명을 제외하면 전체가 다 모인 셈이었다. 여덟 개의 의자가 탁자 뒤로 밀려나 있고 일부는 가지런히 일부는 아무렇게 놓여 있었다. 의자 두 개는 넘어져 있었다.

"식사 중 말다툼이 생겼군." 찰스가 테이블보에 묻은 핏자국 혹은 소스로 추정되는 것을 긁으며 말했다.

"하인들에게 무슨 일이 벌어진 것이 틀림없어요." 세라가 말했다. "이 난리가 나지 않도록 해야 하는데." 절벽에서 밀쳐졌겠지, 그녀가 생각했다.

세라는 나이프와 포크를 살폈다. 살 하나가 사라진 빈자리가 휑해 보였다. 그녀는 포크를 내려놓고 접시를 들어 보았다. 접시 밑에 흰 사각형 카드가 붙어 있었다.

한쪽에 인쇄된 짤막한 문구가 눈에 들어왔다. 세라가 큰 소리로 읽었다. "애너벨 리처즈 부인, 교사, 어린아이들을 고문하면서 성적 만족감을 얻음." 직설적인 표현에 찰스가 움찔했다. 종이 반대쪽에는 아무것도 쓰여 있지 않았다.

"시계가 있던 방의 여성일 거예요." 세라가 말했다.

"그걸 당신이 어떻게 알아?"

"아이들이요. 이틀 전에 집 앞을 지나갈 때 그녀와 다른 남성이 아이들의 교육에 관한 논쟁을 벌였어요. 남성은 의사인 것 같았고 그녀는 교사처럼 들렸어요."

"여기 다른 게 있어." 찰스가 탁자에서 핸드백을 들어 올리자 피로 얼룩진 냅킨과 깨끗한 흰 카드가 보였다. 그가 문구를 읽었다. "앤드루 파커, 변호사, 가족을 죽인 피의자." 대령이 카드를 불빛에 비춰 보았다. 다른 단서는 없었다. "올가미에 걸려 죽은 남자가 이 사람일까?"

"모르겠어요. 그럴 수도 있죠."

찰스가 이 잔인한 상황에 멍해져 손에 든 종이만 뚫어지게 살피는 동안 세라는 탁자 아래 바닥에서 두 장을 더 찾았다. 첫 번째 카드에는 이렇게 적혔다. '리처드 브랜치, 사회주의자, 노인을 따라다니며 괴롭혀 죽게 만듦.' 다른 문구는 이랬다. '토마스 타운센드, 알코올중독, 아내를 죽인 피의자.'

"이건 말이 안 돼." 찰스가 한숨을 쉬었다. "의구심만 더 깊어질 뿐이군."

세라가 고개를 저었다. "이 카드들이 모든 걸 설명하고 있어요. 이 사람들은 심판을 받으러 여기로 오게 된 거예요."

"그들이 심판받을 걸 알았다면 왜 여기로 왔을까?"

"오지 않을 수 없게 속였겠죠. 잘못된 방식으로 정의를 실현하려는 누군가가 꾸민 짓이겠죠. 아니면 복수를 하려는 사람이거나."

찰스가 퉁명하게 대꾸했다. "그럼 여기가 일종의 법정이란 말이야?"

그는 자기가 생각하고도 몹시 놀란 듯 가만히 서 있었다. 세라가 남편의 어깨를 두드렸다. "뭐 그런 걸 거예요, 찰스. 그리고 그들 중 적어도 네 명은 사형을 선고받아 이미 처형된 것 같고요."

방의 맨 끝에는 또 다른 두 개의 문이 퇴폐적인 분위기로 꾸며진 라운지로 이어졌고, 라운지는 집의 측면을 따라 식당과 직각을 이루며 연결되어 있었다. 이곳의 창문에는 피로 염색한 것 같은 붉은 커튼이 드리웠다. 모든 가구는 해안가가 내려다보이도록 창가로 배치되거나 반대쪽 벽 중앙의 벽난로를 향했다. 와인을 엎지른 것처럼 핏빛으로 물든 러그가 곳곳에 널려 있었다.

방 중앙은 온통 재로 덮여 있었다. 솜털 같은 회색 재가 반원 형태로 벽난로에서 나와 탁자 상판과 쿠션을 뒤덮었다. 세라는 불탄 잔해의 흔적을 따라 안으로 들어갔다. 그녀는 동물의 털과 숯이 된 나뭇조각이 마룻바닥에 흩어져 있는 것을 발견했다. 석탄 조각과 잘게 찢은 여러 조각의 흰 카드도 눈에 들어왔다.

피의자 중 한 사람이 분명 불에 던졌을 터였다.

"이걸 봐요." 그녀가 벽난로 옆에 놓인 양동이에서 나무 장작을 꺼내 찰스에게 보여 주었다. 한쪽 끝에 드릴로 뚫은 작은 구멍이 있고 그 속에 모래가 섞인 검은 가루가 가득 들었다.

그가 만져 보더니 손끝을 코로 가져갔다. "탄약이야. 어디서든 이 냄새는 내가 잘 알지."

"누군가를 가지고 노는 고약한 속임수네요. 처음 몇 분은 정상적으로 타다가 갑자기 폭발했겠죠." 세라가 벽난로와 가장 가까운 의자를 살펴보았다. 어두운색 의자 커버 위에 여러 개의 나무 파편이 천을 뚫고 박혀 있는 게 희미하게 보였다. "여긴 피가 없어요. 그 말은 아무도 이 속임수에 걸려들지 않았다는 뜻이죠."

"집 전체가 다 타지 않아서 다행이야."

"그렇다면 꼭 누군가를 대상으로 정하지 않았다는 뜻이에요. 누구라도 여기서 죽을 수 있었고 그 말은 곧 이곳에 온 사람은 모두 죽는다는 뜻이죠."

"그렇다면 그들을 죽인 장본인은 누구지?"

그녀는 그 질문에 대해 곰곰이 생각했다. "계속 둘러봐요."

*

작은 문을 통해 세라는 다시 현관 로비로 돌아왔다. 그녀가 기다리는 동안 찰스는 라운지 창밖을 내다보며 자기 집이 보이는지 살폈다. 그가 둘러보는 걸 끝냈을 때 그녀가 다음 방의 문을 열었다.

"조심해." 대령이 소리쳤다.

그녀는 안으로 들어갔다. 가구가 거의 없는 서재였다. 책상 하나와 유리 패널로 된 책장이 다였다. 이상하게 두 가구 모두 검은 그을음으로 가득 덮여 있었다. 그녀는 책상을 손가락으로 훑어 그을음 속에 선을 남겼다.

책장 한편에 작은 창문이 있고 그 아래로 시신 두 구가 놓여 있었다. 마치 시장에 내놓은 물건처럼 아무렇게나 포개어 쌓아 놓은 두 덩어리의 시신. 둘 다 여성으로 한쪽은 젊고 한쪽은 늙었다. 세라는 그들을 똑똑히 기억했다. 이틀 전 그녀가 잡초인 디기탈리스를 뽑고 있을 때 두 사람이 그녀의 집을 지나갔다. 부유한 숙녀와 그녀의 여행을 도와주는 보조가 분명해 보였다. 늙은 부인이 이래라저래라 잔소리하며 심통을 부렸다. 어린 쪽은 모든 부분에서 양보하며 공손하고 단순하게 대답했고, 나이 든 쪽은 대답에는 아랑곳하지 않고 마음대로 떠들어댔다. 상대의 흥미에 따라 대화의 방향을 바꾸는 법 따윈 없었다.

찰스가 아내의 뒤를 따라 방으로 들어왔다. "여기서 연기 냄새가 나." 그는 문을 열어 두고 문지방에서 계속 서성였다. 그는 미술관에서 시간을 너무 많이 보내 지루한 아이처럼 행동했다.

두 구의 시신 모두 연기에 그을렸다. 젊은 여성의 머리카락은 재로 덮였고 노부인의 경우 거의 검은색에 가까웠다. 찰스가 세라를 지나쳐 창문을 열자 선선한 해풍이 안으로 들어왔다. 그는 시신을 내려다보며 혀를 찼다.

"이로써 여섯 명 째야." 그가 말했다. "그리고 살인자는 여전히 행방이 묘연하고. 내 생각엔 우리가 여길 충분히 살펴본 것 같아. 인제 그만 가자고."

"찾아야 할 사람이 더 있어요."

"이곳은 안전하지 않아."

세라는 대답하지 않았다. 그녀는 방 한쪽 벽에 난 작은 구멍을 살폈다. 왜 그런 구멍이 있는지 알 수 없었다. 책상 아래로 식료품 캔 몇 개, 성경책, 약병, 검게 탄 물병 하나가 놓여 있었지만 다른 건 찾아볼 수 없었다. 그녀는 죽은 두 여인의 소지품을 대충대충 수색해 보았지만, 아무것도 발견할 수 없었다. 둘의 주머니에도 아무것도 들어 있지 않았다. 그녀가 전에 봤을 땐 둘 다 손가방을 가지고 있었는데 아마도 겁에 질려 어딘가에서 잃어버린 것 같았다.

그녀는 문을 향해 걸었다. "이 두 사람도 각자의 죄목에 따라 불에 타 죽은 것 같네요."

"그럴 수도 있지." 찰스가 아내의 말을 막았다. "세라, 당신은 문제를 해결하고 싶겠지만 이 모든 공포와 위험 속에서 정말로 괜찮겠어? 계속 살피기 전에 잠시 숨 좀 돌리는 게 어떨까?"

그녀는 말속에 숨은 부끄러움과 간청을 느꼈다. "찰스, 전 아주 말짱해요." 그리고 그의 어깨에 손을 올리고 그녀는 남편을 방 밖으로 안내했다.

방을 나서면서 세라가 다른 손으로 안쪽 문손잡이를 잡았는데 그을음이 묻어 있지 않았다. "신기한 일이야." 그녀는 혼자 중얼거렸다.

옆방 역시 작은 서재였다. 안에는 나무와 금속을 혼합해 만든 커다란 책상 말고는 특이한 점이 없었다. 어울리지 않는 철제 선반이 사람 머리 높이로 위 벽에 달려 있는데, 어떤 식으로든 책상과 연결된 듯했다. 세라가 책상을 자세히 살피는 동안 찰스는 문지방에서 기다렸다.

이 저택은 어마어마하게 크지 않지만 손길이 닿지 않은 듯 보이는 벽장을 제외하고 1층에 있는 나머지 방들은 모두 음식을 준비하는 데 사용되었다. 로비에서 본 검정과 흰색 타일이 이곳까지 연결되어 유달리 차가운 느낌을 주었고 부부의 발소리는 더없이 크게 들렸다. 찰스가 앞장서서 총을 내민 채로 걸었고 다른 팔로는 부인을 보호하듯 앞을 막아 주었다. 세라는 참을성 있게 뒤를 따랐다. 두 사람이 주방과 몇 개의 작은 창고를 살폈지만, 아무것도 찾지 못했다. 더는 시신도, 살아 있는 누군가도 보이지 않았고 혼란과 난장판만 남아 있었다.

격변을 겪는 동안 이곳에 머문 사람들은 무기와 물자를 비축하는 것이 중요하다고 판단했는지 주방에는 급습을 당한 흔적이 역력했다. 통조림 식품은 모두 사라졌고 절박하게 팔로 한 아름 안다가 떨어뜨린 것, 구석으로 굴러간 것, 타일 위에서 발에 치인 것 몇 개만 보였다. 시럽에 담근 배 통조림이 뒷문 옆 매트 위에 나뒹굴고 있었고 그 옆으로 콘비프 통조림 하나와 웰링턴 부츠 한 켤레가 보였다. 칼들은 거치대에서 떨어져 엉망으로 내동댕이쳐 있었고 프라이팬은 물을 담는 용기로 전락한 상태였다.

작은 팬트리의 바닥은 버려진 식품, 쏟은 밀가루, 부서진 꿀단지에서 흘러나온 액체로 질퍽질퍽했다. 복도를 따라 냉동 고기를 끌고 간 흔적이 있고 고기 가장자리에는 베어 먹은 자국이 남아 있었다. 연기로 얼룩진 방 책상 아래서 본 빈약한 물자들과 위층에서 발견할 게 무엇이든 이 모든 난장판의 잔해는 처참했다. 여러 면에서 시체 그 자체보다 이곳에서 벌어진 시련에 대한 증거들이 더욱 끔찍했다.

"어느 순간 예의라는 게 사라진 거예요." 세라가 말했다. "그리고 그들은 분명 각자의 방에서 물자를 비축하고 있었을 거예요. 그러면 제가 생각하고 있는 추리가 들어맞아요."

"당신의 추리가 뭔데?"

"범인은 열 명의 손님 중 한 사람이에요. 만일 다른 인물이라면 손님들이 모두 힘을 합쳐 그에 대항했을 거예요. 하지만 그들은 서로에게 등을 돌렸죠. 그러니 살인자는 분명 자신의 신분을 감췄을 거예요."

"그자가 다른 아홉 명을 차례대로 죽였다는 거야? 그러면 당신은 그들의 죄목 중 하나가 가짜라고 생각하는 거고?"

"가짜거나 자백일 수도 있고요."

찰스가 불편하게 침을 삼켰다. "그렇다면 시신 세 구를 더 찾아야 해. 살인자가 일을 마무리한 다음 어디로 갔다고 생각해?"

그는 가슴을 졸이며 아내의 대답을 기다렸다.

"아마도 보트를 타고 떠났겠죠. 아니면 아직 여기 있을지도 모르고요."

저택의 위층은 아래층만큼 인상적이지 않았다. 나선형 계단은 커다란 창문으로 이어졌고 거기서부터 두 개의 복도가 저택의 양 끝으로 향하도록 반대로 나 있었다.

이 층의 모든 방은 침실이거나 욕실이었다. 침실은 크기와 화려함에서 격차가 매우 컸고 욕실이 딸린 침실도 몇 개 있었다. "살아 있는 사람이 있다면," 찰스가 말했다. "여기 있는 방 중 하나에 있겠지."

그는 첫 번째 방 벽 옆에 붙어서 아내에게 문을 열라고 손짓했다. 그럴 동안 문 앞에서 양손으로 권총을 거머쥐고 서 있을 모양이었다. 그녀는 남편이 시키는 대로 하면서 좀 우습다고 생각했다. 문을 열고 보니 실망스럽게도 그곳은 텅빈 하인의 숙소였다.

방 안에는 칙칙한 회색 시트를 깐 트윈 침대만 있을 뿐, 다른 가구는 없었다. 계단과 가까워서 아마도 하인들이 손님을 방해하지 않고 아침 일찍 오갈 수 있도록 고른 듯 보였다. 두 침대 모두 단정했고 커튼도 내려져 있었다. 성경책이 펼쳐진 채로 남은 것 말고는 스터브스 부부가 이 방을 썼다는 어떤 흔적도 남아 있지 않았다.

맞은 편에 갈색 싱글 침대가 있는 또 다른 소박한 방이 있었다. 침대 위 창문은 박살이 나 있었다. 망원경으로 세라가 봤던 그 창문으로, 지금은 유리 파편이 대충 치워진 상태였다.

"아마도 싸움이 있었나 봐." 찰스가 말했다.

세라는 작은 책상 서랍 속을 살폈지만, 안은 텅 비어 있었다. 그 옆 휴지통에는 두툼한 녹색 초가 버려져 있었다. "아니면 누군가 스스로 탈출로를 만든 것일 수도 있어요."

저택의 이쪽 편으로 침실 두 개가 더 있었는데 하나는 엄청나게 커서 자체 욕실과 발코니가 있었고, 다른 하나는 한층 소박하고 딸린 공간이 없었다. 두 곳 다 침대에 누군가 잠을 잔 흔적이 있었지만, 한쪽은 침대를 정리해 놓았다. 양쪽 방 모두 여성 장신구가 잔뜩 놓인 화장대가 있었다.

"아래층에 있는 두 여성이 머물던 공간이군요." 세라가 말했다. "누가 어떤 방을 썼는지 알겠어요?"

찰스가 흥미롭지만 못마땅한 듯 빈정거렸다. "지금 하느님의 눈에는 둘 다 동등한 위치일 뿐이야."

그 복도를 따라 있는 마지막 방은 화장실, 세면대, 샤워기가 있는 평범한 방이었다. 샤워 커튼은 찢겼고 바닥은 물 범벅이었지만 훼손된 다른 흔적은 없었다.

두 사람은 몸을 돌려 반대쪽 복도로 향했다. 복도의 양쪽으로 번갈아 가며 다섯 개의 문이 보였고 모두 굳게 닫힌 상태였다.

첫 번째 문을 열어 보니 무난한 올리브색 카펫이 깔린 욕실이 있었다. 개수대 위 수납장을 급히 뒤진 흔적이 남아 있을 뿐 다른 흥미로운 점은 없었다.

두 번째 문은 잠겨 있었다. 찰스가 권총 아랫부분으로 몇 번이고 문을 두드렸지만 대답이 없었다. 열쇠를 찾아보았으나 보이지 않았다.

"이거 불길한데." 그가 말했다.

"문이 아직 세 개 더 남았어요." 세라가 대답했다. "그리고 시신 세 구를 더 찾아야 하고요. 이 방은 나중에 다시 살피면 돼요."

옆 방의 문도 역시 잠겨 있었다. 그다음 방을 열어 보니 길쭉하고 밝은 방에 벽을 따라 싱글 침대가 놓였는데, 침대 위에는 외출복 차림의 여성이 누워 있었다. 신발까지 신은 채. 잠이 든 것 같아 보였지만 부부는 그게 아니라는 걸 알았다. 그 방에 있는 특이한 물건이라고는 침대 옆 책상과 놓인 각도로 보아 최근에 읽은 것으로 추정되는 러시아 단편 소설집이 다였다. 침대 발치에 여행 가방이 있었지만 짐을 푼 흔적은 없었다. 책상 위 선반에는 다른 책 몇 권이 가지런히 꽂혀 있었는데, 한 권이 빠진 자리가 휑하니 티가 났다.

"이 사람을 기억해요." 세라가 이틀 전 보았던 이 여성의 밝은 청색 아이섀도를 떠올렸다. "잘생긴 청년과 함께 지나가고 있었어요. 청년은 아주 조용했고 이 여성이 주로 말을 했어요. 그녀는 시골에 대한 감상을 털어놓던 중이었죠."

찰스가 고개를 끄덕였다. "참 슬픈 일이야. 이 여자는 당신 또래인 것 같은데. 하지만 놀랍다고 말할 수는 없겠어."

그는 이 아리송한 말에 대해 부연 설명을 하지 않았고 두 사람은 방을 나섰다.

마지막 방에서 그들은 침대에 누워 죽어 있는 청년을 찾아냈지만, 그는 잠옷 차림이었고 이불을 덮고 있었다. 방 안은 마찬가지로 단출했다.

"조용하던 청년이 이 사람이야?"

세라가 고개를 끄덕였다. 죽은 청년은 자기 짐을 전부 풀어놓았다. 난리가 벌어진 상황에 비추어 봤을 때 청년의 이런 긍정적인 자세가 대단하게 느껴졌다. "참 안타까워요." 그녀가 말했다. "괜찮은 사람 같았는데."

"그래, 확실히 매력적이긴 해." 찰스가 시트로 그의 얼굴을 덮어 주었다.

세라가 몸을 구부려 침대 아래서 무언가를 집어 들었다. 책이었다. 《미스터리와 상상의 이야기》. 그녀는 침대 맞은편 책상으로 몸을 돌렸다. 그 위에 반쯤 녹은 진녹색 양초가 보였다. 그녀는 조심스럽게 녹은 왁스를 손가락으로 만졌다. "옆방에도 이런 초가 있었고 마찬가지로 사용한 것이었어요. 두 방 다 전기 조명이 없어요. 분명 초에 독이 담겼을 거예요."

"그러니까 초가 타면서 독이 방출됐다는 거야?"

"네. 왁스에 독을 섞으면 치명적인 증기가 나와요. 분명 그렇게 두 사람이 죽었을 거예요. 이 사람과 옆 방에 있던 여성도요. 그게 두 사람의 유일한 공통점이에요. 아마도 제일 먼저 죽은 사람들이겠죠. 다른 방 중 한 곳에서 초를 쓰레기통에 버린 걸 봤어요."

찰스는 의심스러운 표정을 지었다. "이들이 제일 먼저 피살됐다고 어떻게 확신할 수 있어?"

세라가 침대를 가리켰다. "누군가 그들을 살펴보고 가지런하고도 정중하게 눕혀 놓았어요. 우리가 찾은 다른 시신들은 죽은 그 자리에 아무렇게나 널브러져 있었죠, 시계가 있던 방의 여성을 제외하면요. 세 사람 모두 어느 누구도 무슨 일이 벌어지고 있는지 모르는 상황에서, 그러니까 대소동이 일어나기 전에 죽은 게 틀림없어요. 그리고 이 두 사람은 분명 같은 시간에 목숨을 잃었을 거예요. 독이 들어 있는 초로 두 번이나 사람을 속일 수는 없을 테니까요."

대령이 아내의 손을 잡았다. "당신은 정말 똑똑해. 하지만 우리가 종일 여기 있으면서 추리를 할 순 없어. 밖에 작은 헛간이 있어. 도끼 같은 것들이 들어 있겠지. 잠긴 문을 딸 도구 말이야. 그 두 곳을 연 다음 서둘러 여길 떠나야 해."

"전 여기서 기다릴게요." 그녀는 더 자세히 살펴보고 싶었다.

하지만 남편은 고개를 저었다. "맙소사, 안 돼. 위험하잖아. 살인자가 언제고 저 닫힌 문 너머에서 나타날지 모르는데."

"전 괜찮을 거예요, 찰스. 이 집 안의 모든 움직임은 삐걱거리는 바닥재 소리로 알 수 있거든요. 그리고 문 두 곳 다 잠겼잖아요. 발소리를 한 번이라도 듣거나 열쇠 돌리는 소리가 난다면 곧바로 뛰어나가 당신을 찾을게요."

"그래 알았어." 그가 한숨을 쉬었다. "당신 말에 일리가 있는 것 같아. 하지만 조심해야 해, 여보."

"게다가," 그녀가 덧붙였다. "살인자는 헛간에 숨어 있을 확률이 더 높아요."

그 소리에 찰스는 창백해졌지만, 배짱 있어 보이려고 애썼다. "음, 걱정하지 마."

그리고 그는 아내에게 입을 맞춘 뒤 그녀가 재차 등 떠밀기 전에 자리를 떴다.

세라는 편안한 침묵 속에서 복도 끝에 혼자 서 있었다.

그녀는 벽에 이마를 댔다. 숙녀답지 못한 습관으로 찰스가 싫어할 테지만 집중할 때 도움이 되었다. 아무것도 신경 쓰지 않고 그녀와 머릿속 생각과 벽지를 따라 살짝 미끄러지며 생기는 마찰력이 주는 따뜻한 감촉만 느껴졌다. 그런 다음 그녀는 알았다. "나뭇잎을 숨기기 가장 좋은 장소가 어디지? 바로 숲속이야. 그렇다면 카드를 숨기기 제일 좋은 장소는?"

그녀는 죽은 젊은 여자가 있는 방으로 들어갔다. "러시아 단편 소설집." 그녀가 혼잣말을 하고 책상에 놓인 두꺼운 책을 집어 들었다. "미안하지만 이 책은 당신 취향이 아닌 것 같네요. 아마도 사이즈가 적당해서 고른 거겠죠." 그녀가 혼잣말을 중얼거리며 페이지를 살폈다. "그리고 여러 방면에서 당신이 가장 영리하군요."

책 속에는 접힌 메모와 함께 작은 흰색 카드 조가리가 끼어 있었다. 그 위에 얼기설기 남아 있는 접힌 자국으로 보아 그 쪽지가 한때 공 모양으로 똘똘 뭉쳐져 있었음을 알 수 있었다. '스칼릿 소프, 난잡한 여자, 자신의 이익을 위해 남자를 꼬드겨 자살하도록 만든 혐의로 기소되었음.'

침실의 정적 속에서 그 죄목이 더 잔인하게 들렸다.

메모는 한층 따뜻한 분위기를 풍겼다. 세라는 침대에 앉아서 글귀를 읽었다.

'난 아주 기이한 상황에 놓였다. 언윈이라는 남자가 주말 동안 날 이곳으로 초대했다. 전 직장 상사에게서 내 연락처를 받았다고 했는데, 누구에게 받았는지는 말하지 않았다. 그가 고객이 될 사람을 만나는 동안 조카 역할을 해 줄 누군가가 필요하다고 했다. 그는 전통적인 가족 사업을 하는 것으로 보이길 바란다고 강조했다. 내가 해야 하는 일은 첫인상을 좋게 심어 주고 유능해 보이는 거였다. 그래서 난 지침대로 따랐고 다른 여러 명과 함께 여행하게 된 걸 알았는데 모두가 이 언윈이라는 남자에게 연락을 받은 사람들이었다. 난 그들이 문제의 고객인지 확신이 서지 않아서 일단 그의 조카라고 소개했다. 우리가 섬에 간다는 사실도 처음 알게 되었다. 그게 좀 이상했지만 난 돌아갈 생각을 하지 못했다. 보수가 너무 후했다. 언윈 쪽 사람인 스터브스가 우리를 배로 태워 주었다. 그는 우리에게 언윈이 늦을 거라고 그래서 나중에 합류한다고 알려 주었다. 우리는 총 여덟 명이고 여기에 스터브스와 그의 아내가 있다.'

세라가 페이지를 넘겼다.

'처음부터 모든 게 이상했다. 잡담이 너무 많았고, 다들 혼란스러워하는 분위기였다. 그러다 저녁 식사 시간에 스터브스 부인이 우리에게 각자 이름이 적힌 봉투를 나눠 주었는데 부인은 아직 우리 이름을 다 알지 못해서 학교에서 출석을 부를 때처럼 크게 외쳐야 했다. 각 편지에는 수취인이 저지른 아직 처벌받지 않은 범죄가 적혀 있었다. 엄청난 소란이 벌어졌다. 한 남자가 자신의 메시지를 읽었고 나머지 사람들도 그렇게 해야 하는지를 두고 논쟁이 벌어졌다. 결국에는 모두 그렇게 했다. 야단법석을 피우던 부인 두 명만 제외하고. 화려하게 치장한 노부인 트렌터와 그녀의 새장에 갇혀 사는 일행인 소피아 둘만 빼고 말이다. 그녀는 절대 결함을 인정할 수 없는 밉

살스러운 종교인 같은 부류였다. 하지만 난 그들 뒤에 서 있었기에 그들의 메시지를 다 볼 수 있었다. 암스테르담을 여행하다가 구걸꾼을 운하로 밀었다는 내용이었다. 꽤 끔찍했다. 그런 다음 생긴 게 마음에 안 드는 의사가 주도권을 휘둘렀다.'

세라는 그녀가 말하는 남성이 누군지 알았다. 붉은 카디건을 입은 학교 선생님과 동행했던 사람이었다. 부부가 찾은 시신 중에 아직 그는 없었다.

'의사가 스터브스를 추궁했는데 그는 지시대로 따랐을 뿐이며 언윈을 만난 적이 한 번도 없다고 주장했다. 싸움이 벌어질 뻔했다. 의사는 다혈질이었다. 언윈의 조카로서 나도 좀 불편한 질문을 받았고 그래서 난 모든 걸 솔직하게 털어놓았다. 흥미로운 건 내 죄목이 사실에 가깝다는 점이었다. 메시지에는 내가 베니를 꼬드긴 다음 그를 자살하게 만들었다고 적혔다. 뭐 유혹은 상호 간 이루어졌지만 내가 그에게 약을 건네며 쓰라고 한 건 사실이었다. 손버릇이 나쁜 그런 남자가 사라지는 편이 세상에 더 나을 테니까. 물론 내가 한 짓을 아는 사람은 별로 없다. 그러니까 언윈은 모든 것을 다각도로 조사한 게 분명하다. 그리고 이 모든 사달이 벌어지는 한가운데 이 정도로는 성에 차지 않는지 탁자에 같이 앉아 있던 성질 사나운 여자가 숨을 못 쉬기 시작했다. 처음에 우리는 충격을 받아서 그런 거라고 생각했지만 상태가 심해졌다. 그녀에게 물을 주고 마시게 했는데 선홍색 피가 되어 올라왔다. 사람들이 그녀의 등을 두드렸지만 상황만 더 나빠졌다. 그런 다음 그녀가 사방을 돌아다니며 가구를 이리저리 헤집고 아주 끔찍한 비명을 질렀다. 결국 그녀는 커튼을 부여잡고 쓰러져 죽었다. 그녀의 죽음은 남아 있는 우리에게 도움을 주었다. 언윈이 어떤 식으로 협박할 계획을 세웠든 간에 이제 경찰이 개입하게 될 것이다. 스터브스가 내일 아침 첫 물때에 맞춰 노를 저어 뭍으로 나가겠다고 말했다. 부디 그가 운 좋게 탈출에 성공하길, 모두가 빌었다. 난 오늘 밤 잠을 이룰 수 없을 것 같다. 복도 먼 끝에서 누군가의 기침 소리가 들린다.'

기록은 여기서 끝났다.

몇 분 뒤 찰스가 돌아왔다. "여보, 자리를 옮긴 거군. 난 최악의 일이 벌어진 줄 알았어."

그녀는 남편에게 메모를 보여 주었다. 그는 한 손에는 작은 도끼를, 다른 손에는 권총을 들었다. 찰스가 무기를 책 옆에 내려놓고 신중히 메시지를 읽었다. "그러니까 그녀가 마지막에 설명한 죽음은 우리가 시계 방에서 발견한 여자를 말하는 거지?"

"그런 것 같아요."

"그러면 그 여자가 독살당한 것 같아? 음식에 든 무언가로?"

"날 하나가 빠져 있는 포크를 식당 식탁에서 찾았어요. 아마 그게 목에 걸렸을 거라 생각해요. 날이 있어야 할 자리에 구멍이 나 있었거든요. 질긴 고기에 끼이면 곧장 날이 빠져서 삼키게 되겠죠." 찰스는 눈살을 찌푸리고 포크로 찍어 먹는 시늉을 했다. "구멍이 쐐기 모양이라 숨겨진 끝부분이 날카로워 보였어요. 목구멍에 걸리도록 고안된 칼날이죠."

"아주 끔찍해. 가여운 사람."

세라가 어깨를 으쓱였다. "그녀 역시 남에게 고통을 준 쪽이기도 한 건 분명하죠. 밖에서 뭘 찾았어요?"

대령이 어깨를 뒤로 젖혔다. "결국 섬 전체를 다 뒤졌어. 헛간에 있는데 기척이 들려서 밖으로 나갔어. 그냥 갈매기 한 마리뿐이었지만 나선 김에 전부 다 살펴보기로 마음먹었지. 살아 있는 사람의 흔적은 없었고 시신도 더 찾지 못했어. 내가 살펴보지 못한 유일한 장소가 스터브스와 그의 아내가 있는 해변이야. 그리로 내려가는 길이 있는데 아주 위태로워서 난 당신한테로 돌아오고 싶었어."

"우리는 지금 스터브스 부부가 네 번째와 다섯 번째로 죽었다는 사실을 알아요. 물론 그 두 사람에 대해 제가 오해했어요. 그들이 제일 먼저 희생된 게 아니었어요. 제일 먼저 죽은 사람은 교사예요. 그다음 모두가 자러 갔고, 아마 저녁에 그 난리를 겪은 뒤라 일찍 잠자리에 들었겠죠. 그들은 둘 다 초를 켜고 깨어 있었어요. 한쪽은 글을 남기고 한쪽은 책을 읽으려고. 둘 다 초가 내뿜은 향 때문에 독살을 당했죠. 세 번째 죽음이죠. 그때쯤엔 모두가 상황이 심각하다고 느꼈을 거예요. 한 명은 그럴 수 있다지만 세 명은 아니니까. 제 생각엔 스터브스 부부는 이 두 사람이 발견되기 전에 이미 죽었다고 봐요. 그들은 식당을 치울 새도 없이 다음 날 아침 일찍 살해당한 게 틀림없어요. 언윈이 그들을 절벽 꼭대기에서 만나자고 불러냈다고 추론해 보면 모든 것이 깔끔하게 설명되죠. 아마 거기서 저녁 식사 때 벌어진 해프닝에 대해 이야기를 들었겠죠. 그리고는 경찰에게 알리기 전에 선수를 쳤겠죠. 부부가 방심한 사이에 절벽 아래로 밀어 버린 거예요."

"메모에는 스터브스나 그의 아내가 어떤 범죄와 연루되었다는 말이 없어. 그런데 왜 그들은 여기로 왔을까?"

"준비를 도우려고요. 그런데 언윈은 그들을 소모품 취급한 거죠. 적은 돈을 받고도 기꺼이 일할 의향이 있는 동시에, 과거에 알려지지 않은 범죄가 있는 하인을 찾는 건 현실적이지도 실용적이지도 않았을 테니까요."

"그렇군." 찰스는 침통한 표정을 지었다. "적어도 그들의 죽음은 재빨리 그리고 비교적 고통 없이 이루어졌어. 그 점이 설명해 주고 있는 것인지도 몰라."

"언윈도 그런 면에서는 좀 양심이 있네요."

"우린 다른 방도 살펴야 해, 어서 갑시다."

찰스는 경첩이 통째로 떨어질 때까지 도끼로 첫 번째 문을 내려쳤다. 그 바람에 손에서 총을 놓쳐서 겁에 질렸고 때마침 흔들리던 문이 그를 벽으로 밀쳤다. 마치 요새를 짓고 있는 아이를 밀듯이. 하지만 아무도 튀어나오지 않았다. 세라가 문을 넘어 텅 빈 방 안으로 들어갔다. 시신은 없고 빈 침대와 갓 없는 알전구뿐이었다. 그녀 정면으로 작은 창문이 보였다. 이곳에는 양초도 없었다. 외로운 모기 한 마리가 전구 옆 천장에서 내려다보고 있을 뿐.

문 뒤로는 꽉 잠겨 있지도, 완전히 닫히지도 않은 여행 가방과 한 무더기의 통조림이 있었다. 그 옆 바닥에 포크, 큰 조각칼, 물이 가득 담긴 대야가 보였다. "누군가 여기서 준비를 했군." 찰스가 말했다. "문을 잠그고 나간 후 다시는 돌아오지 않았어."

그들은 비슷한 방식으로 옆방 문도 열었다. 이번에는 문이 흔들리기 시작할 때 찰스가 재빨리 몸을 움직여 두 손에 무기를 확보하고 기다렸다. "이 방들은 삽으로 밀어도 열릴 정도로 부실하게 잠겨 있어."

이 방은 더 컸고 더블 침대와 뒤쪽에 욕실이 마련되어 있었다. 그들은 문지방 주변으로 긁힌 자국과 피, 파편을 발견했다. "여기서 폭행이 벌어졌군." 찰스가 말했다.

"물론이에요." 세라가 말했다. "이 방이 제일 안전하니까요. 물이 공급되고 발코니나 다른 출입구가 없어요. 아마 이 방을 두고 싸웠을 거예요."

침대는 엉망으로 흐트러졌고 옥수수 통조림이 나뒹굴었다. 여행 가방 안에 든 내용물은 바닥에 아무렇게나 널려 있었다.

"욕조에 사람 형상이 보여." 찰스가 총을 겨눈 상태로 천천히 욕실로 걸음을 옮겼다. 그는 욕실 문에 도착해 내려다보았다. "또 다른 시신이군."

세라가 남편 뒤를 따랐다. 그가 몸을 돌렸다. "세라, 당신은 절대 보면 안 돼."

그녀는 남편을 지나쳤다. 나체의 남자 시체가 아직도 물이 가득 담긴 욕조에 누워 있었다. 그 시체는 물집이 잡히고 그을린 살갗으로 덮여 있었고, 머리카락에서 탄 냄새가 났다. 바닥에도 물이 있었다. "이리 와요." 그녀가 말했다. "여긴 아직 위험할지도 몰라요."

두 사람은 물집이 잡힌 살갗으로 덮인 해골 모습이 보이지 않는 침대 끄트머리로 가서 앉았다. "이 사람이 타운센드인 것 같은데요?"

찰스가 고개를 끄덕였다. "아홉 구의 시신. 그렇다면 찾지 못한 손님 한 명만 남았군."

세라는 걱정 어린 표정으로 말했다. "열 번째가 누군지 기억나요. 그는 의사였던 것 같아요. 그다지 유쾌해 보이지는 않았어요."

"당신은 그가 언원이라고 생각해? 그 사람이 나머지 아홉 명을 죽였다고?"

"그게 제가 내릴 수 있는 유일한 결론인 것 같아요." 그녀가 한숨을 쉬었다. "확신할 순 없지만."

"어째서?"

그녀가 고개를 저었다. "여전히 설명되지 않는 부분들이 있어서요."

"우리가 살펴보지 않은 곳이 한군데 남았잖아."

"스터브스 부부가 추락사한 해변이죠."

"맞아." 찰스가 말했다. "난 어릴 때 거기서 자주 놀았었지. 내 추억의 장소가 더럽혀진 셈이군." 그는 세라를 쳐다보았다. "저기 욕조에 있는 남자 말이야, 어떻게 죽은 것 같아?"

세라가 퉁명스럽게 대답했다. "타 죽었어요."

"욕조의 뜨거운 물과 찬물 수도꼭지 양쪽에서 끓는 물이 나오도록 속임수를 썼다고 생각하는 거야?"

그녀는 고개를 저었다. "그렇다면 욕조 안으로 들어가기 전에 알아차렸겠죠. 아니요. 그는 감전사 당한 거예요. 저 욕조는 재질이 도기이지만 흐르는 물이 빠지는 배수구는 금속으로 되어 있어요. 그 중앙을 통해 전류를 흘릴 수 있어요. 아주 영리한 수법이죠. 그는 아마 손을 담가 보고 안전하다고 판단했겠죠. 범인은 때를 기다렸어요. 그가 물이 흘러넘칠 정도로 물을 받을 때까지 말이죠. 그리고 전기를 흘려보냈을 거예요. 배수구가 역할을 다하고 수위가 낮아졌을 때 자동으로 전기도 끊어졌겠죠. 시신의 상태로 보아 그는 오랜 시간 고통을 겪다 죽었을 거예요."

찰스는 결국 비위가 상해 욕실로 달려가 세면대에 토했다. 익어 죽은 시신이 그의 눈 가장자리로 들어왔다. 세라가 남편 뒤를 쫓아와 욕조 끄트머리에 앉아서 그의 등을 쓸어 주었다.

"조심해." 그가 물을 가리키며 웅얼거렸다.

"난 조심하고 있어요." 그녀가 한숨을 쉬었다. "당신이 준비가 되면 해변을 살피러 가요."

*

오후가 되었다. 물이 급속도로 빠지면서 섬 주위로 암초가 모습을 드러냈다. 파도 아래 잠들어 있던 괴물들이 한자리에 모인 것 같았다. 두 사람에게는 익숙한 광경이지만 세라는 이렇게 가까이에서 본 적이 처음이었다.

하늘에는 먹구름이 끼었고 바람이 끊임없이 해안가로 불었다. 죽기에 정말 비참한 곳이야, 세라가 생각했다.

찰스가 앞장서서 섬의 먼 쪽을 구성하고 있는 완만한 언덕으로 향했고 절벽에 도착했을 때 두 사람 모두 겁이 나 너무 가까이 다가가지 않으려고 조심했다.

"여기야." 찰스가 아내에게 덤불 사이로 난 길을 보여 주었다. 절벽을 따라 구불구불 이어진 오솔길은 띄엄띄엄 불거진 바위들을 지나 해변 모래밭으로 향해 있었다.

두 사람은 한 번에 한 걸음씩 아주 조심히 움직였다. 바위 꼭대기에 섰을 때 스터브스가 그들을 올려다보고 있었다. 죽은 눈동자에는 두려움이 깃들었고 모래 속에 반쯤 파묻힌 턱은 하늘을 향해 치켜들고 있었다. 그의 몸통은 비탈을 따라 늘어져 있었다. 목이 부러진 것이 분명했다. 스터브스 부인은 젖은 모래의 후광 속에 얼굴을 묻고 있어 사뭇 평화로워 보였다. 양팔과 다리는 부러진 것 같았다.

"그녀는 분명 고양이처럼 착지했을 거야." 찰스가 말했다.

그가 한 손으로 그녀의 시신을 들자 모래 아래가 붉은 피로 물들어 있었다. 낙상할 때의 충격으로 턱이 이탈해 비틀려 있었고 목뼈는 부러져 움직일 때마다 건들거렸다. 옷은 흥건히 젖어 있었다. 대령은 옷가지를 살폈고 앞치마 주머니에서 축축하게 젖은 흰 카드를 찾았다. 스터브스는 물에 더 가까이 추락했다. 세라는 그의 주머니에서 핏자국이 묻은 손수건에 싸여 있던 더 축축한 카드를 꺼냈다. 죄목이 적혀 있던 것과 똑같은 카드처럼 보였지만 그들에게 적힌 문구는 달랐다. '당신은 더 이상 쓸모가 없다.'

"이건 특히나 잔인하군." 찰스가 말했다.

"제 추리가 맞았어요."

두 하인의 시신에서는 다른 흥미로운 점이 없었기에 그들은 절벽 위로 향했다. "저들을 옮길 장비가 필요해." 찰스가 불쑥 말했다.

절벽 꼭대기에 도착한 뒤 그는 고개를 돌려 먼 바다를 물끄러미 바라보았다. 저 멀리 광활한 풍경이 오염된 주변 바다로부터 자신을 정화해 주기를 바라는 듯. "올해는 특히나 추웠어." 그가 침울하게 말했다.

그 말에 세라의 머릿속이 재깍거리며 돌아가기 시작했다. 무언가를 놓치고 있었다는 의구심. 그녀는 시계추처럼 규칙적으로 오가는 먼 파도를 바라보며 그것이 무엇인지를 생각해 내려고 애썼다. 그러던 중 그녀의 얼굴에 혈색이 돌았다. "우리가 놓친 게 바로 그거예요."

그녀는 저택을 향해 달렸다. 찰스는 아내의 뜬금없는 말과 행동을 이해할 수 없었지만 허겁지겁 뒤따를 수밖에 없었다.

두 사람이 현관 옆 잔디 위 시신을 지나칠 때 찰스가 아내의 손을 잡고 속도를 늦췄다. "저기 철삿줄에 목이 졸려 죽은 남자 말이야." 그가 숨을 헐떡이며 말했다. "당신은 그가 죽은 지 얼마 되지 않았다고, 아마 오늘 아침일 거라고 말했잖아. 그가 언윈과 관련이 있지 않을까?"

"나중에요." 세라가 어깨에 올라온 남편의 손을 뿌리치고 현관문을 열고 위층으로 올라간 다음 왼쪽 복도를 따라 아까 잠겨 있던 채로 발견된 빈방으로 갔다.

"여기서 뭐가 잘못됐는지 맞춰 보세요, 찰스."

"이 방은 사용하지 않았고 침대도 가지런한데 여행 가방이 놓여 있지."

"맞아요. 하지만 그보다 더 앞뒤가 안 맞는 모순이 있어요. 올해는 추웠다고 당신이 말했어요. 전 아직 모기를 한 마리도 본 적이 없어요. 저기 매달려 있는 저거 말고는요." 외로운 모기가 여전히 천장 전구 옆에 붙어 있었다.

그녀는 손으로 침대를 살폈다. 그녀의 체중을 거뜬히 받아 낼 것 같았다. 그래서 침대 위로 올라가 모기를 살폈다. 모기는 움직이지 않았다. 손으로 잽싸게 튕겨 보니 모기가 바닥으로 떨어져 방 모퉁이로 튕겨 나갔다.

찰스가 모기를 주워 들었다. "이건 장난감이야. 철사로 만들었어. 당신은 이게 중요하다고 생각해?"

그런데 세라는 이미 침대 시트를 벗기느라 정신이 없었다. 매트리스는 없고 단단한 금속 프레임을 캔버스 천으로 덮어 둔 것에 불과했다. "와서 날 좀 도와줘요."

두 사람은 침대 꼭대기에 있는 막대를 눌러 그것을 들어 올렸다. 침대는 여닫이가 가능한 금속판으로 덮여 있었고 그 안은 텅 비어 있는 구조였다. 텅 빈 구멍의 입구는 가느다란 그물망으로 막아 놓았지만, 한가운데가 크게 찢어져 있었다. 찢어진 그물망 아래 열 번째 시신이 놓여 있었다. 찰스가 아내 옆으로 갔다. "의사일까?"

그녀가 고개를 끄덕였다.

"그럼 그가 언윈이겠지?"

세라가 고개를 저었다. "세상 어느 누구도 스스로 이렇게 하진 않을 거예요. 이런 류의 망사는 싸구려 캠핑 장비에 써요. 누울 땐 체중을 감당할 수 있지만, 똑바로 일어서면 압력으로 곧장 찢어지죠. 금속판은 벽의 일부처럼 보이도록 열려 있었을 거예요. 그래서 그가 침대 위에 서면 곧바로 이 망사 위에 서 있게 되는 셈이죠." 그녀는 가장자리에 남은 망사를 뜯었다. "아래쪽은 날카로운 쇠꼬챙이투성이이고 너무 잘 갈려 있어 몸이 바로 꽂힌 거예요. 이 레버는 체중을 실으면 알아서 작동하고 그래서 뚜껑이 자동으로 닫혀요. 그는 어둠 속에서 피를 흘리며 죽음을 맞았어요." 움푹한 침대 아래쪽으로 1센티미터 정도 높이로 피가 고여 있었다.

"그럼 모기는?"

"의사가 침대 위에 서서 잡도록 하려는 함정이었어요."

찰스가 손바닥으로 벽을 쳤다. "참으로 악마 같은 속임수로군. 어쩌면 언윈은 손님 중 한 명이 아닐지도 몰라. 그가 몇 주 전에 여기 와서 이런 장치를 먼저 해 놓았다고 생각하진 않아? 그랬다면 여기 다시 와서 장치들이 잘 작용하는지 살필 필요가 없었을 거잖아."

"그건 말이 안 돼요. 장치만으로는 이 모든 살인이 가능하지 않아요. 예를 들어, 밖에 교살당한 남자를 생각해 봐요."

"하지만 여기 온 열 사람 모두 다 죽었어."

세라가 이마에 손을 얹었다. "저도 알아요. 하지만 그들 중 한 사람은 분명 범인이에요. 그게 누군지를 밝히는 게 관건이죠."

"우리가 난관에 부딪혔다면 난 이쯤에서 경찰에게 넘기는 게 어떨지 싶어. 아직 해수면이 충분히 높잖아."

세라가 어이없다는 듯 눈을 굴렸다. "아뇨, 찰스. 저랑 같이 가요."

그들은 아래층으로 내려와 재와 나무 파편으로 얼룩진 라운지로 갔다. "어떤 순으로 진행되었는지는 꽤 쉽게 알 수 있어요. 하지만 차근차근 되짚어 봐야 모든 부분이 다 맞아떨어질 거예요. 첫째 날은 손님이 도착했어요. 그리고 모두가 저녁 식사를 하는 동안 죄명을 받았고 포크를 삼킨 여성이 최초의 희생자였어요. 전 그런 상황에서 낯선 사람들과 저녁에 대화를 나누기엔 너무 겁이 나니 모두 일찍 자러 갔다고 생각해요. 그리고 하인들은 너무 바빠서 식사 후 시신을 수습할 시간이 없었겠죠. 새벽녘에서야 그 일을 할 수 있었을 거예요. 그러는 동안 손님 두 명이 방에서 독이 든 초 때문에 살해당했어요. 나머지 다섯 명이 다음 날 아침에 일어나 이곳으로 내려왔어요. 그런데 하인들이 이미 목숨을 잃었기에 아침 식사가 나오지 않았어요. 어쩌면 손님들은 스터브스 부부가 뭍으로 신고하러 갔을 거라고 생각했을지 모르지만 결국 의구심이 자리 잡았어요. 손님 두 명이 의심스러울 정도로 늦게까지 잠을 자고 있었죠. 그들은 방을 살폈고 시신을 찾아서 뭔가 불길한 일이 벌어지고 있다는 걸 직감했어요. 이 시점에서 그들이 침입자가 있는지 섬을 살피는 동안 스터브스와 그의 아내의 시신을 찾은 거예요. 그때 분명 상황이 파국으로 치달았겠죠. 다섯 명이 살해당했고 남은 사람은 다섯이었어요. 그들은 섬에서 다른 누구도 찾지 못했으니 살아남은 다섯 중 한 사람이 범인이라고 생각했어요. 그래서 라운지에서 급히 회의를 열었는데 장작이 폭발했어요. 다들 무사한지 확인하기보다 허겁지겁 각자가 필요한 물건을 챙겨서 자기 방으로 가 문을 잠갔어요. 심지어 제일 안전한 방을 놓고 싸움이 벌어졌고. 여기까지 이해가 가나요?"

찰스가 열심히 고개를 끄덕였다.

세라가 말을 이었다. "그런 상황이 이틀째 저녁 혹은 그다음 날 아침까지 이어졌고 그러다 여성 두 명이 방을 나와 챙겨 둔 물품을 옆 방 서재로 옮겼어요. 왜 그랬을까요? 침실은 안전하지 않다고 생각했으니까요. 한 사람은 욕조에서 감전사했고, 다른 사람은 침대 안에서 천천히 피를 흘리며 죽어 갔어요. 두 사람이 방에서 내지르는 비명이 꼭대기 층 전체에 울려 퍼졌을 거예요. 그리고 두 사람은 문을 잠그고 가만히 있었어요. 저택 밖 잔디에 누워 있는 노인은 이 시점에서 살아서 밖으로 나간 유일한 사람이에요. 두 숙녀는 이곳에 오기 전 서로 알던 사이라서 그를 의심했어요. 옳고 그름을 판단할 겨를도 없이 두 사람은 서재로 달렸고 책상으로 문을 막았어요."

"그런데 그들은 어떻게 죽은 거지?"

"아, 그건 간단해요." 그녀가 벽난로로 걸어가 헐거운 벽돌 하나를 밀었다. "이걸 뽑으면 굴뚝 뒤쪽에 틈이 생겨 벽에 난 구멍을 통해 옆방에 연기가 가득 차요. 그 방문은 자물쇠가 없지만, 창문이 열리면 문이 잠기게 되어 있어요. 당신이 창문을 열었을 때 전 문틀에서 볼트가 빠지는 걸 봤어요. 벽을 통해 도르래가 움직이는 소리도 들었고요."

"창문은 사람이 탈출하기에는 너무 작아. 그래서 두 사람은 질식했고. 그들이 목숨을 구하는 유일한 방법은 창문을 닫는 거였는데. 그런 상황에서 그 누구도 그렇게 행동하지 않았을 거야. 언윈은 아주 불쾌한 유머 감각을 가졌어. 그럼 밖에 있는 노인이 불을 질러 그들을 죽인 살인자라는 거야? 하지만 당신은 그가 언윈이라고 생각하지 않잖아?"

"잠시 생각할 시간을 줘요."

세라는 흔들의자에 앉아 다시금 그녀가 집중력을 끌어올릴 때 버릇처럼 하는 행동을 시작했다. 바로 이마 누르기. 이번에는 벽 대신 손바닥을 썼다. 찰스가 자신의 이런 모습을 봐도 이젠 아랑곳하지 않았다. 그가 더는 참견하지 않을 걸 알았으니까. 대령은 입을 벌린 채 가만히 지켜만 보았다.

아내의 숨소리가 들리지 않는 것 같아 걱정이 커지는 찰나 그녀가 갑자기 악몽에서 깬 사람처럼 몸을 곧게 세웠다. 하지만 그녀의 목소리는 아주 담담했다.

“아뇨. 그는 언원이 아니에요. 그의 죽음이 설명하기 가장 힘들다는 건 사실이지만요. 나머지 다른 죽음에는 모두 누군가가 개입한 흔적이 있었지만, 이 경우는 그런 흔적을 찾지 못하겠어요. 학교 선생님인 리처즈 부인은 포크에 질식했어요. 당신한텐 그렇게만 말했지만, 그녀의 입속을 보고 식도를 살피니 이물질이 없었어요. 제가 잘못 짚었거나 누군가 나중에 이물질을 제거한 거예요. 우리는 타다 만 초 두 개를 시신 두 구 옆에서 발견했지만, 그곳에 성냥은 없었어요. 침대에 있던 시신은 뚜껑에 덮여 있고 뚜껑 자체는 침대처럼 보이도록 시트로 덮여 있었죠. 뚜껑은 엄청난 속도로 제자리로 돌아가도록 설계되었지만, 우리가 발견했을 때 그 위에 덮인 시트는 전혀 흐트러짐이 없었죠. 게다가 그 방은 안에서 잠겨 있었는데도 열쇠의 종적은 묘연했어요. 연기로 가득 찬 방에서 죽은 두 여성은 창문이 열리면 문이 잠기는 방식으로 방안에 갇혔지만, 우리가 발견했을 땐 창문이 닫힌 상태였어요. 그리고 책상은 벽에 가지런히 놓여 있었고요.”

“그렇지만 최후에 남은 남자가 그렇게 했을 수도 있잖아. 잔디에 누워 있는 사람 말이야. 만약 그가 언원이라면 모든 방의 열쇠를 가졌을 테지.”

“맞아요. 하지만 그의 죽음은 너무 분명한 살인처럼 보여요. 하지만 타살의 단서를 남겨 놓지 않았기 때문에 설명해 내기가 가장 어려워요. 교살 장치를 사용했더라도 언원은 그를 노골적으로 공격하진 않았을 거예요. 막무가내로 일을 벌이다 보면 일을 그르칠 수 있을 테니까요. 여기에도 분명 무슨 수법을 동원했었을 거예요. 한 걸음 물러나 다시 생각해 보죠. 우리는 보트가 일반적으로 정박하는 장소에서 그의 시신을 찾았어요. 배를 탈 목적이 아니었다면 시신이 그곳에 있을 이유가 없어요. 배를 타고 떠나려는 사람이 자신의 목에 철삿줄을 감도록 유인할 방법은 뭐가 있을까요?"

아내의 물음에 찰스는 대답하지 못했다.

"구명조끼를 건네줌으로써 그렇게 할 수 있겠죠. 아니면 안감에 철사를 두른 구명조끼처럼 보이는 거든가. 판지와 싸구려 천 조각만 있으면 만들긴 쉬우니까요. 가짜 구명조끼 속으로 머리를 집어넣었고 철사가 남자의 목 주변을 감싼 후 철사가 당겨졌다면요? 이런 추론을 하다 보니 날 혼란스럽게 하는 또 다른 의문점이 떠오르네요. 왜 아무도 둘째 날 배를 탈 생각을 하지 않았을까요? 일행의 절반이 시체로 발견되었는데 말이죠. 그날 바다는 폭풍이 거셌어요. 그래서 그들은 배를 탈 수 없었겠죠. 하지만 파도에 굴하지 않고 누군가는 탈출을 시도했을 거라고 봐요. 그쪽이 살해당하는 것보다는 나으니까요. 그러지 말라고 말리는 누군가가 있었거나 그 부분에 있어서 전문적인 지식을 가지고 있다고 판단되는 누군가가 다른 날을 기약하자고 설득하지 않았다면요."

"그 말인즉?"

"스터브스죠."

대령이 헉하고 숨을 쉬었다.

"전부 다 명백해졌어요. 제가 그 부분을 놓치다니. 그는 암초를 피해 이곳으로 오는 항로를 아는 유일한 사람이에요. 둘째 날 폭풍우가 거셀 때 그가 모두에게 섬에 머무는 게 낫다는 확신을 주었겠죠. 그가 신뢰를 얻은 건 아내가 죽었기 때문이에요. 그들은 그를 피해자 중 한 명이라고 생각했어요. 침대와 욕조에서의 죽음은 그날 저녁 혹은 다음 날 새벽에 일어났을 테고 그런 다음 두 여성이 연기로 질식사했어요. 밀물일 때 스터브스가 이제 떠나도 안전하다고 말했고 그들은 생존자가 단 둘뿐이라는 사실을 알았어요. 구명조끼 속임수가 성공했고 스터브스는 보트의 밧줄을 자른 다음 아내에게로 간 거예요. 그는 모든 열쇠를 가지고 있으니 앞서 살인 현장을 정리했겠죠. 그건 명백해요. 그의 죽음은 유일하게 다른 죽음과는 달리 자살로 보이니까요."

"하지만 난 이해가 안 가. 그의 동기가 뭐야?"

"제 생각에 그는 시한부 인생이었을 거예요. 메모에 밤에 기침하는 소리가 들렸다고 적혀 있었어요. 그리고 우리는 그의 주머니에서 피 묻은 손수건을 찾았고요. 그가 죽으면서 다른 사람을 데려가기로 마음먹었다면요? 죗값을 치르지 않은 범죄자 말이에요. 그 많은 비밀을 알 수 있었던 사람은 오로지 스터브스밖에 없어요. 그리고 그는 독실한 사람이었어요. 우리가 그의 침실에서 성경책을 찾은 거 기억할 거예요. 그가 자신의 사명을 정의 구현 혹은 복수로 여겼는지는 잘 모르겠지만요."

찰스는 너무 놀라 말문이 막혔다. "세상에, 그 남자는 악마야. 난 이해할 수가 없어."

세라가 동정 어린 표정으로 남편을 쳐다보았다.

그는 가만히 있다가 아내의 손을 잡았다. "세라, 난 당신이 아주 자랑스러워. 당신은 이런 쪽에서 아주 뛰어나." 아내가 수줍게 고개를 끄덕였다. "하지만 경찰에게는 너무 자세히 말하지 않기로 하지. 우리가 이곳을 여기저기 살피고 다녔다는 인상을 심어 주고 싶진 않잖아. 난 그들이 직접 알아서 해결할 거라고 확신해."

*

두 사람이 보트에 올랐을 때 막 해가 지기 시작했다. 길고 지루했던 오후가 끝나고 다시 밀물 때가 되어 끔찍한 암초를 덮어 주었다.

세라가 말했다. "찰스, 막 생각난 게 있어요. 우리가 경찰에게 간다고 현관에 메모를 붙여 놓아야 하지 않을까요? 우리가 돌아가기 전에 누군가 이곳에 올 때를 대비해서요?"

대령은 툴툴거렸다. "참 고귀한 생각이지만 난 펜도 종이도 없어. 이런 시간에 누가 올 것 같지도 않고."

"하지만 내일 아침에 올지도 몰라요. 그리고 우리가 언제 돌아올지 모르고요. 주방 옆 서재에 책상이 있어요. 맨 위 서랍에 펜과 종이가 있었어요. 아까 제가 봤어요."

"그래, 알았어. 당신은 여기서 기다리며 몸을 좀 데워." 그가 자리에서 일어나자 보트가 흔들렸다. "금방 돌아올게."

그는 완만한 경사를 따라 올라가 저택 현관으로 들어갔다.

서재 창문에선 세라가 보트에 앉아 있는 나무 선착장을 내려다볼 수 있었다. 실내는 어두웠다. 발전기가 꺼진 지도 오래되었다. 하지만 그녀는 찰스의 형체가 방으로 들어가 창가를 지나치는 모습을 보았다. 그가 삐그덕거리며 빠지지 않는 서랍을 열며 욕하는 소리와 함께 금속이 찰가닥 하는 소리, 전에 그녀가 눈여겨본 장치가 맞아 들어가며 경첩이 닫히는 소리가 났고, 그의 머리가 몸에서 잘려나가면서 짧은 비명이 들렸다. 순식간에 벌어진 죽음이었다.

"찰스," 그녀가 말했다. "내가 안 될 거라고 했잖아요." 그녀는 노를 잡았다. "날 용서해 줘, 헨리에타." 그녀는 소녀가 여전히 망원경으로 살피고 있을지 궁금해하며 집 쪽을 슬쩍 쳐다보았다. 분명 무언가를 보기에는 너무 어두운 시간이었다.

그녀는 그날 아침에 외워 둔 항로를 따라 바위 사이를 항해하면서, 두 시신이 널브러져 있는 빈약한 백사장에서 유유히 벗어났다. 물에 비친 장난기 어린 달빛이 마치 죽은 스터브스가 몇 차례 그녀에게 윙크를 보내는 것처럼 보였다.

10. 다섯 번째 대화

줄리아 하트는 다섯 번째 이야기를 마쳤다. "물에 비친 장난기 어린 달빛이 마치 죽은 스터브스가 몇 차례 그녀에게 윙크를 보내는 것처럼 보였다." 그녀가 원고를 내려놓았다.

비가 그친 파란 하늘에는 진열장에 전시된 모자처럼 다채로운 모양과 크기의 구름이 듬성듬성 떠 있었다. 그랜트와 줄리아는 그의 집에서 해안을 따라 1킬로미터 정도 떨어진 완만한 언덕 꼭대기에 자리한 조용한 교회 묘지에 앉아 있었다. 그들은 점심 식사를 마치고 이곳으로 걸어왔다. 비에 젖었던 땅은 이제 거의 다 말랐다.

"참 으스스한 이야기네요." 줄리아가 말했다.

"네, 맞아요." 그랜트가 모자를 들어 올려 손수건으로 이마에 맺힌 땀을 닦았다. "섬에서 발견된 열 구의 시신. 이건 내가 제일 좋아하는 추리 소설의 오마주랍니다."

"저도 그렇게 생각했어요."

"세라가 마지막에 아무 이유 없이 찰스를 살해한 게 특히 끔찍했죠."

"전 전혀 이유가 없다고 보진 않아요." 줄리아가 말했다. "이야기의 맥락을 살피면요."

그랜트가 동의하지 않는다는 의미로 고개를 저었다. "이건 자신이 법보다 더 우월하다고 여기는 거만하고 악의적인 탐정에 대한 또 다른 묘사인 겁니다."

"그리고 바다를 배경으로 한 또 다른 소설이기도 해요." 줄리아가 수첩을 꺼냈다. “바다에 집착하는 건가요?”

“아니, 그건 아니에요. 그냥 바다가 어린 시절을 떠올리게 해 줄 뿐입니다.”

줄리아는 지난밤 그가 버럭 화를 낸 게 생각나 머뭇거리며 말했다. “그럼 바닷가에서 어린 시절을 보냈나요?”

그랜트가 잠시 정신이 나간 사람처럼 그녀의 펜이 움직이는 걸 빤히 바라보았다. “우리는 바다로 휴가를 갔었어요. 그게 다입니다.” 그녀는 더 말해 주길 기다렸지만, 그랜트는 말이 없었다.

“이 단편이 제일 마음에 들어요.” 줄리아가 말했다. “좀 음산하지만요.”

그는 모자를 눈앞에까지 푹 내려썼다. “그 말을 들으니 기쁘네요.”

줄리아는 몇 미터 앞에 있는 돌무더기를 쳐다보았다. 몇 분 전에 저 틈 사이로 뱀 한 마리가 지나가는 걸 언뜻 본 것 같았다. 그냥 작은 뱀이었다. 물론 빛 때문에 잘못 본 것일 수도 있지만.

그랜트가 자리에서 일어나 다시 모자를 이마 위로 추켜세웠다. “수학을 좀 해 볼까요. 실질적인 정의에 대해 살필 때가 되었다는 생각이 드는데요? 뭐, 아주 간단하답니다.”

줄리아가 자리에서 일어났다. “듣고 싶어요.”

“좋아요.” 그랜트는 바위 옆에서 먼지를 뒤집어쓴 올리브 가지 하나를 주웠다. 그는 다시 자리에 앉아 두 사람 사이 모래 위에 메모를 시작했다. “내 논문 〈추리 소설의 치환〉의 제1장 1항에 나오는 부분입니다.”

그는 땅 위에 동그라미 4개를 그리고 각각에 ‘S, V, D, K’라고 이름을 붙였다.

“이게 무엇인지 알아요?” 그가 물었다.

그녀는 질문을 어떻게 해석할지 몰라 실눈을 뜨고 형태를 살폈다.

"이건 벤 다이어그램이라는 겁니다." 그가 말을 이었다. "생물학에 나오는 배아 모양이죠. 각 원은 하나의 집합 혹은 대상의 총집합을 의미합니다." 그가 네 개의 작은 원을 모두 덮는 커다란 타원을 그린 다음 그녀와 가까운 모서리에 'C'라고 썼다. "작품의 구성은 '배역Cast'으로 이루어지죠. 배역은 우리가 책에 등장하는 인물을 총칭하는 용어입니다. 부수적인 인물까지 모두요. 따라서 작품은 배역들의 총집합이라고 할 수 있어요."

"계속하세요." 그녀가 말했다.

"각 원은 위에서 언급한 네 가지 요소를 나타냅니다. '용의자Suspect', '피해자Victim', '수사관Detective', '살인자Killer'라는 등장인물이죠. 여기에 네 가지 요건을 더해 볼게요. 용의자의 수는 반드시 두 명 이상이어야 하며 그렇지 않으면 미스터리가 성립되지 않아요. 그리고 살인자와 피해자의 수는 각각 최소 한 명이며 그렇지 않으면 살인이 아닙니다. 우리는 그것들을 수학적으로 표현하기 위해 '기수카디널리티' 또는 크기에 대해 이야기합니다. 용의자 집합S의 기수는 최소 2이며, 살인자K와 피해자V 집단의 기수는 둘 다 최소 1입니다."

"그렇군요." 그녀가 대답했다. "아주 간명하네요."

"이제 마지막 요건이 가장 중요합니다. 살인자는 반드시 일련의 용의자 집합에서 나와야 해요. 'K'는 반드시 'S'의 부분집합이어야 합니다."

이 마지막 부분을 설명하려고 그는 'K'라고 적어 둔 원을 지우고 'S'라고 적은 원 안에 좀 더 작게 그려 넣었다. "이게 벤 다이어그램에서 부분집합을 표시하는 방법입니다."

"우리가 어제와 오늘 아침에 나눈 이야기를 정리한 거죠?"

"맞아요. 지금에서야 공식적으로 언급이 된 거예요. 우리가 '살인'이라고 부르는 것을 수학적으로 단순화하여 그 구조를 정의한 거죠. 이다음이 아주 중요해요. 그걸 잘 풀어 설명하려고 엄청난 노력을 들였어요."

그녀는 메모할 준비를 하고 기다렸다. "계속하세요."

"어떤 이야기가 '미스터리 살인 사건'으로 인정되려면 독자가 등장인물을 이 네 가지 집합으로 분류할 수 있어야 하고요, 이게 제일 중요한데요, 살인자 집합 'K'는 다른 세 집합이 완성된 후 이야기의 맥락 속에서 식별되어야 합니다. 이 명제는 문학이라는 모호한 세계를 엄밀한 수학적 세계와 결합시켜 주는 겁니다."

"그것이 정의의 전부인가요?"

"네, 그게 다예요. 용의자를 등장시켜야 하는 시점, 살인이 발생해야 하는 시점 따위를 추가하여 정의하는 것도 생각해 볼 수는 있지만 그러다 보면 많은 예외와 반대 사례가 나올 수 있게 되니까요."

줄리아는 혼란스러운 듯 보였다. "그 단순함이 이해를 더 어렵게 만드는 것 같아요. 구조 자체가 어려운 게 아니라 왜 그 부분을 중요하게 여겨야 하는지가 절 혼란스럽게 하네요."

그가 어깨를 으쓱였다. "수학은 종종 그렇게 시작되죠."

"예를 들어, 이 장르의 정수라고 할 수 있는 단서에 대한 내용은 없잖아요."

"네, 정확한 지적입니다." 그랜트가 몸을 앞으로 구부렸다. "그래서 중요하다는 거예요. 정의가 자리 잡았으니 이제 우리는 미스터리 살인 사건에서 단서가 필수 요건이 아니라는 것에 대해 논쟁을 벌일 수 있어요. 어떤 살인 사건이든 찾아서 모든 단서를 지워 봐요. 그래도 여전히 미스터리 살인 사건으로 남을 겁니다. 이 체계에 들어맞는 한은 말이에요. 그러니 정의는 어느 선에서는 자유롭습니다. 이해가 가나요?"

"그런 것 같아요."

"다른 예를 들어 볼게요. 초자연적인 범죄 사건을 살펴봅시다. 그것들은 종종 미스터리 살인 사건에서 금지된 것으로 여겨지지만, 유령이 살인자로 드러나기 전에 용의자 중 한 명으로 소개되는 한, 유령이 벽을 통과해서 살인을 해서는 안 될 이유가 없죠. 정의가 우리에게 그래도 여전히 합당한 미스터리 살인 사건이라고 말해 주니까요."

"그렇다면 이 단편 소설집, 《백색 살인》은 어떤가요?"

"아," 그가 손뼉을 쳤다. "그것이 우리가 내린 정의에 따라 분석할 수 있는 또 다른 사례죠. 즉, 우리는 정의의 틀 안에서 계산해 낼 수 있어요. 기본적인 미스터리 살인 사건은 수사관, 피해자, 그리고 몇몇 용의자들이 있는데, 그들 사이에 겹치는 부분이 없으며, 용의자 집합에서 한 명의 살인자가 나옵니다. 이제 우리는 '예외 사례'를 살펴볼 텐데, 집단의 크기가 불규칙적이거나 두 개 이상의 집단이 겹치는 경우예요. 미스터리 살인에는 네 가지 요소만 있기에 치환의 수가 상당히 적습니다. 우리는 그걸 계산하고 전부 목록화할 수 있어요. 모든 가능한 구조를요. 그게 이 《백색 살인》 속 이야기들이 추구했던 바예요."

줄리아는 수첩의 한 페이지를 펼쳤다. "그러니까 우리는 두 용의자가 있는 살인 사건, 피해자와 용의자가 겹치는 사건, 수사관과 살인자가 겹치는 사건, 살인자와 용의자가 같은 사건을 살핀 거죠?"

"맞습니다." 그랜트가 말했다. "그리고 방금 우리가 읽은 이야기의 본질적인 특징은 피해자와 용의자가 같은 경우입니다. 다시 말해, 피해자가 아닌 용의자가 없고 용의자가 아닌 피해자가 없는 거예요. 우리는 한 명 혹은 그 이상의 피해자가 다른 모두를 살해한 걸 알고 있어요. 그에 해당하는 다이어그램은 이렇게 생겼습니다."

그는 'V'라고 이름 붙인 원을 지우고 'S' 옆에 새로운 'V'를 썼다.

줄리아가 수첩에 따라 그렸다. "그런데 전 궁금한 것이 있어요." 그랜트는 계속하라는 뜻으로 자신의 손 대신 올리브 가지를 빙글빙글 돌렸다. "하나의 이야기에 여러 가지 범죄가 들어 있고 각각의 범죄마다 살인자와 피해자가 다른 경우는 어떻게 봐야 하나요?"

그랜트는 등을 기대고 앉아 모자를 아래로 당겼다. 그가 인상을 썼다. "좋은 질문입니다. 한 책에 같이 붙어 있는 별개의 미스터리 살인으로 취급해야 합니다. 다른 방법은 없습니다. 그건 규칙에 위배되니까요."

줄리아는 계속 메모했다. "알겠습니다." 그녀는 수첩을 닫았다. "아주 많은 도움이 되었어요. 아직 구름이 남아 있을 때 오두막으로 돌아가는 게 어떨까요?"

그는 줄리아의 제안에 반응하지 않았다. "난 이런 토론을 매우 즐겨요. 이렇게 활기차게 대화를 나누어 본 적이 최근엔 없었어요." 그날 아침 두 사람 사이의 냉랭한 기운은 해가 나오면서 사르르 녹아 없어졌다.

"기쁘네요." 줄리아가 말했다.

그랜트는 그녀의 어깨에 따뜻한 손을 올렸다. 그는 여전히 올리브 가지를 잡고 있어 가지가 그녀의 목 뒤에 닿아 좀 따가웠다.

"가기 전에," 그가 말했다. "나한테 분명 할 말이 있을 텐데요?"

줄리아가 웃었다. "네, 깜박했어요." 그녀가 수첩을 다시 펼쳤다. 그들의 진행 방식은 이제 하나의 의식처럼 정리가 되었다. "전 이 이야기에서 또 모순점을 찾았어요. 혹은 설명되지 않은 세부 사항 혹은 당신이 뭐라고 부르든 간에요. 푸른 진주 섬에는 개가 있었어요. 그 개는 어떻게 되었죠?"

그랜트가 미소를 지었다. "그게 오후 내내 마음에 걸리던가요?"

"네." 줄리아가 말했다. "전 그랬어요. 세라가 자기 집 앞 가로수 길을 지나가는 스터브스 부부를 만났을 때 어부와 함께 그들을 뒤따라가는 개가 있었어요. 저는 그 개가 어부의 소유라고 생각했지만 일언반구 설명이 없었어요. 유일하게 합리적인 추론이라고 하면 그 개가 스터브스 부부의 소유라는 것이죠. 그리고 개가 섬에 같이 머물렀다는 거예요."

"그렇게 생각하는 이유는 뭐죠?"

"찰스와 세라가 집을 살필 때 여러 차례 징조가 있었어요. 주방 복도에서 발견된 이빨 자국이 난 고기, 풀밭에서 나는 배설물 냄새, 라운지 러그에 묻은 동물의 털, 복도에 난 동물 발자국 정도? 섬의 나머지 공간은 황무지라 바닷새 몇 마리 정도만 살겠죠."

그랜트가 가지로 땅을 긁었다. "당신 말이 맞아요. 그보다 더 큰 동물은 살아남기 어렵죠."

"그런데 세라와 찰스가 도착했을 때 개는 사라지고 없었어요. 그럼 개는 어떻게 된 거죠?"

"또 다른 피해자였던 게죠."

"그럴지도 모르겠네요. 하지만 스터브스가 자기 개를 죽였을까요? 그리고 개 사체는 어디 있는 걸까요?" 줄리아가 미소를 지었다. "저는 개가 헤엄을 쳐 뭍으로 갔다고 생각해요."

그랜트가 고개를 끄덕였다. "그럴 가능성도 없지는 않겠죠. 돌아가는 길에 생각해 봅시다. 인제 그만 갈까요?"

줄리아가 자리에서 일어났다. "먼저 가세요." 그녀가 말했다. 불현듯 어떤 생각이 머리를 스쳤다. "전 잠시 여기에 머물면서 몇 가지 더 정리하고 가야겠어요."

"그러시지요." 그랜트가 말했다. "그럼 집에서 다시 봅시다."

줄리아는 교회 묘지의 낮은 돌담에 기대 그가 시야에서 사라질 때까지 기다렸다. 그다음 황량한 땅바닥에 묘비가 줄지어 서 있는 교회 가장자리를 따라 걸었다. 해가 구름에 가려 묘비에 전부 그늘이 졌다. 하지만 그 위에 적힌 이름을 알아볼 정도는 되었다. 그녀는 좌우 묘비들을 살피며 천천히 걸었다. 마침내 바다와 가장 가까이 있는 무덤 앞에 멈췄다. 평범한 연노랑 비석이 세워져 있었다.

줄리아는 눈을 감았다. 그녀는 처음 그랜트와 대화를 나눈 뒤로 그가 과거에 대해 무언가를 감추고 있다고 생각했다. 이제 그 비밀이 무엇인지 알게 되었다.

11. 그레인지 저택 살인 사건

램 박사는 두 개의 직사각형 속 황혼이 지는 광경을 지켜보았다. 그는 창 너머를 응시하며 내가 보는 마지막 아름다운 풍경이겠지, 하고 생각했다. 그의 동반자인 알프레드가 창문 앞에 햇살을 가리고 섰다.

“그래, 얼마나 안 좋은 거야?” 램 박사가 일어나 앉으며 물었다.

알프레드가 침대 쪽으로 몸을 돌렸다. 그의 눈가가 촉촉이 젖었다. “자네한테 거울을 건네면 스스로 진단할 수 있을 거야.”

“그 정도로 나빠?” 박사의 목소리는 쉬어 있었다.

“보기에는 평범해.” 알프레드가 말했다. “자네의 등 일부가 밝은 노란색으로 변했어.”

램 박사는 욕을 내뱉었고 약한 기침이 튀어나오자 자세가 흐트러졌다. 발아래 맥없이 부스러지는 낙엽처럼 모든 징후가 그의 몸이 엄청나게 쇠약해지고 있다고 알려 주었다.

“이제 어떡할 거야?” 램 박사가 물었다.

알프레드가 집게손가락을 헤어라인 위로 올리며 박사의 이마에 손을 댔다. “짐을 챙겨서 떠나야겠어. 여기 있다 들켜서 스캔들에 휘말릴 순 없어. 내 심정 이해하지?”

박사가 끙 앓는 소리를 냈다. “우린 잘 도망쳤어, 안 그래?”

“맞아.” 알프레드가 한숨을 쉬었다. “이런 식으로 끝나서 유감이야.”

램 박사는 잠시 친구가 짐을 싸는 걸 지켜보다가 잠에 빠졌다. 그러다 문이 닫히는 소리에 퍼뜩 깨어났다. 박사는 담요를 몸에 두르고 창가로 갔다.

알프레드가 점점 멀어져가고 있었다. 그의 마지막 사랑이 그를 버린 것이다.

박사는 다시 침대로 돌아왔다. "결국 이렇게 됐네. 여기가 말 그대로 내 임종 침대로군."

침대 말고는 세간이 별로 없었다. 모퉁이에 책상이 하나 있고 그 위에는 하루 전날 그가 놔둔 흰 종이 한 장이 놓여 있었다.

병세가 손쓸 수 없을 단계에 이르자 그는 그것이 무엇을 의미하는지 알았다. 그래서 욕실에 모르핀이 담긴 유리병과 깨끗한 주사기를 마련해 두었다. 하지만 그 전에 해야 할 다른 일이 있었다.

그는 책상으로 비척비척 걸어가 의자에 앉았다. 담요가 흘러내려 바닥으로 스르륵 떨어졌다. 그는 종이를 자기 쪽으로 당긴 다음 펜을 집어 들고 맨 위에 릴리 모티머의 이름을 썼다.

5년 전, 그녀가 박사를 보러 왔다. 지하철을 타고 그가 사는 동네에 도착한 그녀는 지상으로 올라와 차가운 거리로 발을 내디뎠다.

어떤 남자가 그녀에게 신문을 팔려고 했다. 그녀는 고개를 저은 다음 도로명 주소가 적힌 표지판을 보며 인도를 따라 걸었다. 피커딜리 서커스에서 지하철을 탔는데 상점이 쭉 늘어선 넓은 대로에선 길을 찾기 쉬웠지만, 이곳은 집과 사무실뿐인데다가 전부 한곳에 몰려 있는 것 같았다. 높고 칙칙한 건물에 위압감을 주는 검은 문이 차가운 거리를 따라 쭉 늘어서서 마치 눈 위에 줄지어 선 묘비들을 보는 것 같았다.

그녀에게 런던은 초행길이고 사실 혼자 고향 마을을 벗어난 것도 처음이었다. 그녀는 겨우 열일곱 살이었다. 삼촌인 매슈에게 런던에 가겠다고 말했을 때 그는 한숨을 쉬면서 강아지를 들어 올려 무릎에 앉혔다. 이런 행동만 보아도 그 문제에 관한 그의 심정을 알 것 같았다.

좁은 주택가에서 그녀는 도로명 하나를 알아보았고 몇 분 뒤 자신이 찾던 건물 앞에 도착했다. 그녀가 초인종을 누르자 젊은 여성이 문을 열었다.

"안녕하세요, 램 박사님을 만나러 왔어요."

"성함이 어떻게 되시죠?"

"릴리 모티머예요."

램 박사는 사무실 문을 열고 그녀를 맞이했고 의자에 앉힌 다음 안내 직원에게 차를 내오라고 지시했다.

"릴리." 그가 코트를 받아 주며 말했다. "정말 오랜만인데 하나도 안 변했구나. 넌 내가 본 중에 가장 참을성이 많은 환자였어. 네가 어릴 때 무릎이 까지면 가여운 네 언니가 내게 데려오곤 했지. 그 책임을 감당하기엔 아직 어린 나이였던 것 같아. 물론 넌 그때를 전혀 기억하지 못하겠지만 말이다."

릴리가 미소를 지었다. "제 인생은 부러진 팔과 함께 시작됐어요. 아마 다섯 살이었던 것 같아요. 나무에서 떨어졌었죠."

박사가 고개를 뒤로 젖히며 다정하게 웃었다. "깜박하고 있었네. 그것 때문에 네 언니가 죽도록 걱정했었어. 지금 언니는 잘 지내지?"

"아, 바이올렛 언니는 잘 있어요. 당연히 벤이랑 결혼했고요. 몇 년 되었어요. 두 사람은 케임브리지에 살아요."

램 박사는 자신이 알던 창백하고 가녀린 소녀가 면사포를 쓴 모습을 상상하며 씩 웃었다. "그래, 마을 사람들은 어떠니? 너희 매슈 삼촌은?"

"항상 똑같으시죠, 뭐. 지금은 개를 키우세요. 마을은 변한 게 없어요. 다시 오시게 된다면 그대로라는 걸 알아보실 거예요."

"그래, 잘됐네." 박사는 책상 앞에서 펜을 다시 쥔 다음 사교적인 인사는 그쯤 해 두려고 서류를 만지작거렸다. "그래, 무슨 일로 찾아왔니?" 잉크가 쏟아진 듯 어색한 침묵이 흘렀다. "아그네스의 죽음에 관해 할 말이 있는 것 같은데?"

그 이름이 나오자 밖의 차가운 바람이 사무실 안으로 들어온 것처럼 분위기가 냉랭해졌다.

"선생님을 뵙고 싶었어요…." 릴리가 자신이 물어볼 차례란 걸 알고 입을 열었다. 하지만 그녀의 질문은 더 어둡고 단도직입적인 것이라 어떤 식으로 접근해야 할지 몰랐다. "그 일이 벌어지고 왜 그렇게 급히 마을을 떠나신 건지 알고 싶어요."

그가 날카롭게 숨을 들이켰다. "그건 좀 사적인 부분 같은데? 정말로 그 일과 관계있다고 생각하는 거니?"

"네. 제가 이런 질문을 해서 곤란하세요?"

"그런 건 아니야. 하지만 네가 정말로 알고 싶은 게 뭔지 말해 보렴."

"제가 편지에서 말한 것처럼 저희 할머니의 살인 사건 정황을 이해하려고 노력 중이에요. 박사님은 20년간 마을에서 살고 일하셨는데 그 일이 벌어지고 1년이 채 안 돼서 마을을 떠나셨어요. 환자들을 그냥 방치하다시피 놔두고요. 그러니 그 사건이 분명 영향을 끼친 게 아닌가요?"

"사실 그 두 가지는 별개의 문제란다. 난 다른 삶을 살고 싶었을 뿐이야. 아마도 살인 사건이 내가 빨리 움직일 수 있게 해 주었겠지. 그 이후로 사람들이 날 다르게 보았으니까. 굳이 따지자면 그건 네 이모 탓이지."

"제 이모할머니세요." 릴리가 정정했다.

"그녀가 난리를 치지 않았다면 아무도 날 용의자로 여기지 않았을 거야.

하지만 모두 의사가 살인자라고 믿고 싶어 했어. 그러면 아주 섬뜩하고 복잡한 사건이 되니까. 내가 가는 곳마다 사람들이 수군거렸어. 무슨 구경거리라도 생긴 것처럼."

릴리가 고개를 끄덕였다. "하지만 시간이 지나면 해결될 일이었어요. 여기서 박사님의 삶은 정확히 어떻게 달라진 거죠?" 그녀는 마을에 있던 그의 진료소를 떠올려 보았다. 이곳과 마찬가지로 큼지막한 방이었다. "겉으로 보기에는 놀라울 정도로 비슷한걸요."

그는 소녀의 발언에 살짝 모욕을 느껴 자리에서 일어나 창가로 갔다. 그 순간 안내 직원이 차를 내왔다. 램 박사는 책상 위에 차를 내려놓는 직원의 아름다운 손과 걸어 나가는 근사한 뒤태를 빤히 쳐다보았다.

"우선, 여기선 난 안내 직원을 두고 있어." 그가 다시 자리에 앉았다. "언젠가 너도 그 마을이 얼마나 작은지 알게 될 거란다."

릴리는 그의 잘난 체하는 미소에 화답했다. "아, 그건 저도 알고 있어요, 램 박사님. 그리고 곧 저도 넓은 세상으로 나와 제 길을 갈 것이라고 확신하고요. 하지만 우선은 할머니의 살인 사건에 관한 진실부터 알고 싶어요. 그건 제가 일단락 짓고 싶은 인생의 한 장이거든요."

"그렇다면 넌 저지르지 않은 죄로 그곳에 묶여 있는 거야. 과거를 그냥 흘러가게 놔둘 수는 없겠니?"

"하지만 그 사건은 제게 여전히 현재인걸요. 아무것도 하지 못했던 제 삶의 방향을 그 사건이 송두리째 바꿔 놓았어요. 그 일이 벌어진 이후로 날마다 생각해요. 아마 박사님은 이해하지 못하시겠지만요."

박사는 슬픈 얼굴로 그녀를 쳐다봤다. "정말 유감이구나. 너한테는 엄청 끔찍한 일이었을 테지." 그는 바닥에 차 찌꺼기가 보일 때까지 마신 다음 잔 받침에 내려놓았다. "안타깝지만 공개적으로 알려진 것 말고 너에게 더는 해 줄 말이 없구나."

물론 그 말은 거짓이었다. 5년이 지난 지금 암과 사투를 벌이며 죽음의 문턱에 와 있는 그에게는 보호해 줄 누군가도, 잃을 경력도 없다. 그날 릴리가 떠난 뒤 램 박사는 그녀가 스스로 사건을 파악하는 데 도움이 될 일종의 힌트나 단서를 주어 사건이 일어났던 첫 몇 주간, 세상이 선과 악으로 나뉘어 보이던 때의 흥분을 되살려 주고 싶다는 생각을 했다. 그때는 그럴 수 없었지만, 지금은 그를 가로막는 장벽이 아무것도 없다.

릴리가 찾아온 지 5년이 흘렀고 살인 사건이 벌어진 지는 10년이 훌쩍 넘었다. 당연히 그는 그녀의 주소도 알지 못하지만, 수취인을 그레인지 저택의 릴리 모티머 앞으로 한다면 어떻게든 그녀에게 전달될 것이다.

그래서 박사는 펜을 들고 편지를 쓰기 시작했다.

"안타깝지만 공개적으로 알려진 것 말고 너에게 더는 해 줄 말이 없구나."

릴리는 그렇게 쉽게 대화를 끝낼 수 없다는 걸 보여 주듯 천천히 차를 마셨다. "누가 할머니를 죽였는지 모르시겠지만, 아무리 사소한 거라도 기억을 떠올려 주시면 도움이 될 것 같아요. 그때 전 너무 어려서 상상과 실제 벌어진 일을 구분하기 힘들었어요. 게다가 매슈 삼촌은 그 일에 관해 제게 말해 주지 않아요. 입에 담기 너무 가슴 아픈 사건이라고요. 전 박사님이 대신 말해 주길 바랐어요."

박사가 미소를 지었다. "내가 기억할 수 있는 한 세부 사항을 채워 줄게. 하지만 시간의 흐름상 이야기는 너한테서부터 시작되는 거 아니니? 너와 윌리엄 말이야. 네가 어떻게 시신을 발견했는지부터 이야기해 볼까?"

"네." 릴리가 고개를 끄덕였다. "그럼 제가 먼저 말할게요."

살인 사건은 6년 전에 벌어졌다.

그레인지 저택의 정원은 비밀투성이라 당시 열한 살인 릴리와 아홉 살 윌리엄은 버드나무 아래 작은 연못에 떠 있는 보트를 발견했을 때, 전에 본 적이 없는 물건이었지만 놀라지 않았다. 밤사이 외계인이 우주선에서 떨어뜨리고 간 것일지도 모르니까. 둘에게는 연못만큼 커다란 장난감일 뿐이어서 주저 없이 보트 위에 올라 아침 탐험을 하기로 했다. 정원에는 가지고 놀아선 안 되는 물건이 있고 저마다 이유가 있었지만, 나무로 만든 건 아무 제한도 없었기 때문이었다.

릴리가 흔들리는 보트 위로 올라가 뒤편을 가로지르는 낮은 좌석에 앉아 자세 연습을 하듯 어깨를 똑바로 세웠다. 체중이 실리자 배가 살짝 까닥거렸다. 윌리엄은 연못 가장자리에 서서 선미를 잡으려고 손을 뻗었다.

"난 지금 바다 위에 있어." 릴리가 말했다.

"어떤 바다야?" 윌리엄이 호기심에 가득 찬 목소리로 물었다.

"북극."

윌리엄이 배를 좌우로 흔들기 시작했다. "폭풍우가 치고 있어." 그가 말했다. "얼음 폭풍이야."

릴리는 우아하게 균형을 잡았다. "마치 소용돌이 속에 갇힌 것 같아. 우리는 바다 깊은 곳으로 침몰했어. 선장은 물에 빠져 죽었어."

윌리엄이 주먹으로 보트 한쪽을 두드렸다. "상어가 바짝 옆으로 와 있어."

"그건 고래야." 릴리가 정정했다. "배를 가라앉게 만든 장본인이지."

사과 하나가 윌리엄의 머리 옆으로 날아가 보트의 옆면에 부딪힌 다음 물속으로 떨어졌다. 릴리는 놀라 눈이 휘둥그레졌다. 그녀와 윌리엄은 누가 거기 있을지 알기에 얼른 돌아보았다.

"아주 큰 우박이야." 추레한 갈색 머리에 콧수염이 난 30대 초반으로 보이는 남자가 씨익 웃으며 말했다.

"너무해요, 매슈 삼촌." 릴리가 말했다. "하마터면 물에 빠질 뻔했잖아요."

"난 네 지시대로 따르고 있는 건데?" 그는 허리에 손을 얹고 그들 위에 우뚝 섰다. "게다가 릴리, 삼촌은 널 맞추려던 게 아니란다."

윌리엄은 가만히 서서 물가에 비친 자기 모습만 빤히 쳐다보았다.

"아무튼 여기서 뭘 하는 거예요, 매슈 삼촌?" 릴리가 물었다. "삼촌은 항상 말썽을 일으키잖아요."

그 말에 남자는 믿을 수 없다는 듯 고개를 저었다. "말썽이라고? 이 녀석이. 난 도로테아 이모를 데리러 역으로 가는 길이야. 로렌이랑 같이 왔지. 그녀가 어머니를 돌보고 있으니 네 언니한테는 오전에 쉬라고 말했어. 우리는 점심때 만나자꾸나."

윌리엄이 흰 저택을 흘끗 쳐다봤다. 여기서는 다락방 창문밖에 보이지 않았다. 집의 나머지 아랫부분은 마치 목이 졸린 것처럼 나무들에 가려져 있었다. 그는 나지막이 욕을 했다.

매슈가 둘을 향해 몸을 구부렸다. "사과 먹을래?"

"네, 주세요." 릴리가 말했다. 그가 하나를 건네주었다.

윌리엄은 대답하지 않았지만, 매슈는 상관없이 그 앞에 무릎을 구부렸다. "네 것은 물속으로 들어갔구나. 다음번엔 꼭 잡도록 해."

*

"난 삼촌이 싫어. 싫어. 정말 싫다구."

이제 두 아이는 나란히 보트 뒷좌석에 앉았다. 10분 전 매슈는 자신이 벌인 소소하게 잔인한 행동에 만족한 채로 자리를 떴다.

그레인지 저택에 사는 가족 관계는 불완전하면서도 복잡했다. 그것은 일련의 비극적 사건들과 상황에서 비롯됐다. 릴리와 윌리엄은 사촌지간이고 매슈는 둘에게 삼촌이다. 아이들의 할머니인 아그네스 모티머에겐 자식이 셋 있었다. 매슈 삼촌과 릴리의 아버지, 그리고 윌리엄의 어머니인데 이 두 사람은 다 목숨을 잃었다. 아들 쪽은 전쟁에서, 딸은 출산 중에 사망했기에 매슈가 아그네스에게는 살아 있는 유일한 자식이었다. 릴리의 어머니는 남편이 죽고 몇 년 후 스페인 독감으로 세상을 떠났고, 릴리는 언니 바이올렛과 함께 그레인지로 와서 할머니와 같이 살았다. 윌리엄은 이듬해 그의 아버지가 어느 오후 홀연히 사라지고 난 뒤 이곳으로 왔다. 그래서 지금 세 고아가 과부인 할머니와 함께 마을 끄트머리에 자리한 이 커다란 흰 저택에서 살게 된 것이었다.

아그네스는 고령에 몸이 좋지 않아 제대로 아이들을 돌볼 수 없었지만, 바이올렛이 충분히 성장해 손을 보탰고 로렌과 결혼한 매슈가 마을에 있는 작은 집으로 이사를 와서 필요할 때마다 도움을 주었다. 유일하게 윌리엄과 매슈의 사이가 나쁜데 매슈는 조카가 자기 누나를 데려간 잔인한 인간을 쏙 빼닮았다고 싫어했다. 둘은 서로를 증오했다.

"저기," 릴리가 말했다. "네가 삼촌만큼 자라면 삼촌도 더는 널 괴롭히지 못할 거야."

윌리엄은 나뭇잎과 가지와 풀을 한가득 주워 자기 앞에 놓고 자신을 괴롭히는 삼촌의 모형을 만들었다. 나뭇가지로 만든 입에 잎사귀로 만든 콧수염을 올렸다. 한쪽 눈은 돌멩이로, 다른 눈은 커다란 흙덩어리로 만들었다.

"이 잎사귀들을 다 들고 가서," 윌리엄이 말했다. "삼촌네 우편함에 넣어 두면 어떨까?"

릴리가 고개를 저었다. "가여운 로렌 숙모는 어쩌라고?"

윌리엄이 조용해졌다. 미처 로렌 숙모 생각을 하지 못했다.

"그럼 삼촌이 돌아왔을 때 주머니에 넣는 거야. 잎사귀와 민달팽이와 분뇨까지."

"그래 봐야 소용없어. 삼촌은 네가 한 짓이란 걸 알 거야." 릴리가 말했다.

"그럼 우리가 들을 가로질러 삼촌을 쫓아가서 돌을 던지자. 숨으면 삼촌이 우릴 못 볼 거야."

릴리는 인상을 쓰고 최대한 어른스러운 목소리로 말했다. "그건 엄청 위험한 행동이야, 윌리엄. 그러다 삼촌을 죽일지도 모른다고."

윌리엄이 주먹으로 널빤지를 쳤다. 잎사귀가 공중으로 튀었다. "난 삼촌을 죽이고 싶어. 삼촌이 죽었으면 좋겠어."

릴리는 아무 말도 하지 않았다. 윌리엄이 이런 식으로 말할 때면 겁이 났다. 보트가 가볍게 흔들렸다.

"이런 분위기에서 네 편을 들어 줄 수 없어." 릴리는 다시금 어른처럼 말하려고 애썼다. "널 혼자 둘 테니 화가 가실 때까지 여기 있어. 바다는 아주 고요하니까."

윌리엄은 양손으로 턱을 괴고 그녀를 쳐다보았다. "사과 한 입만 줄래?"

릴리는 고심한 다음 고개를 저었다. "거의 다 먹었어. 너한테 줄 정도가 안돼."

*

"그러니까," 6년 뒤 성숙한 릴리가 램 박사에게 말했다. "윌리엄과 저는 사건이 벌어졌을 때 실제로 같이 있지 않았어요. 저흰 한 시간 정도 떨어져 있었어요. 전 집으로 갔고 바이올렛 언니가 엄숙한 분위기로 아그네스 할머니의 아침 식사용 쟁반을 무릎 위에 올리고 고행하는 사람처럼 미동도 없이 앉아 있는 걸 봤어요. 언니는 가끔 그랬어요. 전 언니한테 뭐라고 말을 걸었지만, 대답이 없어서 책 한 권을 들고 밖으로 나가 나무 아래서 읽었어요."

"그럼 윌리엄은?"

"저도 몰라요. 윌리엄이 밖으로 나와서 절 찾기 전까진 보지 못했어요. 전 40분 정도 책을 읽었어요. 그때 윌리엄은 기분이 다시 괜찮아졌어요. 오히려 신이 난 것처럼 보였어요."

윌리엄과 릴리는 사건을 목격하기 전 몇 분간 위층에 안 쓰는 여러 방 중 한 곳에서 놀고 있었다. 그레인지 저택은 몇 안 되는 식구가 살기엔 너무 넓어서 뭐든 내다 버릴 필요가 없었기에 잊혀진 한 모퉁이 공간에, 혹은 별도의 상자에 50년의 역사가 담겨 있어 아이들의 호기심을 자극했다. 아그네스는 수십 년을 이 집에서 살았고 오래된 저택은 그 자체로 가족의 일부가 되었다. 화려한 외관은 지금은 유행이 지난 것처럼 보였지만 내부는 개성이 가득하고 잡다한 물건이 많아서 가족들을 포근하게도, 불편하게도 했다. 두 아이에겐 끝나지 않는 경이로운 세상과도 같은 곳이었다.

릴리는 바닥에 아무렇게나 놓인 의자 중에서 색이 짙은 나무에 광을 낸 근사한 의자를 골라 윌리엄에게 건넸다. 그는 크고 평평한 책상 위에 의자를 조심스럽게 올려놓았다. 팔걸이 용도로 작은 탁자 두 개를 책상 좌우에 하나씩 배치했고 그 위에 하나씩 올릴 장식품을 찾았다. 황동 사자 문 버팀쇠와 도자기로 된 강아지 인형. 둘은 왕좌를 만들려고 했다.

"내가 먼저 앉을래." 윌리엄이 책상으로 올라가며 말했다.

윌리엄이 앉자 의자 다리 하나가 책상에서 미끄러져 그의 몸이 벽으로 기울었다. 반사적으로 그가 다리를 벌려 탁자 하나를 쳐 바닥으로 넘어뜨렸고, 황동 사자가 쿵 하는 소리와 함께 떨어졌다.

윌리엄은 사자를 주우러 내려왔다. 릴리가 동생의 손을 잡았다.

"줍지 마." 그녀가 말했다. "난 이 놀이가 재미없어."

"그럼 뭐 하고 놀까?"

"그림 그리자."

윌리엄은 그 제안이 마음에 들지 않았다. 자기보다 릴리가 그림을 더 잘 그려서 그 제안을 하는 걸 알았기 때문이었다. 그때 윌리엄의 얼굴이 어린아이의 잔인함으로 환하게 밝아졌다. "좋아. 누나한테 보여 줄 게 있어."

"뭔데?"

"날 따라와." 그는 릴리의 팔꿈치를 잡고 문 쪽으로 돌려세웠다.

저택에는 계단실이 두 개라 남의 눈에 띄지 않고 몰래 숨어들기 좋았다. 그들은 한 층을 올라간 뒤 두 계단이 하나로 만나는 지점에 멈췄다. 좁고 곧 무너질 듯한 마지막 계단은 아그네스 할머니가 주무시는 방으로 이어졌다. 그들이 다락방 침실이라고 부르는 방이었다.

윌리엄은 릴리를 그쪽으로 밀었다.

"근데 할머니가 화를 내면 어떡해?" 릴리가 속삭였다.

"할머닌 주무셔." 윌리엄이 계단을 기어 올라가 키 큰 나무문 앞으로 가서 손잡이를 돌렸다. "괜찮아."

문이 활짝 열렸다. 방 안은 창문 하나와 그 앞에 흰 침대가 있을 뿐 거의 비어 있었다. 침대 위에는 낡은 담요와 베개 더미 말고 아무것도 보이지 않았다. 릴리는 몇 주 전부터 제정신이 아니던 할머니가 아침 내내 이불 더미 요새 속에서 뭘 하는지 궁금해서 머뭇거리며 더미 주변으로 살금살금 걸음을 옮겼다. 윌리엄은 그녀 뒤를 따라 걸었다.

릴리는 창가에서 흠칫 얼어붙었다. 할머니의 늙고 뒤틀린 발이 이불 더미 아래쪽으로 삐져나와 있었다. 잿빛 발이 미동도 없었다. 뒤따르던 윌리엄이 릴리의 등에 부딪혔다. 그녀는 겁에 질린 눈으로 그를 돌아보았다. 둘은 함께 담요를 잡아당겼다. 그러자 이불 더미가 바닥으로 떨어졌다.

릴리는 바다에서 건져 올린 사람처럼 침대 위에 누워 있는 할머니를 보고 비명을 질렀다. 윌리엄은 믿을 수 없다는 표정으로 얼굴을 일그러트리더니 울기 시작했다. 그가 상상한 건 이런 게 전혀 아니었다.

15분 뒤 동네 의사인 램 박사가 연락을 받고 저택에 도착했다. 아그네스가 처음 쓰러져 침실로 옮겨졌던 어느 날 오후 이후로 지난 두 달 동안 그는 여러 차례 이곳을 찾았다. 그녀는 가벼운 뇌졸중을 앓았고 박사는 일주일에 여러 차례 상태를 살피러 왔었다.

릴리의 언니 바이올렛은 박사와 같이 올라가는 게 조금이나마 위안이 되길 바랐는지 그의 뒤를 졸졸 따라 꼭대기 층까지 올라갔다. 그녀는 계단실 층계참 아래서 기다렸고 그사이 박사가 시신을 살피러 갔다. 그는 문을 열고 곧바로 상황을 파악했다. "침대에서 질식사했군."

시신은 볼품없이 입을 벌린 상태였다. 얼굴의 다른 부분도 일그러져 있었다. 길고 가녀린 목은 멍투성이였다. 박사는 그 부분을 살피며 몸서리를 쳤다. 누군가 체중을 실어 입 위를 짓누른 모양이었다. 실제로 턱을 부러뜨린 걸까, 아니면 죽음이 보여 주는 공허한 모습일 뿐일까?

그는 살짝 몸을 떨며 방을 나섰다. 그리고 나무 난간이 달린 좁은 계단 꼭대기에 앉아 파이프에 불을 붙였다. 바이올렛이 계단 아래쪽 벽에 몸을 기댄 채 그에게로 얼굴만 돌리고 서 있었다. 그는 왕좌에 앉은 임금처럼 그녀를 내려다보았다. "내가 딱히 할 일은 없구나." 그가 담배를 피웠다. "우린 경찰이 올 때까지 기다려야 해."

"경찰이요?" 바이올렛이 나지막이 물었다.

"너희 할머니는 질식사하셨어." 램 박사가 소견을 밝혔다. "숨이 막혀 돌아가신 거야. 누군가 자고 있을 때 담요와 베개로 덮어씌운 다음 그 위로 힘껏 내리눌렀어. 할머니는 결코 깨어나지 못할 거야."

어린 아가씨가 눈물을 흘리기 시작했다.

"6년이 지난 뒤에도 박사님 생각은 변함이 없나요?"

램 박사는 릴리에게 술을 권한 뒤 자리에서 일어나 자신도 위스키를 한 잔 따랐다. 그녀는 위스키를 마셔 본 적이 없으니 오늘 새로운 경험을 하게 되는 것이다.

조금 전 질문을 강조하기 위해 그녀는 술이 어느 정도 독할지 준비가 안 된 상태에서 한 모금 마셨다. 목구멍이 불타올랐다. 박사가 미소를 지었다.

"할머니의 사인 말이니? 그래, 질식사라는 데 의심의 여지가 없어. 그것 말고는 다른 흔적이 없었어. 얻어맞거나 긁힌 자국도 없었지. 그저 담요로 숨을 못 쉬게 누른 거야."

릴리는 잔을 꽉 쥔 채 입을 열었다. "그건 고통스럽나요?"

"응." 램 박사가 슬쩍 바닥을 내려다보았다. "안타깝지만 고통스러운 죽음일 거야. 고양이가 비닐봉지 안에서 숨이 막히는 것처럼. 그래도 늘 머물던 침대에서 생을 마감했잖니."

"누군가 무고한 할머니에게 그런 짓을 했는데 아무도 붙잡히지 않았어요. 아직 할머니를 죽인 살인자가 버젓이 자기 인생을 살고 있다고요."

"무슨 말인지 나도 알아. 그렇지만 네가 그런 식으로 생각하는 건 좀 현실과 동떨어진 느낌이 드는구나. 우리는 처음에 너희 이모할머니 도로테아가 사건을 해결할 거라 생각했어. 물론 그녀도 노력했지. 하지만 범인을 알아냈다고 해도 털어놓진 않았을 거야."

"그 부분에서 전 기억이 분명하지 않아요. 범죄가 발생한 후 며칠 동안, 이모할머니가 나섰을 때 말이에요. 전 너무 겁에 질렸고 그분이 하는 말은 아무것도 귀에 들어오지 않았어요. 저한테는 그냥 어른들이 하는 말일 뿐이었으니까요."

박사는 분위기를 산뜻하게 바꿔 보려고 애썼다. "너랑 똑같은 생각을 가지고 쓴 추리 소설을 읽은 적이 있어."

릴리는 반응하지 않았다. 그녀는 위스키를 넘길 때마다 집중했다. 그렇게 하지 않으면 목구멍이 아파 올까 봐 걱정스러웠는지. "부탁이에요." 그녀가 말했다. "박사님이 기억하는 걸 말해 주세요."

피해자의 언니인 도로테아 딕슨이 자갈 위로 바스락거리는 소리를 내며 그레인지 저택의 현관 앞에 도착했다. 초인종을 누르려는데 꽃밭을 거닐고 있는 로렌이 보였다. 가녀린 꽃 같은 외모의 로렌은 매슈의 아내이자 아그네스의 며느리였다. 그녀의 긴 금발 머리는 잔디처럼 매끄러웠다.

"계속 그렇게 서성거리다 보면 꿀을 딸 수도 있겠네. 아니면 거미줄이 몸에 감기거나."

로렌의 푸른 눈동자가 놀라서 돌아보았다. "어머, 이모님." 그녀가 말했다. "오시길 기다리고 있었어요. 그런데 그만 깜박하고 있었지 뭐예요."

두 사람이 서로에게 다가갔다. 도로테아가 로렌의 손을 잡았다. "무슨 일이니? 분명 내 동생 일이겠지만." 그녀는 로렌이 다른 어떤 슬픔을 달래려고 이 집 정원까지 왕림하진 않을 걸 알았다.

"네, 안타깝게도 그래요. 아, 이모님. 제가 어떻게 말을 꺼내야 할지 모르겠어요." 금발 머리가 까닥거렸다. "돌아가셨어요. 어머님께서 돌아가셨어요. 제가 이런 소식을 전해 드리게 되어 너무 죄송해요."

노부인은 꼿꼿하게 자세를 유지했다. "자, 그만. 우린 마음의 준비를 하고 있었잖니. 동생이 쓰러진 이후로 말이야."

로렌이 손수건을 눈가로 가져갔다. 눈물로 금세 얼룩졌다. "아뇨, 그런 게 아니에요. 전혀 그런 식이 아니에요. 어머님은 오늘 아침에 살해당하셨어요."

"살해당하다니?" 도로테아는 로렌의 손을 놓고 한 걸음 물러났다. 그녀는 못처럼 뾰족하게 솟은 집을 올려다보았다. 경찰 한 사람이 2층 창문에서 그녀를 내려다보고 있었다.

"적어도 의사의 소견은 그래요. 그분이 말하길, 어머님께서, 아, 입 밖으로 꺼내기 힘드네요." 도로테아는 다시 로렌의 손을 꼭 잡았다. "질식사하셨대요." 로렌이 큰 어려움 없이 말했다.

"매슈는 어디 있니?"

"경찰과 함께 집 안에 있어요. 자, 제가 안내해 드릴게요."

로렌은 화단을 돌아 저택 라운지 중 하나로 이어지는 프랑스식 이중문으로 그녀를 안내했다. 모퉁이를 돌 때 도로테아는 그레인지의 정원사 레이먼드가 바이올렛과 함께 인근 들판에 자리한 사과나무 사이를 걸어가는 모습을 보았다. 그는 바이올렛의 어깨에 팔을 두르고 위로하고 있었다. 도로테아는 두 사람이 연인 관계인지 궁금했다.

그녀는 집 안으로 들어갔고 매슈가 라운지 모퉁이에서 벽을 지지대 삼아 겨우 버티고 서 있는 걸 보았다. 그의 풍성한 콧수염이 눈물범벅이었다. 도로테아는 그를 살핀 뒤 포옹해 주었다. "가여운 어머니." 그가 도로테아의 어깨에서 울먹이며 몸을 떨었다. "이모, 정말 유감이에요."

"자, 그만하렴." 그녀는 가볍게 토닥인 다음 그를 바로 세웠다. "매슈, 넌 우유병처럼 창백하구나. 누가 그랬는지 아니?"

"아뇨." 그가 울분을 느끼며 고개를 저었다. "경찰한테 제 추리를 들려주었지만, 아뇨, 확실친 않아요."

"언제 사건이 벌어졌니?"

"어머니가 살아 계신 걸 마지막으로 본 사람이 로렌인 것 같아요." 살아 있는 걸 본 마지막 사람일 거라고 인정한 사람이겠지, 도로테아가 속으로 생각했다. 그녀가 뒤돌아보니 로렌은 이미 그 자리에 없었다. 도로테아를 남편에게 데려다준 다음 슬그머니 자리를 뜬 것이었다. "아내는 어머니가 지난달 뇌졸중을 일으키신 뒤로 바이올렛을 도우려고 줄곧 이곳에 왔어요. 오늘은 어머니에게 아침을 가져다드렸고 그때는 상태가 좋으셨대요. 그게 아침 10시였어요. 우리는 사건이 11시쯤 벌어졌다고 생각해요."

"아이들은 어디 있니?"

"둘 다 박사님과 같이 있어요."

"아그네스는 지금 어디에 있어?"

"침실에요." 도로테아는 계단을 올려다보았다. "저기 경찰이 있는 곳에요. 그들이 어머니를 보여 주지 않을 거예요."

"시도해 봐서 손해 볼 건 없잖니."

15분 뒤, 도로테아는 죽은 동생의 시신에 눈물로 작별을 고하고 계단을 내려왔다. 램 박사가 서재에서 릴리와 윌리엄을 데리고 인간이 얼마나 약한 존재인지 병리학적으로 설명해 주고 있었다.

"산소라는 게 있단다. 혈액에 주는 음식 같은 거지. 산소는 공기 속에 가득 있어. 그래서 네가 숨을 쉬면 네 혈액은 밥을 먹는 것과도 같단다. 반대로 숨을 참으면 배고픈 느낌이 드는 거야. 충분히 산소를 얻지 못하면 죽게 되지. 굶어 죽는 것과 같아."

윌리엄은 겁에 질렸다. "목 조르기는 어떤데요?" 그가 작은 목소리로 물었다.

"그래, 아주 비슷하지만 누군가 네 머리로 피가 통하지 못하게 막는다는 점이 달라. 그러니까 두뇌가 음식을 얻을 수 없게 되는 거란다." 그가 아이의 목에 따뜻한 손을 올렸다. "알겠니?"

한쪽에 서서 조용히 듣고 있던 릴리는 도로테아가 서재로 들어오는 것을 보았다. 그래서 살짝 손을 흔들었다. 도로테아가 몸을 낮춰 릴리에게 입을 맞췄다.

"램 박사님." 도로테아가 말했다. "잠시 얘기 좀 할 수 있을까요?" 그는 침통한 표정으로 고개를 끄덕이고 아이들을 서재 밖으로 안내했다.

박사는 아그네스만큼이나 이 마을에서 오래 살았고 거의 백발이 되었지만 여전히 미남이었다. 소년 같은 청순한 입술에 눈빛에는 지혜가 깃들었다. “딕슨 부인이시죠?” 그가 동정 어린 미소를 지었다. “삼가 고인의 명복을 빕니다.”

“전 그건 기억이 안 나요.” 열일곱 살 릴리가 빈 위스키 잔을 협탁에 내려놓았다.

“기억해야 할 이유도 없지 않겠니?” 램 박사가 옷깃을 느슨하게 풀며 말했다. “여기 좀 덥지 않니? 창문을 열까?”

“전 추워요.” 릴리가 살짝 부끄러워하며 대답했다.

그는 알았다는 손짓을 보였다. “그래, 아무튼 네 이모할머니가 사건에 대해 아는 걸 전부 말해 주길 바라더구나. 호기심이 왕성한 노부인이었어.”

“제가 기억하는 이모할머니의 모습이 그래요. 학교에서 뭘 배우는지 항상 꼬치꼬치 묻곤 하셨어요. 세세한 것까지 전부 알고 싶어 하셨지요.”

“타고난 수사관이야.” 램 박사가 고개를 끄덕였다. “그녀가 내게 나중에 가족회의에 참석해 줄 수 있는지 묻더구나. ‘해가 진 후’라고 말했는데 나한텐 무슨 드라마에 나오는 대사처럼 들렸어. 그녀는 경찰에게 이미 꼬치꼬치 물어볼 건 다 물어봤기 때문에 가족끼리 단서를 찾아보는 게 더 낫겠다고 생각했어.” 램 박사가 창문 너머를 쳐다보았다. 유리창에 비친 그림자로 보아 그가 이 상황을 즐기고 있다는 걸 알 수 있었다. “당연히 난 전문가적 소견을 밝힐 증인으로서 참석하는 거라고 믿었지. 용의자가 아니라.”

아그네스 모티머의 친척들이 라운지 한쪽에 쭉 늘어섰고 손님 두 명은 마치 책 버티개처럼 끄트머리에 자리했다. 그녀의 아들 매슈와 아내 로렌이 한가운데에 자리 잡고 바이올렛과 램 박사가 부부 왼쪽에, 릴리와 윌리엄을 비롯해 정원사 레이먼드가 오른쪽에 섰다. 도로테아는 그들을 마주 보고 앞뒤로 서성거리고 있었다.

"제 동생은 고집이 센 여성이었어요." 도로테아가 말했다. "비밀이 많았죠. 겨울 언 땅에 부딪히는 삽처럼 강한 면도 있었죠. 하지만 동생이 이곳에서 모두에게 사랑받았다는 걸 난 알아요."

그 말에 이의를 제기하는 사람이 있는지 레이먼드가 주변을 둘러보았다. 비 오는 날처럼 사랑받았지, 그는 생각했다. 아무도 입을 열지 않았다. 로렌만이 몸을 돌려 그를 쳐다보았고 그는 뭔가 부끄러운 짓을 들킨 사람처럼 눈길을 내렸다.

"그럼에도 불구하고," 도로테아가 말을 이었다. "제 동생은 오늘 아침 잔인하고 비정하게 위층 자기 침대에서 살해당했습니다. 제 동생이 말이에요."

경찰이 초라한 작은 차 뒷자리에 시신을 수습해 갔다. 그들은 오후 내내 집 안을 탐문하고 외부인인 레이먼드에게 가장 오랫동안 질문하며 머물렀지만, 누구도 체포하지 않고 해 질 무렵이 되자 곤충 떼처럼 우르르 저택을 빠져나갔다.

"경찰은 면식범의 소행이라고 믿고 있어요." 도로테아는 그 말과 함께 모든 이들을 차례로 쳐다봤다. "동기는 아직 불분명하지만 전 나름대로 의심이 가는 사람이 있습니다." 그녀가 손을 들어서 손가락을 공중으로 뻗더니 모여 있는 사람을 특정하지 않고 비난하듯 흔들었다. 그녀의 딱딱한 팔찌가 서로 부딪히며 팔이 악기처럼 소리를 냈다. "전 동생이 살해당했을 때 저택 부근에 있었던 모두를 불러 모았어요. 제 말이 틀리나요?"

레이먼드가 헛기침을 했다. "꼭 그렇지는 않습니다. 부인. 벤 크레이크가 오늘 집 주변에서 어슬렁거렸어요. 제가 봤습니다."

매슈가 한 걸음 나섰다. 의심이 가는 누군가에 대한 생각에 그는 먹이를 발견한 늑대처럼 본능적으로 반응했다. "벤 크레이크, 맞아요. 저도 그 애를 봤어요. 경찰한테 그에 대해 말한 사람 있나요?"

도로테아는 둘이 끼어들자 정신 사나워 짜증 난 표정을 지었다. "벤 크레이크가 누구지?"

바이올렛이 주머니에서 손수건을 꺼내 강박적으로 손가락 사이에서 비비 꼬았다.

"청년이에요." 매슈가 말했다. "마을에 살지요. 바이올렛과 같은 학교에 다니고요. 갖은 핑계를 대며 여기 자주 와요."

"제 친구예요." 바이올렛이 조심스럽게 말했다.

"못된 부류의 친구지."

"아니, 사실 꽤 괜찮은 청년이에요." 로렌이 남편의 목소리 속 희망의 불씨를 꺼트렸다. "범죄를 저지를 타입이 전혀 아니에요."

"인상 같은 건 속일 수 있어." 도로테아가 말했다. 그녀는 자기 조카를 향해 몸을 돌렸다. "그 청년을 어디서 봤니?"

매슈가 역으로 가려고 들판을 가로지르는데 갈색 코트를 입은 형상이 갑자기 눈앞에 나타났다. 그는 주변 풍경에 익숙하기에 그것이 착시 현상 때문이었다는 것도 알지만, 그래도 놀랄 수밖에 없었다.

"간 떨어질 뻔했잖아." 그가 유령에게 말했다.

벤은 대답하지 않았다.

"아," 매슈가 말했다. "너구나. 여기서 뭘 하고 있니?"

벤이 자기 턱을 두드렸다. "매슈 삼촌이시죠? 바이올렛의 친척이신. 전

새를 관찰하고 있어요." 그리고 청년은 건배하듯 쌍안경을 들어 보였다.

"그렇구나." 매슈가 고개를 끄덕였다. "너 때문에 엄청 놀랐어."

"전 참새들이 도망갈까 봐 꼼짝도 하지 않았어요."

평생을 시골에서 살았지만 여전히 불편하다고 생각하는 매슈는 이해가 안 가는 표정으로 청년을 노려보았다. "그래, 난 이만 가 봐야겠다."

벤은 쌍안경을 눈으로 가져간 다음 나무를 살폈다. 몇몇 불분명한 형체가 모스 부호처럼 가을 하늘로 날아올랐다. "바이올렛에게 안부 전해 주세요."

매슈가 시야에서 사라지자 그는 저택을 향해 몸을 돌리고 다시 쌍안경을 들었다. 그의 시선이 향한 저택의 꼭대기 층에는 창문이 하나 있었다.

"그 청년이 집 쪽을 보고 있었어?" 도로테아가 물었다.

"뭐 그럴지도 모르죠." 매슈가 대답했다.

바이올렛이 손수건을 눈으로 가져갔다.

"어쩌면 그애가…." 레이먼드가 머뭇거렸다.

"아주 흥미롭습니다만."

램 박사가 끼어들었다. 그는 인내가 바닥난 사람처럼 한숨 쉬는 듯하는 지친 목소리로 말했다. "여러분, 벤은 아무 상관도 없어요. 그냥 젊은 아가씨에게 빠진 청년일 뿐입니다." 바이올렛의 심장이 쿵쾅댔다. 거의 기절할 지경이었다. "전 그의 가족을 오랫동안 알고 지냈어요. 그의 아버지는 시내에서 골동품 상점을 운영하고 있지요. 유쾌한 사람들입니다. 쌍안경이 있든 없든 간에."

"그렇지만 그가 이 집을 보고 있었다면 분명 무언가를 봤을 거예요. 그런데 왜 경찰에게 알리지 않았을까요?" 바깥 하늘에 차가운 어둠이 드리웠다. 도로테아가 입을 열자 그녀의 말 한마디 한마디가 폭풍우를 불러와 곧 천둥 번개라도 내리칠 것 같았다. "다른 수상한 걸 본 사람은 없나요?"

아무도 대답하지 않았다.

"그렇다면 한 사람씩 사건이 일어났을 때 어디에 있었는지 밝히면 우리가 흥미로운 점을 찾을 수 있을 겁니다."

"우리 중 누군가를 의심하는 거예요?" 바이올렛이 불안하게 물었다. "벤을 의심하는 건가요?"

도로테아가 그녀에게 다가갔다. "아직 단정하긴 이르단다." 그리고 어린 아가씨의 머리를 쓰다듬어 주었다. 이제 그녀는 라운지 중앙에서 벗어나 반원의 일부가 되었다. 캠프파이어 주변에 몰려 앉아 저마다 이야기를 들려주려는 사람들로 이루어진 반원. "누가 먼저 시작할까요?" 그 질문에 대답은 없었다. "그럼, 내 동생이 살아 있는 걸 마지막으로 본 사람이 누구죠?"

로렌이 도로테아를 쳐다보았다. "저인 것 같아요."

뇌졸중을 일으키고 난 뒤로 매일 아그네스는 엄청난 어지러움과 혼미함을 느끼며 잠에서 깼다. 그녀는 아주 가만히 누워 토하고 싶은 충동과 싸우면서, 그녀의 나무로 된 방이 뱃머리처럼 울렁거리기도 하고, 열기구처럼 허공에서 매달려 좌우로 흔들린다고 상상했다. 창을 통해 들어오는 빛은 너무 밝고 뜨거워 방 가장자리가 벽과 뒤섞이며 이상한 형상을 만들어 냈다.

"이런 때에 비밀을 간직하는 것은 무책임한 일이에요." 그때 얼굴 하나가 나타났다. 그녀가 모르는 사이 로렌이 방으로 들어와 있었다. "몸이 많이 안 좋으시면 저희에게 꼭 알려 주셔야 해요."

로렌은 그녀의 아들 매슈와 결혼한 가녀린 금발의 아가씨였다. 아그네스는 며느리가 매력적인 걸 알지만 사람 자체로 좋아해 본 적은 없었다.

"신선한 공기를 조금 쐴까요?" 로렌이 창문을 열고 그 자리에 서서 전망을 바라봤다. "레이먼드가 진입로를 쓸고 있네요. 아침 내내 여기 느긋하게 앉아 그가 일하는 모습을 지켜볼 수 있으니 얼마나 좋으세요. 온몸의 근육이 땀에 젖은 근사한 남자의 모습을요." 그녀는 몸을 돌려 시어머니에게 윙크했다. "제가 방금 한 말을 매슈에게 전하시면 안 돼요."

아그네스는 로렌이 밉상이라고 생각했지만, 속마음을 드러내진 않았다. 며느리가 제풀에 지쳐 말을 멈출 때까지 묵묵히 버티는 게 제일 좋은 방법임을 알았다.

이제 그녀는 자기가 쟁반에 들고 온 토스트를 야금거렸다. "저기 의사 선생님도 보이네요. 항상 이곳에 오시죠? 두 분이 단둘이서만 계시고요." 로렌은 아그네스를 살짝 무시하는 표정을 지었다. "왜 저한테는 말을 하지 않으세요?"

아그네스는 한 손으로 목을 잡고 다른 손으로 쟁반을 향해 손을 뻗었다. 그녀가 움직일 때마다 흉가의 낡은 마룻바닥이 삐거덕거리는 것 같은 소리를 냈다.

로렌이 쟁반 끄트머리에 놓인 우유 잔을 쳐다본 다음 노부인 앞에 섰다. "직접 들어 보세요. 제가 하녀라고 생각하시나요?"

로렌이 미소를 지었다. 잠시 그녀는 음식을 창밖으로 집어 던지는 상상을 했다. 토스트 두 조각은 손바닥 무늬를 찍으며 바닥에 떨어지고 우유는 꽃밭으로 구역질을 하는 것처럼 보이겠지. 하지만 그녀는 충동을 억제했다. "점심때까지 컨디션을 좀 찾아보세요." 그녀가 문을 향해 걸었다. "아,

이모님이 오늘 오시는 것 잊지 마시구요."

삐걱거리는 소리와 나무문이 쾅 닫히는 소리가 났고 금발 유령은 사라졌다.

도로테아가 고개를 까닥였다. "동생이 기억하는 최후의 다정한 얼굴이군."

로렌이 고개를 끄덕였다. "네. 제가 어머님을 놔두고 계단을 내려왔어요. 바이올렛이 소파에서 잠이 들어 있더군요. 전 할 일이 더 없어 집으로 갔어요. 한 시간 정도 집안일을 하고 나서 같이 점심을 먹으러 돌아와야겠다 싶었죠. 그런데 제가 돌아와 보니 어머님이 돌아가셨어요."

"고맙구나." 도로테아가 바이올렛의 손을 꽉 잡았다. "네가 이어서 말해 보렴."

바이올렛이 몸을 떨었다. "네, 알겠습니다." 하지만 그녀는 갑자기 두려움과 죄책감에 사로잡혀 좀처럼 입을 열지 못했다.

바이올렛은 벤이 나오는 꿈을 꾸고 있었다.

두 달 전까지만 해도 그저 어린 시절 친구일 뿐이었는데 이제 그는 그녀의 머릿속에 항상 들어와 있었다. 레이먼드에 대한 욕망만으론 성에 차지 않는 것처럼.

그레인지 저택의 1층에는 소화 기관의 방처럼 서로 연결된 세 개의 음산한 라운지가 있었다. 매슈는 바이올렛이 가장 어두운 라운지의 낮은 소파에서 곤히 잠들어 있는 것을 보았다. 블라인드가 쳐지고 뒤쪽으로 부서진 책상과 탁자가 잔뜩 놓여 있는 곳이었다.

매슈는 조카를 향해 다가갔다. 그는 지루했다. 걱정하는 척 열이 나는지 확인하듯 그녀의 이마에 손을 올렸다. 손길에 조카가 깨어나 비명을 지르려다가 흐릿한 불빛 속에 삼촌인 것을 확인하고는 비명 대신 헐떡거리기 시작했다. 갑자기 재채기가 나오는 것 같았다. 그것이 삼촌이 나타난 것에 대해 더 적절한 반응이긴 했다.

“가여운 것.” 그가 말했다. “아주 피곤했던 게구나.”

벤에 대해 관능적인 꿈을 꾸고 난 뒤라 삼촌의 손길이 어딘가 불쾌했다. 그녀는 부끄러운 듯 라운지의 어두운 모퉁이를 향해 고개를 돌렸다. “매슈 삼촌, 용서하세요. 점심 준비를 하려고 일찍 일어났는데 어젯밤에 잠을 제대로 못 잤어요. 잠깐 앉아서 쉴 생각이었어요.”

“잘못이랄 게 뭐가 있니, 바이올렛. 이 집안을 위해 네가 얼마나 노력하는지 잘 아는걸. 겨우 열여섯에 집 안주인 역할을 잘 해내고 있잖니.” 열일곱이었지만 그녀는 삼촌의 말을 정정하진 않았다. “로렌이 어머니의 아침 식사를 가지고 올라갔어. 우리는 널 깨우지 않는 게 좋겠다고 생각했단다.”

바이올렛은 자리에서 일어나 주방으로 갔다. 매슈가 계속 말을 하며 뒤따라왔다. “이 상황이 끝나면 어떤 면에서는 우리 모두에게 축복이 될 거야. 그러면 우린 확실하게 널 챙겨 줄 수 있어.”

바이올렛이 힘없이 웃어 보였다. 그녀는 할머니의 건강이 나빠진 게 마음 아팠다. “너무 빨리 그렇게 되진 않길 바라요.”

“한 시간 안에 도로테아 이모가 도착하실 거야. 그분을 마중하러 역으로 가려고 해.”

바이올렛은 인상을 쓰며 그에게서 몸을 돌렸다. 이모할머니가 방문한다는 건 할 일이 많아진다는 뜻이기도 했다. “아, 예.” 그녀가 말했다. “사려 깊으시네요.”

"이제 곧 출발하려고."

바이올렛은 창밖을 내다보았다. "여기," 그가 문으로 갈 때 그녀가 말했다. "아이들이 연못가에서 놀고 있어요. 애들한테 사과를 하나씩 가져다주실래요?"

그가 고개를 끄덕이자 그녀는 테니스공처럼 크고 반짝이는 사과 두 개를 그릇에서 꺼내 그에게 건넸다.

바이올렛이 가족들을 번갈아 쳐다보았다.

"그리고 전 한숨 더 자러 갔고 한 시간쯤 뒤에 동생의 비명을 들었어요."

"알려 줘서 고맙구나." 도로테아가 말했다. 그녀는 매슈 뒤에 반쯤 숨어있는 릴리를 안타까운 눈빛으로 쳐다보았다. "그리고 아이들이 시신을 발견했죠. 그러니 당신이 이야기를 계속 이어가는 쪽이 논리적일 것 같은데요, 레이먼드?"

그는 자신의 이름이 불리자 놀랐다. 하지만 이내 역할을 맡은 것이 자랑스러운 것처럼 몸을 곧게 세웠다. "맞습니다. 전 비명을 들었어요. 정원에서 낙엽을 치우고 있었을 때요."

아그네스는 요즘 들어 성미가 날카로웠다. 자기 방에 갇혀 정원을 내려다보는 것이 유일한 즐거움인 상황에서 그녀는 레이먼드의 일거수일투족을 살피며 잔소리를 했다. 그는 지난 며칠간 짬을 내 차고에서 발견한 보트를 수리했다. 어제는 아그네스의 창문 바로 아래서 그 배를 뒤집어 놓고 페인트칠을 하는 실수를 저질렀다. 거의 하루를 다 쏟아부었던 늦은 오후 그는 아그네스가 희미하게 부르는 소리를 들었다. 그녀는 통증 때문에 고함을 지르지 못해서 창문을 열고 지팡이로 창틀을 위아래로 두드렸다.

그래서 창문을 올려다보았다. 핏발이 잔뜩 선 눈이야. 부인의 정신이 혼미한가 보네, 그가 생각했다.

"나무 장난감을 가지고 놀라고 당신에게 돈을 주는 게 아니야." 그가 3층을 올라 그녀의 방으로 갔을 때 아그네스가 말했다. 그녀가 레이먼드에게 하는 말은 오로지 돈에 관한 것뿐이었다.

그녀는 언니가 오기로 되어 있으니 보트 수리를 그만두고 정원에 떨어진 낙엽을 싹 치우라고 지시했다. "알겠습니다, 부인." 그는 세 개의 계단실을 내려오면서 그녀가 계단을 데굴데굴 굴러 몸이 으스러지고 바닥에 떨어져 목이 아작나는 상상을 했다.

아그네스가 죽은 당일, 그는 보트 수리를 마칠 요량으로 일찍 일어났다. 피곤이 쌓인 그는 짜증을 내며 나무를 걷어차 흰 페인트 발자국을 남겼다. 그는 보트를 질질 끌고 연못으로 가서 물 위에 밀어 넣었다. 배가 뜨는지 확인하고 싶었다. 흰 페인트가 물속으로 소용돌이쳤다.

그는 삽과 외바퀴 손수레를 가져다 낙엽을 정리하기 시작했다. 생울타리 한쪽에서 낙엽을 쓸고 있는데 로렌과 매슈가 도착했고 부부는 그가 있다는 걸 알아차리지 못했다. 그리고 벤이 들판에서 나무 뒤로 몸을 숨기고 눈에 쌍안경을 대고 있는 걸 발견했을 무렵 외바퀴 수레가 낙엽으로 꽉 찼다. 수레에 낙엽을 더 채울 수 없게 되자 그는 수레를 밀어 두 울타리 모퉁이의 퇴비 더미 위로 쏟아 버리고 물러나 자신이 모은 엄청난 양의 낙엽을 보며 뿌듯해했다. 일부는 갈색으로 변하기 시작했지만, 다수는 아직 진한 녹색이라 퇴비 더미는 채소를 가득 담은 접시 같았다. 그런 다음 그는 더미 한쪽에서 예사롭지 않은 흔적을 발견했다. 무거운 물건이 던져져 생긴 작은 구멍이었다.

손을 집어넣으니 죽은 다람쥐가 딸려 나왔다. 장갑을 낀 손 위에 묵직한 몸통을 올리니 고개가 손바닥 끄트머리에서 줄에 매달린 것처럼 대롱거렸다. 사체는 굳어 뻣뻣했다. 그는 엄지손가락으로 목 주변을 만져 보았다. 아무것도 없었고 그냥 닳은 천처럼 부드러운 피부 속으로 뻣뻣한 힘줄이 느껴졌다. 다람쥐는 처음부터 목이 졸렸고 그런 다음 목뼈가 부러졌다.

그는 사체를 퇴비 위로 내던지고 씩씩거렸다. "윌리엄, 이 녀석이 대체 왜 이러는 거야?"

한 시간 뒤 일을 마치고 그는 삽을 다시 헛간에 가져다 놓았다. 그때 저택에서 비명이 울려 퍼졌고 바이올렛이 두 아이를 따라 현관으로 뛰어나오는 것을 보았다.

그는 곧바로 그녀에게 향했다. "바이올렛," 그가 조심스럽게 그녀의 손목을 잡았다. "무슨 일이야?"

"할머니가, 할머니가 다치셨어요."

레이먼드는 그녀를 밀치고 집 안으로 들어가려고 했지만, 그녀가 따뜻한 손바닥을 그의 가슴에 올리며 저지했다. "아뇨, 램 박사님한테 가세요." 그는 머뭇거리지 않았다. 곧바로 몸을 돌려 뛰기 시작했다.

박사의 집은 1킬로미터쯤 떨어진 마을의 반대편 끝에 있었고 레이먼드는 서두르면서도 다시 뛰어서 돌아올 수 있도록 체력을 안배했다. 그레인지 저택과 연결되는 가로수 길에서 도로로 나갔을 때 그는 램 박사가 전쟁기념관 주변 낮은 벽에 기대앉아 담배를 피우고 있는 걸 보았고 처음엔 분명 헛것을 본 거라고 생각했다.

*

"고마워요, 레이먼드." 도로테아가 말했다. "아주 흥미로운 이야기군요. 램 박사님, 이제 당신이 한번 말해 보세요. 아그네스가 살해당할 때 당신은 뭘 하고 있었죠?"

램 박사는 이해가 안 가는 표정을 지었다. "뭐라고요?"

"제 동생이 죽을 당시 뭘 하고 있었냐고 물었습니다만?"

의사는 놀랐다. 다른 사람들이 멍하게 그를 쳐다보았다. "전 이 자리에 용의자가 아니라 증인으로 참석한 거라고 생각했습니다. 내가 뭘 하고 있었는지가 이 일과 무슨 상관있나요?"

"상관이 없을 수도 있습니다만 당신은 그 일이 벌어지던 시간 저택 근방에 있었으니까요. 그리고 현재로선 그 점이 설명되지 않았고요."

"내가 뭘 하며 하루를 보냈는지는 당신이 상관할 바가 아닙니다. 당신에게 그 이야기를 하는 건 환자의 비밀보장 유지 조항을 위반하는 것이 되고요." 아무도 이 말에 깊은 인상을 받지 못했고 그들은 계속해서 무언가를 기대하며 그를 쳐다보았다. "전쟁 기념관에서 내가 뭘 했는지 꼭 알아야겠다면 난 그냥 동네 산책을 했을 뿐입니다. 아침 시간을 느긋하게 보내는 나만의 일과예요. 잠깐 거기 멈춰 파이프에 불을 붙였을 뿐입니다. 그때 레이먼드가 날 봤고 나는 그를 경찰에게 보낸 뒤 진입로로 걸어왔어요. 물론 그 시간에 아그네스는 이미 죽어 있었어요. 시신을 살피니 죽은 지 30분이 지났더군요."

"그렇군요." 그가 목소리를 높이자 도로테아는 살짝 주눅이 들었다. "알려 주셔서 고맙습니다."

릴리는 6년 뒤 같은 목소리를 듣고 있었다. "그날 이후로 그녀는 감히 날 의심하지 못했어. 내 앞에서는."

"이모할머니가 박사님을 용의자로 생각한 게 정말로 불합리하다고 여긴 건가요, 아니면 그저 박사님이 옹졸해서 그런 건가요?"

대놓고 하는 모욕에 램 박사는 피식 웃음이 나왔다. "기억이 확실치 않아. 난 정말로 그냥 걷고 있었거든. 나에게 혐의를 뒤집어씌운 건 가당치도 않았어."

"그랬을 테죠."

"하지만 계속 말할게. 네가 가장 흥미 있어 할 대목이거든."

박사는 반원의 중앙을 서성거렸다. "도로테아, 당신이 하는 말에 어폐가 있어요. 누구든 어느 방향에서든 이 집으로 몰래 들어올 수 있어요. 벽이 아니라 문으로 둘러싸여 있다고 해도 좋을 정도죠. 정원에는 생울타리와 나무가 가득해 숨을 곳도 많고요. 누가 이런 짓을 저질렀는지 알고 싶다면 동기부터 찾아보는 게 좋을 겁니다."

"그리고 여기 있는 누구도 동기가 없어요." 매슈가 말했다. "그렇다면 외부인의 짓일까요?"

"내 생각도 그렇다네." 램 박사가 말했다.

"동기는 돈이겠지, 뭐." 도로테아가 중얼거렸지만, 모두가 그 말을 들었다.

"돈이라고요?" 매슈가 물었다. "무슨 뜻이죠?"

"아그네스가 일주일 전쯤 내게 편지를 보냈어. 누군가 자신을 독살하려 한다고 생각하고 있었지. 지난주 어느 아침에 죽을 것 같은 느낌이 들어 잠에서 깼고 누군가가 마실 거리에 무언가를 탔다고 확신했어."

*

이번에는 보통 때 겪는 어지러움과 사뭇 달랐다. 솜털 같은 무언가가 그녀 속에서 돌아다니는 것 같은 기분이었다. 활기찬 백조 한 마리가 그녀의 내장에 웅크리고 앉아 식도를 통해 긴 목을 쭉 펼치는 것 같았다. 아그네스는 고통스러워 이를 악물고 분명한 결론을 내렸다. 누군가 그녀를 죽이려고 했으나 독살에 필요한 양을 제대로 조절하지 못했다고. 누구든 그런 짓을 할 수 있다. 온종일 침대 옆에 물 주전자가 놓여 있었으니까. 언제부터 그 자리에 있었는지 누가 신경이나 쓸까?

의사는 분노한 목소리였다. "그걸 경찰에게 말했나요?"

"그럴 일이 없길 바랐어요." 도로테아가 침착하게 그를 쳐다보았다. "아그네스는 자기 방을 뒤진 흔적이 있다는 느낌도 받았어요. 물건 몇 개가 제자리에 놓여 있지 않았다고 했죠."

"하지만," 매슈가 입을 열었다. "어머니한테는 훔쳐 갈 게 아무것도 없어요."

"그건 사실이 아니란다." 도로테아가 말했다. "너희 아버지가 생전에 들판이 곡식으로 넘치던 시절 네 어머니에게 보석을 사 주곤 했었지. 매년 결혼기념일마다."

"네, 저도 그 이야기는 들었어요." 매슈가 말했다. "하지만 어머니가 전부 처분하셨죠. 어려운 시기를 겪을 때요."

"아니." 도로테아가 말했다. "동생은 너한테 거짓말을 한 거야. 모든 걸 처분했지만 다이아몬드만큼은 절대 포기할 수 없었지."

"정말 섬뜩하군요." 로렌이 꽤 신나서 말했다. "그리고 그것들을 도난당했나요?"

"나도 모르겠구나." 도로테아가 말했다. "아그네스가 그걸 어디에다 뒀는지 모르겠어. 어딘가에 숨겨 뒀을 텐데 처음에는 그냥 다이아몬드를 팔았다고 거짓말한 게 부끄러워서 그랬고 나중에는 안전을 위해 비밀로 했겠지."

"이 사실을 아는 사람이 또 있나요?" 매슈가 주변을 둘러보며 물었다.

"할머니가 작은 보석 몇 개를 가지고 계신 건 알았어요." 바이올렛이 말했다. "하지만 다이아몬드는 아니에요. 전 방을 구석구석 청소해요. 다이아몬드를 숨길 만한 곳이 없어요."

하루가 그렇게 흘러갔지만, 아그네스는 여전히 거기에 있었다. 지금은 어두워진 창가에 앉아서 계단을 오르락거리는 사람들의 발소리를 들으면서.

그녀는 몸을 앞으로 구부려 창문이 닫히면 거기에 기대어 앉을 낡고 갈라진 나무판을 창틀에서 빼 올렸다. 그 너머로 가느다란 틈이 벽으로 이어져 벽돌 속에 숨은 공간을 드러냈다. 그녀는 닳은 천 주머니를 꺼낸 다음 내용물을 조심스럽게 의자 옆 탁자로 쏟았다. 은 쟁반 위로 후드득 보석이 흘러내렸다. 루비, 에메랄드, 다이아몬드가 달빛 아래 반쯤 검게 보였다. 낮에 꺼내 보기엔 안전하지 않아 그녀의 방으로 올라오는 계단이 삐걱거리며 숨을 쉬는 밤이 될 때까지 기다렸다. 서른 개의 보석이 얕은 더미를 이루었다. 어린이 탐험 책에 등장하는 귀한 보물처럼.

이게 바로 그들이 추구하는 것이다, 이 천박하고도 무거운 재산.

램 박사는 자신과 릴리의 잔에 위스키를 더 따랐다. "아직도 한기를 느끼니?"

릴리는 손으로 팔을 쓰다듬었다. "대화 주제가 제 피를 얼어붙게 하는 것 같아요."

"유감이구나." 그가 말했다. "이쯤에서 그만해도 돼."

"아니, 아뇨. 전 정말 괜찮아요."

"어쨌든 우린 결말에 도달한 것 같구나. 난 네 이모가 유치한 게임을 하게 내버려 뒀어."

"제 이모할머니예요, 램 박사님. 세세한 부분까지 제대로 떠올려 보는 게 중요해요."

"잘 알겠다. 난 네 이모할머니가 자기 추리에 몰두하게 놔두고 자리를 떴어. 그러니 내 이야기는 분명 거기까지야. 그녀는 몇 주 더 탐정 놀이를 했고 심지어 마을 전체를 의심했지. 물론 그건 모두가 용의자라는 점을 확신시킬 뿐이었어. 그리고 그때쯤 난 이사 계획을 세우기 시작했어. 그리고 한두 해 뒤에 그녀가 세상을 떠났지 아마?"

"네, 맞아요. 아그네스 할머니가 돌아가시고 일 년 뒤에요. 이모할머니의 경우는 전적으로 자연사였어요."

"유감이구나."

"물론 이모할머니는 한 번도 절 의심하지 않으셨어요."

"나도 그건 알아차렸어. 시신을 발견한 것 말고 그날 기억나는 게 있니?"

"아, 있어요." 릴리가 말했다. "아직도 모든 걸 선명하게 기억해요."

도로테아가 소집한 모임이 해산한 뒤 윌리엄과 릴리는 2층의 비좁은 창고로 갔다. 그렇게 늦은 시간까지 깨어 있어도 되는 건 드문 행운이었다. 둘은 잠자리에 들어야 했지만 모두가 정신이 없었고, 아무도 그렇게 중대한 날이 끝나간다는 걸 인정하고 싶지 않아 했다. 이제 두 아이만 남았다.

릴리는 흘러내린 벽지를 잡아당겼다. "이모할머니가 탐정 놀이를 하고 있어. 그분이 사건을 해결할까?"

윌리엄은 말이 없었다. 그는 수년 전의 크리스마스 카드가 쭉 세워져 있는 방치된 창틀 옆에 서서 창밖의 흐릿한 움직임을 바라보고 있었다. 릴리가 그의 뒤로 다가갔다.

"윌리엄, 우리가 할머니 방에 갔을 때 넌 할머니가 거기에 있을 거란 걸 이미 알았어."

그가 고개를 저었다. "아니야."

"나한테 보여 주고 싶은 게 있다고 했잖아."

"난 그런 식일 줄은 몰랐어." 소년이 흐느꼈다.

릴리는 천천히 다가가 손으로 그의 어깨를 쓰다듬었다. 그가 몸을 돌렸다. 엉엉 울고 있는 소년의 눈물이 턱으로 흘러내렸다. 그녀는 윌리엄을 쳐다봤다. 그가 꽉 쥔 포동포동한 주먹을 들어 올렸다. 릴리가 그 주먹을 잡아 펼쳤다. 손바닥 한가운데에서 다이아몬드 반지가 반짝였다.

"그랬어요." 6년 뒤의 릴리가 말했다. "제가 사건을 해결했어요. 제 어린 사촌 윌리엄이 할머니를 죽인 거예요. 열한 살의 어리석은 생각이었지만 제가 유럽에서 가장 훌륭한 탐정이 된 기분이었어요."

"그랬었군." 램 박사가 말했다. "넌 그걸 혼자만 알고 있었구나."

"물론이죠. 전 범죄가 끔찍이 싫지만 그래도 윌리엄을 곤경에서 구하고 싶었어요. 항상 그의 편에 설 거예요. 그리고 꽤 오랫동안 정말로 윌리엄이 할머니를 죽였다고 생각했어요. 그가 제게 증거를 보여 줬으니까요."

"하지만 지금은 확신할 수 없다?"

"어린아이의 상상력을 빼면 윌리엄이 그랬다는 게 앞뒤가 맞지 않아요. 그렇죠? 윌리엄은 자백한 것이 아니에요. 그저 제게 사라진 다이아몬드 중 하나를 보여 줬을 뿐이죠. 사실 우리가 같이 할머니의 시신을 발견하기 전에 그가 먼저 혼자 발견했고 그 반지는 침대 옆 바닥에 떨어져 있었을 가능성이 더 커요."

"아니면 누군가 그 애한테 반지를 주었을 수도 있어. 하지만 넌 그 부분에 대해 물어보진 않았겠지?"

릴리가 슬픈 표정을 지었다. "처음 받은 충격이 어느 정도 가신 뒤에 윌리엄에게 자세히 이야기해 달라고 할 생각이었어요. 하지만 마음의 준비를 하기도 전에 우리는 서로 떨어지게 되었어요. 겨우 한두 주 정도 후에요. 매슈 삼촌이 저택을 물려받았고 삼촌은 윌리엄과 같이 살려고 하지 않았어요. 삼촌은 윌리엄의 아버지 때문에 그 애를 늘 싫어했어요."

"맞아. 그래서 정원사랑 같이 살았지?"

"그래요. 레이먼드는 항상 윌리엄을 안타깝게 여겼었죠. 둘은 잘 지냈고 레이먼드와 그의 아내는 자식이 없었어요. 그래서 모두들 조건이 딱 맞아떨어진다고 여겼죠. 하지만 세 사람은 금방 이사를 가 버렸어요. 레이먼드는 사건이 벌어진 뒤 그레인지 저택에서 일하길 원하지 않았고 다른 일자리가 있다는 소문을 들었어요. 그렇게 세 사람이 떠났고 그 이후로 전 제 사촌을 보지 못했어요. 윌리엄은 자신이 배척당했다고 생각했는지 우리와는 아무것도 하려고 들지 않았어요."

"그럼 그게 우리가 가진 유일한 단서인가?" 박사가 눈썹을 들어 올렸다. "할머니를 죽이기에는 너무 어린 한 명의 용의자."

"더 있어요." 릴리가 위스키를 한 모금 더 마셨다. 그녀는 이제 꽤 익숙해져 시가도 달라고 해 볼까 하는 마음이 생겼다. "우선 도로테아 이모할머니의 장례식이 1년 뒤에 있었어요. 그러고 나서 바이올렛 언니가 바로 결혼했어요."

"벤 크레이크와?"

"네. 우리 할머니가 살해당하던 날 집 주변을 어슬렁거리던 그 벤 크레이크요. 그는 할머니가 돌아가신 뒤에도 도망치지 않았어요. 언니는 비극으로부터 자유로워지고 그와 공공연하게 대화를 나누기 시작했어요. 그리고 얼마 지나지 않아 둘이 약혼을 했어요."

"네 삼촌은 분명 기뻐했겠구나."

"아, 매슈 삼촌은 전혀 좋아하지 않았어요. 하지만 크게 화를 내지도 않았어요. 삼촌은 윌리엄에게는 잔인하게 굴었지만, 언니와 제가 그레인지에 살 수 있게 배려해 주셨죠. 물론 저희는 여전히 삼촌에게 무거운 짐이어서, 전 언니가 결혼해 그곳을 떠났을 때 삼촌이 한시름 덜었다고 확신해요. 언니도 절박하게 그곳을 떠나고 싶어 했어요. 그러니 결혼할 수밖에요."

"참 낭만적이구나." 램 박사가 말했다.

"아무튼, 우리 누구도 벤을 살인자로 의심하지 않았어요. 가당치도 않아 보였죠. 그는 우리 가족에 대해 아는 것이 거의 없었어요. 다이아몬드에 대해 모르고 있었던 게 확실하죠. 우리가 그를 용의자로 봐야 한다고 주장한 사람은 삼촌뿐이었어요."

"하지만 어느 순간부터 너도 삼촌에게 동의하기 시작한 거지?"

로렌, 매슈, 릴리 단출한 가족이 주방 식탁에 모여 늦은 점심을 먹었다. 그때 문을 두드리는 소리가 들렸다. 바이올렛이었다.

"매슈 삼촌, 로렌 숙모, 릴리." 그녀가 주방으로 들어왔다. "다들 잘 지내죠?" 그녀가 자리에 앉았다. "벤이 제게 사 준 반지를 보여 드리려고 왔어요." 결혼한 지 6개월쯤 지난 시점이었다. "그가 저축을 해 왔어요. 반지를 보면 왜 그래야 했는지 이해가 갈 거예요."

바이올렛이 비좁은 탁자 위로 손을 펼쳤고 심플한 은 밴드에 커다란 다이아몬드가 박힌 반지를 보여 주었다. "너무 아름답죠?"

로렌과 매슈가 서로 쳐다보았다.

"그래, 정말 아름답구나." 로렌이 말했다.

"아주 많이." 매슈가 덧붙였다.

릴리는 아무 말도 하지 않았지만, 그 반지가 18개월 전 윌리엄이 자신에게 보여 준 것과 얼마나 비슷한지 눈치챘다. 벤이 할머니의 죽음과 관련이 있는 걸까? 그게 정말로 가능한 일일까?

도로테아 이모할머니가 살아 계셨더라면 좋았을 텐데, 릴리는 생각했다.

"하지만 넌 도로테아보다 이 사건에 더 많은 진전을 이루어냈잖니." 램 박사가 말했다.

"제가요? 벤, 윌리엄, 나머지 사람들. 실낱같은 단서는 있는데 잘 엮이지가 않아요."

"하지만 넌 진짜 용의자들을 찾아냈잖니. 도로테아는 의심만 했었지."

릴리는 자신이 이해하지 못한 부분이 있다고 느꼈다. "그 뒤로 무슨 일이 벌어졌는지 들으셨을지도 모르겠네요. 꽤 큰 사건이었어요."

램 박사가 고개를 끄덕였다. "정원사 레이먼드의 사고 말이구나."

*

릴리의 열다섯 번째 생일 저녁, 그녀가 로렌이 사 준 원피스를 입고 라운지에서 숙모에게 자랑하고 있는데 매슈가 엉망인 몰골로 퇴근하고 돌아왔다. "역장한테서 이야기를 들었어. 아마 못 믿을 거야." 릴리의 특별한 날인 것도 잊어버리고 그는 셰리주를 한잔 따른 뒤 자리에 앉았다. "정말 이상한 일이야." 그는 손가락으로 헝클어진 머리카락을 계속 쓸어넘겼다. 머리카락 때가 껴서 손톱이 반들반들했다. "레이먼드에 관한 일이야." 그가 입을 열었다.

릴리는 로렌 옆에 앉았다. 오래전 정원사였고 살인이 일어나고 한 달 뒤부터 보지 못했던 그의 이름이 나오자 두 사람은 안절부절못했다. 그들은 매슈가 앞으로 할 말이 무엇이든 그게 아그네스의 죽음과 관련이 있다고 직감했다.

"그가 죽었어." 두 사람 다 꼼짝도 하지 않았다. "살해당했지. 런던에서 강도를 만난 것 같아. 사실 그는 다이아몬드를 팔려고 시내를 돌아다녔어. 합법적인 곳은 안 되니 빈민가를 다녔나 봐. 그 얼간이가 강도를 당하고 목숨을 잃었어. 강도가 그를 칼로 찔렀어."

릴리는 레이먼드가 배에 난 구멍 위를 힘이 빠져 가는 손으로 틀어막고 숨을 헐떡이다 점차 숨통이 막혀 가는 모습을 상상했다.

매슈가 릴리와 로렌을 쳐다보았다. "그게 무슨 뜻인 줄 알아?"

두 사람 다 무슨 뜻인지 정확히 알았다. 로렌이 말을 꺼냈다. "그가 당신 어머니를 살해한 것이 아니라면 그 다이아몬드가 어디서 났을까요?"

"정확해." 매슈가 말했다. "난 항상 그가 의심스러웠어."

"그게 거의 3년 전 일이에요." 릴리가 말했다. "전 윌리엄에게 편지를 써서 괜찮은지 확인하고 싶었지만 제 편지는 결코 그에게 닿지 않았어요. 늘 반송되었죠. 분명 레이먼드의 미망인이 다시 이사 가면서 그를 데리고 간 거예요."

"참 불행한 아이구나."

릴리가 한숨을 쉬었다. "가여운 소년이죠. 윌리엄은 이제 열다섯이에요. 그렇게 오늘까지 왔네요."

"네 언니한테 물어본 적이 있니?"

이제 조금 취한 릴리는 그를 향해 눈을 흘겼다. "무슨 뜻이죠?"

"바이올렛이 사건에 연루되었다는 말은 아니지만, 그 애는 분명 그날 아침 행적에 대해 거짓말을 했어."

릴리가 술잔을 내려놓았다. "선생님은 꽤 괜찮은 탐정이군요. 아니 '탐정 박사님', 두 단어가 착 입에 붙네요."

"천천히 마시렴." 그가 릴리의 손에서 잔을 빼앗았다.

"네, 사실이에요. 살인 사건이 일어나던 날 언니를 봤을 때 상태가 엉망이었고 정신이 딴 데 팔린 것처럼 불안정했어요. 전 이후에 물어봤어요. 언니는 로렌 숙모가 가고 난 뒤 할머니의 아침 식사 쟁반을 가지러 갔고 할머니가 언니한테 고함을 지르며 자신이 죽길 바라는 게 아니냐고 화를 냈대요. 그다지 대수로운 일은 아니었지만, 바이올렛 언니는 그 말에 충격을 받았어요. 그러나 경찰한테는 말하지 않았지요."

"그렇다면 바이올렛이 아그네스가 살아 있는 걸 본 마지막 인물이야."

"그렇게 인정한 마지막 인물이죠."

"물론이지." 박사는 생각에 잠겼다.

"박사님한테 질문이 하나 더 있어요." 릴리가 술기운을 빌어 말했다. "박사님에게 확인하고 싶은 저의 기억이에요."

박사가 고개를 끄덕였다.

"윌리엄을 보트에 두고 나와 책을 읽기 전에 전 정원을 몇 바퀴 돌았어요. 앉을 자리를 찾고 있었죠. 그러다 생울타리 주변으로 고개를 돌렸는데 박사님과 로렌 숙모가 진입로 먼 끝에서 서로 팔짱을 끼고 있는 걸 봤어요. 그러다가 박사님이 숙모에게 입을 맞추더군요."

박사는 그 이야기를 피하려는 듯 벽 쪽으로 의자를 살짝 돌렸다. "맞아. 네 숙모와 나였어. 그게 신경 쓰이니?"

"두 사람이 함께 무엇을 했느냐에 따라 다르겠죠."

박사는 한숨을 쉬고 시계를 보았다. 대화를 끝내기 위한 핑계를 찾으려는 것인지, 혹은 과거를 회상하는 데 도움을 받으려는 것인지, 그녀는 알 수 없었다. "우리는 분명 경찰에게 거짓말을 했어. 우리는 잠깐의 만남이 입방아에 오르는 걸 피하려고 그날의 행적에 대한 진술을 좀 조정한 것뿐이야. 사실은 이미 몇 달째 만나던 사이였고 살인이 벌어진 시각에 마을에 있는 네 삼촌의 옛날 집에 함께 있었어."

"참 추악하군요." 릴리가 몽롱하게 말했다.

박사는 투덜거리며 책상에서 펜을 들고 몸을 앞으로 구부렸다. "넌 그 충동을 이해하기엔 너무 어릴지도 모르지." 릴리는 부끄러운 표정으로 그의 손에 들린 위스키 잔을 쳐다보았다. "최근에 난 인간의 생식 기능에 대해 생각하고 있는데," 그가 펜으로 허공에 원을 그린 다음 대략 릴리의 자궁을 가리켰다. "그건 생산보다는 파괴를 위한 동력에 더 가까워."

릴리는 무릎을 접어 배에 밀착하고 발을 의자 끄트머리에 올렸다. "그래서 박사님은 후회가 없나요?"

"그건 다른 문제고, 네가 정말로 살인 사건의 해결에 집중한다면 내게 알리바이가 있다는 말이야."

이 반발에 그녀는 어깨를 으쓱였다. "그렇다면 알리바이를 입증해 줄 누군가가 있나요? 없다면 별로 좋은 알리바이가 아니군요."

"너희 숙모에게 물어봤니?"

릴리는 살짝 경직되며 입을 다물었다. "죄송해요. 전 아시는 줄 알았어요. 숙모는 작년에 돌아가셨어요." 그녀는 관속에 누운 로렌의 시신을 떠올렸다. 충혈된 눈과 부풀어 오른 목. "바이러스 감염이었어요, 무서운 병이었죠."

박사의 얼굴이 창백해졌다. "난 몰랐어."

그는 침묵한 채 생각에 잠겼다. 차가운 바닥에서 경련을 일으키는 로렌을 떠올리니 충격적이었지만 어떤 승리감이 느껴지는 건 어쩔 수 없었다. 그녀는 그가 저지른 죄악 중 하나였고 그는 그녀가 죽은 뒤에도 살아남아 있다. 어쩌면 진짜로 그는 그들 모두보다 오래 살고 싶어 하는지도 모른다.

"유감이구나." 그가 말했다. "하느님은 너희 가족이 얼마나 많은 시련을 극복해 왔는지 아실 거야."

릴리는 그 말을 잠재울 만한 대답을 생각하며 바닥을 내려다보았다.

"음," 그녀가 대화의 마지막을 장식하는 격식인 셈 치고 물었다. "그날 일에 대해 저한테 더 할 말이 없나요?"

박사가 자리에서 일어섰다. "사실 있단다." 그가 다시 잔을 채웠다. "네가 이 방을 나간 뒤 넌 로렌과 내가 어떻게 그런 랑데부를 안전하게 즐겼는지, 그것도 네 삼촌이 일하지 않는 날 그의 집에서 그랬는지 궁금할 거야. 그건 매슈가 도로테아를 만나러 기차역에 갔기 때문이거나 혹은 그랬다는 그의 말을 들어서일 테지. 편도 25분이야. 하지만 그는 결코 도로테아를 만나지 못했어, 그녀가 알아서 찾아왔어. 아니니? 그럼 실제로 그가 어디에 갔었는지 궁금하지 않니?"

램 박사를 그의 사무실과 임종 자리 사이에 놔두고 한 걸음 물러나 보자.

이 이야기의 작가로서 난 독자들이 직접 사건을 해결할 수 있도록 충분한 증거를 알려 줄 의무를 다했다. 야심 찬 독자층은 여기서 잠시 멈춰 손수 미스터리를 풀고자 시도할지도 모르겠다.

그리고 5년 후.

램 박사는 두 개의 직사각형 속 황혼이 지는 광경을 지켜보았다. 그는 안경을 쓴 채 창밖을 내다보았다. 그는 그녀의 이름을 적었다. '친애하는 릴리.'

그 순간 슬픔이 그를 집어삼켰다. 그가 지은 죄들은 이제 정당화할 수 없어졌다. 그는 지금 생의 마지막 순간을 마주하고 있고 자기가 지은 죄들로 인생이 조금도 나아지지 않았다는 걸 이제까지 보아 왔기 때문이었다. 같은 이유에서 그의 죄는 후회조차 불가했다.

'5년 전 넌 네 할머니의 살인 사건에 관해 나에게 물으러 찾아왔지. 당시에 내가 아는 걸 전부 말해 주지 않은 건 차츰 분명히 드러날 거였기 때문이었어. 사실 난 그 반대로 했고 내 마지막 힌트는 잘못된 방향으로 향했어. 네 삼촌은 역까지 마중 나갔지만 기차 시간을 잘못 알았던 거야. 어쩌면 넌 이 부분을 의심했지만 예의를 갖추느라 지적하지 않았던 것인지도 모르지. 넌 굉장한 아가씨고 그간의 세월이 널 잘 성장시켰길 바라. 도로테아가

참으로 자랑스러워할 거야.'

박사는 길게 한숨을 쉬었다. 그는 고백의 순간을 스스로 지연시키고 있다는 걸 잘 알았다. '그날 만났을 때 난 내 죄 한 가지를 고백했고 그건 네 숙모와의 불륜이었어. 하지만 다른 부분, 내가 아그네스의 살인 사건에서 맡은 역할에 대해서는 말하지 않았어. 모든 것이 벤 크레이크에게서 시작된 거란다.'

"안녕하세요." 의사가 어느 늦은 여름 전쟁 기념관 주위를 걷는데 한 청년이 그를 불렀다.

"안녕, 벤. 잘 지냈니?"

벤이 자리에서 일어났다. "그레인지 저택에서 오시는 길이세요? 잠시 같이 걸어도 될까요?"

"그래, 맞아. 그리고 같이 걸어도 좋아. 바이올렛이 뭘 하고 있는지 궁금하니?"

"오늘은 아니에요." 벤이 말했다. "오늘은 다이아몬드에 대해 물어보고 싶어요."

'그때 다이아몬드에 대해 처음 들었어.' 램 박사가 계속 써 내려갔다. '그러나 벤은 끈질겼지. 아그네스가 벤의 아버지에게 보석을 처분할 수 있게 도와달라고 했고 그때 그녀는 그럴 생각이었던 거야. 벤의 아버지는 골동품상을 하고 있어서 그런 쪽으로 많이 알았거든. 그리고 나중에 그녀가 팔지 않기로 하면서 벤의 아버지에게 비밀을 지켜 달라고 부탁했어. 그런데 그가 자기 아들에게 모든 이야기를 한 거야. 벤은 내가 아그네스의 침실에 자주 드나들기에 나더러 보석을 본 적이 있냐고 물었어. 난 얼마 후 로렌에게 물어봤지. 그녀가 내게 이야기를 해 줬는데 아그네스의 남편이 살아 있을 때, 그들이 한참 잘나가던 시절 남편이 그녀에게 매년 결혼기념일에 다이아몬드를 하나씩 사 줬대. 전쟁이 나기 전이었지. 하지만 로렌은 아그네스가 수년 전에 전부 다 팔아치웠다고 생각했어.'

빛이 차츰 흐려졌다. 램 박사는 실눈을 뜨고 편지지를 쳐다봤다.

'난 사실은 그게 아니라고 벤이 확실히 알려 줬다고 로렌에게 말했고 우리는 함께 계획을 세웠어. 마침 아그네스가 아프게 된 뒤라 많은 시간을 저택에서 보내고 있었지. 난 검진을 가서 아그네스에게 진정제를 투약할 방법을 찾겠다고 약속했고 그러면 로렌이 방으로 들어와서 살피기로 한 거야. 우리는 다이아몬드를 전부 가져갈 생각은 아니었어. 벤에게도 그의 몫을 줘야 하니까 그냥 셋이서 나눌 정도만 챙길 요량이었는데 로렌은 다이아몬드를 찾지 못했어. 한 시간 동안 찾아보았지만 아무 데도 없었어. 우리는 아그네스가 그때 진정제의 약 기운이 여전히 남아 있는 상태에서 깨어나 있었고 의심을 더 키웠다는 것도 모르고 며칠 뒤에 두 번째 시도를 하기로 했지. 이번에는 내가 로렌과 같이 가서 찾는 걸 도와주기로 했어.'

벤은 쌍안경으로 정원의 후미진 곳과 가려진 부분을 살폈고 나무 사이로 로렌과 램 박사를 목격했다.

"저 둘이 더 조심해야 할 텐데." 그가 혼잣말했다.

그는 집 반대편에서 낙엽을 모으느라 바쁜 정원사와 나무 아래서 책을 읽고 있는 바이올렛의 동생 주변을 빙 돌아 진입로 꼭대기에서 그들 앞에 나타났다. 매슈가 역으로 출발한 건 이미 봐서 알고 있었다. "나도 같이 갈래요."

로렌이 의심스러운 눈초리로 그를 쳐다봤다. "어째서? 우릴 못 믿는 거야?"

"다이아몬드를 찾을 확률을 높이고 싶지 않아요?"

박사가 고개를 저었다. "하지만 네 모습이 발각되면 네가 왜 여기 있는지 우리가 어떻게 설명하지?"

"그런 일은 없을 거예요." 로렌이 말했다. "바이올렛은 라운지에서 자고 있어요. 다른 계단으로 올라가면 그 애한테 들키지 않을 거예요."

"좋아." 박사가 팔을 벌리고 로렌 쪽으로 돌아섰다. "아그네스에게 진정제를 줬어?"

로렌이 고개를 끄덕였다. "우유에 탔어요."

"그렇다면 이번에는 꼭 찾자고."

"제가 쭉 감시하고 있었어요." 벤이 쌍안경을 들어 올리며 말했다. "하지만 그걸 어디에 숨겼는지는 알아내지 못했어요."

"형은 못 찾을 거야." 나무 사이에서 작은 목소리가 말했다. "할머니는 낮에 보석을 꺼내 놓지 않아." 나뭇잎이 부스럭거리더니 한 형체가 근방의 엘더베리에서 튀어나왔다. 과실을 짓누르느라 손이 검게 물든 윌리엄이었다. "어디 있는지 내가 알아. 아주 잘 숨겨 두었지."

"거기가 어딘데?" 벤이 물었다.

로렌은 아이 앞에 무릎을 구부리고 앉았다. "윌리엄, 잘 숨겨 뒀다는 걸 네가 어떻게 아니?"

"할머니가 한 번 방을 비운 적이 있어요. 전 할머니 침대 밑에 들어갔어요. 할머니를 놀라게 해 줄 생각이었는데 할머니가 들어와서 문을 쾅 닫아서 너무 겁이 났어요. 전 밤새 거기 있었어요. 그리고 밤에 할머니가 그것들을 꺼냈어요."

램은 미소를 억누르려고 애썼다. "그럼 우리한테 어디 있는지 말해 주지 않겠니?"

소년이 고개를 저었다. "보여 드릴게요." 그는 중대한 결심을 한 것처럼 말했다.

로렌이 램 박사를 쳐다본 다음 벤을 슬쩍 살폈다. 그녀는 아이한테로 몸을 돌렸다. "윌리엄, 비밀을 지킬 수 있겠니?"

램 박사가 자기 손을 주물렀다. 두 장째 편지를 쓰고 있다. 해가 지고 있고 그는 완전히 어두워지기 전에 다 마무리하고 싶었다. 그래서 다시 펜을 들었다.

'자, 이제 알려 줄게. 우리 네 사람이 같이 침실로 올라갔고 너와 레이먼드, 바이올렛에게 들키지 않고 그렇게 하는 건 별로 어렵지 않았어. 윌리엄이 창틀의 헐거운 나뭇조각을 우리에게 보여 줬고 그 너머에 캔버스로 만든 주머니 끄트머리가 보였지. 주머니가 안 나오려고 살짝 저항하는 것 같았지만, 사과에서 벌레를 뽑아내듯 꺼냈어. 그런 다음 탁자 위로 부었어. 우리가 생각한 것보다 더 많았고 아주 아름다웠어. 환상적이었다고 표현하는 게 맞을 거야. 그리고 어린 윌리엄이 우리 중에서 가장 신났어.'

"너희가!"

호통에 모두가 돌아보았다. 아그네스가 침대에 앉아 있었다. 그녀가 누워 있던 베개엔 어둡고 축축한 얼룩이 묻어 있었다. 그녀는 아침 식사 후 창가로 가기엔 기력이 딸려 우유를 자기 베개에 조심스럽게 부은 다음 로렌에게 마신 것처럼 보여 주려고 했다. 그런 다음 도로 누워 머리카락으로 베개를 가렸다.

"누가 불순한 의도로 내 방에 온 걸 알고 있었어. 그런데 너희 네 사람이라니!"

벤은 주저하지 않고 한 걸음 다가섰다. 그는 침대 옆 서랍장에 있던 여분의 담요를 집어 들어 노부인 위로 던졌다. 얼핏 그녀는 유령처럼 보였다. 그런 다음 그는 담요를 온몸으로 눌렀다. "어서요, 인제 와서 돌이킬 수 없어요."

그녀가 너무 많은 것을 목격했기에 그들은 자신들이 어떻게 해야 하는지 알았다. 아무도 이의를 제기하지 않았고 심지어 윌리엄조차 그랬지만 소년은 이 모든 것을 게임이라고 생각한 듯했다. 그들은 닥치는 대로 침구를 찾아 던지고 그 위로 올라갔다. 네 사람이 모두 공평하게 그녀의 살인에 가담한 것이다. 그들의 체중 아래서 아그네스는 저항할 수 없었지만, 그들은 움직임이 멈출 때까지 서로 손을 잡고 그 위에 앉아 있었다. 그렇게 확실해질 때까지 몇 분을 기다렸다. 하지만 어느 누구도 담요를 들쳐 시신을 확인할 엄두를 내지 못했다.

'물론 우리는 베개를 바꿔치기했어. 매트리스가 축축해진 걸 아무도 눈치채지 못했지. 그리고 보석을 숨긴 자리를 도로 막았어. 하지만 다른 건 전부 원래 자리에 뒀어. 최악의 경우 날 비자발적 공범이라고 불러도 좋아.'

그는 자기가 쓴 것이 틀린 말은 아닌지 의아해하며 한숨을 쉬었다. 지금 이 마당에도 솔직히 털어놓기 어려웠다.

'로렌과 나는 우리의 몫을 벤의 아버지에게 팔았고 그는 어떤 질문도 하지 않았어. 하지만 윌리엄은 이미 이사를 간 뒤였지. 당연히 그 애한테도 몫을 주었고 그걸로 그 애가 입을 다물길 바랐어. 그리고 몇 년 동안은 그랬지. 그런데 어느 순간 윌리엄이 다이아몬드에 대해 레이먼드에게 말했을 테고 그 멍청이가 바보처럼 그걸 가지고 런던으로 와 공공연하게 자랑하는 통에 골목에서 칼에 찔리고 말았어.' 램 박사는 미소를 지었다. '별거 아니다만, 이건 유일하게 내가 너에게 전해 줄 수 있는 정의 비슷한 것이다.'

박사는 손이 아파 차츰 인내심이 바닥났다.

'로렌은 살인 사건 이후로 나한테 흥미가 사라진 것 같았어. 아마 죄책감이 커서 그랬던 것 같아. 그래서 난 그녀와 매슈를 남겨두고 아무도 나의 갑작스러운 자산 변화를 눈치채지 못하는 이곳 런던으로 왔어. 그리고 편안하게 살았지. 그게 다야. 살인을 저지른 우리가 얻은 가장 큰 이득은 약간의 편안함 정도라고 생각해. 그걸 위해 그럴 만한 가치가 있었다고 지금 말할 수 있다면 얼마나 좋겠냐만 이런 마음조차도 진실인지 확신할 수가 없구나. 너 스스로 우리를 용서할 방법을 찾으면 좋겠어. 고드윈 램 박사로부터.'

그는 펜을 내려놓고 슬픈 눈길로 어두운 창밖을 바라보았다. 기침이 나기 시작했고 몇 분 동안 멈추지 않았다. 선홍색 핏방울을 서명처럼 남긴 채 그는 욕실로 향했다.

12. 여섯 번째 대화

줄리아 하트는 마지막 단락을 손가락으로 짚으며 읽어 내려갔다. "기침이 나기 시작했고 몇 분 동안 멈추지 않았다. 선홍색 핏방울을 서명처럼 남긴 채 그는 욕실로 향했다."

시간이 늦어 마지막 페이지를 넘길 때 그녀의 눈이 반쯤 감기기 시작했다. "죄송해요." 그녀가 하품했다.

그랜트가 침묵을 메웠다. "또 다른 추악한 이야기죠. 지난번에 미스터리 살인 사건의 정의에 대해서 토론한 터라 지금 가장 도움이 될 만한 주제는 이 이야기를 어떻게 분류해야 하는지일 것 같네요."

"네." 줄리아가 펜을 들었다. "흥미진진할 것 같아요."

두 사람은 그랜트의 집에서 해변을 따라 몇백 미터 떨어진 나무 헛간에 있었다. 실내에 작은 보트 한 척이 걸려 있고 다른 한 척을 더 놓을 공간이 있었다. 두 사람은 바다 쪽을 향하는 넓은 문을 열고 실내에서 접이식 나무 의자에 앉았다. 그들 앞에는 매끄러운 모래가 정갈한 카펫처럼 쭉 깔려 있었다.

"우리는 여러 용의자 중 한 명이 살인자인 이야기를 몇 개 살폈어요. 오늘 아침엔 모든 용의자가 살인자가 되는 이야기도 봤고요. 그렇다면 분명히 중간 지점도 있을 거예요. 용의자의 정확히 절반이, 혹은 다른 비율로 살인자가 될 수 있는 거겠죠."

"이 작품에서는 벤, 로렌, 윌리엄, 램 박사가 그렇군요." 줄리아가 말했다. "어둠 속 이방인, 소년, 박사와 그의 정부라. 네 명이 살인자네요. 제가 세어 본 용의자는 총 아홉이에요."

그랜트가 고개를 끄덕였다. "중요한 건 용의자의 부분집합 중 누구라도 유죄가 될 수 있다는 거예요. 그 사분의 일, 이분의 일, 심지어 전부 다 그럴 수 있어요. 정의에 따르면 모든 경우의 수들이 타당하죠. 이 이야기는 그 점을 간결하게 보여 주고 있어요." 그가 의자 앞쪽으로 몸을 숙였다. "이 수학적 정의가 제약으로부터 자유롭다고 말한 건 이런 이유에서예요. 새로운 장르를 만들 수 있어요. 이제 살인자가 누구인지보다 독자들은 각 용의자가 범죄에 가담했는지의 여부를 추측해야 해요. 가능한 결말의 수는 기하급수적으로 늘어나죠."

줄리아는 생각에 잠겼다. "너무 많은 자유를 준 게 아닐까 우려스럽지는 않나요? 용의자 집단 전체가 죄가 있다면 독자가 그 해결책을 정확히 추리하는 것은 거의 불가능하고 그건 좀 자의적으로 느껴질 것 같아요."

"그런 식으로 만족스러운 결말을 만들어 주는 건 작가로서도 무척 어렵지요. 그건 맞습니다. 하지만 이야기 자체만 놓고 보면 다른 어떤 결말보다 더 자의적이진 않죠. 내가 추리 소설을 논리로 푸는 퀴즈처럼 보는 걸 거부한다고 말한 걸 기억해 봐요. 추리 소설은 단서들이 독특한 해결책을 정의하고 그 과정이 거의 수학적으로 이루어지죠. 하지만 퀴즈는 그렇지 않아요. 절대 그럴 수 없죠. 그저 날쌘 손놀림일 뿐이에요."

줄리아는 그가 한 모든 말을 기록했다. "확실히 흥미로운 관점이네요."

"우리가 절대 잊어선 안 되는 건," 그랜트가 말을 이었다. "미스터리 살인 사건의 주된 목적은 독자에게 한 무리의 용의자를 제공하고 대략 100페이지 정도 안에서 살인자를 알려 줄 거라고 약속하는 겁니다. 그것이 이 장르의 아름다움이죠." 그는 줄리아를 쳐다보면서 '아름다움'이라는 말을 꺼내는 건 불손하다는 듯 바다로 눈길을 돌렸다. “독자에게 적은 수의 유한한 선택지를 제시한 다음 마지막에 되돌아와 그중 하나에 관여하게 하죠. 인간의 두뇌가 그런 해결책을 낸다는 것이 생각해 보면 참으로 기적과도 같아요. 그리고 정의는 그 점을 바꾸지 않아요. 그저 어떤 가능성들이 존재하는지를 확실하게 제시해 줄 뿐이죠.”

줄리아가 고개를 끄덕였다. “네, 전 한 번도 그렇게 생각해 본 적이 없어요. 그렇다면 추리 소설의 기교에는 독자들을 엉뚱한 방향으로 이끌어가는 것도 있겠군요. 당신이 쓴 이야기는 어떤 면에서는 가장 개연성이 적은데도 불구하고 달리 바라보면 완벽하게 맞아 떨어지는 결말로 끝나거든요.”

“그래요.” 그랜트가 말했다. “그것이 미스터리 살인 사건과 결말이 반전인 다른 이야기를 확연하게 갈라놓는 지점이에요. 미스터리 소설의 경우 여러 가능성의 조합이 독자에게 미리 제시되죠. 결말은 그저 되돌아와 한 사람을 지목하는 게 다예요.”

두 사람의 뒤쪽 천장에는 낡은 램프가 매달려 있었다. 줄리아가 원고를 읽는 동안 해가 졌고 이제 헛간은 동굴 속 보석처럼 푸른 저녁에 휩싸인 연노랑 상자가 되었다. 줄리아는 자신이 입을 열 차례라고 느꼈다.

“다른 이야기와 마찬가지로 이 이야기도 세부 묘사에서 작은 모순이 있네요. 몇 차례 읽으면서 알아차렸어요.”

그랜트가 고개를 끄덕였다. “그게 뭔지 듣고 싶군요.”

줄리아가 수첩을 넘겼다. “첫 번째는 교살에 대한 잦은 언급이에요. 물론 아그네스 역시 질식사를 당했지만요. 우선 다람쥐가 목이 졸린 채 발견되었어요. 그리고 박사가 윌리엄에게 교살에 관해 설명해요. 저택 자체도 ‘마치 목이 졸린 것처럼 나무들에 가려져 있었다.'고 묘사돼요. 이런 세세한 부분이 결코 지나칠 수 없는 무언가에 대한 전조 같아요."

"그렇군요." 그랜트가 말했다. "흥미롭네요. 난 알아채지도 못했어요."

"그리고 두 번째 읽었을 때 이 이야기에서 발생하는 모든 개별적인 죽음은 적어도 교살의 한 가지 증상을 보여 주고 있다는 걸 알았어요. 그게 말이 안 되는 경우라고 할지라도요. 처음 박사는 아마 간암이나 췌장암으로 죽어 가고 있는 듯 보였는데, 그의 목소리가 쉬어 있기 때문이에요. 아그네스는 목에 멍이 들었지만, 그 부분에 대한 설명은 없어요. 그리고 레이먼드가 칼에 찔렸을 때 릴리는 그의 목구멍이 막혀 숨을 못 쉬는 모습을 상상했어요. 로렌의 시신에도 충혈된 눈과 부풀어 오른 목이 두드러지지만, 그녀는 바이러스 감염으로 사망했죠."

"그래요." 그랜트가 대답했다. "아주 혼란스럽군요. 다른 것들보다 더 미묘해요."

그들 뒤에서 램프가 깜박였다. 그랜트가 팔을 뻗어 천장에 매달린 램프를 아래로 내렸다. 기름이 떨어졌다. 그가 램프를 껐고 이젠 달빛만 남았다.

"여기서 늘 혼자 사셨나요?"

"그랬어요." 그랜트가 대답했다. 그는 의자에서 자세를 고쳐 줄리아 쪽으로 몸을 돌렸다. "일전에 당신이 내가 바다에 집착하냐고 물었었죠? 난 그 대답을 준비했어요."

"정말 기대되는군요."

"나한테 바다는 난롯가에 잠자는 강아지와 같은 존재예요. 가까이 있으면 심지어 제 오두막 안에서도 바다가 숨 쉬는 게 느껴져요. 일종의 동반자죠. 그래서 혼자 바닷가에 살아도 외로움이 덜해요."

줄리아가 고개를 저었다. "유감스럽지만 전 그 연관성을 못 느끼겠어요." 미풍에 썩은 살 냄새가 풍겨 왔다. 그녀는 바다를 쳐다보며 자신이 익사하는 상상을 했다. "저한테 바다는 항상 어느 정도 무서운 대상이에요. 날렵한 아가리를 움직여 모든 것을 씹어 버리죠. 가끔 바다가 죽음을 떠올리게 하지 않나요?"

그랜트는 수수께끼 같은 대답을 내놓았다. "당신은 그럴 거라고 생각할지 모르지만, 그렇지 않아요."

줄리아는 아무 말도 하지 않았다.

30분 뒤 줄리아 하트는 호텔로 돌아와 어둠 속에서 계단을 올랐다. 그녀는 불을 켜고 창문 옆 책상 앞에 앉았다. 밝은 불빛이 반사되어 별이 보이지 않았다. 방의 어두운 구석에서라면 그래도 조금은 볼 수 있을 것이다. 그녀는 눈을 비비고 창문을 열어 차가운 밤공기가 자신을 깨워 주길 바랐다. 그런 다음 펜을 집어 들었다.

그녀 앞 책상에는 녹색 가죽 커버를 입힌 작은 책이 놓였다. 《백색 살인》의 원본이었다. 그녀는 책을 가까이 당긴 다음 끝부분 쪽을 펼쳐서 조약돌로 고정했다. 그러고는 수첩의 빈 페이지를 폈다. 가장자리를 작은 네모 모양으로 두 개 뜯어 각각에 질문을 적은 뒤 몸을 앞으로 구부려 창틀에 핀으로 고정했다. 쪽지 하나에는 '프랜시스 가드너는 누구인가?' 다른 쪽지에는 '그가 '백색 살인'과 어떤 관련이 있나?' 라고 적었다. 줄리아는 잠시 생각을 한 다음 세 번째 쪽지를 뜯어 내일 아침에 할 일에 대해 적었다. '호텔 매니저와 이야기를 해 볼 것.'

그녀는 수첩의 빈 페이지를 열어 일정을 확인했다. 아직 할 일이 많이 남았다. 숨을 들이마시고 잠시 멈춘 다음 생각에 잠겼다. 전등이 지직거리는 소리를 냈다. 마치 벽에 벌레가 잔뜩 붙어 있기라도 한 것처럼.

그녀는 숨을 크게 내쉰 다음 글을 써 내려갔다.

13. 수상한 소포

월요일 아침이었다. 답답하고 조용한 일요일이 지나고 무언가 재미있는 일이 일어날 것만 같은 첫날. 라이어널 문이 낯선 소포 두 개를 받았다. 그는 꽤 유명한 수사관이었다.

첫 번째 소포는 출근길에 발견했다. 카드가 붙어 있는 초콜릿 상자였다. 아파트 복도 현관 매트 한가운데에 놓인 납작한 직사각형 상자가 그의 눈에 들어왔다. 밀밭 농가를 모델로 한 포장 위에 마치 지붕처럼 카드가 붙어 있었다. 소포를 집어 들었더니 속에서 초콜릿이 달랑거리는 게 느껴졌다. 마치 관 속에서 뼈다귀가 이리저리 덜그럭거리는 이미지가 떠올랐다. 카드에는 진한 청색 잉크로 작대기 두 개를 휘갈겨 X라고 쓴 위협적인 서명이 적혀 있었다.

"이건 선물일까?" 그가 중얼거렸다. "아니면 일종의 경고?"

라이어널 문은 친구가 거의 없었고 그에게 초콜릿을 보낼 만한 사람은 전혀 없었다. 그는 다시 집 안으로 들어가서 상자를 문 옆 작은 탁자 위에 놓았다. 그리고 아파트 문을 잠그고 건물을 나섰다.

그날 저녁 퇴근하고 집에 왔을 때 두 번째 소포가 와 있었다. 출입문에 테이프로 붙여 둔 봉투였는데 겉면에 손글씨로 아무렇게나 그의 이름이 큼지막하게 적혀 있었다. 그는 복도에 서서 봉투를 열어 보았다. 그 안에는 건물을 나서는 그의 모습을 찍은 사진이 들어 있었다. 아파트 밖 거리에서 찍었거나 혹은 맞은편 상점에서 찍었을 수도 있을 법한 사진. 그는 사진 속 이미지가 살짝 왜곡된 걸 보고 재촬영한 사진이라는 걸 알아챘다. 탁자 위에 사진을 놓고 카메라로 찍은 것 같은데 각도가 약간 기울어져 보였다. 게다가 사진의 가장자리가 폭이 두툼한 흰색 테두리로 둘러싸여 있었는데 이 역시 반듯하지가 않았다.

"사진을 찍은 사진이라니." 그가 혼자 웅얼거렸다. "대체 무슨 뜻일까?"

만약 조금만 더 생각이란 걸 했다면, 그는 초콜릿과 사진이 든 두 소포가 어떤 식으로든 연관되어 있다는 걸 알아차렸을 것이다. 그러나 자신의 옆 모습과 거리를 걷고 있는 모습을 손바닥에서 축소판으로 보고 있느라 초콜릿 소포는 까맣게 잊어버리고 현관에 들어섰을 때도 그냥 지나쳐 버렸다.

"이건 메시지야. 하지만 나한테 무엇을 말하려는 걸까?"

그는 봉투와 내용물을 가지고 주방으로 간 다음 수프가 데워지길 기다리는 동안 자리에 앉아 자세히 살폈다. 거친 금속 재질로 된 팬 안에는 노란 수프가 담겨 있었다. 그는 유럽 최고 수사관으로 칭송받았지만 아주 단순한 삶을 살았다. 런던 광장으로 이어지는 근사한 거리에 자리한 고층 아파트지만 주방, 거실, 침실로 이루어진 단출한 월세방에 살고 있었다. 복도 끝에는 공용 욕실이 있었다. 집주인인 하세미 부인은 과부였고 꼭대기 층에 홀로 살았다.

수프 끓는 소리가 나자 그는 가스레인지에서 팬을 들어 내용물을 이가 빠진 흰 그릇에 부었다. 그렇게 저녁을 먹으며 봉투를 살폈다. 나중에 증거가 될지도 모르니만큼 음식을 쏟지 않으려고 조심했다. 특이한 흔적은 없었고 어디서 보냈는지도 적혀 있지 않았다. 그는 봉투를 내려놓고 사진을 집어 들었다. 봉투와 별반 다를 게 없군, 그는 생각했다. 한 컷의 사진 속에 다른 컷을 넣었다는 것 말고는. 다만 봉투와는 달리 열어서 내용물을 확인할 방법이 없었을 뿐이었다.

"아주 모호하게 위협적이군."

누군가가 평범한 그의 모습이 담긴 사진을 보냈다면 일종의 경고로 받아들였을 것이다. 누군가 자신을 지켜보고 있다는 점을 사진으로 알린 것이니까. 그렇지만 사진 속의 사진은 좀 더 모호한 느낌을 풍겼다. 그는 사진을 자세히 살피던 중 그 사진이 잡지 페이지의 일부를 찍은 거란 걸 깨달았다. 그의 이름이 유명한 사건에 자주 등장하면서 몇 년에 걸쳐 그의 사진이 잡지에 실렸었다. 바닥을 따라 이어진 검은 자국은 분명 잡지 기사의 맨 윗줄 부분이 잘린 것일 터였다. 누군가 잡지를 탁자 위에 펼쳐 놓고 그 페이지의 사진 부분을 사진으로 찍었다.

"그렇지만 대체 왜?"

그는 수사관으로 사는 삶이 지겨워지기 시작했지만, 미스터리는 여전히 그의 흥미를 사로잡았다. 그는 생각하지 않으려고 애썼다. 수프 그릇과 소스 팬을 찬물에 씻은 다음 찬장에 넣고 사진은 다시 봉투에 넣어 거실 선반 위에 두었다. 그리고 꽤 늦게 퇴근한 탓에 그는 주방 불을 끄고 곧바로 침대로 갔다.

인상적인 악몽들이 그러하듯이, 이 일은 뭔가 의미가 담겨 있을 법한 대목에서 그 의미를 알 수 없는 채 시작되었다. 사진을 찍은 사진은 이틀 뒤에도 여전히 미스터리로 남아 있었다. 그날 저녁 집으로 돌아온 그를 세 번째 소포가 기다리고 있었다. 운명의 여신이 고양이로 변신해 이 기이하게 망가진 물품을 그의 집에 놓아두고 간 것일까. 이번에는 시신이었다.

그는 평소와 다른 걸 알아차리지 못하고 집 안으로 들어갔다. 주방에 들어섰을 때 비로소 무언가 잘못된 것을 깨달았다. 그날 아침에 잘 닫고 나온 침실 문이 살짝 열려 있었다. 그는 항상 온기가 새어나가지 않게 하려고 문을 닫아 뒀었다. 건물 안은 항상 냉기가 돌았고 방들이 썰렁했기 때문이었다. 하지만 지금 문과 문틀 사이 15센티미터 정도의 빈틈이 벌어져 어두운 직사각형 그늘을 만들어 내고 있었다. 라이어널은 재킷 안주머니에서 총을 꺼내 오른손으로 들고 문틈 사이로 방 안을 조심히 살폈다.

시신이 그의 침대에 누워 있었다. 진한 갈색 양복을 제대로 갖춰 입은 남자의 시신. 중년의 나이에 면도를 하지 않았고 강인해 보이는 얼굴이었다. 라이어널은 죽은 남자가 여전히 신발을 신고 있고 침대 시트가 그의 체중에 눌려 구겨진 걸 보고 혐오감을 느꼈다. 남자의 얼굴은 알아보기 힘들 정도로 부풀어 올랐고 피부는 벨벳 같은 보라색으로 변해 있었다. 그는 독살을 당했을 가능성이 크고 어쩌면 어떤 질병으로 숨진 것일지도 몰랐다. 다툰 흔적은 전혀 없었다. 남자는 죽기 전이나 후에 이곳으로 옮겨졌을 수 있지만, 어느 쪽인지 단정하기 어려웠다.

남자의 얼굴 한쪽에 화상처럼 보이는 널찍한 상흔이 남아 있었다. 오래되어 희미해지긴 했지만, 물집이 생기고 터지기를 반복한 후에 나타나는 화상 당한 피부의 패턴이 확실했다. 흉터는 헤어라인까지 이어졌고 나머지는 모자에 가려 보이지 않았다. 라이어널의 오랜 파트너인 구드 경위가 이런 말을 했었다. "천국에 가면 인생의 고통을 잊어버리지만, 지옥에 가면 그걸 다 기억해야 해." 라이어널은 막 죽은 시신의 끔찍한 얼굴을 볼 때면 그 생각을 했다. 저 뒤틀림은 다시 삶을 살아나가야 하는 이의 고통스러운 흔적일까, 그저 죽음의 영향일까? 그는 팔을 뻗어 시신의 눈을 감겼다. 진실을 안에 남겨 둔 채 시신의 두 눈은 영원히 봉인되었다.

"그 사람이 어디로 갔을 것 같아, 천국 아니면 지옥?"

뒤에서 말소리가 났다. 라이어널이 돌아보니 구드 경위가 문 앞에 서 있었다. 라이어널은 이럴 때마다 항상 그랬듯 숨이 가빠 왔다. 경위는 죽은 지 거의 1년이 다 되었기 때문이다. 그가 사는 건물에 가스 누출 사고가 있었다. 라이어널이 직접 시신을 찾았고 며칠 뒤 작은 교회의 처마 밑에 마련된 묫자리로 관을 옮기는 것도 도왔다. 마치 죽은 사람이 비를 피해 그곳에 웅크리고 앉아 영원히 담배를 피우려고 그 자리를 고른 것 같았다.

그랬는데도 경위는 계속 파트너 역할을 멈추지 않았다. 마치 죽지 않은 것처럼. 장례식 직후부터 그랬다. 라이어널은 죽은 동료가 군중 속에 서서 자신에게 미소를 짓는 걸 봤다고 생각했다. 지금 그 일이 시도 때도 없이 장소도 가리지 않고 일어났다. 라이어널이 혼자 있을 때면 경위가 나타나는 일이 잦았다. 그는 자신이 정신이 나가 버린 게 아닌가 하는 생각을 했었으나 이미 오래전에 포기하고, 이제는 그냥 받아들이게 되었다.

"안녕, 구드." 그가 시신을 향해 몸을 돌렸다. "자네 생각은 어때?"

"뭔가 안 맞는 걸 삼킨 것 같군. 주머니를 뒤져 봐 주겠어?"

라이어널은 죽은 파트너의 요구대로 했다. 남자의 신원을 확인할 수 있는 물건이나 그가 어디서, 어떻게 살해당했는지에 관한 더 이상의 단서는 없었다.

"왜 시체를 내 집에 가져다 놨을까?"

"세 가지 가능성이 있지." 구드 경위가 손가락 세 개를 펼쳤고 라이어널은 그 뒤 벽으로 그림자가 생기지 않는 걸 눈치챘다. 그저 상상에 불과해, 그는 생각했다. "경고일 수도 있어." 경위가 말했다. "아니면 살인자의 부분 자백."

"아니면 날 범인으로 몰려는 시도?"

"그래, 그게 세 번째 가능성이지. 하지만 냉정하게 생각해서 왜 자네일까? 자넨 살인자 누명을 씌우기 어려운 사람이야. 게다가, 자네가 우위에 있잖아. 아직 자네가 알아차리지 못한 단서가 있어."

라이어널이 방어적으로 말했다. "난 시간이 별로 없다고." 그는 침실에서 나와 현관문을 살폈다. 누가 침입한 흔적은 없었다. 자물쇠가 제대로 작동했고 어떤 흔적도 없었다. 그런 다음 창문도 확인했다. 사다리 혹은 긴 밧줄을 써서 그가 사는 2층으로 올라오려고 했을 수도 있다. 불가능하지 않다. 하지만 모든 빗장이 닫혀 있고 어느 것도 훼손되지 않았다.

구드 경위는 문 앞에서 동료를 관찰했다. 그가 안달하며 휘파람을 불었다.

라이어널은 침실 구석의 제일 먼 쪽 창문을 살폈고 반대쪽 건물에서 움직임을 포착했다. 그 건물에 사는 여자가 주방 창문 앞에 서서 스튜를 끓이며 그가 있는 쪽을 쳐다보고 있었다. 그는 여자가 자신을 보지 않았길 바라며 한쪽으로 걸음을 옮겼고 커튼 틈 사이로 그녀를 살폈다.

그녀가 사는 건물은 그의 건물보다 소박하고 마주하는 벽엔 창문들이 많지는 않았지만 몇 년 동안 살핀 결과 일가족이 그곳에 산다는 걸 확인할 수 있었다. 모두 세 명이었다. 아버지는 긴 시간 일하고 늦게 퇴근했다. 어머니는 가정주부고 아이를 돌보았는데 어린 소년인 아이는 무슨 병이 생긴 건지 늘 침대에 있었다.

그들은 불행한 가족이었고 아이의 침실이 복도 끝 공용 욕실 맞은편에 있는 터라 여름이 되면 라이어널이 불투명 유리창을 짠 하고 열어 아이에게 이상한 표정을 지으며 놀아 주기도 했다. 그의 젖은 머리는 꼭 비를 맞은 괴물 석상 같아 아이는 항상 웃음을 터트렸다.

"저기서 시신이 보일까?" 그는 구드가 대답해 주길 바라며 몸을 돌렸지만 전 파트너는 라이어널이 여자를 본 즉시 사라졌다.

그는 침대를 쳐다봤다. 어둠에 가렸고 각도상으로도 그녀가 볼 수 있을 리가 없었다. 그는 안도의 한숨을 쉬었다. 그가 제대로 살피기 전에 누구도 경찰에 연락해선 안 된다. 이 시신이 그에게 누명을 씌우기 위한 용도라면 범인 역시 아직 경찰에 알리지 않은 이유가 분명 있을 것이다. 어쩌면 범인이 나중에 돌아와 더 많은 증거를 심어 두거나 혹은 알리바이를 만드느라 분주히 움직이고 있는지도 모른다. 그가 상황을 더 자세히 이해할 때까지 움직여서도, 누가 개입하게 만들어서도 안 된다.

주방에 나타난 여자는 호기심을 잃어버렸는지 창가에서 몸을 돌렸다. 그는 여자가 스튜 그릇을 쟁반에 올리고 주방을 떠나는 걸 지켜본 다음 숨어 있던 곳에서 나왔다.

범인보다 그에게 유리한 점이 하나 있다는 생각이 퍼뜩 들었다. 그는 평소보다 훨씬 일찍 집에 왔다. 수요일 오후로 평소 같으면 사무실에 있을 시간이었다. 이건 그가 범인을 방심하게 만들 기회였다.

그는 거실로 향했다. 안락의자에 앉아 있는 구드 경위가 눈에 들어왔다. 라이어널은 그의 맞은편에 자리 잡았다. "어디 갔었어?"

경위가 미소를 지었다. 살아 있을 때 그는 항상 세상 모든 일에 해답을 아는 사람처럼 굴었다. 그래서 라이어널은 때때로 빈정이 상했다. "잠시 밖에 나갔다 왔어. 단서는 찾았어?"

"현관 자물쇠는 건드린 흔적이 없어. 범인은 분명 내 아파트 열쇠를 가지고 있는 거야." 창문에 빗장이 걸려 있는 걸로 보아 다른 방식으로는 집 안으로 들어올 수가 없었을 것이다. 그 말은 곧 그가 아는 누군가가 분명 개입했다는 뜻이다. 역설적이게도 그렇게 생각하니 마음이 한결 편했다. 그전까진 가능성이 너무 많아서 막막했는데 이제 범위를 좁혀 생각할 수 있게 되었으니까.

"좋았어. 그럼 용의자가 누군지 내가 말 안 해 줘도 되겠네."

"첫 번째 용의자는 하셰미 부인이야." 꼭대기 층에 사는 집주인. 그녀는 라이어널 말고 이 집 열쇠를 가진 유일한 사람이었다. "하지만 부인은 범인이 아니야. 이런 식으로는 범행이 불가능하지."

이 마지막 말이 경위를 즐겁게 만든 것 같았다. "그녀가 계단에 기름이나 뿌려 놓고 기다리는 그런 유형이라고 생각해?"

라이어널이 인상을 썼다. "난 지금 진지해, 유스터스. 누군가 날 망치려 하고 있다고."

초라한 유령이 어깨를 으쓱였다. "그럼 젊은 아가씨는?"

"두 번째 용의자는 한나야." 라이어널이 의자에서 몸을 구부렸다. 한나는 일주일에 여러 차례 건물과 아파트를 청소하러 오는 젊은 여성이었다. 그녀는 주인의 방에서 열쇠를 가져다 쓴다. "그녀가 누군가에게 열쇠를 넘겼을지도 몰라."

라이어널은 한나도 집주인도 그에게 누명을 씌우려 한다거나 범죄에 관여할 능력이 있다고 보지 않았다. 하지만 그들이 그의 집 열쇠를 돈을 받고 건네준다거나 하는 식으로 관여했을 가능성은 여전히 있다. 아니면 협박을 받았을까?

"내가 하셰미 부인에게 물어볼까?"

"그러면 집에 일찍 온 보람이 없잖아. 그녀가 자기 공범에게 알리면 어떡하고?"

라이어널이 눈을 감았다. 그럴 만한 다른 사람이 있나? 이웃에는 사진 작가이자 그처럼 야행성인 벨이 산다. 거의 친구에 가까운 사이다. 하지만 이런 상황에서 라이어널은 누구도 믿을 수 없었다. 그리고 아래층엔 조용하고 대학에서 근무하는 학구파인 파인이 살지만 라이어널은 그 사람에 대해 잘 모르고 못 본 지 몇 주나 되었다. "그리고 그들 중 누구도 동기가 없어."

라이어널 문은 범죄자들의 심리를 잘 알았다. 아주 제대로 알았다. 분명 전문가가 이런 계획을 세운 거라고 그는 확신했다. 그래서 열쇠에 대한 의구심을 잠시 접어 두고 자문했다. "내게 누명을 씌우고 싶어 하는 사람이 누구지?"

머릿속에 제일 먼저 떠오른 사람은 헝가리인 위조범인 켈러라는 인물이었다.

켈러는 런던에서 내로라하는 위조범들의 보스로 수년간 군림했다. 그의 동료 한 명이 자신의 몫보다 더 많은 이윤을 가져가려고 했을 때 켈러는 그 남자의 손과 발을 결박하고 산 채로 산업용 육류 분쇄기에 집어넣어 그 피를 받아 잉크 대용으로 쓰고, 피해자의 내장을 갈아 100파운드 위조지폐를 인쇄했다. 그는 위조지폐를 자신의 무리에게 한 장씩 나누어 주며 배신의 대가가 무엇인지 상기시켰다. 어처구니 없게도 그들 중 한 명이 술에 취해 그 지폐를 쓰려고 했다.

그렇게 해서 그 사건이 경찰에 알려졌다. 라이어널은 가게주인의 설명과 지폐 위에 번진 자국과 무늬를 분석한 후, 습성상 유사한 수법을 썼을 만한 범죄 집단을 추려냈고 그 계보를 차근차근 추적해 갔다. 그의 수사는 분석적 수사 기법의 걸작으로 평가받았다. 소용돌이 모양을 그리며 안으로 회전하며 반경이 줄어드는 원처럼 수사 범위를 좁혀가는 방식이었다. 그러나 일반적으로 갱의 두목이 손수 범행을 저지르는 경우는 드물어서 켈러는 얼마 안 되는 형을 받았다.

그게 4년 전이었다. 켈러는 지난달에 출소했고 라이어널은 그 이후로 불안했다. 그는 스스로를 방어하기에 너무 늙었고 켈러는 복수를 하고 싶어 안달이 나 있을 게 분명했다. 라이어널이 그의 밥줄과 명성을 모두 무너뜨렸기 때문이었다.

"그러고 보니 한나도 헝가리 사람 아닌가?" 라이어널은 단지 우연의 일치인지 의구심이 생겼다.

물론 앙심을 품고 있는 다른 사람도 있다. 너무 많아 다 기억할 수 없을 정도였다.

3주 전 그는 새 파트너인 에릭 로랑 경위와 함께 과거 사건에 관해 이야기를 나누었다. 그중에는 전설적인 사건도 있었다. 미술품 도둑으로 악명 높은 오토 매너링 사건도 여기에 속하는데, 라이어널은 도둑이 훔치기로 한 그림에서 범인의 직업, 학력, 나이까지 추리해 냈다. 그 밖에 런던 북쪽 저수지에서 반 토막 난 소년의 시신이 발견된 사건이 있었는데, 라이어널은 시신의 두 동강이 사실은 두 구의 다른 사체에서 나온 것일 뿐만 아니라 상반신은 소년처럼 보이도록 만들어진 어린 소녀의 것임을 밝혀냈다.

"처음에 무슨 동기라도 있었나요?" 로랑이 그에게 물었다. "형사가 돼야겠다는 영감을 준 첫 사건이?"

"그래, 있었지." 그리고 라이어널은 백번도 더 넘게 말한 이야기를 들려주었다.

그는 고아였다. 성 바르톨로뮤 보육원은 잔인한 곳이었고 어느 날 오후 그는 도망쳤다. 열 살 때였다. 십여 킬로미터 정도 걸어 그가 도착한 곳은 밭갈이해 놓은 지 얼마 되지 않은 밭두렁이었다. 도랑 가장자리에 작은 흙더미가 보였다. 최근에 생긴 것 같았다. 꼭대기에 장미 한 송이와 어린아이의 장난감이 놓여 있었다. 먼지를 좀 털어내니 흩어진 진흙 사이로 죽은 여자아이의 얼굴이 드러났다. 처음으로 죽음과 대면한 순간이었다. 그는 근처 도로로 뛰쳐나가 몇 킬로미터를 숨 쉴 틈 없이 달렸다. 한 시간쯤 뒤에 그는 붙잡혀 보육원으로 돌려보내졌다.

이미 많은 문제를 일으켰기에 그는 누구에게도 시신을 발견한 이야기를 하지 않았다. 열일곱 살이 되었을 때 비로소 그는 성 바르톨로뮤를 떠나 스스로 런던으로 갔고 비 오는 일요일, 갑자기 사건을 해결하고 싶다는 욕망이 생겼다. 그가 시신을 발견했을 당시 그 동네에는 실종 신고된 소녀가 없었다. 그는 하루 시간을 내 보육원을 찾아갔고 어릴 때 살던 방을 잠시 둘러보았다. 하지만 시체를 보았던 들판은 다시 찾을 수 없었고 실망한 채로 런던으로 돌아왔다. 물론 그는 소녀의 가족이나 보호자가 분명 그녀를 죽인 다음 당국에 신고하지 않은 게 분명하다고 생각했다. 그것이 앞뒤가 맞는 유일한 추론이었다. 그러나 결국 그는 그 소녀가 누구고 왜 그렇게 비밀리에 매장되어야 했는지 밝혀내지 못했다.

에릭 로랑이 자기 수염을 쓰다듬으며 말했다. "아주 흥미로운 이야기네요."

그리고 두 남자는 의견 일치를 보았다. 수사는 한 번 맛들이면 마약처럼 끊을 수 없다고. 둘은 밤에 깨어 있게 만드는 최고의 미스터리가 용의자나 살인 방식의 부재가 아닌 의미의 부재인 사건이라는 데도 서로 마음이 맞았다. 지금 그가 풀어야 하는 이 사건처럼 말이다. 그의 침대에 누워 있는 시신에는 아주 많은 의미가 담겨 있을 것이다. 그것을 알기 전까지 그는 편히 쉴 수 없다.

그 생각을 하니 이틀 전에 받은 사진이 떠올랐다.

그는 봉투를 찾아 내용물을 주방 식탁 위로 꺼냈다. 자신의 사진을 찍은 사진은 그가 젊었을 때의 모습으로 그의 현재 모습과는 사뭇 달랐다. 그가 건물을 나서 왼쪽으로 방향을 틀었을 때를 담고 있었다. 무슨 의미일까? 이것이 그의 침대에 누워 있는 시신과 관련이 있을까?

"논리적으로 살펴보자고." 그가 혼잣말했다. 본디 사진을 찍는 목적이 일상에서 순간적인, 사진을 찍는 동시간대에 일어나는 현실의 에피소드를 그대로 묘사하기 위한 것이라면 사진을 찍은 사진 역시 원사진이 찍힌 순간, 즉 그 일이 일어난 시간대와 사건을 설명하는 것일까? 아니면 원사진의 묘사에 대한 일종의 논평이라고 봐야 할까? 논평이란 것은 본디 풍자적이거나 비판적인 의도가 있는 것일진대 그렇다면 도대체 어디에 초점을 맞추고 있는 걸까? 물리적으로 실재하는 물체로서의 사진, 그러니까 젤라틴 얼룩 속에 자리 잡은 반짝이는 은빛 점들의 집합인 사진 자체에 초점을 맞추려는 의도일까? 마치 '내가 뭘 찾았게?' 하고 묻는 것처럼? 아니면 복사본을 만드는 다른 방법을 전혀 몰라서 이렇게 사진을 놓고 사진을 찍은 걸까?

라이어널은 눈을 감았다. 질문들이 그를 지치게 만들고 있었다. 시신과 사진 모두 판독이 불가능했다. 어느 쪽도 타당한 증거가 없었다. 몇 년 전에 끊은 파이프 담배 한 모금이 간절했다.

누군가 그의 앞에 놓인 탁자를 내리쳤고 눈을 뜨니 구드 경위가 그를 내려다보고 있었다. "일어나, 문. 아직 안 끝났잖아. 처음에 식별한 두 명의 용의자부터 탐문해 봐."

라이어널은 아무 말도 하지 않았다. 그 순간 계단을 오르는 익숙한 발소리를 들었다. 하셰미 부인이었다. 그는 부인의 걸음걸이를 알아차렸다. 주방 식탁에서도 잘 알아들을 수 있다. 활기차고 늘 미소를 짓고 있는 입은 다른 사람과 대화를 나누지 않을 때도 활짝 열려 있고 계단을 오르고 내릴 때마다 발을 까닥거린다. 그녀는 첫 층계참에 멈춰서 담배에 불을 붙일 거고 당연히 발소리가 멈춘 건 그가 옳았음을 증명한 것이다. 그때 그는 자신이 그녀에 대해 아주 잘 알고 있다는 점을 깨달았다. 만일 그녀가 어떤 식으로든 이 범죄에 연루되었다면 예상치 못한 시간에 집에서 그를 마주치게 되면 흥분, 두려움 혹은 불안한 반응을 드러낼 것이 확실했다. "그녀를 한번 놀래 줘 봐야겠군."

구드가 박수쳤다. "그래, 그래야지!"

라이어널은 살금살금 문으로 가서 기다렸다. 하셰미 부인이 계단 맨 위에 가까이 와 막 지나가려는 순간 그가 문틈으로 머리를 내밀고 주위를 둘러보았다. 그는 누군가를 기다리는 사람처럼 행동했다. 나타난 사람이 부인인 걸 보고 그는 정중하게 미소를 지으며 부인에게 좋은 하루 보내라고 인사했다. 그녀는 인상을 쓰고 거의 속삭임에 가까운 목소리로 말했다. "이 놈의 계단. 이 빌어먹을 계단." 전혀 불안해하지 않았고 그냥 평소와 같은 심기였다.

라이어널은 아무 대답도 하지 않았다. 그는 고개를 끄덕인 다음 뒷걸음질로 집 안으로 들어갔다.

그렇게 마무리가 되었다. 집주인은 이 일에 관여하지 않았다. 그다지 놀랍지 않다. "잘했어, 문." 구드 경위가 말했다. "이제 가서 다른 용의자도 살펴봐."

라이어널은 한나가 일하는 모습을 잠시 지켜보고 싶었다. 그녀는 소심해서 만일 누군가에게 그의 집 열쇠를 건넸다면 그 사실을 감추지 못할 걸 확신했다. 그는 한나가 끊임없이 시계를 확인한다거나 소리가 날 때마다 뒤를 흘끔거리는 모습을 상상했다.

하지만 그가 모습을 드러내는 건 위험 부담이 너무 컸다. 그래서 변장하기로 했다. 밝은 주황색 곱슬머리 가발로 대머리를 가리고 옷장 바닥에 쌓인 옷 틈에서 긴 검정 재킷을 꺼냈다. 그 정도로 복도의 흐린 조명 아래서 충분히 정체를 가릴 수 있길 바랐다. 경찰이 옷을 잘 차려입는 것만큼 터무니없는 짓은 없다고 자주 그는 생각했다. 머릿속으로 떠올리기만 해도 부끄러웠다.

그는 조심스럽게 집 밖으로 나가 계단 맨 위에 섰다. 아래층에서 잘그랑거리는 밀대 소리가 들렸다.

그는 최대한 발소리가 나지 않도록 조심하며 계단실을 내려갔다. 절반쯤 내려가서 멈추고 고개를 숙였다. 거기서 1층 복도 끝에 있는 그녀가 보였다. 한나는 밀대를 들고 콧노래를 흥얼거리며 기계적으로 몸을 움직였다. "불안하거나 긴장한 모습이 아니야." 하지만 이 정도의 거리에선 뭐라고 단정 짓기 힘들었다.

그는 서둘러 계단을 내려가 마치 급하게 어디를 가는 사람처럼 거리로 나가 흘끗 그녀를 쳐다봤다. 하지만 생각은 달라지지 않았다. 그녀는 편안해 보였다. 발소리가 나도 그녀는 고개조차 돌리지 않았다.

그는 건물 입구 우편함 옆에 서 있던 구드 경위와 부딪힐 뻔했다. "그녀도 아니야." 라이어널이 말했다.

구드는 팔을 뒤쪽으로 뻗은 다음 몸을 들어 우편함 꼭대기에 앉았고 바닥까지 1미터 정도 높이에서 발을 달랑거렸다. 죽은 사람만이 할 수 있는 민첩한 행동이었다. 그는 라이어널을 내려다보았다. "그럼 다른 용의자가 없는지 다시 한번 잘 생각해 봐."

라이어널 문은 자기 집으로 돌아와 거실을 서성였다. "그렇다면 누가 이런 짓을 했을까?"

하셰미 부인에게는 이 거리 끝자락에서 꽃집을 운영하는 남자친구가 있다. 라이어널은 손에 꽃다발을 들고 그녀의 방으로 올라가는 남자와 마주친 적이 많았다. 그의 팔에는 다른 삶의 잔재인 문신이 뒤덮여 있었지만, 라이어널은 항상 그가 다정하다고 느꼈고 해가 없을 거라 판단했다.

서성거리던 그가 멈춰 섰다. 가까운 곳 어딘가에서 피아노 소리가 들려왔다. 그는 잠시 꼼짝 않고 서 있었다. 옆 방 어디선가 들리는 것 같았다. 분명 옆 방 주인인 벨일 것이다. 그는 옆집과 맞닿은 벽으로 살금살금 걸어가 귀를 바짝 가져다 댔다. 아마도 벨이 방안을 오가는지 마루판의 부풀어 오른 부분이 위아래로 움직이는 소리가 들렸다. 그러니까 피아노를 연주하는 것은 분명 아니었다. 축음기를 듣고 있는 거겠지.

움직임이 멈추자 라이어널은 이웃이 그처럼 반대편 벽에 귀를 대고 있는 터무니 없는 이미지가 떠올랐다. 그때 갑자기 그의 집 문을 쾅쾅 두드리는 소리가 났다. 음악에 집중한 나머지 계단을 올라오는 발소리를 듣지 못했었나 보다.

방문객이 다시 노크했고 이번에는 소리가 더 컸다. 라이어널은 벽에 딱 붙어서 숨소리도 내지 않으려고 애썼다. 그러자 되돌아가는 발소리가 들렸다. 발걸음 소리는 부산했지만, 위층으로 가는지 아래층으로 가는지 도대체 알 수가 없었다.

그는 총을 꺼내 주방 식탁으로 가 총구를 바깥으로 향하게 내려놓았다. 그리고 자리에 앉았다. 그는 기다렸다. 방문객이 다시 올 거라는 예감이 들었다. 이렇게 앉아 있으면 거실 전체를 볼 수 있고 총도 얼른 집을 수 있다. 자신이 문제를 해결할 기회도 얻기 전에 사건이 이미 결말로 치닫는 데 약간은 실망했다. 하긴 요즘 들어 부쩍 실망감을 느끼는 때가 잦았다. 은퇴할 시기가 다가오고 그의 두뇌 회전이 차츰 느려지면서부터였다.

그다음 1분이란 시간이 영원처럼 흘렀다. 구드 경위는 모습을 보이지 않았다.

드디어 발소리가 돌아왔다. 이제는 집주인까지 가세해 있었다. 라이어널은 그녀의 발소리를 곧바로 감지해 낼 수 있었다. 다시 큰 노크 소리가 난 뒤 멈췄다. 침묵 그리고 공허. 시간이 흘렀다. 얼마 후 하셰미 부인이 문을 열기 위해 더듬거리며 충격에 빠져 흐느끼는 소리가 들렸다. 이제 천천히 끽 하는 소리와 함께 문이 열렸다. 그리고 한 남자가 걸어 들어왔다. 그의 새 파트너 에릭 로랑 경위였다.

라이어널은 너무 놀라 본능적으로 총을 집어 들었다. 그러나 그의 동작이 너무 섬세해서 그들의 눈에 띄지 않았는지 로랑과 집주인은 그를 지나쳐 침실로 갔다. 두 사람 다 여기 앉아 있는 그를 보지 못했다.

"죽었어요." 로랑이 말했고 이어 집주인이 비명을 질렀다. 두 사람은 급히 대화를 나누며 침실에서 나왔고 어느 누구도 그를 쳐다보지 않았다. "의사를 불러 주세요." 로랑이 말했다. "이건 살인 사건 같아요. 자, 제 친구인 퍼비스 박사의 연락처예요." 로랑이 종이 쪼가리에 전화번호를 갈겨 쓴 다음 하셰미 부인에게 건넸다. "그에게 라이어널 문이 죽었다고 말하세요."

그녀가 방을 뛰쳐나갔다.

차갑고 멍한 자각이 라이어널을 스친 뒤 파트너가 한 말이 이해가 갔다. 그는 총에 의지해서 자리에서 일어났다. "로랑." 그가 불렀다. 그러나 남자는 돌아보지 않았다. 라이어널은 파트너가 서 있는 곳으로 걸어가 그의 얼굴 앞에서 손을 흔들었다. 그러나 로랑에게는 그가 보이지 않는 것 같았다. 파트너는 그저 침실을 왔다 갔다 하면서 침대만 내려다보았다. 절망에 빠진 라이어널은 그를 뒤따랐다.

시신이 어째 낯이 익어 보였었지만 이제야 그게 자신이라는 걸 알아차렸다. 부기에 얼굴이 너무 많이 일그러져 있었고 상처들도 더 두드러져 보였다. 그러고 보니 어릴 때 보육원에 불이 났던 걸 잊어버리고 있었다. 건물 전체가 불길에 휩싸였었는데. 그는 또한 여기 누워 있는 자신의 시신이 사진 속의 자신보다 엄청 더 많이 늙어 보인다는 사실에 충격을 받았다.

'천국에 가면 인생의 고통을 잊어버리지만, 지옥에 가면 그걸 다 기억해야 해.' 라이어널은 자신이 화재에 대해 잊고 있었던 게 좋은 징조라고 받아들였다.

그는 다른 무언가가 생각나 거실로 갔다. 로랑이 그를 따라오는 것 같았다. 그가 월요일 아침에 받은 빌어먹을 초콜릿 상자가 방치된 채 주방 식탁 위에 있었다. 어젯밤 늦게 퇴근했고 로랑과 사건을 해결한 기념으로 위스키를 좀 마셔 취했던 터라 정신을 놓고 그걸 하나 무심코 집어먹었다. 아니, 더 많이 먹었던가? 그는 열린 상자 안을 들여다보았다. 여러 개가 비어 있었다. 멍청하긴, 그는 생각했다. 멍청한 데다 용서할 수 없는 경솔한 행동이었다.

하지만 누가 그에게 독을 탄 초콜릿을 보냈을까? 게다가 키스 마크가 담긴 카드는? 한 미스터리가 끝나자 다른 미스터리가 시작됐다. 그는 머릿속으로 재빨리 용의자를 추려 보았다. 살인의 동기와 기회가 있을 만한 사람, 그의 습관을 아는 사람, 그가 초콜릿을 좋아한다는 점을 아는 사람. 이번에는 딱 감이 왔다.

그는 창가로 걸어갔다. 맞은편 건물에 사는 여자가 커튼 뒤에 숨어 그의 집을 용의주도하게 훔쳐보고 있었다. 그녀는 무슨 일이 벌어졌는지 알았고 상황이 어떻게 돌아가는지 살피는 중이었다. 그녀의 아픈 아이가 생각났다. 그러자 몸에 소름이 쫙 끼쳤다. 몇 달간 어쩌면 몇 년 동안, 그가 확신할 수 없지만, 이 여자는 자기 아들을 독살하고 있었다. 그리고 라이어널 문은 그 사실을 깨닫지 못한 채 모든 걸 목격한 것이다. 그녀가 아들의 스튜에 넣고 휘저은 건 무엇일까? 쥐약 혹은 제초제겠지. 그는 이런 사건에 관해 잘 알고 있었다. 그녀는 분명 라이어널이 늘 자신을 지켜보는 게 싫었고 마침내 그를 없애 버리기로 결심한 것이다. 자신의 안전을 위해서 그런 걸 거라고 라이어널은 추측했다. 그녀가 똑같은 독을, 물론 많은 양으로 초콜릿에 넣어 그에게 보낸 걸까? "그것 말고는 달리 설명할 수가 없어."

뒤에서 누군가 헛기침했다. 돌아보니 죽은 친구이자 전 파트너인 구드 경위였다. 그가 다가와서 라이어널의 머리 꼭대기에 손을 올려, 쓰고 있는 지조차 잊고 있던 주황색 가발을 벗겼다. "떠날 때는 위엄을 갖추는 게 중요해." 구드가 말했다. "날 따라오게."

두 사람은 온갖 단서들과 관심을 딴 데로 돌려 판단을 흐리게 하는 것들, 그리고 해결해야 할 미스터리를 로랑 경위에게 남긴 채 아파트를 나왔다. 라이어널 문이 마지막으로 문을 나설 때 가장 큰 회한으로 남은 것은 누가 왜 이틀 전에 사진을 찍은 사진을 그에게 보냈는지, 또 그게 무슨 의미인지 여전히 알지 못한다는 점이었다.

14. 일곱 번째 대화

“라이어널 문이 마지막으로 문을 나설 때,” 줄리아 하트가 읽었다. “가장 큰 회한으로 남은 것은 누가 왜 이틀 전에 사진을 찍은 사진을 그에게 보냈는지, 또 그게 무슨 의미인지 여전히 알지 못한다는 점이었다.”

줄리아가 원고를 내려놓았다. 그랜트 맥알리스터가 그녀를 쳐다봤다. “음,” 그가 입을 열었다. “이걸로 끝이죠?”

“네.” 줄리아가 대답했다. “책은 풀리지 않은 미스터리로 막을 내리네요.”

“최소한 그는 자기 살인 사건을 해결했죠.”

“그건 사실이에요. 이 이야기는 다른 이야기들과는 좀 다른 느낌이 들어요. 당신 생각은요?”

“그럴 수도 있죠.” 그랜트가 곰곰이 생각했다. “여긴 초자연적인 요소가 들어 있으니까요. 앞서 언급한 것처럼 미스터리 살인 사건의 정의에서 초자연적 요소가 배제되지는 않아요.”

“하지만 이런 부분이 독자들에게는 꽤 부당하게 느껴지네요.” 그녀가 비난하듯 대꾸했다.

“그럴지도 모르죠.” 그랜트가 어깨를 으쓱였다. “하지만 이 사건은 피해자와 수사관이 겹치는 경우를 보여 주고 있어요. 우리는 용의자와 수사관, 용의자와 피해자가 겹치는 이야기들을 봐 왔으니 불가피하게 그다음 단계로 넘어가야죠. 하지만 정의에서 허용하고 있다고 해도 실제로 잘 소화해 내는 건 쉬운 일이 아니에요.”

“그래서 초자연적인 요소를 마지막 이야기에 적용한 거죠?”

"맞아요." 그랜트가 코를 긁적였다.

그들은 줄리아가 묵는 호텔 1층 장미 정원에서 커피를 마시는 중이었다. 그녀가 자기 집까지 걸어오는 수고를 아끼게 하려고 그랜트가 그곳에서 만나자고 했다. 섬에서 보내는 그녀의 세 번째 아침. 벌써 지독하게 더운 또 하루를 예감할 수 있었다.

그는 아침 식사 직후 헐렁한 흰 정장 차림에 모자를 쓰고 나타났고 바짓단에는 걸어오면서 튄 주황색 얼룩이 묻었다. 게다가 도착하자마자 셔츠 소매에 커피를 쏟았다.

"아주 우아한 호텔이네요." 그가 말했다. "당신 상관이 근사한 곳을 잡아 줬군요."

"섬에서 찾을 수 있는 유일한 호텔이었어요." 줄리아가 말했다. "다른 호텔도 있나요?"

"아주 좋은 질문입니다." 그랜트가 웃었다. "난 한 번도 호텔에 묵은 적이 없어서요. 지금에서야 생각해 보니 다른 곳이 없지 싶네요."

그는 휘파람을 불며 시선을 정원으로 돌렸다.

줄리아가 생각에 잠긴 그를 방해했다. "이 이야기에 관해 할 말이 없나요? 제대로 만들기 어려운 구조라고 했잖아요. 그 이유가 뭐죠?"

"우리의 정의에서 수사관은 선택 사항일 뿐이기 때문이죠. 그래서 수사관을 피해자로 만들어 그 역할에 너무 많은 혼란을 주면 독자는 이야기 속에 수사관이 있었다는 사실 자체를 깨닫지 못할 수도 있어요. 피해자가 유령이 되어 다시 나타나는 게 한 가지 방법이기도 해요. 적어도 시도해 볼 만한 가치가 있으니까요."

그는 물동이를 들고 있는 여성의 동상에 앉은 새를 쳐다보았다. 매끄러운 흰 돌로 조각한 동상은 초콜릿처럼 단단해 보였다. 줄리아는 그를 바라보았다. 이제 모든 것이 결론으로 향하고 있기에 그녀는 불안했다.

"성공한 것 같네요." 그녀가 말했다. "이번 이야기는 다른 것보다 더 특이해서 마음에 들어요." 그녀는 가방에서 폴더를 꺼내 무릎 위에 올려 두고 펼쳤다. 그녀는 그가 아무것도 의심하지 않길 바랐다. 아직은. "어젯밤 전 당신의 논문을 다시 읽어 봤어요." 그녀는 눈이 충혈되어 잠을 못 잔 사람처럼 보였다. "중요한 부분을 설명해 준 덕분에 한층 이해가 가지만 그래도 알 수 없는 부분이 아직 많아요."

"우리가 토론하지 못한 부분이 많이 있죠."

"특히 당신이 제2장 3항에서 제시한 목록이 제 눈길을 끄는군요."

그랜트가 완전히 몰두했다. "계속해요." 그가 말했다.

"제가 읽어 드릴까요?"

그랜트가 고개를 끄덕였다. "물론이죠."

그녀는 폴더로 시선을 내렸다. "이 정의를 토대로," 그녀가 읽어 나갔다. "우리는 이제 고전 미스터리 살인 사건의 근본적인 여러 유형들을 수학적으로 구성할 수 있다."

"맞아요." 그랜트가 눈을 감았다. "추리 소설의 치환이죠."

"사례는 다음과 같다." 줄리아가 숨을 길게 들이마시고 계속 읽었다. "용의자가 두 명일 때. 용의자가 세 명 이상일 때. 무한대로 많은 용의자가 있는 비정상적인 사례의 경우도 가능하나 언급할 가치를 느끼지 않는다. 살인자가 한 사람, 고독한 인물일 때, 살인자가 두 명이고 범죄에 공모한 경우, 살인자가 용의자 집단 전체 혹은 거의 전체에 해당할 때, 용의자의 수가 세 명 이상으로 많지만 모두가 살인자는 아닐 때. 한 명의 피해자가 있을 때, 피해자가 여러 명일 때. 'A'와 'B'를 용의자, 수사관, 피해자 혹은 살인자의 조합으로 교체한 형태의 경우(앞서 언급했듯이 용의자가 살인자인 경우를 제외하고)는 다음과 같다. 'A'와 'B'가 분리 집합인 경우, 'A'가 부분집합으로 'B'에 완전히 속하는 경우, 'A'와 'B'가 동일한 경우, 'A'와 'B'가 겹치나 양쪽 다 서로를 포함하지 않은 경우. 분명 그런 경우에는 모든 수사관이 살인자고 모든 용의자가 피해자이며 모든 수사관이 피해자다. 용의자가 전적으로 수사관과 피해자로 구성된 경우, 마찬가지로 살인자로 구성된 경우, 살인자가 피해자가 아닌 수사관인 경우, 살인자가 수사관이 아닌 피해자인 경우, 모든 용의자가 피해자이고 살인자인 경우, 모든 용의자가 수사관이자 피해자인 경우, 모든 용의자가 피해자, 수사관, 살인자에 해당하는 경우. 마지막으로 네 가지 요소인 용의자, 살인자, 피해자, 수사관이 전부 동일한 경우가 있다. 그리고 위에서 언급한 것들의 어떤 조합도 가능하다."

그랜트가 만족감에 눈을 번뜩였다. "연구하던 시절이 다시 떠오르는군요." 그가 말했다.

"정말 철저하고 진을 빼는 목록이에요. 그 치환 각각에 들어맞는 이야기를 쓰려는 의도가 있었나요?"

그랜트는 두 사람에게서 몇 미터 떨어진 해시계 끄트머리 쪽으로 기어가는 개미를 쳐다보았다. "그럼 너무 많아질 거예요. 특히 마지막 문장까지 고려한다면. 그게 영감을 주었던 것 같아요. 하지만 결코 의도적이진 않았어요."

"그리고 단 일곱 편의 이야기에서 멈췄죠. 그 이유는요?"

그는 대답하기까지 시간이 좀 걸렸다. "전쟁이 끝난 뒤로 아무도 미스터리 살인 사건에 관심을 보이지 않았어요. 진짜 죽음을 겪은 뒤라 아주 빨리 유행이 지나 버린 거죠."

"어떤 이야기들은 유행이 지날 수도 있죠. 하지만 구조 자체는 살아 있고 건재해요."

그가 의심스러운 표정을 지었다. "정말로 그렇게 믿어요?"

"요즘 범죄 소설을 읽어 보면 어떻게 끝날지 궁금해 못 견디게 하죠. 그런데 궁금증 유발을 극대화하는 범죄 소설의 이야기 구조는 미스터리 살인 사건에서 차용해 왔다는 거죠. 물론 어떤 작품에서는 누가 살인을 저질렀는지가 특별히 궁금하지 않을 수도 있어요. 애초부터 범인을 분명히 드러내 주는 때도 있으니까요. 하지만 그런 경우라도 독자들은 예상할 수 있는 여러 가능한 결말 중에 작가가 어떤 것을 선택하여 이야기를 이끌어갈지 여전히 궁금해하는 거죠. 그러니까 구조 자체는 여전히 살아 있는 거죠."

그랜트가 미소를 지었다. 그는 잠시 입을 다물고 가만히 있었다. "네, 당신이 좋은 지적을 해 줬군요. 그런 식으로 살펴본 적이 없어요. 하지만 그걸로 전통적인 미스터리 살인 사건이 이제 유행에 뒤처졌다는 내 주장을 꺾진 못해요. 난 40년대 중반에 아주 여실히 느꼈고 그래서 글 쓰는 걸 중단했어요."

"안타까운 일이에요." 줄리아가 커피잔을 집어 들었다.

"이 이야기에선 어떤 모순점을 찾았나요?" 그가 커피잔을 들고 마지막 남은 쓴 액체를 남김 없이 들이켰다. 커피가 식어서 미지근했다.

"네, 이번 이야기는 쉬웠어요." 줄리아가 어깨를 으쓱였다. "보육원 건물 전체가 어렸을 때 불에 탔는데 청년 시절 그는 자신이 어릴 때 쓰던 방을 찾아갔다고 나와요. 그러니까 건물이 다 탄 건가요, 아닌가요?"

"알겠습니다." 그랜트가 말했다. "맞아요. 내가 그 부분을 알아차렸어야 했어요."

줄리아는 빈 잔을 내려놓고 그랜트 너머를 가리켰다. "저기 가 본 적이 있나요?"

그녀는 시내 바로 외곽에 경사진 길과 가파른 절벽이 바다를 내려다보고 있는 해안 쪽을 가리켰다. "네." 그가 조용히 대답했다. "저길 잘 알아요."

줄리아는 거기서 눈을 떼지 못했다. "매우 극적으로 보여요. 제 가방에 작가 소개 초안이 있어요. 저곳에서 읽어 보는 건 어떨까요? 방문할 구실도 만들 겸."

그랜트가 눈썹을 들어 올렸다. "참 인상적이군요." 그가 말했다. "언제 시간을 내 그걸 썼어요?"

"어젯밤에요. 당신과 헤어진 뒤에요."

그는 감탄하며 휘파람을 불었다. "그렇다면 좋아요, 가 봅시다. 저기 안 간 지 꽤 됐어요. 하지만 당신이 쓴 걸 듣고 싶어서 가는 거예요. 그리고 섬 전체를 감상할 가치도 있고요."

"좋아요." 그녀가 대답하고 짐을 챙겼다.

15. 마지막 대화

줄리아 하트는 낮은 언덕을 힘겹게 오르다 뒤를 돌아보았다. 그랜트는 한참 뒤처졌고, 처음으로 그들의 나이 차가 확연히 드러나게 되었지만 그래도 그는 여전히 즐거워했다. 그녀는 그랜트가 따라잡을 때까지 길옆으로 비켜서서 기다렸다.

"죄송해요." 그녀가 말했다. "저 아래서 봤을 땐 그렇게 가파른 것 같지 않았는데."

그랜트가 멈춰서 손수건으로 이마를 닦았다. "그렇게 나쁘진 않아요." 그가 대답했다. "무더위 때문에 엄청 힘들어진 것뿐이죠." 그의 흰 상의 겨드랑이가 땀으로 둥글게 젖었다.

줄리아는 다시 길로 접어들었다. 앞에 보이는 언덕은 호텔 장미 정원에서 봤던 극적인 벼랑으로 이어졌다. 꼭대기 절반이 듬성듬성 삼림 지대를 이루었다.

"저 나무들이 우리에게 쉴 그늘을 주겠네요." 그녀가 말했다. "도착하면 잠시 숨을 돌리기로 해요."

"지난번에 여길 왔을 땐 수월하게 갔었는데," 그랜트가 그녀 쪽을 흘끗 살폈다. "늙어 가는 건 애석하게도 볼품없는 일이에요."

그들은 다시 걸음을 옮겼다.

얼마 안 가 그들은 보잘것없는 숲의 시작을 알리는 가느다란 나무가 줄지어 늘어선 곳에 도착했다. 그들이 걸어온 오솔길은 곧장 그 한가운데로 이어졌다. 30여 미터 정도 가니 불룩한 바위층이 에워싼 공터에 도착했다. 그 속은 호화로운 노란색과 잎사귀를 통해 들어온 햇살에 녹색으로 반짝였다.

"자연이 만든 분지예요." 그랜트가 바위 하나를 쓰다듬으며 말했다. "마지막으로 여기 온 건 몇 년 전이에요."

"이 섬은 모든 걸 다 가진 것 같네요."

그랜트는 이제 활력을 되찾았고 그들은 자리를 잡았다. 그는 바위에 걸터앉아 줄리아를 향해 몸을 돌리고 옆으로 다리를 달랑거렸다. "도착하자마자 이곳과 사랑에 빠졌죠."

줄리아가 주변을 둘러보았다. 물이나 와인을 가져왔으면 좋았을 거란 생각을 했다. "이런 곳엔 처음 와 봐요."

그는 모자를 벗어 부채질했다. "솔직히 처음엔 당신이 온다고 했을 땐 걱정했어요. 지난 몇 년간 아주 단순한 삶을 살았거든요. 하지만 거기서도 자극을 찾았지요." 그는 다시 이마를 닦고 축축한 손수건을 무겁게 바닥에 내려놓았다.

"더 멀리 갈 필요는 없을 것 같아요." 줄리아가 말했다. "바람이 부는 여기서 이야기하는 편이 수월할 것 같네요."

그랜트가 고개를 끄덕였다. "그럼 나한테 도입부 초안을 들려주겠어요?"

"네." 그녀가 가방을 두드렸다. "그 전에 책 제목에 관해서 결정을 내려야 할 것 같아요."

"《백색 살인》. 그 제목을 바꿔야 한다고 생각해요?"

"실재하는 '백색 살인'과 이 책이 유사하다는 점을 저만 알아차리지는 않을 거예요. 우리는 그런 의구심이 제기되었을 때 어떻게 할지 최소한 결정을 해 둬야 해요."

"그렇다면 제목을 바꾸는 게 좋겠어요." 그가 모자를 다른 손으로 옮겼다. "《푸른 살인》은 어때요?"

"좀 별로예요."

그랜트가 웃었다. "그럼 당신 생각은?"

"어쩌면," 그녀가 길게 숨을 내쉬었다. "전 왜 당신이 《백색 살인》이라고 제목을 붙이길 원하는지 여전히 알고 싶어요."

그랜트는 나뭇가지 하나를 주워 손톱으로 껍질을 벗기기 시작했다. "말했잖아요. 그냥 문득 생각이 들었다고. 다른 것과 비슷하게 들린다면 그저 우연일 뿐이에요."

"이 책 전반에 그런 우연이 꽤 나와요. '백색 살인'이 분명 당신의 상상력을 사로잡았죠."

그랜트는 잎사귀를 찢어 옆에 있는 바위 위에 올렸다. 체스 게임에서 보이는 방어적인 움직임이었다. "무슨 뜻인지 모르겠군요."

"'백색 살인'의 세세한 부분을 기억하세요?"

긴 침묵이 흘렀다. 그랜트는 바위 위에 꿈적도 하지 않고 붙어 있는 도마뱀 같았다. "전에 당신이 내게 해 준 이야기밖에 몰라요."

"그렇다면 들어보세요." 줄리아는 빼곡한 나무를 배경으로 마치 칠판 앞에 선 교사처럼 그 앞에 자리 잡았다. "'백색 살인'은 1940년 8월 24일 벌어졌어요. 엘리자베스 화이트 양이 햄스테드 히스에서 살해당했죠. 그녀는 일몰 직전 강아지를 데리고 산책하고 있었어요. 햄스테드 히스 북쪽 끝에 자리 잡은 유명한 술집인 스패니어드 인에 도착했을 때 한 남자가 그녀에게 말을 걸었어요. 그녀가 푸른 양복을 입은 남자와 이야기하는 걸 본 목격자가 여러 명이죠. 두 사람은 계속 같이 걸었어요. 한 시간 정도 지나 그녀는 스패니어드 인 밖 도로에서 발견되었어요. 목이 졸렸죠. 그때가 밤 9시 30분이었어요. 그녀의 개는 온데간데없었고 다시 발견되지 않았어요. 그녀를 죽인 범인은 결국 찾지 못했어요."

그랜트는 고개를 저었다. "아주 흥미로운 사건이군요. 그런데 왜 이 이야기를 나한테 들려주는 거죠?"

줄리아가 계속 말을 이었다. "얼핏 보기엔 아무 상관이 없는 것 같아요. 하지만 당신이 쓴 일곱 개의 단편은 말이 안 되는 세부 사항을 최소한 하나씩 포함하고 있어요. 첫 번째는 내부 구조와 시간대가 맞지 않는 스페인 빌라가 나오고요. 두 번째는 낮에 벌어져야 할 일이 밤에, 정확히 9시 30분에 일어났어요. 세 번째 이야기에서는 똑같이 푸른 양복을 입은 남성이 나오는데 그의 정체에 대한 설명이 없죠. 네 번째는 '백색'이라는 단어가 모두 그 반대로 적혀 있죠. 다섯 번째 이야기에선 개가 사라졌어요. 여섯 번째의 경우 실제로 이야기 속에 교살당한 사람이 없음에도 교살에 대한 설명으로 가득 차 있어요. 그리고 일곱 번째는 성 바르톨로뮤라는 보육원 이름이 나오는데 그 성인의 축일이 8월 24일이에요. 이 모든 이야기는 '백색 살인'이라는 제목하에 하나로 만나요. 그건 정말로 큰 우연의 일치예요."

그랜트는 크게 침을 삼켰다. "그래요, 꽤 많네요."

"그런데도 아직도 부인하는 건가요?"

그는 무슨 계산을 하는 듯 꽤 오랜 시간 고민했다. "나한테 그렇게 득이 되지 않을 것 같군요. 당신 말이 맞아요. 그것들은 모두 '백색 살인'에 등장하는 게 맞네요." 그의 얼굴에 고통스러운 표정이 드리웠다. "하지만 내가 그렇게 했는지는 가물가물해요. 내 말은 그것들을 차용해 넣었다는 것 말이에요."

"당신이 잊은 것 같지는 않아요. 그렇게 많은 걸 가져다 쓴다는 건 분명 세심하고 의도적인 행위일 수밖에 없으니까요."

"그럴지도 모르죠."

"분명 많은 시간을 들였을 테죠."

"기억나지 않는군요."

줄리아는 그를 똑바로 쳐다보았다. "그랜트, 당신이 하는 말이 점점 더 믿기 어려워지고 있어요."

그가 뒤꿈치로 바위를 툭툭 쳤다. "그래서 나더러 어쩌란 말이죠?"

돌풍이 공터를 휩쓸었고 먼지구름과 낙엽이 땅에서 솟아올라 회오리를 일으켰다. 섬이 갑자기 소란스러워졌다. 줄리아는 소리가 잠잠해지길 기다렸다가 대답했다.

"당신이 무슨 말을 해 줄 거라는 기대는 없어요. 전혀요. 왜냐면 당신이 이 이야기를 쓴 장본인이 아니라고 생각하니까요."

공터가 다시 조용해졌다.

아무도 없는 원형 극장에 단 한 사람만이 앉아 있다면 그것은 더는 원형 극장이 아니라 공들여 만든 왕좌에 지나지 않는다. 그랜트는 그 웅대한 의자에 앉아 있었다. 마치 외통수에 걸려 옴짝달싹 못 하게 된 체스판 위의 왕처럼.

"별소리를 다 듣네." 그의 목소리가 갈라지더니 기침을 하기 시작했다. "왜 그런 말을 하는 거죠?"

"그게 사실 아닌가요? 당신은 이 책의 작가가 아니잖아요. 당신은 그랜트 맥알리스터가 아니에요. 완전 다른 사람이지."

그의 얼굴이 새하얗게 질렸다. "얼토당토않은 말이요. 말도 안 돼. 대체 어쩌다 그런 생각을 하게 된 거죠?"

"네, 당신이 알고 싶어 할 줄 알았어요." 줄리아가 그에게 한 걸음 다가갔다. "그렇다면 내가 말해 주겠어요. 처음부터 이 상황이 의심스러웠어요. 난 초기에 쓴 작품을 부끄러워하는 작가들을 봐 왔고 안 그런 사람들은 고집스럽게 자기 작품에 대한 자부심이 있어요. 하지만 아주 솔직하게 그 속에 감정을 이입하지 않는 사람은 만나 본 적이 없어요." 그녀가 한 손을 들어 손가락으로 하늘을 가리키며 좌우로 서성거리기 시작했다. "당신은 수학에 대해 엄청 장황하게 설명했어요. 하지만 이야기 자체에 대해서는 거의 아무 말도 해 주지 않았어요. 어떻게 쓰게 되었고 그런 결정을 내린 이유에 대해서는 전혀요."

"그 이야기들을 쓴 지 아주 오랜 시간이 지났으니까."

"그랜트는 사실 스코틀랜드에서 나고 자랐는데 당신한테는 스코틀랜드 억양이 없어요. 그리고 그랜트라면 당신보다 열 살은 더 나이 들어 보였을 거예요."

"난 국경 근처에서 자랐어요. 나이보다 젊어 보이는 편이고."

줄리아는 공터 중간에 멈췄다. "그리고 당신은 내 덫에 걸려들었어요."

그녀가 이 말을 내뱉자 그랜트는 목숨이 위험에 처했을까 봐 걱정하는 사람처럼 주위를 둘러보았다. 하지만 공포가 지나간 뒤 그는 다시 안정을 찾았다. 줄리아는 그를 빤히 보았고 그녀의 강인한 눈동자에 그는 일종의 체념 상태로 가라앉았다.

"무슨 짓을 한 거죠?" 그가 물었다.

"첫 이야기부터 시작돼요. 제가 실수를 했어요. 그게 다예요. 큰 소리로 읽을 때 더워서 제정신이 아니었어요. 눈도 침침했고요. 단어를 바꾸자고 제안하려고 마지막 몇 줄에 빨간 줄을 그어 놨어요. 그런데 그 부분을 그만 통째로 날려 먹었죠. 그리고 결말의 절반만 읽었어요. 그런데 당신은 눈치 채지 못했어요."

"고작 몇 줄. 그건 아무것도 아니니까."

"고작 몇 줄은 맞아요." 줄리아가 말했다. "하지만 모든 걸 바꿔 놓는 중요한 부분이에요. 메건과 헨리 둘 중 누가 그들의 친구 버니를 죽였는지 논쟁하는 장면이죠, 기억나죠? 버니는 등에 칼이 찔린 채 위층 자기 침대에 누워 있었어요. 그들은 몹시 더운 날 그의 집 안에 갇혀 이제 어떻게 할지 결정하려고 해요. 그들은 둘 중 한 명이 범인이라는 걸 알지만 어느 쪽도 시인하지 않아요."

"맞아, 기억나요."

"시간이 흘러 아무 진전이 없자 그들은 술을 마시기로 해요. 메건이 헨리가 건네준 잔을 받고 잠시 들고 있다가 다시 건네주죠. 헨리는 그 술을 맛봐요. 몇 분 뒤 그가 쓰러졌어요. 독살을 당한 게 확실하고 메건은 그랬다는 걸 제대로 인정해요. 당신은 그녀가 버니를 죽였다고 생각해요."

"맞아요." 그랜트가 말했다. "그래서 요점이 뭐죠?"

"그다음 몇 줄이 그 생각을 뒤집어요. 그가 쓰러지고 난 뒤에 메건이 뭐라고 했는지 기억나요?"

그랜트가 고개를 저었다.

"거짓말이란 이런 거야, 헨리." 그녀가 일어서서 그를 내려다보았다. "한 번 시작하면 멈출 수 없어. 끝이 어디든 가 보는 수밖에." 메건이 술을 마저 마셨다. "더는 못 들어주겠어. 네가 버니를 죽인 걸 알아. 게다가 넌 내가 안다는 사실도 알고. 네가 날 죽이게 놔둘 수는 없었어."

그랜트의 눈이 휘둥그레졌다. "그러니까 메건이 정당방위로 헨리를 죽인 거란 말이에요?"

"맞아요." 줄리아가 말했다. "왜냐면 헨리가 버니를 죽였으니까요. 전 결말을 통째로 바꿔 버린 부분을 빼먹은 걸 나중에 알았어요. 그렇지만 당신은 그 점을 지적하지 않았죠. 그렇게 중요한 부분을 정말로 잊을 수 있을까요?"

그가 목소리를 높였다. "20년이 지났으니 당연히 그럴 수 있죠."

"맞아요." 줄리아가 말했다. "나도 그렇게 생각했어요. 그래서 내 판단을 유보해 뒀어요. 당신을 시험해 보기로 했죠. 이런 말 안타깝지만, 당신은 통과하지 못했어요."

그는 눈을 감았다. "무슨 말이죠?"

"첫 이야기에서 내가 저지른 실수가 아이디어를 주었어요. 우리는 그날 오후에 두 번째 이야기를 읽었어요. 이브스컴이라고 불리는 바닷가 옆 마을이 배경이죠."

그랜트가 고개를 끄덕였다. "계속해요."

"고든 포일이라는 남자가 버네사 앨런 부인을 벼랑에서 밀었다는 혐의를 받았어요. 하지만 그는 사고였다고 주장하죠. 우리가 확실히 아는 건 두 사람이 서로 스쳐서 반대 방향으로 지나쳤다는 것뿐이에요. 브라운이라는 냉철한 인물이 수사를 맡았었죠."

"검은색 옷을 입은 덩치 큰 인물로 기억하는데."

"그가 절벽 꼭대기 덤불 속에 말려 있던 앨런 부인의 스카프를 찾아요. 그 위에 장화 자국이 찍혀 있었죠. 호리호리한 웰링턴 부츠 발자국이었어요."

"그리고 그는 그녀가 뒤에서 끌어당겨져 목숨을 잃었다고 결론을 내리죠."

줄리아가 고개를 끄덕였다. "하지만 그건 제가 바꾼 부분이에요. 결말도요."

그랜트가 의구심 가득한 얼굴로 그녀를 쳐다보았다. "당신이 결말을 바꿨다고?"

"결말로 가는 몇 가지 세부 묘사도요. 당신이 산책하러 갔을 때 의도적으로 그렇게 했어요. 전 이야기를 살짝 뒤틀었어요. 말했지만 당신이 알아차리는지 시험하려고요. 당신이 혼란스러워하길 기대했어요. 화를 낼 거에 대비까지 했고요. 제 방식대로 이야기하면 별문제가 안 될 거라고 생각했어요. 하지만 당신은 알아차리지 못했어요."

"날 속였단 말이야?" 그랜트가 항의의 표시로 모자를 집어 던졌다. "난 당신을 도왔어. 당신에게 친절하게 대해 줬다고."

"당신은 나한테 거짓말을 했어요."

"난 나이가 들었고 잘 잊어버리지. 정말로 날 그렇게 원망하는 거요?"

"당신은 그 정도로 늙지 않았어요." 줄리아가 모자를 집어 그에게 건네주었다.

그랜트가 한숨을 쉬었다. 그는 흥미를 느끼면서도 동시에 불안한 듯 보였다. "그럼 실제 결말은 어땠죠?"

*

"아무튼," 와일드 경위가 말했다. "내가 놀랄 만한 사실을 알려 줄게."

그가 성냥을 그어 다시 담배에 불을 붙이려는데 브라운이 몸을 구부려 불을 껐다. 성냥불이 카펫을 그을리며 잉크 한 방울을 떨어뜨린 것 같은 검은 자국을 남겼다. "잠깐만 기다려." 브라운이 말했다. "난 자네가 만족하게 놔둘 수 없어. 무슨 일이 벌어졌는지 이미 알고 있거든."

와일드 경위가 눈썹을 들어 올렸다. "하지만 자네가 알 수 없는 일이야. 아무 증거가 없는 걸로 우린 결론을 내렸는걸."

"그게 말이지, 내가 증거를 좀 찾았어." 브라운이 말했다. "적어도 좋은 추리를 해낼 수 있을 만큼은."

와일드 경위는 의구심 어린 눈초리로 친구를 쳐다보았다. "알았어. 그럼 자네가 말해 봐."

덩치가 크고 혈색이 나쁜 남성이 그제야 의자에 기댔다. "내가 자네한테 피해자의 스카프를 보여 줄게." 그리고 브라운은 재킷 주머니에서 사각형으로 접어 둔 얼룩진 허연 천을 꺼내 경위에게 건넸고 그가 탁자 위에 쭉 펴 보았다.

"이걸 어디서 찾았어?"

"헤더 덤불에 걸려 있었어. 자네 동료들이 못 보고 지나친 거야."

"그래서 이게 정확히 무엇을 의미하는데?"

"자 봐, 여기에 웰링턴 부츠 자국이 나 있어. 폭이 넓은 남자 사이즈지. 난 피해자의 집에 깔아 둔 반쪽짜리 신문지 위에 놓인 부츠를 살폈는데 그녀의 것이 아니었어. 자넨 나한테 분명 그날 아침 포일이 웰링턴 부츠를 신었다고 말하겠지?"

와일드 경위가 고개를 끄덕였다. "우리가 그를 체포할 때 그 신발을 신고 있었어."

"아주 좋아." 브라운이 말했다. "그렇다면 내 질문에 대답해 줘. 반대 방향으로 서로를 지나쳐 걸어가던 상황에서 어떻게 남자가 여자의 스카프를 밟을 수 있지? 바람이 많이 부는 날이었으니 스카프는 위쪽으로 휘날렸겠지. 게다가 적어도 땅바닥에 끌릴 정도로 길지 않은 스카프인데 말이야."

와일드 경위가 머뭇거렸다. "계속해."

"그 질문에 내 머릿속에서 어떤 이미지가 떠올랐어. 고든 포일이 앨런 부인 위에 서 있고 그의 발이 그녀의 머리와 같은 높이에 있는 거야. 부인이 절벽에 걸렸을 때 그의 부츠가 무심코 그녀의 스카프를 밟은 거지."

"그렇다면 자넨 그가 범인이라고 생각하는 거야?"

"아니." 브라운이 손끝을 하나로 모았다. "내 생각에 그는 무죄야. 그가 절벽에서 부인을 밀쳤다면 그녀는 결국 그런 자세로 추락하지 않았을 거야. 머리부터 떨어졌겠지. 하지만 그녀가 발을 헛디뎌 미끄러졌다면 절벽 끄트머리에 걸렸을 수도 있어. 그래서 위로 날린 스카프를 그가 밟았을지도 몰라. 그게 아니라면 다른 설명이 있을까? 헤더 덤불이 훼손된 곳은? 그가 솔직하게 털어놓았다고 가정해 봐. 그는 몇 미터 떨어진 곳에서 그녀가 덤불 속을 굴러 벼랑 끝으로 추락하는 걸 봤어. 서 있던 곳에서 청년은 벼랑 끝에 매달려 있는 부인을 보았고 왔던 길을 되돌아 그녀의 추락 지점으로 달려온 거야. 이게 우리가 지금까지 알게 된 사실과 들어맞지 않나?"

와일드 경위는 살짝 멍해 보였다. "그런 것 같아."

"그는 벼랑 끝을 내려다보고 그녀가 매달린 걸 봤어. 물론 처음에는 본능적으로 도우려고 했을 거야. 하지만 곧 생각을 고쳐먹었지. 모든 걸 고려했을 때 부인이 살길 바라지 않았으니까. 그래서 그는 그 자리에 서서 그녀가 몇 분간 사투를 벌이는 걸 지켜보았어. 그녀의 피 묻은 손이 미끄러지고 뒤틀리다 결국 힘이 풀렸고 잠시 뒤 죽음을 향해 추락했어. 스카프는 그녀가 추락할 때 풀려 덤불 속으로 날아갔지. 그는 아마 그 점을 알아차리지 못했을 거야." 브라운이 술을 마셨다. "자, 와일드, 이제 날 가르쳐 봐."

그는 친구에게 옅은 미소를 지었다. "내가 무슨 할 말이 있겠어? 자네는 많은 부분을 추리했고 정확히 들어맞는걸. 보트 주인의 아내는 자네가 방금 말한 걸 고스란히 목격했어. 고든 포일은 무죄야. 가장 불쾌한 방식으로 말이지."

"자네 말에 동의하지 않을 수 없군. 그렇다면 그가 풀려날까?"

경위가 고개를 끄덕였다. "그렇게 되겠지. 물론 난 앨런 부인의 딸이 여전히 그와 만날지 의심스럽지만."

브라운은 안타까운 듯 고개를 저었고 그의 지치고 동요하는 얼굴이 흡사 두개골에 줄이 달린 마리오네트 같았다. "가여운 아가씨. 처음에는 어머니를 잃고 이제 사랑했던 남자가 그 죽음을 지켜보면서도 돕지 않았다는 사실까지 알게 되다니." 그는 그녀가 했던 말을 떠올렸다. '고든이 교수형을 받으면 전 어떻게 해야 할지 모르겠어요.' 그는 아이러니에 미소를 지었다. 더 어려운 질문은, 고든이 교수형을 당하지 않았을 때 어떻게 해야 할지였다.

"죽음은 항상 지저분해." 와일드 경위가 말했다. "우리의 의무는 법을 지키는 것뿐이지."

그리고 두 사람은 각자의 잔을 들어 냉담하게 건배를 한 다음 빨간 안락의자에 등을 기댔다.

*

그랜트가 코웃음을 쳤다. "아주 영리했군. 하지만 그걸로는 아무것도 증명하지 못해요. 대부분의 이야기가 바뀌지 않고 그대로니까. 내가 그 차이를 알아차리지 못한 게 뭐 그리 놀랄 일인가요?"

"그때만 해도 나는 당신을 만난 지 얼마 안 됐었죠." 줄리아가 말했다. "당신이 거짓말을 하고 있다는 증거를 찾고 있지 않았어요. 내가 틀렸다는 걸 입증하길 바랐다고요."

"그렇다면 그게 결정적이지 않다는 걸 인정하는 겁니까?"

"당연히, 결정적이지 않아요. 하지만 거기서 멈추지 않았어요."

그랜트가 나뭇가지를 반으로 부러뜨렸다. "그럼 뭐가 더 있단 말이야?"

줄리아가 고개를 끄덕였다. "첫 번째 시험은 너무 미묘해서 아무것도 입증할 수 없었어요. 그걸로 내 의구심을 해소할 수는 없었죠. 그래서 다음 이야기로 당신을 다시 시험해 봐야 한다는 걸 알았어요."

그랜트가 탄식했다. 하지만 그는 흥미를 숨기지 못했다. "그건 두 형사와 욕조에 시신이 있는 잔혹한 이야기 아닌가요?"

"맞아요. 당신이 혐오스럽다고 했던 그 이야기예요. 난 그날 오후에 이야기의 상당 부분을 다시 썼어요. 그 점은 사과할게요."

"뭘 어떻게 했죠?"

"그 이야기는 콜체스터 가든이라는 광장을 배경으로 하고 그곳에 앨리스 캐번디시가 가족, 요리사, 하녀와 같이 사는 흰색 테라스 집이 있어요. 푸른 양복을 입은 남자가 어느 날 아침 그 집 앞에서 목격되었고 그녀의 동생과 이야기를 나눴죠. 앨리스는 그날 오후 목욕을 했고 누군가 들어와 그녀를 익사시켰어요."

"그런 다음 두 수사관이 사건을 해결하러 나섰지."

"로리와 벌머였고 둘은 잔인한 방법을 썼어요. 그들은 하녀, 어머니, 아버지, 리처드 파커라는 청년을 탐문했고 마지막으로 푸른 양복을 입은 남자도 만났어요. 푸른 양복을 입은 불행한 영혼을 제외하고 모두가 알리바이가 있었어요. 벌머는 그가 자백할 때까지 고문했고 그러자 그가 스스로 목을 맸죠."

"전반적으론 해피 엔딩이고."

"그 뒤에 우리는 로리 경위가 범인이라는 걸 알게 돼요. 푸른 양복을 입은 가여운 남자는 누명을 쓴 거였어요."

"그걸 전부 당신이 썼다고?"

줄리아가 몸을 앞으로 구부리고 살짝 고개를 까닥였다. "네, 맞아요."

"그렇다면 진짜 결말은 뭐죠?"

벌머는 담배를 한 대 피운 다음 다시 안으로 들어갔다. 이번에는 면도날을 가져갔다. 마이클 퍼시 크리스토퍼가 물웅덩이 같은 바닥에 누워 입으로 숨을 쉬었다. 그의 얇은 턱수염에 피떡이 졌다. 벌머가 그 앞에 섰다.

그 순간 감방의 전등이 나갔다.

벌머는 차갑고 무딘 면도날의 뒷면에 엄지손가락을 댄 채 미동도 없이 서 있었다. "또 전기가 나갔어." 그는 밖에 서 있는 파트너에게 투덜거렸다. 이쪽 건물은 항상 문제가 있었다. 1분 이상 기다렸지만 불이 들어오지 않았다.

벌머는 어둠 속에 혼자인 기분이 들었다. 발 그림자가 이미 사라지고 없었다. 그러다 가느다란 목소리가 그에게 말했다. "부탁이에요, 전 진술할 준비가 되었어요."

"자백할 준비가 되었다고?"

머리를 흔드는 소리가 났다. "제가 그런 게 아니에요. 전 그녀를 죽이지 않았어요. 당신처럼 저도 수사관이라고요."

벌머가 한숨을 쉬었다. 그는 들어줄 마음이 없었지만, 시간을 때우려면 다른 도리가 있을까? "당신은 경찰이 아니야."

"맞아요, 전 사설탐정이에요."

"당신 명함엔 '극장 에이전트'라고 적혀 있던데."

"그건 위장용이에요. 고객은 제가 비밀리에 움직이길 바라세요."

벌머가 툴툴거렸다. "그래서 당신의 사연이 뭐지?"

그는 남자가 무릎을 딛고 일어서는 소리를 들었다. "전 협박 사건을 해결하는 분야에서 나름 유명한 사람입니다. 극장에서는 그런 일이 많이 일어나죠. 내부 사정을 잘 아는 사람들에게 물어보면 제 이름이 나올 겁니다. 어느 날 두 남자가 절 찾아왔어요. 리처드 파커와 앤드루 설리번이라고 자신들을 소개하더군요. 앨리스 캐번디시가 두 사람 모두를 협박하고 있다고요."

현재의 썸남과 어린 시절 애인이라. "어째서지?" 벌머가 물었다. 그는 아래를 쳐다보지 않고 물었다. 불이 들어온 상태였다면 이 남자를 냅다 벽으로 밀쳐 댔을 터였다. "무슨 빌미로?"

"그녀는 파커가 자신과 결혼해 주길 원했어요. 두 사람은 단 한 번 만났어요. 그는 술에 취했었고 그녀에게 전쟁터에서 보낸 시절의 무용담을 너무 많이 들려줬어요. 파커는 사촌과 함께 프랑스로 징집되어 나갔거든요. 둘 중 한 사람만 돌아왔죠. 앨리스는 남자가 술을 한두 잔 걸치면 입을 열게 만드는 그런 아가씨였어요. 그래서 그는 모든 걸 고백했고 다음 날 그녀는 결혼을 요구했어요. 그녀한테는 좋은 상대였지만 그에게는 그렇지 못했죠."

"그렇다면 설리번은?"

"둘은 가까운 사이였어요. 한번은 그가 낯부끄러운 상황을 벌이다가 그녀에게 들켰어요. 설리번이 특이한 취향을 가진 남자라고 해 두죠. 그와는 전적으로 돈 때문이었어요."

"난 못 믿겠는데."

"그녀는 그런 부류였어요. 권력과 신분을 원하는. 극장에서 일하면 그런 사람을 많이 볼 수 있어요."

"그런데 설리번과 파커는 어떻게 아는 사이지? 둘이 친구야?" 벌머는 왜 로리 경위가 끼어들지 않는지 궁금했다. 분명 어둠 속에서 듣고 있을 텐데.

"친구는 아니에요. 앨리스는 주도면밀하지 못했어요. 그들은 그녀의 집 밖 공원에 메시지를 남겼어요. 그곳에 있는 나무 한 그루에요." 벌머가 리처드 파커의 낡은 편지를 찾은 그 자리였다. "하지만 그녀는 두 사람 모두와 같은 장소를 이용했어요. 어느 날 두 사람이 우연히 만났고 말을 텄죠. 그렇게 모든 일이 시작된 거예요."

"그래서 둘은 어떻게 했지?"

"날 찾아와 도움을 청했어요. 협박 사건을 해결하는 방법은 당사자에게 그대로 되돌려주는 것밖에 없다고 그들에게 말했어요. 상대의 약점을 찾으면 충분하다고요. 그래서 제가 주변을 살폈어요. 물어보기도 했죠. 그런데 다른 피해자가 있었어요. 그중 한 명이 하녀예요."

"엘리즈?"

벌머는 남자가 고개를 끄덕이는 걸 볼 수 없었지만, 그가 그렇게 하고 있다고 생각했다. "하녀가 앨리스 어머니의 보석을 훔쳤어요. 앨리스는 그걸 알고 해고하겠다고 협박했어요. 그 사건의 경우 그녀는 아무것도 요구하지 않았어요. 그저 자기 권력을 즐겼을 뿐이죠. 그 아버지한테도 마찬가지고요."

"앨리스의 아버지?"

"사실 계부죠. 하녀가 제게 전부 다 말해 줬어요. 앨리스는 계부에게 자기가 시키는 대로 하지 않으면, 자기한테 추근거린 사실을 어머니에게 알리겠다고 협박했다고요."

"계부가?" 벌머가 한숨을 쉬었다. "그래서 어떻게 되었는데?"

"전 네 사람 모두를 고객으로 받았어요. 그리고 앨리스의 집에서 모이기로 했죠. 그녀는 당연히 몰랐어요. 그저 돈에 집착하는 철없는 소녀일 뿐이었어요. 전 그들이 함께 맞서면 그녀가 물러설 거라고 생각했어요. 그래서 두 남자를 광장으로 불러 앤드루 설리번에게 사무실에 있는 계부를 데려오라고 했고 요리사가 나가길 기다렸어요. 그런 다음 문을 두드렸죠. 하녀가 마중 나왔고요. 그녀는 식료품점을 운영하는 약혼자와 함께 있었어요. 그녀가 앨리스는 목욕 중이라고 말했어요. 전 마침 행운이라고 생각했어요. 한층 무방비 상태일 테니까요. 그래서 모두를 안으로 들여보냈어요. 다섯 명 다요. 그들이 계단을 올라가 그녀와 마주했어요." 그의 목소리가 갑자기 조용해졌다. "그다음에 어떻게 되었는지 전 몰라요."

불이 다시 들어왔지만 잠깐이었다. 벌머는 로리가 감옥 밖에서 철장에 손을 올리고 얼굴에 반쯤 미소를 짓고 있는 것을 보았다. 벌머는 다시 깜깜해지기 전에 굳이 남자를 내려다볼 생각을 하지 않았다. "그래서 당신이 공범이라고?"

"전 그들이 앨리스를 죽일 줄 몰랐어요. 그녀하고 대화해 보라고만 말했고요."

벌머는 그들의 알리바이를 다시 떠올려 보았다. 이제 그들을 다른 각도에서 보게 되었고 각각은 무대 위 가짜 인물처럼 느껴졌다. 엘리즈의 경우 알리바이는 약혼자였다. 하지만 그 역시 범죄에 가담했다. 캐번디시와 리처드 파커 둘만으론 범죄를 저지를 수 없었을 것이다. 하지만 다른 세 사람이 있으니 전혀 문제 될 것이 없다. 그런데 왜 앨리스의 어머니는 캐번디시가 양아버지라는 말을 하지 않았을까? 앤드루 설리번은 해외에 있다고 했지만, 그들은 확인하지 않았다. 그는 자기 어머니와 몇 주 동안 런던 호텔에 숨어 있었을지도 모른다. "그들이 앨리스를 물속에 집어넣은 거네? 그들 전부가."

어둠 속에서 무언가가 그에게 다가왔다. 벌머가 다시 말했다. "그들이 그녀를 죽일 줄 알았다면 당신은 범죄 현장에 명함을 남기고 오진 않았겠지." 추리, 형사의 예술 형식. 벌머에게도 마침내 추리력이라는 게 생겼다.

그는 칠흑 같은 어둠 속에서 씩 웃었다.

"네, 맞아요." 바로 아래서 목소리가 들렸고 벌머는 손 한 쌍이 자기 발을 감싸는 걸 느꼈다. 따뜻한 뺨이 간청하듯 그의 왼쪽 종아리를 눌러 누군가 그의 바지를 다림질해 주는 것 같았다. "부디 제 말을 믿어 주세요."

불이 다시 들어왔고 전보다 더 환해졌다. 그들은 침묵에 사로잡혔다. 로리가 소리 소문도 없이 감방 안으로 들어왔다. 이제 그는 벌머와 몇 걸음 간격을 두고 서서 바닥에서 애원하는 남자를 경멸하듯 쳐다보았다. 벌머가 남자가 떨어지도록 발을 털고 파트너에게 몸을 돌렸다. "전부 다 들었어?"

로리가 고개를 끄덕였다. "확실히 일리가 있어."

"그럼 인제 어쩌지?" 벌머가 물었다. "다섯 명을 다 체포할까?"

"증거가 없잖아." 로리가 말했다. "이 남자의 증언은 법정에서 인정이 안 될 거야, 그 다섯 명에 대해서는."

"그럼 어쩌자고?"

"우리한텐 여기 있는 크리스토퍼에 대한 증거가 차고 넘쳐. 어떻게든 사건을 매듭짓는 게 최선이야. 무슨 말인지 알겠어?"

"그래." 벌머가 말했다. 그는 한숨을 쉬고 마이클 크리스토퍼의 겨드랑이를 잡아 올렸다.

"좋아." 로리가 말했다. "자살처럼 보이게 잘해."

푸른 양복을 입은 남자가 비명을 지르기 시작했다. 벌머는 장갑을 낀 손가락으로 그의 콧구멍을 잡은 다음 엄지로 남자의 입을 닫았다. "입 다물어." 그가 말했다.

로리는 자리를 뜨려고 몸을 돌렸다. 그는 파트너의 어깨에 마지막 임무를 맡겼다. "그자가 무죄가 아닌 걸 자네도 알잖아. 그가 이 모든 일을 사주한 거야."

벌머는 끙 하는 소리를 내고는 크리스토퍼의 푸른 양복 재킷을 찢은 다음 소매 한쪽을 남자의 긴 목에 둘렀다. "그리고 이 빌어먹을 녀석이 자백한 거지."

그랜트는 이미 변명거리를 준비했다. "그 부분을 내 기억에서 잊고 있었던 것 같군요."

줄리아는 이 말에 대꾸하지 않았다. "모든 용의자가 살인자로 밝혀진 사건이에요."

"그건 알아요." 그랜트가 말했다. "네 번째 이야기와 같은 구조인 거죠?"

"맞아요." 줄리아가 대답했다. "화재가 나고 배우들이 파티를 연 그 이야기 말이죠. 물론 그 이야기도 원래는 꽤 다른 스토리였어요."

그랜트가 패배한 얼굴을 했다. "당신이 그것도 바꿨단 말입니까?"

"전 신중해야 했어요. 결말을 바꾸는 계획을 실행하고 있었지만, 제약이 따랐어요. 결국 이야기들은 수학 공식에서 비롯된 거니까요. 그 공식에서 벗어나지 않는 수준에서만 수정할 수 있었어요. 안 그러면 전체가 다 무너지고 말 테니까요."

"당신은 규칙을 지켜야 했겠죠, 그래야 내가 걸려들 수 있을 테니까."

"당신이 계속 말을 하게 해야 했으니까요. 그래서 완전히 다른 결말을 고안하는 건 처음부터 고려하지 않았어요. 대신 세 번째와 네 번째 이야기의 결말을 서로 바꿨죠."

그랜트는 미소가 절로 나왔다. "정말 영리하군요, 그렇다면 네 번째 이야기는?"

"원래의 결말을 제가 세 번째 이야기에 가져다 썼어요. 네 번째 이야기는 레스토랑 파티장에서 시작하죠. 근처 백화점에 불이 났고요. 헬렌 개릭이 경찰이 도착할 때까지 범죄 현장을 보존해 달라는 요청을 받아요. 그녀는 시신을 살피죠. 파티를 연 당사자가 망치로 맞아 죽었어요."

"안에서 잠긴 화장실에서."

"파티에 참석한 다른 손님들 모두 배우예요. 각자 헬렌에게 믿기지 않는 이야기를 털어놓고 현장은 혼돈과 혼란의 도가니로 바뀌죠. 시간이 흘렀지만 경찰은 나타나지 않았어요. 용의자들은 인내심이 바닥났어요."

"예리한 독자는 사건이 일어나던 당시 헬렌이 아래층에 있었다면 그녀

역시 용의자 집합에 포함해야 한다는 점을 눈치채지 않았을까요?"

"그게 제가 세 번째 이야기에 적용한 결말이에요. 수사관이 범인인 경우에 해당하죠."

헬렌은 바닥으로 레드 와인 병을 넘어뜨리면서 말을 끊었다. 병이 와장창 깨지며 화장실의 바닥과 유리 파편에 묻은 옅은 피 같은 얼룩을 남겼다.

"죄송해요." 그녀가 말했다. "저녁 내내 여기 앉아 여러분의 추리를 들었어요. 더는 듣고 싶지 않아요."

그녀가 의도적으로 병을 깼다고 생각할지도 몰라 헬렌은 손끝으로 와인잔 끄트머리를 살짝 건드려 의구심을 상쇄해 버렸다. 이제 그녀는 깨진 유리로 된 섬에 앉아 있다.

"처음 뵙는 것 같습니다만." 제임스가 다가와 손을 내밀었다. "전 제임스예요."

"전 헬렌이에요. 이 자리를 지키는 사람이죠."

"그녀는 무시해." 그리프가 말했다. "술에 취했어. 레스토랑 매니저의 친구인 것 같아."

"왜, 그게 어때서요?" 헬렌이 물었다. "바깥세상이 무너지고 있어요. 이런 상황에 누가 술을 마시고 싶지 않겠어요?"

"드디어," 스칼릿이 문 뒤에 걸어 둔 코트를 집어 들었다. "우리는 자리를 떠도 되는 거야."

"내가 당신이라면 그러지 않을 거예요." 헬렌은 웅덩이에서 노는 아이처럼 깨진 유리를 문 쪽으로 걷어찼다. "재미있는 광경을 놓칠 텐데."

앤드루 카터가 여동생 버네사 앞으로 갔다. "뭘 어쩔 셈이지? 정신이 어떻게 됐나요?"

그리프가 헬렌의 눈동자를 들여다보았다. "당신은 제정신이 아니야." 그가 말했다. "좀 누워 있지 그래요."

"하지만 내 고백이 듣고 싶지 않아요?" 헬렌이 자리에서 일어난 다음 의자 위로 올라갔다. "몇 시간째 당신들은 이 방에서 나와 갇혀 있고 당신들 중 누구도 30킬로미터 이상 떨어진 곳에 사는 내가 왜 이 레스토랑에 혼자와 있었는지 물어볼 생각을 하지 않았어요. 몇 시간 후면 집으로 가는 막차가 끊길 텐데도 내가 왜 이 범죄 현장을 지키는 일에 자원했는지 아무도 물어보지 않았죠. 이 말을 들으니 의구심이 생기지 않나요?" 여섯 명이 멍하게 서로를 쳐다보았다. "내가 그를 죽였을지도 모른다는 생각을 한 사람은 없나요? 적어도 약간의 고마움은 보여야죠."

사방에서 탄식이 새어 나왔다. 원 뒤쪽 누군가가 놀라서 잔을 떨어뜨렸다. 해가 지고 창문은 연기로 거의 검게 그을린 가운데 방 안이 어두워지고 있었다. 그녀는 실루엣만 보이는 청중 앞에서 말했다.

"난 이 범죄를 어떻게 설명할지 한 시간 동안 고심했어요. 나에게로 이목이 쏠리지 않도록 레스토랑 매니저에게 할 말을요." 그녀는 악마의 개, 옥상 꼭대기에 웅크리고 앉아 있던 형상, 거대한 음모를 떠올렸다. 하나같이 전혀 내키지 않는 이미지였다. "그래서 난 저녁 내내 인내심을 가지고 여러분이 하는 말을 들었어요. 학교에서 보내는 오후 같았죠. 해리가 바람피우는 이야기, 그의 신부 행세를 위해 돈을 받는 이야기. 음, 더는 참을 수가 없었어요."

"당신이 그를 죽인 범인이군요." 버네사가 말했다. "하지만 왜요? 당신은 누구죠?"

헬렌이 자리에 앉아 손으로 머리를 감쌌다. 왜 이 이야기를 경찰이 있을 때 차를 마시며 편하게 하도록 아껴 두지 않았을까? 하지만 그녀는 너무 취해서 멈출 수가 없었다.

"아, 그냥 헬렌이에요. 헬렌 론다 개릭. 당신들처럼 해리의 여자 중 한 명이죠. 그가 파티를 연다는 소릴 들었어요. 당연히 그는 내가 오길 바라지 않았어요. 그래서 아래층 테이블을 예약했어요. 식사가 나오는 중간에 여길 올라왔고 여러분 모두 창밖을 내다보는 걸 봤어요. 그게 행운이었죠. 해리는 당신들과 있지 않았어요. 그리고 물 내리는 소리가 났고 그가 화장실에서 나왔어요. 당연히 바깥 복도에 있는 남자 화장실이었죠. 그는 날 보고 기뻐하지 않았지만 난 그를 따라 이곳으로 들어와 당신들 누구의 눈에도 띄지 않고 여자 화장실로 그를 밀어 넣었어요. 그에게 조용히 이야기하고 싶다고 말했죠. 뭐, 그다음 어떻게 됐는지 상상이 가죠."

"우리한테 말해 줘요." 시신의 상태를 보지 못한 제임스가 헬렌이 저지른 일에 매료되어 말했다.

그녀는 얼굴을 붉혔다. "핸드백을 바닥에 떨어뜨렸어요. 항상 신사적인 해리가 그걸 주우려고 고개를 숙였죠. 난 소매에 숨겨 둔 망치를 꺼내 그의 뒤통수를 쳤어요. 딱 한 번이었는데 그는 얼음통에서 튕겨 나온 얼음 조각처럼 바닥으로 넘어지더군요. 한방에 그렇게 되니 완전 만족스러웠죠. 예닐곱 번 그렇게 하니 머리가 피범벅이 되더군요."

버네사가 오빠의 품으로 쓰러졌다. 스칼릿은 눈썹을 들어 올린 채 그리프를 향해 몸을 돌렸다. 웬디는 한 걸음 다가왔다. "난 당신이 범인일 줄 알았어요. 해리가 떼어 내고 싶어 한 여자. 당신 때문에 그가 날 이리로 부른 거예요."

"네, 맞는 말이에요. 하지만 제대로 먹히지 않았죠? 화재로 인한 소음과 야단법석이 살인의 소음을 덮어 주었어요. 그런 다음 난 창문을 깨고 유리 조각들을 안으로 집어넣었어요. 창틀을 통해 나가다가 유리 파편에 허벅지를 긁혔죠. 그런 다음 지붕을 가로질러 비상구를 통해 내려왔고 화장실 문이 잠긴 채로 둘 수 있었어요. 그리고 다시 레스토랑으로 돌아가 자리에 앉았고 때마침 내 두 번째 코스 요리가 나왔어요."

스칼릿은 대수롭지 않다는 목소리로 말했다. "그걸 왜 우리한테 말하는 거죠?"

헬렌이 고개를 들었다. "고백하고 싶었으니까. 난 할 수 있을 거라 생각했는데, 그러지 못했어요. 죄책감이 너무 커서." 그녀는 눈을 감고 수녀님들이 자기 주위에 빙 둘러서서 못마땅한 눈길로 내려다보는 광경을 떠올렸다. "해리 때문이 아니에요. 난 그에게는 전혀 죄책감이 들지 않아요. 그가 날 대한 방식은 죽어도 마땅하니까."

"터무니없는 소리 하지 말아요." 그리프가 말했다. 앤드루는 고개를 절레절레 저었다.

하지만 여자들은 그저 서로를 쳐다볼 뿐이었다.

웬디가 말했다. "그럼 당신은 무엇에 대한 죄책감을 느끼는 거죠?"

헬렌이 흐느꼈다. 자라면서 받았던 비난이 마침내 그녀를 옭아매는 것 같았다. "주의 환기가 필요했어요. 내가 그를 죽일 동안 모두의 시선을 돌릴 수 있는 무언가가요." 그녀는 길게 숨을 내쉬었다. "내가 백화점에 불을 질렀어요."

그때 큰 노크 소리가 났고 찍 하는 소리와 함께 문이 열렸다. 레스토랑 매니저의 머리가 문 주변으로 나타났다. 그의 얼굴에 얄궂은 미소가 드리웠다. "말씀 중에 죄송하지만 지금 바로 전부 대피하라는 연락이 왔습니다."

매니저는 그 말을 남기고 사라졌다. 헬렌은 고백을 들은 상대들을 쳐다보았다. 다들 너무 충격을 받아 말을 잇지 못한 채 그녀를 바라보았다. 제임스가 침묵을 깼다. "살다 보니 이런 이상한 날도 다 있네." 그는 모자와 코트를 집었다. "당신은 제정신이 아니에요."

버네사는 눈물 바람으로 비틀거리며 오빠에게 기댔다. 그리프와 스칼릿은 간담이 서늘한 얼굴이었다. 별실을 나설 동안 누구도 헬렌에게 한마디 말도 건네지 않았다.

"그는 정말 끔찍한 인간이었어요." 그녀는 마지막으로 나서는 웬디에게 말했다. "적어도 내 의도만큼은 좋았어요."

웬디가 떠나고 헬렌만 홀로 남았다.

알코올과 아드레날린 때문에 손이 부들부들 떨렸다. 헬렌은 몸을 일으켜 코트를 걸치고 와인 병을 손에 든 채 별실을 나왔다. 그녀가 계단을 내려와 문을 나설 때 레스토랑은 을씨년스럽게 비어 있었다. 그녀는 반쯤 남은 와인을 들이켰다. 용기가 필요해, 그녀는 생각했다. 그리고 거리를 따라 걸어서 불타고 있는 건물로 들어갔다.

열기가 그녀를 깨끗이 정화해 주는 걸 느꼈다.

"네 번째 이야기는 엄청 공을 들였어요. 첫날 오후 당신이 낮잠을 자는 동안 전 최선을 다해 글을 썼어요. 식사를 마치고 난 그날 저녁에도요."

그랜트가 눈을 찌푸렸다. "그 말은 뭐가 더 있단 뜻인가요?"

"당신의 무고함을 입증할 또 다른 기회를 다섯 번째 이야기에 넣어 뒀어요. 어제 점심 식사 전에 결말을 고쳤고 땡볕에서 작업하느라 손등이 다 탔어요."

"이번에는 뭘 바꿨죠?"

"남편과 아내가 섬을 둘러보니 거기 있던 모든 사람이 다 죽었다는 이야기예요."

"찰스와 세라. 기억나요."

"섬에는 하인 두 사람을 포함해 열 명이 있었어요. 그들 모두 각기 다른 이유로 언윈이라는 베일에 싸인 남자로부터 그곳에 초대를 받았죠. 그런데 도착해 보니 언윈은 어디에도 없었어요. 이 이야기의 핵심적인 특징은 모든 용의자가 피해자라는 것이죠. 그래서 살인자를 한 피해자에서 다른 피해자로 쉽게 바꿔치기할 수 있었죠. 그렇게 해서 스터브스를 범인으로 만들었어요."

그랜트가 눈을 감았다. "원래는 범인이 다른 사람이었던 거군요?"

그들은 아래층으로 내려와 재와 나무 파편으로 어지럽혀진 라운지로 갔다.

"어떤 순으로 진행되었는지는 꽤 쉽게 알 수 있어요." 세라가 말했다. "하지만 분명하게 해야 나머지 부분도 다 맞아떨어질 거예요. 첫째 날은 손님이 도착했어요. 그리고 모두가 저녁 식사를 하는 동안 죄명이 적힌 카드를 받았고 포크를 삼킨 여성이 최초의 희생자였어요. 전 낯선 사람들과 저녁에 대화를 나누기엔 너무 겁이 나 모두 일찍 자러 갔다고 생각해요."

"충격을 받으면 쉬 피곤해지지." 찰스가 말했다.

"한편 두 손님이 방에서 독이 든 양초로 살해당했어요. 나머지 다섯 명이 다음 날 아침에 일어나 이곳으로 내려왔어요. 하인들이 사라졌고 손님 두 명도 그랬죠. 그들은 방을 뒤지고 섬을 살피며 네 구의 시신을 찾아냈어요. 그때 분명 상황이 파국으로 치달았겠죠. 이곳에 모인 사람 중 절반이 죽은 채 발견되었으니까요. 그 섬에는 그들 말고는 다른 사람이 없었으니 그들은 나머지 다섯 명 중 한 사람이 범인이라고 생각했어요. 그래서 그들은 모두 모여 안전을 찾으려 하지 않고 각자가 필요한 물건을 챙겨서 자기 방으로 가서 문을 잠갔어요. 여기까지 이해가 가나요?"

찰스가 열심히 고개를 끄덕였다.

"어느 순간 여성 두 명이 물건을 챙겨 배정받은 방을 나와 옆 방 서재로 옮겼어요. 왜 그랬을까요? 아직까지 전 확실히 모르겠어요. 동시에 한 남자가 욕조에서 감전사했고, 다른 한 명은 자기 침대 안에서 서서히 피를 흘리며 죽어 갔어요. 두 사람 다 잠긴 방 안에서 그렇게 된 거죠. 잔디에 누워 있는 노인은 이 시점에 살아서 밖으로 나간 유일한 사람이에요."

"그렇다면 서재에 있던 두 숙녀는 어떻게 죽은 거야?"

세라가 벽난로로 걸어가 헐거운 벽돌 하나를 밀었다. "이걸 뽑으면 굴뚝 뒤의 해치가 열리고 벽에 난 구멍을 통해 옆방에 연기가 가득 차요. 그 방문은 자물쇠가 없지만 창문이 열리면 문이 잠기게 되어 있어요."

"창문은 사람이 탈출하기에는 너무 작아. 그래서 두 사람은 질식했고 목숨을 구하는 유일한 방법은 창문을 닫는 거였는데. 참 역겨운 장치야." 찰스가 고개를 저었다. "그럼 밖에 있던 노인이 불을 질러 그들을 죽인 살인자라는 거야? 그가 유일하게 남은 인물이니까?"

"잠시 생각할 시간을 줘요."

세라는 흔들의자에 앉아 이마를 누르며 집중하기 시작했는데 이번에는 벽 대신 손바닥을 썼다. 찰스는 혐오감을 느끼며 그녀를 쳐다보았다.

"아뇨. 그는 살인자가 아니에요. 그의 죽음은 설명하기가 가장 어렵군요. 타살의 단서를 남겨 놓지 않았기 때문이지요. 우리는 보트가 일반적으로 정박하는 장소에서 그의 시신을 찾았어요. 배를 타고 떠나려는 사람이 자신의 목에 철삿줄을 감도록 유인할 방법은 뭐가 있을까요?"

아내의 물음에 찰스는 대답하지 못했다. "누군가 안에 철사가 들어 있는 구명조끼를 건네면 가능하죠. 판지와 싸구려 천 조각만 있으면 만들긴 쉬우니까요. 그 속에 머리를 집어넣어 철사가 남자의 목 주변을 감쌌고 철사가 당겨진 거죠."

"그가 범인이 아니면 누구란 말이야?"

"열 명 중 한 사람이 살인자라면 분명 다른 사람을 죽인 다음에 스스로 목숨을 끊었을 거예요. 누구의 죽음이 가장 자살처럼 보였죠?"

찰스가 어깨를 으쓱였다. "스터브스인 것 같아."

"그리고 범죄 수법이 복잡한 것으로 보아 두 명 이상이 공모했을 거예요. 누가 공모자일까요?"

찰스가 탄식했다. "스터브스와 그의 아내란 말이야?"

"그럴 수도 있지만 아니에요. 스터브스는 이런 일을 해낼 돈이 없었다는 점을 제외하면 범인으로 보기에 딱 알맞은 인물일 거예요."

"그럼 누구지?"

"누가 남았겠어요? 범죄 동기가 심판이라면, 가장 비판을 잘하는 사람을 찾아야죠. 저기 있는 트렌터 노부인이에요. 그녀가 같이 온 소피아의 도움을 받아 그들을 죽였어요."

찰스는 고개를 저었다. "하지만 어떻게?"

"제가 그 부분을 놓친 게 한이 돼요." 세라가 말했다. "전혀 설명이 안 되는 한 가지가 있었어요. 왜 그들은 안전한 침실에서 나와 잠금장치가 빈약한 옆방 서재로 옮겼을까요?"

"난 모르지."

"이유가 없는 건 말이 안 돼요. 저택을 돌아다녀도 안전하다는 걸 알지 않는 한 불가능한 일이에요. 그리고 나중에, 한참 후에 두 사람이 그 방으로 죽으러 들어가요."

"연기를 마신다고 해서 죽는 건 아니야."

"맞아요. 그들은 그렇게 죽지 않았어요. 모두를 죽이고 난 뒤에 무언가를 복용했어요. 비소나 뭐 그런 거겠죠. 두 사람이 불을 피웠고 연기 냄새가 그들의 자살 방식을 덮어 준 거예요."

"하지만 그들의 동기가 뭐야?"

세라가 생각에 잠겼다. "트렌터 부인은 시한부였을 거예요. 메모에 밤에 기침하는 소리가 들렸다고 적혀 있었어요. 그리고 우리는 식당 식탁에서 핸드백 아래 놓인 피 묻은 손수건을 찾았어요. 그녀가 죽으면서 다른 사람을 데려가기로 마음먹었다면요? 죗값을 치르지 않은 사람 말이에요. 그녀가 동반자를 설득해 도와달라고 했거나 다른 방식으로 압력을 행사했을 거예요. 그녀는 가십에 흠뻑 빠져 사는 사람이었기에 온갖 비밀을 알고 있었을 거예요. 게다가 그녀는 헌신적이고 독실한 인물이었어요. 우리가 침실에서 성경책을 찾은 거 기억할 거예요. 그 아래 약병이 있었어요. 그녀가 자신의 사명을 정의 구현 혹은 복수로 여겼는지는 잘 모르겠어요."

찰스는 너무 충격을 받아 할 말을 잃었다. "믿기지 않아. 여성이 그렇게 사악할 수 있단 말이야?"

세라가 동정 어린 표정으로 남편을 쳐다보았다. "그게 언젠가 당신이 배워야 할 교훈이에요, 찰스."

"그리고 전 여섯 번째 이야기에도 똑같이 했어요." 줄리아가 말했다. "그게 어젯밤 우리가 읽은 거고 한 시골 저택의 여주인이 자기 침대에서 다이아몬드 때문에 질식사를 당했죠. 이 이야기의 구조적 특성은 대략 절반의 용의자가 살인자로 밝혀진다는 거였어요."

"맞아." 그랜트가 말했다. "어느 방향으로 갈지 짐작 가는군요."

"원래와 동일한 구조인데 제가 절반 정도만 바꿨어요."

그랜트는 절망에 빠져 웃음을 터트렸다. "정말로 근사하게 해냈군요. 난 당신한테 이야기의 결말이란 건 작가가 자의적으로 선택하는 거라고 말했었죠. 그리고 당신은 내 말을 실행으로 옮겼군요."

"그 이야기에서 릴리 모티머라는 젊은 여성이 램 박사를 찾아가요. 그녀는 6년 전 할머니 살인 사건의 미스터리를 풀고 싶어 해요. 두 사람은 사건에 대한 각자의 기억을 나누어요. 아홉 명의 용의자가 있고 각각은 알리바이가 있어요. 당시 어린아이였던 릴리는 사촌 동생 윌리엄과 놀고 있었어요. 릴리의 언니 바이올렛은 소파에서 자고 있었고요. 삼촌 매슈는 피해자의 언니 도로테아를 마중 나가는 중이었고요. 다른 용의자들로는 램 박사, 매슈의 아내인 로렌, 정원사 레이먼드, 바이올렛에게 연정을 품고 있는 동네 청년 벤이 있어요."

"그리고 램 박사와 그의 정부, 윌리엄, 벤이 살인자로 밝혀지고. 하지만 진짜 결말은 그 반대였다는 거겠죠?"

*

램 박사는 두 개의 직사각형 속 황혼이 지는 광경을 지켜보았다. 그는 안경을 쓴 채 창밖을 내다보았다. 그는 그녀의 이름을 적었다. '친애하는 릴리.'

그 순간 슬픔이 그를 집어삼켰다. 그는 이 편지를 남기는 것이 그녀의 내면을 파괴하는 행위인 것 같은 기분이 들었다. 하지만 진실을 분명히 전해야 한다.

'5년 전 넌 네 할머니의 살인 사건에 관해 나에게 물으러 찾아왔지. 당시에 내가 아는 걸 전부 말해 주지 않은 건 시간이 지나면 차츰 분명히 드러날 거기 때문이었어. 넌 굉장한 아가씨고 그간의 세월이 널 잘 성장시켰길 바라.' 그는 고백의 순간을 스스로 지연시키고 있다는 걸 알았다. '그날 만났을 때 난 내 죄 한 가지를 고백했고 그건 네 숙모와의 불륜이었어. 하지만 그보다 5년 전엔 내가 고해성사를 들어주는 쪽이었다는 걸 분명히 말해 두고 싶구나.'

의사가 어느 늦은 여름 전쟁 기념관 주위를 걷는데 바이올렛 모티머가 그를 불렀다. "램 박사님, 시간 있으세요?"

그는 발길을 멈추고 뒤돌아보았다. "바이올렛, 무슨 일이니? 잠을 통 못 잔 얼굴이구나."

바이올렛은 와락 눈물을 쏟았다. "아그네스 할머니 때문이에요." 그녀가 말했다. "누군가에게 이야기해야 해요. 누군가에게 모든 걸 털어놓아야 해요. 오, 램 박사님, 전 고해성사를 해야 해요."

'이제 너도 알겠지,' 박사가 글을 이었다. '바이올렛이 내게 사건의 진실에 대해 말해 줬어. 그래서 이 편지를 쓰는 게 참으로 고통스럽구나, 릴리. 너희 할머니를 죽인 건 바로 네 가족이란다. 네 가족이 할머니를 질식시켰

어. 그녀의 침대에서 마치 벌레를 잡듯 으깨 버린 거지.'

그 일은 도로테아와 매슈로부터 시작되었다.

도로테아는 동생이 뇌졸중을 일으킨 이후 처음 찾아왔고 조카를 옆에 앉혀 두고 다이아몬드 이야기를 꺼냈다. "그 애가 아직 그걸 가지고 있다는 걸 알지만 어디에다 놔뒀는지 절대 말하지 않더구나. 아그네스가 죽어서 그 비밀이 고스란히 무덤으로 가면 어쩌지?"

매슈는 엄청난 부가 그냥 사라진다는 생각에 간담이 서늘해졌다. "걱정하지 마세요, 이모. 제가 잘 설득해 볼게요. 정당한 제 유산이잖아요." 그는 고개를 들고 천장을 향해 다짐하듯 말했다. "어쨌든 이 집은 인간이 아니잖아요. 어머닌 그걸 이 집에 물려줄 권한이 없어요."

하지만 매슈의 자신감은 잘못된 방향으로 흘러갔다. 그날 오후 언니와 아들이 찾아오고 저녁 식사가 담긴 쟁반이 그들 사이에 어색하게 놓여 있을 때 아그네스는 몸 상태가 안 좋아 어지러움을 느꼈고 둘이 꺼낸 다이아몬드 이야기 때문에 화가 났다.

"너희는 도둑이나 다름없어." 그녀가 항의의 표시로 잔에 담긴 우유를 베개에 쏟으며 속삭였다. "난 아직 안 죽었어. 그런데 내 돈을 챙길 궁리만 하다니."

그날 늦게 매슈는 도로테아를 조용한 곳으로 불렀다. "제가 다이아몬드를 찾을 수 있게 도와주세요, 이모. 어머니가 돌아가시기 전에요. 몫은 정확히 반으로 나눌게요. 전 반드시 그걸 손에 넣어야겠어요."

도로테아가 미소를 지었다. "내가 바라는 건 거동이 불편해지면 날 돌봐주는 거란다."

"물론이죠." 매슈는 그녀의 손목을 잡았다. 그렇게 거래가 성사된 거나 다름없었다.

그들은 몇 주 뒤 다이아몬드를 얻기 위한 두 번째 시도에 들어갔다. 도로테아가 마을로 와서 진정제를 매슈의 손에 쥐여 주었다. "내 나이쯤 되면 의사는 뭐든 처방해 주지."

그는 진정제를 몰래 아그네스의 차에 탔고 그날 밤 방을 뒤졌지만, 아무것도 찾지 못했다. "죄송해요. 제가 이모를 실망시켰어요."

"다음 기회를 노려야지." 도로테아가 말했다. "어딘가에 있을 거야."

그리고 얼마 지나지 않아 그들은 세 번째로 시도했다. 매슈는 역으로 이모를 마중 나갔다. 도로테아는 열차에서 내리며 그의 손을 잡았다. "이번에 우린 성공할 거야." 그 말과 함께 의미심장한 웃음이 그녀의 얼굴로 번졌다. 두 사람이 들판을 걸을 때 도로테아는 자신의 계획을 조카에게 말했다. "아그네스는 늘 바이올렛을 제일 좋아해 왔어. 그러니 바이올렛에게는 다이아몬드가 어디 있는지 말해 줄 거야."

매슈가 고개를 끄덕였다. "그 방법이 좋겠어요."

그들이 저택에 도착해 보니 바이올렛이 소파에 잠들어 있었다. 도로테아는 그녀를 깨워 다이아몬드에 대해서 설명하고 해야 할 일을 알려 주었다. "안 그러면 다이아몬드는 영영 찾지 못하게 돼. 이 가문의 재산이 누구에게도 가지 못하는 거야."

매슈는 진심인 척하려고 애썼지만 별로 도움이 되지 않았다. 고개를 끄덕이며 열성껏 말했지만, 그의 눈빛은 탐욕을 감출 수 없었다. 바이올렛은 그들이 하는 말이 무슨 뜻인지 알아차렸다. "그런데 왜 제가 그렇게 해야 하나요?"

"넌 아그네스가 믿는 유일한 사람이니까."

바이올렛은 자신이 그 일에 적합한 인물이 아닌 더 많은 이유들이 있을 거라고 생각했다. "레이먼드와 이야기를 해 봐야겠어요."

"도대체 왜?" 매슈가 경악하며 물었다. 조카와 정원사는 지나치게 가까웠다. 더구나 레이먼드는 유부남이었다. 가문에서 추문이 생기면 그 누구에게도 도움이 되지 않을 것이다. "이건 그와 전혀 관계가 없어. 그는 그냥 정원사일 뿐이야."

바이올렛은 완강했다. "그는 제 친구예요."

하지만 레이먼드는 그녀에게 삼촌이 시키는 대로 하라고 조언했다. "그건 네 유산이기도 해." 그가 말했다. "너도 권리가 있어."

그래서 네 사람, 매슈, 도로테아, 바이올렛, 레이먼드가 그날 아침 늦게 아그네스의 방 앞에서 만났다. 바이올렛이 세 사람의 얼굴을 번갈아 쳐다보았다. 모두 기대에 부푼 표정이었다.

바이올렛은 겁에 질렸다.

그녀는 홀로 방 안으로 들어갔다. 아그네스는 깨어 있었다. 노부인이 다정하게 미소를 지었다. "바이올렛, 얘야, 깜짝 방문이구나."

"할머니의 아침 식사 그릇을 치우러 왔어요." 그녀는 침대 끄트머리에 앉아 쟁반을 집어 들었다. "그리고 묻고 싶은 게 있어요. 할아버지가 주신 다이아몬드에 대해서요."

바이올렛이 그 말을 꺼내자마자 아그네스가 벌떡 일어나 손녀의 손목을 부여잡았다. 아침 식사가 담긴 쟁반이 바닥으로 떨어졌다. "너도 똑같아!" 노부인이 히스테리 상태로 변했다. "날 죽이려 했던 게 너구나. 네가 음료에 뭘 탔지. 너와 매슈와 내 언니가." 바이올렛이 비명을 질렀다. 레이먼드가 방안으로 뛰어 들어왔고 나머지 둘도 그렇게 했다. 그는 바이올렛에게

서 아그네스를 떼어 냈다.

아그네스는 네 사람을 노려보았다. “너희 모두. 그저 도둑에 불과해. 너흴 내 유언장에서 빼 버리겠어, 그리고 당신.” 그녀가 레이먼드에게 말했다. “지금 당장 다른 일자리를 찾아봐.”

정원사는 어깨를 으쓱였다. 그는 아침 식사 쟁반이 떨어진 바닥에서 칼을 집어 들어 침대 쪽으로 몸을 구부리고 아그네스의 눈앞에 가져다 댔다. “다이아몬드는 어디 있어, 이 늙은 할망구야? 당신이 날 그딴 식으로 대하는 걸 더는 못 참아 주겠어.”

아그네스가 울먹였다. 그녀는 다른 이들이 달려들어 자신을 도와주길 기다렸지만 아무도 그러지 않았다. 할 수 없이 그녀는 부러질 듯한 손가락을 들어 올려 창문을 가리켰다. “왼쪽 창틀에 있어.”

매슈는 그녀가 가리킨 장소를 확인했다. “여기 있어요.” 그가 말했다.

“좋아.” 레이먼드가 침대에서 물러나며 말했다.

아그네스는 방 한 귀퉁이에 조용히 서 있는 손녀와 언니에게 몸을 돌렸다. “너흰 이 일로 지옥 불에서 타들어 갈 거야. 두 사람 다.”

레이먼드가 근처 서랍에 있던 담요 더미를 집어 침대 위 노부인에게 던졌다. “어서요.” 그가 말했다. “이대로 살려 둘 순 없어요.”

아그네스는 그 말을 듣고 비명을 질렀다. 바이올렛은 충격에 날카롭게 숨을 들이켰다. 할머니의 노쇠한 몸이 담요 아래서 발작을 일으켰다. 레이먼드가 꿈지럭거리는 담요 더미 위로 올라타 체중으로 그녀의 어깨를 눌렀다. “어서요.” 그가 말했다. “여러분 다.”

“우리가 해야 해요.” 매슈가 말했다. “이제 다른 방법이 없어요.” 그는 두 여성을 침대로 안내하고 서로 손을 잡았다. 세 사람이 담요 더미 위로 몸을 던졌고 눈을 감은 채 그 아래 모든 움직임이 멈추고 아무 소리도 들리지 않을 때까지 가만히 있었다.

바이올렛이 조용히 말했다. "할머니가 괜찮을까요?" 그러나 아무도 대답하지 않았다.

"봐 봐." 매슈가 말했다. 그는 창문에서 꺼낸 캔버스로 만든 주머니를 열어 안에 든 내용물을 손에 쏟았다. 다이아몬드가 손가락 사이로 떨어졌다. "엄청난 양이야."

'그래서,' 희미해진 불빛 아래 램 박사가 편지를 써 내려갔다. '살인을 저질렀다는 기분이 전혀 들지 않았다고 바이올렛이 내게 말했어. 그들은 다이아몬드를 네 사람 몫으로 나누었어. 레이먼드를 끌어들일 계획은 아니었지만 상황이 변했지. 도로테아는 몰래 집을 빠져나왔고 한 시간 뒤에 돌아와 로렌에게 목격되었지. 매슈는 아래층에서 어슬렁거리고 바이올렛은 자기 소파로 갔어. 레이먼드는 낙엽 모으는 일을 하러 나갔어. 그렇게 된 거야. 도로테아는 다른 누군가가 분명 다이아몬드에 대해 알 거라고 확신해서 의심의 방향을 돌리려고 가족들을 소집한 거야. 나머지는 다 우스꽝스러운 연극에 지나지 않아. 물론 바이올렛은 오랫동안 평정을 유지하지 못했고 이내 죄책감에 시달렸어. 그녀는 그 이후 레이먼드를 쳐다보지 않고 친구로도 지내지 않았어. 그래서 나한테 와 모든 걸 고백한 거야. 난 그녀가 일종의 속죄로 벤과 결혼한 거라고 믿어. 그는 바이올렛에게 집착했고 항상 쌍안경으로 그 애를 주시했지. 레이먼드는 자기 몫을 챙겨 이사 갔어. 나중에 보석을 황량한 슬럼가에서 팔려고 했어. 그 과정에서 칼에 찔려 목숨을 잃었지. 도로테아는 자기 몫을 구경하기도 전에 죽었어. 매슈는 집을 상속받았고 조용한 생활로 돌아갔지. 그가 다이아몬드를 어떻게 했는지는 나도

몰라. 그러니 범죄가 득이 안 된다는 말이 있는 거겠지. 우리 모두가 새겨들어야 할 교훈이지.'

램 박사가 자기 손을 주물렀다. 벌써 네 장째였다. 그는 완전히 어두워지기 전에 다 마무리하고 싶었다. 그래서 다시 펜을 집어 들었다.

'릴리, 이 끔찍한 진실을 너에게 알리는 내 마음이 아프구나.' 그가 한숨을 쉬며 자신이 정말로 걱정하는 건지 궁금해했다. 죽음이 아주 가까이 와 있는 이 마당에도 솔직히 털어놓기 어려웠다. '난 지금까지 오랜 시간 널 보호해 왔어. 우리 모두가 널 보호했어. 당연히 로렌도 그 사실을 알아. 내가 그녀에게 말했지. 그리고 바이올렛은 모든 걸 벤에게 고백했어. 하지만 우리 모두 네가 그 사실을 알면 엄청난 상처를 입을 거라는 데 동의했어. 그래서 경찰에게 말하지 않은 거야. 심지어 어린 윌리엄도 매슈의 주머니에서 다이아몬드 반지를 찾았을 때 알게 되었어. 레이먼드가 데려가지 않았다면 어쩌면 윌리엄이 너한테 진실을 알려 줬을지도 모르겠구나. 아무튼 넌 이제 성인이고 네 스스로 결정을 내릴 수 있겠지. 네가 옳다고 생각하는 대로 행동하렴.'

그는 일말의 희망을 담아 편지를 끝내고 싶었다. 그거면 충분했다.

'고드윈 램으로부터.'

그는 펜을 내려놓고 슬픈 눈길로 어두운 창밖을 바라보았다. 기침이 나기 시작했고 몇 분 동안 멈추지 않았다. 선홍색 핏방울을 서명처럼 남긴 채 그는 욕실로 향했다.

"이거였어요. 진짜 결말은." 줄리아가 말했다. "다시금 당신은 결말이 바뀐 사실을 눈치채지 못했어요."

그랜트는 그녀의 눈길을 피했다. "내 기억력이 생각보다 훨씬 형편없군요."

"어젯밤까지 계속 그랬죠." 줄리아가 그의 옆모습을 쳐다보며 말했다. "전 호텔로 돌아갔고 제 직감이 옳았다는 걸 확신했어요. 같이 읽은 여섯 가지 이야기의 결론을 전부 바꿨고 일부는 상당히 많이 고쳤어요. 그런데 당신은 하나도 알아차리지 못했죠. 20년은 긴 세월이지만 그중 하나라도 기억했어야죠. 적어도 하나는. 전 그렇게 확신해요. 분명 제일 좋아하는 이야기가 있을 테니까요. 그렇지만 당신에게 만회할 기회를 주기로 했어요. 우리에게 아직 단편 하나가 남아 있잖아요. 전 마지막 테스트를 해 보고 싶었어요."

그랜트가 그녀를 돌아보았다. "어떻게 했죠?"

"다시 결말을 바꾸는 걸로는 충분하지 않을 것 같았어요. 그래서 원래 이야기를 통째로 들어내고 완전히 다르게 고쳤어요. 우선 당신의 논문을 살폈어요. 〈추리 소설의 치환〉 말이죠. 그리고 거기에 설명된 구조 하나를 골랐어요. 그런 다음 제가 직접 이야기를 썼어요. 작업을 하느라 거의 밤을 새웠죠. 오늘 아침에서야 완전히 이야기를 끝낼 수 있었어요. 하지만 당신은 여전히 그걸 자신이 쓴 걸로 생각했죠."

"우리가 한두 시간 전에 같이 읽은 이야기를?"

줄리아가 고개를 끄덕였다. "죽은 형사, 라이어널 문 말이에요. 그 이야기는 제가 직접 썼어요."

"그렇다면 원래 이야기는 뭐죠?"

"짤막한 글이었어요." 줄리아가 말했다. "탐정 두 명이 나와요. 둘 다 남자고 유명한 아마추어 탐정이죠. 그들은 성 바르톨로뮤라는 버려진 보육원에서 유령이 나온다는 소문을 듣고 수사하러 가요."

"그들의 이름은?"

"유스터스 에런과 라이어널 베네딕트예요. 그들은 초자연적인 존재를 믿지 않아서 다락에서 밤을 보내기로 해요. 그걸로 문제를 해결할 수 있다고 봤어요. 간이침대를 놓고 해가 지길 기다리면서 휴대용 난로로 코코아를 끓여요. 건물은 버려졌어요. 잠시 뒤에 두 사람 다 연기 냄새를 맡기 시작해요. 그들은 굴뚝으로 통하는 벽에 금이 가고 누군가 아래층에 불을 지른 것을 깨달아요. 방은 이내 연기로 휩싸였죠. 그곳을 벗어나려고 했지만 문이 잠겼고 열쇠는 사라졌어요. 그들은 침착함을 잃지 않고 불이 다 타면 저절로 꺼질 거라고 생각했어요. 우선 창문을 깼어요. 도와달라고 소리쳤지만, 보육원은 인적이 드문 깊은 산속에 있었어요."

"그래서 어떻게 끝나죠?"

라이어널 베네딕트가 창가에 섰다. 그는 뒤에서 연기구름이 뭉게뭉게 피어오르는 걸 느꼈다.

"이걸로 안 되겠어." 그가 유리창에 난 구멍을 쳐다보며 말했다. 주먹 크기만 했다. 창문의 대각선 길이는 대략 그의 팔 길이 정도였다. 그는 유리에 베이면서 나머지 창문을 주먹으로 깨트렸다. "여전히 부족해."

그가 친구에게 몸을 돌렸다. "자넨 관심이 없어? 우린 여기서 죽을지도 모른다고."

유스터스 에런은 근사한 푸른 화장대 거울을 들여다보고 있었다. 그들이 챙겨 온 간이침대를 제외하고는 연기가 차오르는 방에 있는 유일한 가구였다. 만든 지 오래됐거나 장식용이거나 혹은 어린아이용으로 설계된 거라 얼굴을 보려면 몸을 구부려야 했다.

“내가 자네보다 앞서 있어, 라이어널. 우리는 여기서 죽을 거야. 그건 피할 수 없어. 연기가 방 안을 채우고 있잖아. 난 받아들이려고 애쓰는 중이야.”

라이어널은 저보다 어린 동료가 거울 속 자기 얼굴을 살피는 모습을 지켜보았다. 무시무시한 눈빛과 날카로운 이빨, 어쩌면 그것이 그의 삶을 요약해 주는 특징인 것 같았다.

그는 벽의 갈라진 틈으로 시선을 돌렸다. 건물 바닥에서 천장까지 생긴 금은 사방으로 가지를 뻗고 있었다. 잎이 떨어진 겨울나무처럼. 그 틈새를 통해 연기가 새어 나오고 있어서 전체를 틀어막을 방법은 없었다. 라이어널은 눈을 감았다. 죽는다고 생각하니 겁이 났다.

“여기 화장대에 서랍이 달려 있군. 근데 잠겨 있어.” 유스터스가 어깨너머로 말했다. “버려진 저택에 잠긴 서랍이라. 이게 우리가 해결할 마지막 미스터리야. 서랍을 열게 좀 도와줄래?”

라이어널은 친구에게로 다가갔고 두 사람은 함께 화장대를 힘껏 걷어차기 시작했다. 마침내 화장대가 한쪽으로 일그러지며 서랍이 밖으로 튀어나왔다. 서랍 안에는 남색 판지로 만든 상자가 들어 있었다. “열쇠일지도 몰라.” 라이어널이 말했다.

유스터스가 얼른 상자를 집어 들었다. 하지만 내용물이 찰랑거리는 걸 느끼고 고개를 저었다. “초콜릿 같아.” 그가 뚜껑을 열어 자기 가설을 입증했다. 시간이 지나 색이 좀 바랬지만, 과일 모양이었고 볼품없이 쪼그라들거나 말라 있지 않았다. 각각 칸 속에 가지런히 들어 있어서 먹음직스럽게 잘 보관된 상태였다. “하나 먹어 볼래?”

"분명 20년은 됐을 거야." 라이어널이 혐오스럽다는 표정을 지어 보였고 유스터스는 상자를 서랍에 놓은 다음 자기만 하나 집어 들었다. "나라면 안 먹을 거야." 라이어널이 덧붙였다. "그걸 먹으면 병에 걸릴 거라고."

유스터스는 친구가 농담이라도 한 듯 웃었다. 그는 초콜릿 절반을 깨물었다. 라이어널은 어떤 반응이 나올지 궁금해하며 친구가 먹는 걸 지켜보았다. 아무 말도 나오지 않자 그는 침묵을 깨려는 듯 힘없이 말했다. "유스터스, 자네에게 할 말이 있어. 아래층에 불을 낸 건 나야. 우리가 수사를 끝내지 못하고 억지로 밖으로 나가게 만들려고 했어. 그러면 미스터리가 더 커질 거라고 생각했거든. 그런데 분명 누군가 내가 그러는 걸 보고 기회를 엿보다 우리를 가둔 것 같아. 우리가 죽길 바라는 누군가가."

"난 누가 우리를 죽이려고 하는지 알아." 유스터스가 반 남은 초콜릿을 삼키며 말했다. "벌써 파악했어."

죽어 가는 와중에서도 라이어널 베네딕트는 질투가 나는 걸 어쩔 수 없었다. 그는 친구에게서 몸을 돌려 혹시나 상자에 단서가 있는지 초콜릿을 살폈다. 팔을 뻗으면 닿을 거리에 있지만, 연기 때문에 잘 보이지 않았다. 당연히 아무 단서도 발견하지 못했다. 대신 어쩔 수 없이 초콜릿 하나를 집어 베어 물었다. 새콤한 체리 맛이 났다.

"아직도 유령을 안 믿는 거야?" 라이어널은 자신이 사건을 해결할 시간을 벌고자 친구의 정신을 딴 데로 돌리려고 했다.

"아니, 안 믿어. 자넨 믿는 거야, 라이어널? 이 일을 겪은 지금도?" 유스터스가 아이러니한 미소를 지었다. "인생이 무의미하고 잔인하다는 걸 아직도 못 받아들이는 거야?"

라이어널은 창가로 가서 피어오르는 연기 너머로 초콜릿을 뱉었다. 그는 창밖으로 연기가 뭉쳐 회색 구름을 만들어 가는 걸 쳐다보았다. “지금은 그 어느 때보다 더 그래.”

“그렇겠지.” 유스터스가 어깨를 으쓱였다. “무사히 돌아가고 싶은 생각뿐일 테니까.”

라이어널이 고개를 저었다. 그는 주머니를 뒤져 자신의 증명사진을 찾았다. 필요할 때를 위해 주머니에 넣고 다니던 것이었다. 그는 눈을 감고 창문 밖으로 사진을 떨어뜨려 자신의 한 조각 흔적을 남겼다. 잠시 바람을 타고 들어온 신선한 공기가 그의 폐를 팽창시켰고 다시 숨을 들이켤 땐 연기가 한가득 그의 가슴으로 들어왔다. 기침이 나기 시작했다. 그는 유스터스 쪽으로 비틀거리며 걸었다. “머리가 멍해. 생각할 수가 없어. 누가 그랬는지 말해 줘. 누가 우리를 여기 가둬서 죽게 만든 거야?”

“그건 나야.” 다른 남자가 고백했다. “난 우리가 밤새 이곳에 머물길 바랐어. 이 문제를 반드시 매듭지으려고. 끝장을 보고 싶었던 거야. 그래서 문을 잠그고 열쇠를 없앴지. 아침이 되면 어쨌든 구출될 거니까.”

“그때쯤이면 죽었을 테지.”

“맞아, 연기를 흡입했으니까. 난 문을 잠갔을 때 네가 아래층에다 불을 지른 걸 몰랐어. 불행이지.”

“열쇠를 어떻게 한 거야?” 라이어널이 친구의 멱살을 잡았다.

“없어.” 유스터스가 말했다. “문틈으로 던져 버렸어. 우리와 3미터밖에 안 떨어져 있지만 가지러 갈 수 없어.” 그는 이 상황이 우습다는 듯 미소 지었다.

라이어널은 문 앞에 몸을 구부리고 머리를 땅에 댔다. 다락에서 아래로 이어지는 계단 중 두 번째 칸에 떨어져 있었다. 유스터스가 옳았다. 손이 닿을 수 없는 위치였다. 그는 다시금 문을 흔들었지만 커다란 문은 마찬가지로 꿈쩍도 하지 않았다. 나무와 금속을 써서 만든 튼튼한 문이었으니까.

"이 멍청이." 라이어널이 일어서며 말했다. "우리 자신한테 이런 짓을 하다니."

유스터스가 뒤로 손을 뻗어 일그러진 화장대 거울을 매만져 라이어널이 그 안에 있는 자신의 모습을 볼 수 있도록 각도를 맞추었다. "자네도 마찬가지잖아." 그가 콜록거리며 말했다.

두 사람은 몇 시간 뒤 죽었다. 그들이 죽기 직전 방 안은 연기로 가득 찼고 두 사람은 심한 기침과 함께 검은 가래를 뱉기 시작했다. 하늘엔 달도 뜨지 않았고 밤은 어두웠다. 다음 날 아침, 두 사람의 시신이 발견되었다. 문을 두드리느라 두 주먹이 피범벅인 채였다.

"알겠어요." 그랜트가 정신을 차렸다. "그러니까 에런과 베네딕트가 용의자이자 살인자고 피해자이며 수사관, 모두 다에 해당하는군요. 이건 또 다른 제한적인 사례예요. 이 경우를 벤다이어그램으로 그려 보면 그냥 단순한 하나의 원이겠죠."

"맞아요." 줄리아가 말했다. "그리고 오늘 아침에 우리가 같이 읽은, 제가 쓴 이야기와 전혀 다르죠. 당신은 내게 거짓말을 했고 지난 이틀 동안 쭉 그래 왔어요. 이래도 여전히 부정할 건가요?"

그랜트가 바위에서 내려왔다. 그는 손을 주머니에 찔러 넣고 그녀 앞에 섰다. "내가 부정해 본들 뭐가 달라지겠어요? 당신은 확신이 선 거 같은데."

"증거가 너무 압도적이라고 말해야겠군요."

그가 고개를 저었다. "그럼 이제 어떻게 되나요?"

"전 당신이 진실을 말해 주길 바라요. 그런 다음 집으로 돌아갈 거예요. 당연히 책 출간은 없던 일이 되겠죠."

"없던 일이 된다고요?"

줄리아가 고개를 끄덕였다. "뭘 기대했어요? 계약자는 그랜트 맥알리스터지, 당신이 아니니까요."

"그래서 경찰에게 갈 겁니까?"

그녀가 고개를 저었다. "이런 일은 어디서부터 죄를 물어야 할지 모르겠어요. 게다가 전 이쪽 언어를 하지 못하고요."

"그렇다면 하지 마세요." 그랜트가 한숨을 쉬었다. "인제 와서 부인해 봐야 소용없겠군요. 난 그랜트 맥알리스터가 아닙니다. 그리고 이 소설을 쓰지 않았어요. 당신은 내가 누군지 알고 싶죠?"

구름 뒤에 숨어 있던 해가 다시 얼굴을 내밀자 어두웠던 공터가 새소리와 함께 활기를 찾았다.

"난 당신이 누군지 알아요." 줄리아가 말했다. "당신은 프랜시스 가드너예요."

줄리아 앞에 서 있던 남자가 도로 바위에 털썩 주저앉았다. "그걸 어떻게 알았어요?"

"당신은 몰라도 이 섬은 기억하고 있었어요. 내가 머무르는 호텔 소유주인 노인이 오늘 아침에 아주 흡족해하며 들려주었죠. 난 교회로 이어지는 길옆 바닷가 작은 집에 살던 두 외지인에 관한 이야기를 전부 들었어요. 두 사람은 늘 붙어 있었고 심지어 너무 닮아서 구별이 안 될 정도였는데, 그러다 어느 날 한 사람이 죽었어요. 호텔 사장은 그게 누군지 알려 주지 않았어요. 하지만 난 당신 주방에서 담배 케이스를 봤어요. 그리고 당신이 날마다 산책을 가는 교회 묘지에서 묘비를 살폈죠. 영어로 된 이름은 하나뿐이었어요."

"프랜시스 가드너."

"사망일이 이름 아래 적혀 있었어요. 10년 전 이 섬에서 죽은 걸로. 다만 그게 진짜 프랜시스 가드너가 아니잖아요?"

프랜시스는 고개를 저었다. "그는 그랜트 맥알리스터예요. 하지만 어떤 면에서 보면 프랜시스 역시 그날 죽은 거와 다름없어요. 난 그때 이후로 그 이름을 쓰지 않았으니."

"그럼 당신은 누구죠? 그랜트는 당신과 무슨 관계죠?"

"난 수학자예요. 오래전 런던의 한 학회에서 그를 만났어요. 우리는 그 이후로 연락을 주고받았죠. 그는 에든버러에, 난 케임브리지에 있었어요. 우리는 동료로 시작했지만 얼마 지나 그 이상으로 발전했어요." 프랜시스가 어깨를 으쓱였다. "그의 결혼은 가짜였고 어느 날 그가 결혼생활에서 도망쳐 이곳으로 왔어요. 전쟁 직후였죠. 난 고심하다가 그를 따라가기로 했어요."

"그러니까 당신 둘은 친구 그 이상이었단 거예요?"

"맞아요. 난 그를 사랑했어요. 그도 날 사랑했고요."

"그리고 그가 죽었을 때 당신이 그의 이름, 그의 신분까지 차지했으니 당연히 그의 돈도 가졌겠군요?"

프랜시스는 예리한 시선으로 그녀를 쳐다봤다. "무슨 말을 하고 싶은 겁니까?"

"피할 수 없는 질문을 하고 있어요. 당신이 그를 죽였나요?"

"그를 죽였냐니? 아뇨, 세상에 맙소사. 아니에요. 전혀 그런 게 아니에요."

"그럼 무슨 일이 있었던 거죠?"

두 남자가 쭉 늘어선 나무 틈에서 나왔다. 날이 화창하고 더웠지만 두 사람 다 정장 차림이었다. 그들 앞에 절벽 끄트머리까지 30여 미터 남짓한 풀 언덕이 자리했다. 그 너머는 차갑게 반짝이는 바다였다.

둘 중 젊은 남자가 다른 남성의 어깨에 손을 올렸다. "올라가 볼 만하지 않아?"

그랜트가 고개를 끄덕였다. "여기까지 왔으니까 저 끝까지는 가 봐야지."

그는 앞으로 걸음을 옮겼다. 프랜시스는 한 손으로 모자를 꽉 붙들고 뒤따랐다. 이 정도 고도쯤 되니 바람이 상당히 거셌다. "너무 가까이 가지 마, 그랜트. 우리는 시트를 깔 자리가 필요해." 그는 한 손엔 고리버들로 짠 바구니를 들고 옆구리엔 둘둘 만 담요를 끼고 있었다.

그랜트가 무시무시한 바다를 내려다본 다음 동반자를 돌아보니 그는 주변 돌멩이들을 발로 걷어차며 자리를 만드느라 바빴다.

"도와줘." 프랜시스가 그랜트에게 말했다. 그는 살구색 담요 끄트머리 한쪽을 잡고 다른 쪽을 공중으로 펼치려 했지만 바람이 불어와 담요가 그랜트를 휘감았다. 그 순간 마치 프랜시스가 한 통의 페인트를 그랜트에게 뒤집어씌운 것처럼 보였다. 연장자인 그랜트가 담요 반대쪽 끝을 잡고 모퉁이를 찾아 팔 너비로 펼쳤다. 둘은 담요를 잔디 위에 곱게 펼치고 신발을 벗어서 담요 끄트머리를 고정했다.

그랜트가 바다를 등지고 앉았다. 프랜시스는 그와 마주 보고 앉았다. "전망이 보고 싶지 않아?"

그랜트는 고개를 저었다. "난 산 쪽 경치를 감상하고 있어. 시내도 살짝 보이네. 이게 우리의 차이야, 프랜시스. 난 내 것을 보고 싶어 하고, 넌 손에 넣지 못하는 걸 보려고 해."

"네 것에 나도 포함인 거야?" 바람이 너무 거세서 그는 소리를 질러야 했고 그 질문은 심하게 과장된 것처럼 들렸다. "오늘 아침에는 꽤 문학적인데?" 그가 덧붙였다.

그랜트가 인상을 썼다. "여긴 추워."

프랜시스가 담요 모퉁이에 놓아둔 신발 아래 모자를 괴었다. 곧바로 모자는 돌풍에 비틀려 냄비 뚜껑처럼 들썩였다. 그는 재킷을 벗어 그랜트에게 주었고 건네줄 때 얇은 천이 바람에 휘말려 거의 찢어질 뻔했다. 그랜트가 꿈틀거리며 재킷 안으로 팔을 집어넣었다. "고마워."

프랜시스는 담요 위로 음식을 꺼내 놓기 시작했다. 꿀 한 병과 빵 한 덩어리. 그는 빵 끄트머리를 찢은 다음 바구니에 들어 있던 삶은 달걀을 꺼내 그랜트의 발아래 놓고 자신의 것도 꺼냈다. 그랜트는 자기 몫을 챙겨 손목시계 끄트머리에 내리친 다음 껍질을 벗겼다.

"잘 먹을게." 그가 말했다.

두 사람은 말없이 식사만 했다. 절벽 끄트머리 쪽에 앉은 그랜트가 달걀 껍데기를 뒤로 던졌다. 달걀 껍질은 바람을 타고 냉큼 바다로 사라졌다. 프랜시스는 자신이 깐 껍질을 조심스럽게 빈 와인 잔에 넣었다. 그가 손에 붙은 끈적한 달걀 속껍질을 떼어 내려고 집중하는데 뒤쪽 어딘가에서 커다란 파열음이 들렸다. 곧이어 땅이 흔들리기 시작했고 와인 잔이 넘어졌다. 프랜시스는 혀를 차며 잔을 똑바로 세웠다. 그걸로 끝이겠거니 생각하면서. 하지만 땅속에서 솟아오르는 끔찍하고 거슬리는 굉음에 이어 땅바닥이 흔들리기 시작했다.

그는 의아한 표정으로 고개를 들었고 이내 무슨 상황인지를 깨달았다. 절벽 꼭대기 끝 2미터 정도가 갈라지면서 그가 뜯은 빵 끄트머리 한 덩어리처럼 떨어져 나가기 시작했다. 그랜트도 함께 휩쓸려 무너져 내리고 있었다. 프랜시스의 시야에서 사라지는 순간 그의 얼굴은 느닷없이 찾아온 경악에 휩싸여 있었다.

프랜시스는 눈을 깜박이며 방금 무슨 일이 일어났는지 이해하려고 애썼다. 사각형 담요를 떠받치고 있던 절벽이 무너져 내린 것이었다. 절벽 위에 반쯤 걸쳐 있는 담요 끝자락이 패배한 깃발처럼 절벽 아래로 잠시 늘어지더니 바람에 흩날리며 허공에 펄럭였다. 정신이 번쩍 든 프랜시스는 절벽 끄트머리로 몸을 던졌다. '그는 벌써 떨어지고 없을 거야. 내가 눈을 뜨고 그걸 어떻게 봐? 그는 벌써 떨어지고 없을 거라고.' 이런 터무니없는 생각을 하며 프랜시스는 차마 눈을 뜨지 못한 채 몸을 절벽 앞으로 구부렸다. 하지만 충격이 그의 시간 감각을 앗아갔는지 눈을 떴을 때 그랜트가 공중에서 원을 그리며 여전히 떨어지는 광경이 보였다. 신발 한 쌍과 흰 달걀이 그 옆에서 함께 추락하고 있었고 프랜시스의 모자는 머리 위 허공에서 꾸무럭거리며 떨어지고 있었다. 그랜트의 공포 어린 얼굴이 점점 작아져 갔다. 두 사람은 눈을 마주쳤을까, 아니면 그저 착시에 불과한 걸까?

떨어지는 바위가 먼저 수면을 산산이 부쉈고 그랜트는 잠시 뒤에 희고 부드러운 물보라 쿠션 위로 안착하는 것 같아 보였다. 하지만 그의 몸이 으스러지면서 희망과는 항상 달리 나타나는 현실의 부조화를 여실히 드러냈다.

*

"정말 끔찍하군요." 줄리아가 말했다.

"맞아요. 엄청난 충격이었어요." 프랜시스는 옆에 있는 나무를 응시했지만 도무지 초점이 맞지 않는 시선이었다. "마을에서도 바위가 무너져 내리는 소리를 들었기 때문에 의심할 여지가 없었죠. 그냥 끔찍한 사고였어요. 난 경찰에게 사실 그대로 설명했어요. 하지만 그들은 내 억양을 이해하기 어려웠는지 아니면 내가 그들을 이해하기 어려웠던 건지, 다음번에 사고에 대해 들었을 때 죽은 사람이 프랜시스 가드너라고 되어 있었어요. 이 또한 비극이죠."

"그래서 그랜트 맥알리스터가 여전히 살아 있게 된 거군요."

"난 지갑을 재킷에 넣어 두었었죠. 내 이름이 적힌 신분증과 함께요. 그리고 그가 죽을 때 내 옷을 입고 있었어요. 그래서 경찰은 그 시신이 나라고 생각한 것 같아요. 난 처음부터 정정하려고 했어요."

"하지만 더 좋은 생각이 났군요?"

"아주 깔끔하게 정리가 되는 것 같았어요. 우리는 그랜트의 돈으로 생활했었고 난 가진 게 없었어요. 그의 삼촌이 매달 돈을 보내 줬죠. 그랜트는 그저 간간이 그분에게 감사 편지를 보내기만 하면 됐었어요. 뭐, 난 그의 필체 정도는 충분히 모사할 수 있었으니까."

"그래서 당신이 그랜트 맥알리스터가 된 거예요?"

"그리고 계속 돈을 받아 썼어요. 그랜트도 그러길 바랐을 거라 확신해요."

"그렇다면 책은 어떻게 된 거죠?"

프랜시스는 뉘우치는 표정으로 그녀를 쳐다봤다. "당신 상사가 《백색 살인》의 원본을 찾았고 출간하고 싶다고 편지를 보내왔을 때 그 유혹이 엄청났어요. 요즘에는 그랜트의 돈만으로는 생활하기 어렵거든요. 게다가 어찌

됐든 내가 그 이름을 아주 오래 써 왔기에 분명히 그래야 하는 것 같았어요. 생계를 이어갈 수 있는 무언가를 갖는 게 뭐가 그리 나쁜 일인가요?"

줄리아는 그의 질문을 무시했다. "하지만 당신은 전에 한 번도 그 이야기를 읽어 본 적이 없죠?"

"맞아요. 그게 유일한 문제였어요. 그가 글을 좀 썼다는 걸 알아요. 하지만 그랜트는 이곳으로 올 때 《백색 살인》을 들고 오지 않았어요. 단 한 권도 가지고 있으려는 생각이 없어 보였어요. 아무도 출간하려 하지 않았던 것이 그에게 고통의 원천이었다고 생각해요. 한때 그는 문학계의 명성과 큰돈을 꿈꿨겠죠."

"그렇다면 당신은 이 행세가 정말로 통할 거라고 생각했나요?"

"맞아요. 난 그렇게 생각했어요." 프랜시스가 신발로 돌 하나를 쿡 찔렀다. "우리는 수년간 같이 살았어요. 그리고 그랜트의 모든 수학적 작업에 대해 토론했어요. 거기엔 그가 쓴 미스터리 살인 사건도 들어 있었어요. 그래서 난 수학적 아이디어를 아주 잘 알았고 나머지는 대충 때우면 된다고 생각했어요. 당신이 그렇게 많은 문제를 일으킬 거라고는 상상도 못 했죠."

"맞아요. 당신은 나에 대해 모르는 게 많으니까요." 줄리아가 가방을 들어 어깨끈을 걸치고 엉덩이에 묻은 먼지를 털었다. "가기 전에 마지막으로 한 가지만 물어볼게요."

프랜시스가 고개를 끄덕였다. "그게 뭐죠?"

"이 퍼즐에서 이해가 안 가는 부분이 하나 있어요. '백색 살인'이죠. 왜 그랜트는 자신의 책을 그 사건을 참고해서 채웠을까요? 그 부분에 대해 정말로 할 말이 없나요?"

프랜시스는 어깨를 으쓱였다. "우린 한 번도 그 이야기를 한 적이 없어요. 하지만 난 그랜트를 알고 그의 유머 감각도 알아요." 그가 목 뒤를 긁적이며 말했다. "장난으로 넣었을 가능성이 커요. 때때로 그는 섬뜩할 정도였거든요. 그 사건을 참고해서 작품 소재로 집어넣은 것도 그저 자신이 즐기기 위한 방법이었지 싶네요. 둔감할수록 더 좋다. 그는 뭐, 그런 식이었어요." 프랜시스가 한숨을 쉬었다. "나 역시 더 깊은 의미를 찾으려 하지 않을 거예요. 그냥 관심을 딴 데로 돌리기 위한 장치 정도였겠죠."

"알겠습니다." 줄리아가 미소를 지었다. "그걸로 안심이군요." 그녀는 공터 끄트머리에서 머뭇거리다 말했다. "이게 우리가 만나는 마지막일 거예요, 프랜시스. 당신과의 대화는 이따금 즐거웠지만 우린 만나지 않았더라면 좋았을 거예요."

그 말을 남기고 그녀는 떠났다.

16. 첫 번째 결말

30분 뒤 줄리아 하트는 객실로 향하는 호텔의 침침한 계단을 올랐다. 약간의 승리감을 만끽하며 컴컴한 방으로 들어갔다. 그녀의 계획이 성공했다. 자신을 속이려던 남자보다 확실히 한 수 앞섰다. 자축하듯 그녀는 창문을 덮고 있는 덧문을 열고 빛을 방 안으로 들였다. 맞은편 벽에 완벽한 사각형의 흰 빛이 드리웠다.

창 너머 몽롱한 푸른 바다와 해안의 백사장은 사람들로 생기가 넘쳤다. 제일 더운 오후 시간대가 지나자 그 작은 마을에 삶이 되돌아오고 있었다. 줄리아는 창가에서 두 걸음 물러나 침대에 앉았다. 지난 며칠간 그녀는 지쳐 버렸다. 그녀는 침대에 기댄 다음 신발을 벗어 던지고 옷을 입은 채 햇살에 안겨 잠이 들었다.

20분 뒤 깨어난 그녀는 자신이 울고 있었다는 것을 깨달았다. 이미 얼굴 표면에 소금 줄이 형성된 것도 느낄 수 있었다. 그녀는 이불 모퉁이를 가져와 얼굴 위로 덮었다. 삼각형 흰 면이 가볍게 얼굴을 눌렀고 햇살이 눈물을 말려 줄 때까지 가만히 있었다.

그런 다음 자리에서 일어나 앉았다.

침대 협탁에 가죽 덮개를 입힌 《백색 살인》이 있었다. 그녀는 책을 들어 무릎 위에 펼쳤다. 6개월 전 다른 방에서 이 책을 받았다. 침대나 창의 크기가 이 객실과 비슷했다. 물론 그때 하늘은 흐렸고 밖에 보이는 거라고는 가로등에 앉아 있는 비둘기 한 마리뿐이었다. 줄리아의 어머니는 그 방에서 죽어 가고 있었다. 줄리아가 어린 시절을 보낸 웨일스의 작은 집에서 말이다. 그녀는 어머니 옆에 앉아 손을 꼭 잡았다.

"네가 알아야 할 것이 있단다." 어머니는 쌕쌕거리며 거친 숨을 내쉬었다. 평생 담배를 피워 그녀의 폐가 마침내 망가진 것이다. "저것 좀." 그녀는 침대 옆 선반에 놓인 별로 눈에 띄지 않는 책을 가리켰고 줄리아가 가져왔다. 《백색 살인》이라고 적힌 얇은 책이었다. 가죽으로 마감했지만 두꺼운 페이지와 넓은 여백으로 미루어 볼 때 자비 출판한 것이 분명했다. 줄리아도 자기 이름으로 로맨스 소설을 세 권 낸 작가였다. 그녀가 어머니에게 책을 건네자 어머니가 표지를 들추고 누런 집게손가락을 쓸어내려 타이틀 페이지에 인쇄된 작가의 이름을 가리켰다.

"그랜트 맥알리스터." 그녀가 기침했다. "이 사람이 네 아버지란다."

그때 줄리아의 눈에서 눈물이 흘렀다. 그녀는 어릴 적 아버지가 전쟁에서 목숨을 잃었다고 들으며 자랐다. "아버지가 아직 살아 계세요?"

어머니가 눈을 감았다. "잘 모르겠구나. 아마도 그렇겠지."

"그럼 어디 계시는데요?"

"미안하구나." 어머니가 고개를 저었다. "네가 아주 어릴 때 우리 곁을 떠났어." 그녀는 딸의 손을 꼭 쥐었다. "아마 널 보고 싶어 하지 않을 거야."

줄리아는 묵묵히 생각에 잠긴 다음 어머니가 거의 들을 수 없도록 아주 조용히 대답했다. "내가 그에게 어떤 선택권을 줄지 확신이 없네요."

어머니의 장례식 다음 날 그녀는 계획을 세웠다. 범죄 소설에 대해 잘 알아 전문 출판사에서 온 공문처럼 날조하는 건 일도 아니었고 그랜트의 예전 작품에 흥미가 있다는 내용을 담았다. 그녀는 자신을 편집자라고 소개하고 중간 이름인 줄리아를 가명으로 썼다. 다른 부분은 쉽게 해결되었다. '빅터'와 '레오니다스'는 키우는 고양이 이름이었고 '블러드 타입 북스'는 단순한 말장난으로 지었다. 몇 주 뒤 그랜트가 답장을 통해 고료에 관해 물었다. 그녀는 빅터의 이름으로 답장을 쓰며 편집자와 만나 준다면 원하는 만큼 주겠다고 약속했다. 그랜트는 그녀가 섬으로 와야 한다고 말했다. 그래서 그녀는 책을 원고 형태로 타이핑한 다음 여정에 나섰다. 그녀는 그와 함께 작업하는 며칠 동안 그를 살핀 다음 그냥 돌아설지 모든 걸 고백할지 결정하기로 했다.

그렇게 이곳으로 오게 되어 그녀는 자신의 아버지가 10년 전에 죽었다는 사실을 알게 된 채 어두운 호텔 방에 누워 있는 거였다. 그녀는 《백색 살인》의 첫 장을 넘긴 다음 아버지의 이름에 손가락을 가져갔다. '그랜트 맥알리스터'. 그리고 처음 그 책을 봤을 때와 똑같이 아버지에게 다가갈 수 없다는 점에 참담함을 느꼈다. 이 이야기를 통해서가 아니라면 결코 아버지를 만나지도, 아버지를 알 수도 없다. 하지만 적어도 지금은 왜 아버지가 그녀와 어머니를 떠나 이 섬에서 살게 되었는지 이해하고 있다. 그녀가 두려워하던 것처럼 원하지 않는 딸이 싫어 도망친 것이 아니었다. 다른 남자와 대놓고 같이 살기 위해서였다. 보잘것없지만 그 정도 위로만으로도 충분한 것 아닌가.

갈매기 한 무리가 근처 지붕에 앉아 생각에 빠진 그녀를 깨웠다.

그녀는 책을 덮고 커버 위에 손바닥을 올렸다. 진녹색 가죽이 따뜻했다. 그녀는 다시 누워 갈매기 소리를 들었다.

끔찍한 고통에 울부짖는 것처럼 들렸다.

17. 두 번째 결말

치솟는 아드레날린에 의지해 줄리아와의 마지막 대화를 힘겹게 마친 프랜시스는 그녀가 자신을 언덕 중간 공터에 내버려 두고 떠난 뒤 홀로 집으로 돌아와 진을 큰 잔으로 들이붓고 기진맥진 곧바로 잠이 들었다. 오후 세 시였다. 그는 열두 시간을 자고 난 후에야 다음 날 아침 일찍 깨어났다. 하루 중 섬이 가장 춥고 어두울 때였다. 그는 바다 깊은 곳에 사는 그랜트의 꿈을 꾸었다. 자신이 사랑하던 남자가 물속에 앉아 지나가는 물고기를 멍하니 쳐다보았다. 상처 주변으로 찢긴 피부가 산호처럼 보였다. 프랜시스는 악몽에서 깨어 기뻤다.

그는 간신히 침대 밖으로 몸을 일으킨 다음 커피 한 잔을 들고 현관에 나가 앉았다. 책 출간이 무산된 이 상황에서 돈을 벌려면 어떻게 해야 할지 궁리해 보았다. 그는 몸을 돌려 이틀 전 줄리아와 앉아 있던 작은 나무 헛간을 쳐다봤다. 해변을 따라 400미터쯤 떨어진 곳, 딱 달빛으로 볼 수 있는 거리였다. 거기엔 더는 쓰지 않는 잡동사니들이 가득 들어 있었다. 혹시 저기에 팔 만한 물건이 있지 않을까?

그는 눈을 감고 커피를 마저 마셨다.

두 시간 뒤, 해가 뜨자 프랜시스는 휘파람을 불며 물가를 따라 걸었다. 아침 이 시간쯤엔 오후에 날이 엄청나게 더울 거라고는 예상하기 어렵다. 지금은 마치 하룻밤 사이에 여름이 끝나 버린 느낌이었다. 그는 시간을 아끼기로 마음먹고 해변의 완만한 곡선을 가로지르려고 신발을 벗어 손에 든 다음 차갑고 얕은 물로 걸었다. 살얼음 위를 걷는 것처럼 차가웠다.

몇 분 뒤 헛간 앞 모래밭에 도착하자 손에 든 신발을 내려놓았다. 그는 두 개의 나무문을 최대한 넓게 열어젖혔다. 안까지 빛이 들어오지 않아 보트가 검은 실루엣으로 보였다. 절박해지면 언제든 보트를 팔 수 있어, 그가 생각했다.

만화처럼 과장되어 보이는 뱃머리 옆을 겨우 비집고 지나 뒤에 숨겨진 낡은 판지 상자 더미로 갔다. 문을 활짝 열었어도 뒤쪽은 어두워서 천장에 달린 낡은 램프를 내리고 작은 등유 캔에서 기름을 채웠다. 심지에 불을 붙이고 뒤집힌 보트 위에 잘 올려놓은 다음 무릎을 구부리고 상자를 살피기 시작했다.

첫 번째 상자에는 책이 가득 들었다. 놀랍지 않았다. 겨우 한 달 전에 《백색 살인》을 찾으려고 여길 뒤졌었다. 그는 여기 있는 책들이 지금 얼마의 가치가 있는지 궁금했다. 그래서 아무 책이나 꺼내 봤지만, 시력이 나빠 읽어 내려갈 수가 없어서 이내 좌절하며 포기했다.

다음 상자에는 악기가 잔뜩 들었는데 대부분 부서졌다. 바이올린, 드럼, 줄이 없는 류트가 보였다. 그랜트는 언젠가 그것들을 수리할 거라고 말했지만 결국 그럴 시간을 찾을 수 없게 되었다. 세 번째 상자에는 상태가 좋은 어구가 들었다. 그는 나중에 그 상자를 다시 살피기로 했다. 네 번째 상자에는 여러 가지 잡동사니가 가득했다. 망원경, 촛대, 여러 팩의 카드까지.

다섯 번째 상자에서 그가 멈췄다. 몇 주 전에 살펴 놓고선 이 상자에 대해 잊고 있었다. 서류와 손글씨로 쓴 노트들이 들어 있는 그랜트의 물품이었다. 일부는 30년도 더 되었다. 하지만 《백색 살인》에 관한 초안이나 구조 관련 설명 같은 것들은 없었고 물론 돈이 될 만한 것도 보이지 않았다.

그러다 불현듯 뭔가를 기억해 냈다.

잠시 머뭇거리던 그가 손가락 끝으로 누렇게 뜬 종이 뭉치의 가장자리를 더듬어 내려갔다. 그러다 딱딱한 카드의 모서리가 느껴지자 멈췄다. 그는 그걸 꺼내 불빛에 비춰 보았다. 잡지에서 오려 내 흰 사각형 판지에 붙인 흑백사진이었는데 젊은 여성의 모습이 담겨 있었다. 프랜시스는 그녀를 알아보지 못했지만, 배우처럼 보였고 매우 아름다웠다. 그 아래 오른쪽 모퉁이에 검은색 선들이 헝클어져 있었다. 진한 잉크로 흘려 쓴 글씨. 전에는 판독하기 어려워 포기했었다. 하지만 지금 선들의 흐름을 따라 찬찬히 살펴보니 무슨 글자인지 알 것 같았다. '엘리자베스 화이트'. 그렇다면 그랜트가 정말로 그녀의 이름을 따 책의 제목을 정한 걸까? 우연이 아니고? 프랜시스는 판지를 뒤집었고 뒷장에 흐릿한 푸른 펜으로 적힌 메모가 보였다. 그랜트의 필체를 잘 알지 못했다면 전혀 읽을 수 없었을 것이다.

'햄스테드 히스. 1940년 8월 24일. 그녀의 마지막 서명.'

헛간 문 한쪽이 바람에 닫혔다. 갑작스럽게 생긴 그림자가 글자를 가렸다. 그때 프랜시스가 판지를 바닥으로 떨어뜨렸고 다시 주우려고 비틀거리다 등으로 보트를 치고 말았다. 그러는 바람에 보트가 통째로 흔들렸다. 그러자 보트 꼭대기에 올려 둔 기름 램프가 곧장 상자 안으로 떨어져 불이 붙어 버렸다. 스스로 불러온 재앙에 프랜시스는 하도 어처구니가 없어서 처음에는 가만히 서서 지켜볼 수밖에 없었다. 그러다 불꽃의 밝은 빛 아래로 다시 메모가 보였다. 글귀가 아직 타지 않고 여전히 그 자리에 있었고 날짜 역시 선명하게 남아 있었다.

1940년 8월 24일이라. 그렇다면 '백색 살인'이 벌어진 날 아닌가? 그녀가 그 날짜에 저 사진에 직접 서명했다는 건 분명 살해당하기 직전에 그랜트와 함께 있었다는 뜻일 것이다. 책 제목, 이야기 속 단서들 등 다른 모든 것들과 함께, 우연이라기엔 너무 겹치는 게 많았다. "그랜트, 대체 무슨 짓을 한 거야?"

프랜시스는 다시 무릎을 구부리고 사진을 주워 들어 자기 뒷주머니에 접어 넣었다. 달아오른 램프 연료가 검은 원을 그리며 보트 옆까지 퍼져서 불이 붙기 직전이었다. 그는 그 광경을 보고 덜컥 겁이 났다. 상자의 아래쪽 절반은 아직 불이 붙기 전이어서 그는 맨발로 상자를 툭툭 밀어 보트 멀리 떨어뜨리고 헛간을 가로질러 반만 열린 문 쪽으로 보냈다. 그런 다음 몸을 구부리고 주워 들어 바다 쪽으로 내던졌다. 잠시 뒤 상자가 암석 위로 튕기는 순간 모든 것이 불타오르는 한 무더기의 구름처럼 보였다. 그리고 재와 불꽃이 해변에 비처럼 쏟아졌다.

프랜시스는 검은 재를 잔뜩 들이마시고 비틀거리며 앞으로 걸어가 아까 벗어 놓은 신발 앞에 멈춰 섰다. 신발은 여전히 그 자리에 있었다. 모래 위에 나란히. 프랜시스는 그곳에서 그랜트의 유령이 자신을 맞이하려고 기다리는 걸 보는 것 같은 느낌이 들었다.

"그랜트." 그가 보이지 않는 손을 붙잡으려고 팔을 뻗었다가 앞으로 넘어져 무릎을 꿇고 말했다. "그러니까 당신이 정말로 그녀를 죽인 거야?"

그는 바지 주머니에서 사진을 꺼내 햇빛 아래에서 다시금 살폈다. 불의 열기에 풀이 녹아 인쇄한 사진이 판지에서 떨어지려고 했다. 사진과 판지 사이에 숨은 손편지가 있었다. 프랜시스는 그걸 꺼내 읽기 시작했다.

'친애하는 맥알리스터 교수님께.'

글씨는 가지런했지만, 너무 작아서 그는 실눈을 뜨고 읽어야 했다.

'저는 엘리자베스 화이트라고 합니다.' 프랜시스가 숨을 죽였다. '서로 만난 적은 없지만 어쩌면 무대 위에 있는 저를 보거나 제 연극 중 하나를 본 적이 있지 않으실까요? 지난해 문학 왕립협회 주최로 추리 소설에 대해 하신 강연에 운 좋게 참여했습니다. 아주 영감이 넘치는 강연이었어요. 제 무례함을 용서해 주시길 바라며 그 영감의 결실을 보내 드립니다. 혹시 읽어 주실까 해서요. 교수님의 강의를 바탕으로 일곱 편의 미스터리 살인 사건을 써 봤어요. 여러 등장인물과 배경을 넣었는데 교수님의 용어에 빌자면 각각은 추리 소설의 '치환'을 다른 식으로 적용하고 있답니다. 소장용으로 출간하고 싶어요. 《백색 살인》 엘리자베스 화이트 지음. 제멋대로 붙인 책 제목을 용서하세요. 더 나은 제목이 생각나지 않았어요. 괜찮으면 책을 읽고 제게 감상을 알려 주시겠어요? 이런 류의 소설은 처음이에요. 저에게 술 한잔 살 기회를 주신다면 만나서 논의해도 좋지 않을까요? 바라건대 저를 친절하게 대해 주셨으면 좋겠어요. 교수님이 제가 이 글을 보내는 처음이자 유일한 분이니까요. 감사를 담아, 엘리자베스 화이트 드림.'

마지막 두 단어가 사진 속 서명과 일치했다.

프랜시스는 편지를 구겨 바다로 집어 던졌다. 그는 신발을 찾아 한 짝씩 손에 들고 절망에 빠져 외쳤다. "그랜트, 어떻게 그럴 수 있어?" 그는 양손으로 머리를 감쌌다. 신발 한 쌍이 우스꽝스러운 뿔이 되었다. "이 이야기를 훔치려고 그녀를 죽인 거야?"

프랜시스는 그랜트가, 그의 허영심이 그녀의 성공을 박살 내는 걸 상상해 보았다. 그는 분명 그럴듯한 이유를 대며 그녀가 약속 장소에 원본을 들고 오도록 만들었고 그녀를 죽인 다음 빼앗은 것이다. 이야기 속에 등장하는 앞뒤가 맞지 않는 세부 사항은 자기가 저지른 범죄를 암시하는 것이고 나중에 끼워 넣었을 것이다. 그럼으로써 그는 한없이 즐거워했을 것이다. 프랜시스는 알았다. 그랜트가 자기 자신 외에는 그 누구도 알아채지 못할 거란 걸 알고 이야기 속에 자신이 저지른 범죄의 단서들을 보란 듯이 끼워 넣었다는 걸. 그렇다면 그는 똑같이 불쾌한 이유로 원제목을 유지한 걸까?

어느새 시간이 흘러 밀물 때가 되었다. 프랜시스의 시선이 바다를 향했다. 그리고 자신을 향해 밀려오는 큰 파도를 응시했다. 물가에 닿기 몇 미터 앞에서 파도가 부서지며 물이 팔목까지 튀었다. 얼음장처럼 차가웠다.

"어떻게 그럴 수 있어?"

등 뒤에 불길은 타오르기를 멈췄다. 하지만 젖은 흰 양복을 입은 그는 녹아내리는 눈사람처럼 보였다.

저자: 알렉스 파베시(Alex Pavesi)

알렉스 파베시는 런던에 거주 중인 전업 작가다. 소프트웨어 엔지니어로 일하다 수학을 전공해 박사 학위를 받았다. 퍼즐과 긴 산책을 좋아하며 재미 삼아 자물쇠 따기를 즐긴다.

역자: 공민희

부산외국어대학교를 졸업하고 영국 노팅엄 트렌트 대학교 석사 과정에서 미술관과 박물관, 문화유산 관리를 공부했다. 현재 번역 에이전시 엔터스코리아에서 번역가로 활동 중이다. 옮긴 책으로는 《보이지 않는 것들》, 《절대 말하지 않을 것》, 《초판본 작은 신사들(작은 아씨들 3)》, 《와인으로 얼룩진 단상들》, 《음탕한 늙은이의 비망록》, 《죽음 앞에서 선택한 완벽한 삶》, 《벽 속에 숨은 마법 시계》, 《당신이 남긴 증오》, 《기억의 제본사》, 《무솔리니 운하》, 《난민, 세 아이 이야기》, 《혼자 있고 싶은데 외로운 건 싫어》, 《지금 시작하는 그리스 로마 신화》, 《명작이란 무엇인가》, 《유대인 수용소의 두 자매 이야기》 등 다수가 있다.